文春文庫

奇跡の人

真保裕一

文藝春秋

奇跡の人

母のプロローグ

愛する克己《かつみ》へ。

あなたがこの手紙を読む時には、たぶんお母さんはもうあなたのそばからいなくなっていると思います。どうかこの手紙を読んで、新たに悲しがったり寂しがったり、気を落としたりしないでください。親が子より先に世を去るのは、さけられない自然なことなのですから。あなたも病院で多くの人の死に接し、身をもって学んだはずです。悲しくつらいことですが、誰もが大切な人との別れに耐えていかなければなりません。お母さんも、おじいちゃんやおばあちゃんを見送りました。お父さんも同じように両親の死を看取《みと》りました。そして、あなたは覚えていないかもしれませんが、二人でお父さんをも見送りました。

ですが、克己、今度はあなた一人です。

一人で耐えて、乗り越え、そして誰かが同じように悲しんでいる時には、自分から手を貸してあげられる人になってください。たぶん、あなたなら、それができます。

二度目の手術を明日にひかえて、今これを書いています。手術が終わったあとは、治療に専念するよう、院長先生から言われています。もしかすると、これがあなたへの最後の言葉になるかもしれません。

もちろん、病気に根負けしたわけではありません。最後までできる限りの努力をして、少しでもあなたのそばにいられるよう、お母さんはがんばります。そのための手術なのです。けれど、もしもの時のことを考えて、これを書いておこうと決めました。

病院で多くの患者さんを見てきたあなたなら、もう察していると思いますが、はじめに、お母さんの病気について書いておきます。

院長先生から告知を受けたのは十月の五日でした。告知というのはわかりますね。病気について先生からくわしく教えてもらうことです。春先からお母さんの腰が痛むようになっていたのは、あなたも知ってるでしょうが、ようやく正式な検査の結果が出たのでした。

克己。あなたは、自分のせいだと言って、いつもすまなそうな顔をしていましたが、お母さんが何度も言ったように、あなたのせいではありません。今でこそあなたも、つえさえあれば一人で歩けるようになりましたが、六年前にはその場で立つこともできなかったのです。そんなあなたを、誰の手も借りずに毎日ベッドから起こしては車いすに移し、いっしょに散歩をしていたのですから、お母さんの体はけっこうたくましくできているのです。それに、あなたの笑顔を見れば、どんな疲れもふき飛んでしまいます。

だから、何度も言ったように、あなたのせいではありません。悪い病気のせいだったのです。

院長先生から聞かされた病名は、想像していたとおりでした。

二年前、２０６号室にいた孝義《たかよし》君と同じ病気だと聞けば、あなたにもわかるでしょう。孝義君の頭の中にできたのと同じ種類のできものが、お母さんの場合はすい臓にできてしまったのです。

体の調子があまりにもよくないので、あるていどの予想はしていました。けれど、あれほど急いで手術をしなければならないとは思ってもいませんでした。あなたと会うために毎日通っていた病院に、自分までがお世話になり、いつのまにかあなたに見舞われるような立場になってしまうとは……。あなたの健康にはいつも気をつけていたつもりなのに、自分のことを忘れてしまうなんて、笑い話にもなりませんね。お母さんの不注意でした。「医者の不養生」ということわざがありますが（意味がわからない場合はいつものように辞書で引くように）、これではまるで「看護人の不養生」です。

克己。あなたもどうか体調の変化には充分気をつけてください。自分で招いたこととはいえ、どうしてもっと早く先生に診《み》てもらわなかったのか、お母さんは悔やみました。あなたの場合は後遺症の心配もあるのですから、体の不調に少しでも気づいた時は、すぐ診てもらうようにしてください。このぐらいは大丈夫だろうという油断から、病気は重くなるのです。お母さんの不注意をいましめとして、どうかあなたは自分の体に細心の注意を心がけてください。

入院中、毎日お母さんの病室まで足を運んでくれて、本当にありがとう。言葉では表せないくらいうれしく、また、どんなに勇気づけられたかわかりません。エレベーターを使わずに、毎日午前と午後の二回も階段を上り下りするのは、大変だったでしょうね。でも、そのがんばりがあったから、今のあなたがいるのです。結果的に、あなたのつらいリハビリの手助けができたのだから、お母さんの入院も少しは役に立ったのかもしれません。そう考えると、ちょっぴりすくわれたような気持ちになります。

院長先生のお話では、一度目の手術で悪いところはすべて取れたはずでした。けれど、どうやらまた悪いできものが、今度はすい臓の近くにできてしまったようなのです。担当の山田先生は、あなたも知っているようにとても優しい人なので、まだお母さんには何も言えずにいますが、治療の方法と薬の種類から見て、まず間違いないでしょう。お母さんはずいぶん長いこと病院に通っていて、何人もの患者さんの容体や治療法を見たり聞いたりしているので、看護師さんにも負けないくらい、病気のことがわかっているつもりです。

だからといって、お母さんは病気を甘んじて受け入れたわけではありません。山田先生や看護師さんの力を借りて、できる限りがんばりとおし、少しでもあなたのそばにいられるよう、これからも努力します。一度は脳死の判定をされながら、奇跡的に命をとりとめ、のみならず、植物状態はまずさけられないだろうという予測をはね返して、一人で歩けるようになったあなたの姿を誰よりも近くで見てきたのですから。病院中の人たちから「奇跡の人」と呼ばれる息子を持つ母親として、恥ずかしいことはしたくないと考えています。

克己。何度でもお母さんは言います。

あなたは私のほこりです。

あなたというかけがえのない子を得られて、お母さんは幸せです。

八年という年月は確かに長いものでしたが、お母さんにはこれほど充実した時はありませんでした。あなたにとっては、つらく、もどかしく、きびしい入院生活だったと思います。けれど、その経験は決してむだになりません。やがてはあなたも病院を出て、街で普通に暮らす日が来るでしょう。その時には、病院での生活で得てきたものが、必ずあなたの心の支えになると信じるからです。

おそらくは、病院を出ても、入院中とはまた違ったつらい現実が待っていると思います。社会に出れば、病院の中でのように誰もがあなたに手を貸してくれるわけではありません。不自由な体をのろいたくなる時もあるでしょう。ひどい後遺症に悩まされるかもしれません。ですが、社会に出れば、人は自分自身の足で立ち、歩いていかなければならないのです。歩けない者は、つえや車いすの力を借りてでも、何としても自分の力で前へ進んでいく覚悟が必要です。その手助けをしてやれそうにないことが、お母さんのたったひとつの心残りです。

ですが、克己。

あなたなら、できます。

あなたは死の淵《ふち》から自分の力でここまではい上がってきた「奇跡の人」なのです。どれほどつらいでき事にぶつかっても、あなたなら必ず乗り越えていけるでしょう。この八年の日々は、あなたをたくましくきたえ、成長させました。長い入院生活はあなたに、どんなつらいことがあっても決してくじけない、それでいて人への思いやりを忘れない、強くしなやかな心を作りました。それは、お母さんのほこりであり、あなたの大きな財産でもあります。どうか自信を持って歩いていってください。あなたなら、たとえ一人でも歩いていけるはずです。そうお母さんは信じています。

サイドボードの一番上の引き出しに、十六冊のノートが入っています。あなたが奇跡的に命をとりとめてからのことを、毎日少しずつ書きとめたものです。それを読めば、あなたがどうやって死の淵からはい上がってきたのかわかるでしょう。つらいことにぶつかった時には、読んでみるといいかもしれません。お母さんも、あなたの容体が思わしくない時には、以前の悪かった時期とくらべつつ、何をすればいいのかを考え、目に見えて元気を取り戻した日のおどるような文字を見返しては、昔の自分に何度もはげまされたものでした。

十六冊のノートは、あなたの成長記録です。そして、同時にお母さんの成長記録でもあります。あなたというすばらしい子を神様からさずかり、お母さんもいっしょに成長することができました。もちろん、院長先生や定村《さだむら》先生、それに多くの看護師さんの手助けがあってのことです。あなたにつくしてくれた多くの人に見守られて、お母さんは今日まで生きてこられたのだと思っています。そして、もう少しだけ手を借りて、できる限りあなたのそばに長くいたいと考えています。

万一を考えて、あなたのことは院長先生によく頼んでおくつもりです。院長先生の言葉は、お母さんの言葉だと、これからは思ってください。

克己。

何度でもここに書きとめておきます。

あなたは母のほこりです。あなたと出会えて、本当に、本当にお母さんは幸せでした。あなたとのよき思い出の数々を、先に行ってしまったお父さんに、天国でたっぷりと話すつもりでいます。たぶんお父さんは、お母さんのことをとてもうらやましく思い、悔しがるでしょう。

克己、どうか強く生きてください。

あなたは「奇跡の人」なのです。何もおそれることはありません。

最後になりましたが、院長先生と定村先生、そして山田先生と看護師さんたちに、あなたからもどうかお礼を言っておいてください。先生方には、どれだけ感謝の言葉を重ねても足りないほどですから。

克己。本当にありがとう。

お母さんは幸せでした。

克己、あなたを一人にしてごめんなさい。けれど、あなたなら一人でも歩いていけるはずです。お母さんは、そう心から信じています。

あなたの人生は、これから始まるのです。

くじけずに、どうかがんばってください。

十二月十一日

母より

ノート1

三月二十一日

今日から克己のために、このノートを書こうと決めた。一見、ただ寝ているように見える克己だけれど、体の中ではきっと怪我《けが》と戦っている。何よりもまず、なえそうになってしまう自分を戒《いまし》め、勇気づけるためにも、このノートをつける意味がある。私が疲れ果て、あきらめた時に克己は死ぬのだ。絶対にあきらめはしない。あの子は必ず命をとりとめる。意識が戻る。そして私を抱きしめてくれる。唯一《ゆいいつ》の肉親である私がそう信じ、あの子の体にふれて、声をかけ続けるのだ。そうしてあげることが一番いい、と先生も言っていた。

必ずあの子は蘇《よみがえ》る。あきらめてはいけない。

この言葉をここに書きつけ、同時に胸に刻みつけておこう。

三月二十二日

脳圧がまた高くなった。薬の効き目が薄くなってきているのが、素人《しろうと》の目にもわかる。依然、脳波も弱いまま。脳圧の亢進《こうしん》とともに血流が鈍くなりかけているのだろうか。

午後、寺田先生から、今後の治療について説明を受ける。このまま脳浮腫《のうふしゅ》の状態が進めば、間違いなく脳死にいたる、と言われる。だが、望みは捨てないようにしましょう、とも。その言葉だけが、今は頼りだった。

今後は脳の温度を下げるための治療を続けるという。低温状態にすることで、脳細胞の損傷をくいとめるのが目的だそうだ。たとえ命をとりとめたにしても、脳細胞が破壊されてしまえば、克己は植物状態になってしまうおそれがある。

先生がたは、克己が意識を取り戻した時のことまで考えてくれている。だからこその、低温処置なのだ。ただ、今までのようにＩＣＵへの出入りはできなくなる。克己に話しかけてやれないが、今は仕方ない。

夕刻、一時的に脳圧が三十を切るが、再び上昇。

三月二十三日

脳圧の高い状態が続いている。

いくらか顔にうっ血とむくみが増したように見える。アルコールで体の熱を下げる処置。忙しく働きつつも、私を気にかけ、声をかけてくれる看護師さんたちに、ただ感謝する。事故の当初は、克己の状態に驚き、彼女たちに当たり散らしてしまった自分が恥ずかしい。

午後、脳の断層撮影の写真を見せていただく。

事故直後に比べると、また一段と明るい部分が少なくなった。脳が腫《は》れ、次第にしわが埋められているのだという。黒い影の広がりを見ると、こちらの胸までが暗くふさがれそうになる。先生は病状を逐一説明してくれるものの、耳をふさぎたくなる話が多い。

先生が私までを心配してくださる。私が倒れてはいけない。

食事、進まず。思い出すのは、家族三人の楽しい時のことばかり。先にいってしまったあの人を恨む。

三月二十四日

夕刻、寺田先生が再び脳幹反射の確認。瞳孔《どうこう》は拡大したままで、反応はなし。対光反射、角膜反射も失われたまま。唯一、脳波だけが弱いながらもかすかな波形を刻んでいる。それだけが救い。

先生から、脳死の一歩手前、と言われる。

最悪の場合も考えておいたほうがいい？　克己が意識を取り戻すこと以外に、母親が何を考えればいいのだろうか。

三月二十五日

容体変わらず。祈るのみ。

三月二十六日

現状変わらず。看護師さんが、克己の体をふいてくれる。その時に見えた足が、どきりとするほど細くなっていた。短期間でこれほど人の足が細くなるものとは……。点滴だけの栄養では足りないらしい。もしや、栄養を体に取り入れる力がなくなっているのか。

三月二十七日

断層写真。見るのがつらい。脳幹の隙間《すきま》がほとんど見えなくなる。脳圧限界。

頑張れ、克己。

三月二十八日

事故から十二日が経過。ここまで保《も》ったことが、すでに奇跡に近いと先生から言われる。

なぐさめはいらない。治療の続行をひたすらお願いする。

三月二十九日

変わらず——

三月三十日

たとえ命をとりとめたにしても、植物状態の可能性が高いと言われる。必死に打ち消していた不安を、目の前に突きつけられた思い。先生の顔も、遺族を遠目にするような遠慮がちのものに見えた。

このままあの子は何も話さず、動きもせず、ベッドの上でただ老いていくのだろうか。先生に尋ねると、意識を取り戻す確率は低いとのこと。けれど、可能性がゼロになったわけではない。非常にまれなケースだが、何年もしてから意識を取り戻した症例もあるという。〇・一パーセントでも可能性が残っていれば、それに望みを託すのみ。私は克己を信じる。信じたい。

二十一時四十分。二日前の深夜に運ばれて来た患者さんが亡《な》くなった。克己より脳波がはっきりしていたというのに。あまりにも急すぎる容体の悪化に、ただ驚く。奥さんに声をかけるが、何も言えない状態だった。弟さんが駆けつけ、初めて彼女は泣き崩れた。私には肩を寄せて泣く人はいない。強くならなければいけない。

それにしても、克己は本当に強い子だとあらためて思う。生死の境をさまよい、もう二週間になる。先生や看護師さんたちも、あの子の体力には本当に驚いている。あの子なら……。もしかするとあの子なら……。そう祈らずにはいられない。

◇

病院は海岸ぞいに建っている。病室からは、四角く切り取られた海と空が絵のように見える。訓練室でのリハビリを終えると、ぼくらは休憩室やどこかの病室に集まっては、毎日あきもせずに海と空をながめる。季節や時刻の移り変わりとともに、海や空はその表情を鮮やかに変える。何も変わらない病室とは違って。

いつものように窓の外をながめている時だった。半田《はんだ》さんが忘れ物を思い出したようにぽつりと言った。

「――あ。どうして空って青いんだろ？」

「どうしたのよ、急に」

吉富《よしとみ》さんが首を傾《かし》げた。とはいっても、吉富さんの首は、事故のせいで、もともと右二十度に傾いている。

「だって、青いじゃないの」

たまたまぼくが二人の間に座っていた。問いかけるような視線にはさまれて、ぼくは答えに困った。いつだったか、本で読んだ記憶を寄せ集めてみた。

「えーと。確か、空気にふくまれている酸素や窒素《ちっそ》の関係で……」

「そそそんなことも、し知らない、のか」

トモさんが車いすを窓に寄せて、ぼくらを見回した。

「き決まってるじゃないか。――夕焼けをきき綺麗《きれい》に見せるため、だよ。空がみみ緑色してたら、ゆ夕焼けが、ちっとも綺麗に、み見えないじゃないか」

トモさんは、これでけっこう哲学者なのだ。ぼくらは何となくうなずきながら、群青《ぐんじょう》色《いろ》に変わりつつある空を見上げた。なるほど。少なくとも緑色じゃなくてよかった、とは思える。

「じゃあ、ぼぼぼくらが入院しているのは、なな何の、ためだかわかるかな？」

トモさんが今度は得意そうな目をぼくらに向けた。

吉富さんがまた首を右に傾けたまま答え返した。

「よしてくれよ。病気やケガのために決まってるじゃないか」

「そそそう、じゃないさ」

「違う？」

「うん、違う、んだな」

「どうしてだよ」

トモさんはまだ少し麻痺《まひ》の残った左のほほをゆるめて、笑顔を作った。

「――た退院して、自由に街を、歩くためさ」

わかるような気がした。

◇

五時三十分になると、ぼくはベッドの上で目を開ける。朝の検温の準備に、ナースステーションで看護師さんたちが動き出す時間だった。

六時になると、病棟が静かに眠りから目覚める。ぼくは隣のベッドの俊紀《としのり》君に、おはようの声をそっとかけて、動けない彼の代わりに体温計をわきにはさんであげる。このごろは病状が安定して、ぼくの手助けにも嫌々をしなくなった。たぶん俊紀君も、言葉は出なくても、必死になって気持ちを表そうと努力している。あのころの、ぼくと同じように。

朝の体温をボードに書くと、そろそろ向かいの飯塚《いいづか》さんがもそもそと動き出す。その隣のトモさんは、看護師さんが呼びにこないと絶対に起きようとしない。

ぼくのいる第二病棟では、朝一番に洗面所へ立てる者はそう多くない。なぜなら、一人で立てるようになると、言葉や記憶に障碍《しょうがい》が残っていない限り、退院していくのが普通だからだ。ぼくはこの二年、一人で顔を洗い、歯をみがいている。

朝食は七時から三十分ぐらいまで。第二病棟の患者にとっては、食事も大切な訓練のひとつだ。食事、トイレ、着替え、入浴。日常生活での動きのひとつひとつがリハビリテーションをかねている。

飯塚さんは支持具で上から右腕をつり、慣れない手つきで必死にスプーンを動かし、おかゆを口に運ぶ。トモさんは震える手をおさえながら、ご飯の一粒一粒を舌先で確かめるようにゆっくりと食事をする。ぼくは五分で終える。

看護師さんにはたくさんの仕事があるので、俊紀君に手を貸すのはぼくの仕事だ。三ヶ月ほど前から、スプーンで口元に運んでやれば、彼は流動食なら食べられるようになった。小さな一歩だけれど、彼には大いなる前進だ。

回復はまず食事から、と言われる。胃や腸を動かすことで、それらをつかさどる脳に少なからず刺激が与えられる。ぼくもこうしてほんのわずかずつ、日常動作を取り戻していった。そう母や先生から聞かされていた。

食事が終わってしばらくすると、先生による回診がある。

その後が、それぞれの回復状態に合わせたリハビリだ。理学、運動、作業、言語、心理。各療法の先生による指導で、機能回復の訓練を行う。

ぼくの場合は、ひたすら歩く訓練だ。マッサージの先生に足首の筋肉をもみほぐしてもらい、低周波と超音波による治療を受けて、あとは手すりの横で歩き続ける。トレーニングマシンで足の筋肉をきたえて、また歩く。ひたすら歩く。そのくり返し。

つえを使って歩けるようになってから、もう一年半近くになる。けれど、まだ左足が思ったようには動かない。足首が上に持ち上がりにくく、前に持っていこうとする時に、注意しないと爪先《つまさき》が床に引っかかる。ひたすら歩く。病院の中ならどこでも。宮崎海浜病院で働く人たちの顔なら、ぼくは誰でも知っている。ぼくもみんなに知られている。

ぼくは病院で、奇跡の人、と呼ばれている。

◇

――病院の空気って、何だか重くていやだな。

隣の病棟へ見舞いにきていた人が、帰り際《ぎわ》にゴミを捨てるような口調で言った。ぼくらは無駄話をしながらも、見舞い客の話にはどこかで聞き耳を立てているところがある。少しでも街の話を知りたいから。病院内の噂話《うわさばなし》にはもうあきているから。

病院の空気は重い。それはそうだ。病室には昨日と何も変わらない時間だけが毎日毎日積み重なっていく。置き忘れられたり、途中で放り出されてしまったりした時間までが、病室の隅にはうずくまっている。

ぼくらは毎日その中を泳いでいる。人より体力が勝《まさ》っていたり、息を長く続けられたりした人がここから出ていき、時にはその流れに押されて、おぼれてしまう人もいる。

そしてまた、放り出された時間が病室の隅に重なる。

◇

昼食とお昼休みをはさんで、ぼくらはまた訓練室へ集まる。午後のメニューが待っている。ぼくの場合は、作業療法による機能回復訓練だ。

右手は、まだ危なっかしいところもあるけど、はしだって持てるし、字だって小学生ぐらいには書けるようになった。問題は、左手だ。足と同じく左のほうが自由に動いてくれない。ぼくの左手は、右手より何十メートルも長く、何十キロも重くできてるみたいに、のろのろ動く。もどかしさに耐えて左手だけで豆をつかみ、スプーンを動かし、そしてビーズに糸を通す。

時々かんしゃくを起こして、豆や積み木やビーズを投げ出す人がいる。

ぼくも昔はそうだった。でも今は違う。豆や積み木を黙って拾い、投げ出した人の前にそっと置く。半田さんは、ぼくが置いたそばから積み木を不自由な手で払いのけた。五回も。そして六回目に、涙をこぼしながら積み木をもう一度はじめから積んでいった。それは昔のぼくの姿だった。そして今では半田さんも、ぼくといっしょに投げ出された積み木をそっと置く役目をしている。

午後の訓練が終わると、夕食までが自由時間になる。

ぼくはベッドに戻り、食事用のスライドテーブルを引き寄せて教科書とノートを開く。ぼくは今、中学一年の教科書で勉強している。参考書の練習問題を解き、わからないところがあれば、医局に寄って、手のあいた人を見つけては質問をする。このごろぼくは、先生たちから煙たがられている。

中学生の教科書になると、ぐんと難しくなった。中でもぼくの左手のような存在が、数学だ。割り算や掛け算ならともかく、因数分解となると、とたんに頭の中が何キロものはるかかなたへ遠のいてしまう。でも、先生の中には、数学の教科書を見せただけで、逃げ回る人だっている。だからぼくは、先生たちから煙たがられている。

◇

院長先生から呼び出しを受けたのは、中庭を散歩中に桜のつぼみを初めて見つけた日のことだった。

珍しく訓練室に院長先生の姿があると思ったら、帰り際にぼくの前に来て、二人だけの秘密をささやくようにそっと言った。

「訓練が終わったら、悪いけど先生の部屋に来てくれるかな」

いつも笑顔を絶やさない先生だったが、その時は、いたずらをたくらんでいる時のトモさんのような笑顔をしていた。それが少し気になったと言えば言えた。

◇

階段はぼくにとって絶好の訓練場所だ。左手のつえに体重を乗せ、一段目に左足を上げる。その足に体重が乗りきらないうちに、素早く右足をスキップするように二段目へ運ぶ。母が入院していた時には、毎日この第一病棟の三階まで上り下りしていた。

脱げそうになる左足のスリッパに注意しながら、手すりには一度もつかまらず、おどり場まで一気に上がった。

「あら、どこへ行くの？」

上の階からカルテを持った江藤さんが下りてきた。

「院長先生に呼ばれました」

「どういうこと、それ。患者さんを呼びつけるなんて、院長先生らしくないわね」

江藤さんは、どこでぼくらを見かけても、必ず声をかけてくれる。けれど、忙しくなると、たまにぷりぷりと怒り出す。ぼくは慌《あわ》てて言った。

「いつも先生には回診されるばかりじゃないですか。たまにはぼくのほうから先生のところへ回診に行ってみたいと思ってたんです」

「患者使いの荒い先生には、太い注射でもお見舞いするのよ」

そうします、と笑ってぼくは答えた。

院長室は、第一病棟二階の一番奥にある。

「おう、来たかね。ドア、開けられるね」

ノックすると、中からサチコちゃんが象のあくびと名づけた、院長先生の眠たそうな太くて低い声が答えた。ぼくは少し緊張しながら、ゆっくりとドアを開けた。

院長室は、想像していたほど広くなかった。手術後に入る個室ほどではないけれど、二人部屋より狭いみたいに感じる。陽の射《さ》す南側を病室が占めているので、せっかくの大きな窓からは海岸道路とパインツリーの植わった丘が見えるだけだ。いつも窓を閉めきっているのか、潮の香りはちっともしない。代わりに消毒液とは少し違った、かび臭さのようなものが鼻につく。壁を埋めている本の臭《にお》いかもしれない。

「よく来たね。さあさあ、そこにかけて」

院長先生は背もたれのついたイスから立ち上がると、机の前に置かれたソファに手を向けた。丸眼鏡をかけ直して、もじゃもじゃの髪をゆらしながら、先生は大きな体をソファに沈めた。

「すまなかったね、呼び出したりして。本当なら先生のほうから行けばよかったんだけど」

「いいえ。なるべく歩けと定村先生から言われてます。それに、八年間この病院にいて、ここだけ入ったことがなかったんです」

つい三ヶ月前までは、霊安室もそのひとつだった。けれど、母が病室から移されたので、ぼくは去年の暮れに初めて足を踏み入れた。白いタイルに囲まれた、何もない小さな部屋だった。窓がなく、すすり泣くような音を立てて換気扇が回っていたのを、ぼくは今も覚えている。

つえを脇《わき》に置いて、ソファに座った。病室のベッドより、かなりふかふかしている。けれど、ひじかけや背もたれの布が、ところどころすり切れていた。

先生が驚いたように眼鏡を押し上げて言った。

「じゃあ、何かな。君は、薬局やカルテの保存庫にまで入ったことがあるのかい?」

「看護師さんとかくれんぼをしたことがあります」

先生は小さな目や口を顔の真ん中に寄せて、白い髪をかき回した。

「すみません。でも、もう何年も前で。ぼくがまだ幼かったころのことです」

「参ったな。君にかかったら、屋上の手すりでさえ、ジャングルジムになってしまいそうだ」

院長先生はちょっとぼくをにらんでみせると、鼻から息をぬいて小さく笑った。左のひじかけに体重をあずけて、苦笑いをほほに貼《は》りつけたまま、部屋の中を見回した。

「で、どうだね、初めて足を踏み入れた院長室のご感想は？」

「駅前の本屋さんみたいで、驚きました」

「うん。ここにあるのは、すべて病気に関係する本ばかりだ。ずいぶん古いものもあるけど、病気の種類はたくさんあるし、患者さんによって症例も違う。まだまだ足りないぐらいだよ。定村先生たちも、みんなここに負けない数の本を持ってると思う」

先生は言って笑みを消すと、カルテを見る時のような顔になった。ひざの脇に立てかけておいた、ぼくのつえに目をやった。

「カフつきからノーマルに替わって、もうどれくらいになるかな」

「三ヶ月半です」

「じゃあ、もう充分に慣れたころだね」

「定村先生に言われて、毎日腕立て伏せをして、きたえてます。少しずつですけど」

院長先生は背筋を伸ばし、熱いお豆腐を丸ごと飲んでしまった時のような顔になった。

「それはすごい。入院中に腕立て伏せを始めた患者さんなんて、初めて聞くよ」

カフつきの場合、腕の周囲をガッチリととらえてくれるから、肩の力で体重を支えられる。けれど、にぎりの部分しかない普通のつえでは、手首や腕の力が必要になる。

「本当に君は、奇跡の人だな」

奇跡の人――。

そう言われるたびに、ぼくは何だか、ぼくがぼくでないような気が、いつもする。先生たちが口をそろえて言うのだから、きっとぼくは奇跡的な回復を見せた珍しいケースの患者なんだろう。とても運がよかったのだと思う。けれど、その代わりにぼくは、昔のぼくでなくなった。それも、珍しがられる理由のひとつだった。

院長先生は、そわそわとソファの上でお尻《しり》を動かしながら言った。

「この調子なら、外で勉強することもできるかもしれないな。君の望んでいたようにね」

すぐには先生が何を言っているのか、わからなかった。

外で勉強を？　つまりは病院を出て――？

「うれしいなあ、先生は。医者として、君にはいつも驚かされてばかりだった。だから、いつか反対に、君の驚く顔を見てみたいと思ってたんだ」

「……ここから学校に通えるんですか？」

こわごわとしか質問の言葉が出てこなかった。

先生は首を振った。笑顔はまだ消えていない。

「通信――教育とか、ですか？」

「何を言ってるんだ、克己君。――退院だよ。もう君なら大丈夫だ。一人でも立派に暮らしていける」

きっとぼくはだらしなく口を開けていたと思う。すぐには嬉《うれ》しい気持ちがわいてこなかった。病院での生活が長く、泣いたり笑ったりの蛇口を細くしめておくのが習慣になっていた。些《さ》細《さい》なことで、いたずらに喜んだり期待したり、夢を見たりするのが怖くなっているところがあった。

「八年間、よくがんばったね。おめでとう」

「冗談、とかじゃない――ですよね」

「君がすぐに信じられないのは無理ないよ。長いこと本当に待たせてしまったからね。けれど、ようやく退院の方向で話がまとまったんだ」

これまでに、何度母が退院願いを病院に出したか、わからなかった。普通の交通事故によるケガであれば、リハビリの途中で退院していくのがほとんどだった。中にはぼくに似て、昔のことをあまり思い出せない人もいた。けれど、器具を使って歩けるようになると、例外なく病院から家へ戻っていった。

定村先生も、病院にいつまでもいては甘えの気持ちが出てしまう、家へ帰って少し無理してでも今までどおりの暮らしをする努力をしたほうがいい、と言っている。けれど、ぼくだけは退院の許可が出なかった。

　ぼくはぼくであっても、昔のぼくではないからだった。母がそう教えてくれた。ぼくは非常に珍しいケースなのだ、と。

「ただ……ね。君の場合はお母さんを亡くしてるだろ。いっしょに暮らせる身寄りがいない。そのことを心配する人が少し、いる。でも、君なら大丈夫だ。そう先生が太鼓判を押した。――あ、太鼓判というのはわかるかな」

　ぼくは首を振った。

「つまりだ。君が一人で暮らしていけるとの保証に、先生が太鼓のように大きなハンコを押したっていう意味だ」

　ぼくが病院を出て、一人で自由な生活を送る――。

　どれほど夢に見ただろうか。

「でも、先生――」

　言いかけると、院長先生はぼくの目を見てうなずいた。

「もちろん、一人で暮らしていくには、仕事を見つけて生活費を得なくてはならない。そのための仕事を見つけてもらえるよう、民生委員の人に頼もうと思ってる。民生委員というのは、役場から頼まれて、いろいろな理由で生活に困っている人の手助けをしてくれる係の人でね。病院で言えば、足立さんのような人だと言えばわかるかな」

　足立先生は、患者や家族の相談に乗ってくれる、メディカルソーシャルワーカーという難しい名前の資格を持つ先生だ。母がぼくのことで何度もお世話になったと言っていた。

「定村先生から君のリハビリの状態を伝えてもらえば、きっと民生委員の人が君に向く仕事を見つけてくれると思う。慣れないうちは、きつく感じるかもしれないけれど、君ならやっていけると先生は信じてる。どうだろうか？　仕事のことを頼んでもいいかな。仕事が見つかれば、君はここから退院できる。もちろん、リハビリには通ってもらわなくてはならないけどね」

「あの……。一人で生活ができるようになれば、学校へ通うこともできるんですか？」

院長先生は手をひざの上に重ねて置いた。

「克己君。君の場合はすでに一度中学を出て、義務教育を終えている。そのことを君が覚えていないのは残念だけど、国というのは四角四面で――ようするに、きわめて堅苦しい考え方をするところでね。一度義務教育を終えた者には、もう一度同じ勉強をさせるわけにはいかない、というんだよ。それに、君のような大人が中学生にまじって勉強することには、やはり少し無理がある。でもね――」

院長先生は身を乗り出し気味になり、ぼくを勇気づけるように言った。

「高校の場合は別だ。これまでのように一生懸命勉強を続けて、入学試験を受けて合格すれば、誰もが入学できる」

「高校、ですか」

ぼくは今、母がそろえてくれた中学一年生の教科書で勉強を続けている。高校生では、気が遠くなるような難しい勉強をしているだろう。

「大丈夫だよ、君なら。お母さんが小学校の教科書を買ってきたのは、いつだったかな」

「三年前です」

「ほら。君は人の半分の期間で小学校の勉強を終えた。中学だって、おそらく同じだ。一年ちょっとのしんぼうじゃないか。あ——しんぼうというのは……」

「がまんすることですね」

「そう、そうだよ。一年と少しがまんして勉強を続ければ、君なら必ず高校生になれる。それに、病院の外に出れば塾というものだってある。あ——」

「学校での勉強をもう一度おさらいするところですね」

院長先生はため息まじりにうなずき返した。

「すごいね、君は。いや……君もすごいが、お母さんもまたすごかったと言うべきだろうね。一人で君をここまで育てあげたんだから。二度にわたってね。普通の人にできることではないよ。奇跡の人の陰には、奇跡の母あり。君のお母さんは、母でもありサリバン先生でもあったわけだ」

母に言われて、ぼくはヘレン・ケラーの伝記を読んだ。ヘレンの家庭教師の先生の名前が、サリバンさんだった。

院長先生は笑顔で言った。

「いや、塾よりもっといい方法がある。うちの先生たちに、家庭教師の代わりをしてもらうんだ。優秀な先生ばかりだから、きっと期待に応《こた》えてくれると思う。何だったら、先生が見てもいい。ただし——数学以外ならね」

院長室を出ると、ぼくはまた階段を上った。どこまでも上っていけそうな気がした。けれど、残念なことに病院は五階までしかなかった。

屋上に出た。悩んだり悲しんだり、何かあった時、母はいつもここに来ては海をながめて気を静めるようにした、と言っていた。その話を聞いて以来、ぼくも自然とここに足を運んでいた。母が死んだ時も、ぼくは一人でここへ来て、泣いた。

「こんにちは」

風になびく包帯の間から、新人の看護師さんが顔を出した。ぼくも挨拶《あいさつ》を返して、空を見上げた。ぼくと頭上に見えるひとすじの雲を中心にして、青空がゆっくりと回っているみたいだった。

「いいお天気ですね」

「ホント、絶好の洗濯日和《びより》」

看護師さんは腕まくりの真似《まね》をして、かごに山と積まれた包帯をかかえ上げた。ぼくが昔使った包帯も、こんなふうに若い看護師さんが洗濯してくれたものだったのだ。

海ぞいのベンチは、すべて仲間たちでいっぱいだった。つきそいのお母さんと絵本を読んでいる子、不自由な手で編み物をする女性、一人でぶつぶつと何か言っているおじさんもいた。

ぼくはみんなと挨拶をかわすと、海からの風を背中に受けて、北側の手すりへ歩いた。こちらからだと、海は見えない。小高い丘の合間に、街道の両側に並ぶ家の屋根がぽつりぽつりと続いている。そのずっと先には、宮崎の街があるのだ。

病院を出て、一人で暮らす。

ぼく一人で街を歩き、買い物をして、食事を作り、働いてお金をかせぐ。たぶん、病院で暮らすより、はるかに大変だろう。母が手紙の中で書いていたように、社会へ出れば、誰もぼくに手を貸してくれない。一人きりの力で歩いていくしかない。

でも――。

毎朝、六時に起きて体温をはかる必要はなくなる。夜の九時に電気を消されることもない。好きな本をいつまで読んでも怒られないし、お昼にハンバーガーを食べることだってできる。休みの日になれば、映画を見にも出かけられるし、水族館にだって行ける。雨の日だからといって部屋に閉じこもっていることもなく、傘を差せば――いや、たとえ全身がぬれたって、誰に止められることもなく、自由に街を歩ける。

深く息を吸った。空を見上げた。海鳥がすべるように青空を横切っていった。

意味もなく大きな声を出したくなった。

◇

病棟は、噂話にうえたスポンジみたいだ。いい話も悪い話も、驚くほどの早さで吸いこみ、あちこちへ広がる。

「克己君、退院だって。おめでとう」

院長室から出た十分後には、もうぼくは仲間たちから、そう声をかけられた。

正式に決まったわけじゃないんだ。まだどうなるか、わからないよ。ぼくはみんなに答え返した。そして自分に言い聞かせた。そう。まだ正式ではない。ぼくにできる仕事が見つからなければ、一人暮らしは難しい。もしまたぼくの頭痛がひどくなったりすれば、退院の許可がおりないかもしれない。

「克己君なら大丈夫だよ」

みんなは声をそろえて言ってくれた。ぼくもそう信じたかった。ぼくらはこれまでに何度も、退院が取り消されてしまった仲間を見てきた。そして、退院することなく、病院から出ていくことになった仲間を見ている。

◇

定村先生は、ぼくに「おめでとう」と言わなかった。リハビリの現場をあずかる先生は、患者が社会に戻っていく数多くの例を見ている。

訓練室の歩行板の横で、先生はぼくの左足首をもみながら小声で言った。

「院長先生に言われて、君の手足の状況を詳しく民生委員の人に報告しておいた。すぐに返事があるとは考えないほうがいいと思う」

定村先生は、気休めの言葉を何よりも嫌う。だから、若くて背が高いのに、看護師さんの間であまり人気があるとは言えない。

看護師さんの中には、優しさと甘やかしをはき違えている人がたまにいた。たとえば注射の際に、「チクッとしますから我慢してね」などと、いい歳《とし》をした大人の患者に言う看護師さんだ。

子供扱いと思いやりは違う。優しさではない。そう定村先生ははっきりと看護師さんたちに言う。ぼくらにも時に厳しいことを言ってくる。でも先生は、患者がリハビリメニューをクリアできた時、まるで自分のことのように喜んでくれる。

「先生。ぼくにできる仕事なんてあるんでしょうか」

定村先生は白衣の腕を組むと、じっとぼくを見返した。

「仕事はあると思う」

「本当ですか」

「君ならある程度の仕事はこなせる。でもね、ぼくが心配なのは、その仕事の内容ではないんだ。仕事にもいろいろな種類があるのは、想像できるね」

ぼくは先生の目を見てうなずき返した。

「テレビのドラマとかで見るような、立派なオフィスビルに出勤する仕事は、たぶん君にはまだ無理だろう。外へ出て、荷物を運んだりする力仕事もまずできない」

「わかっています」

「簡単な掃除をしたり、倉庫の品物を見張る係をしたり、君にもできる仕事は必ず見つかると思う。けれど、そういった簡単な仕事は、もらえるお金がどうしても少なくなる」

「……はい」

「物には値段があって、お金を多く出さないと買えないものがいくらでもある。綺麗な洋服だとか、特別に美味《おい》しい料理だとか……。電車に乗って遠くへ行くにも、お金はそれなりに必要だしね」

「わかります」

「ぜいたくなことは何もできないと思う。つらいことや、我慢しないといけないことが多くて、泣きたくなるかもしれない。ひょっとすると、病院にいた時のほうが居心地よかった、と思えることが多くなるかもしれない。そんな時は、一人で考えこんだり悩んだりしないで、いつでもぼくや院長先生に相談してほしい」

　手放しで喜んでもらえるよりも、何だかぼくには、退院が初めて確かなものとして感じられた。母が手紙の中で書いていたことと、定村先生が言ってくれたことは、とてもよく似ていた。

「おどかすようなことを言ったけど、一人暮らしを始めるには、相応の心構えが必要になる」

「はい。わかります」

「よし。じゃあ、つえなしで、あと十往復しようか」

定村先生は笑顔も見せずに言った。先生は、決してぼくらを甘やかしたりしない。

「しし心配は、いらないよ」

トモさんは震える手でお手玉を握り替えながら言った。ぼくは左手の指先を使って豆をひとつつまんで、隣のお皿に移した。

「そうかなあ」

「そそうだって。さ定村先生は、君をよよく知らな、いんだ。だって、まだここここに来て、さ三年だろ」

「年数は関係ないよ」

「ちち違うな」

自信たっぷりにトモさんは言った。手のお手玉が、すっかりおろそかになっている。

「きき君は、ここに八年もいる、んだ。だ誰よりも、人が死ぬのを、見てきた。泣いた人を、みみ見てきた。せ先生は、それを忘れているんじゃ、なないかな。き君は人のつらさを、し知っている。自信を持ってい、いいよ」

「ありがとう」

「いいい、なあ。街にはいっぱい、お女の子がいるぞ」

トモさんはお手玉をようやく握り替えた。ぼくのほうに、車いすを寄せてきた。

「なあ。た退院したら、たまには、遊びに来てくれよ。お女の子の写真集、手みやげに、ね」

約束するよ、とぼくは言った。

◇

足立先生は、月曜日と木曜日の週二回、病院にやって来る。

ぼくら患者の中に、足立先生のファンは多い。看護師さんのように身近ではなく、病院づきの先生のように、こちらが一方的に頼る存在でもない。仕事柄、ぼくらの悩みを聞き出すのがうまい。

足立先生が来る日は、病棟の中がなごやかになる。トモさんはいつも先生が部屋に来てくれるたび、うっとりと先生の顔を見つめる。トモさんの場合は、少しぼくらとは先生を好きな理由が違っているのかもしれない。

足立先生は忙しい。いつも重そうなファイルやノートをかかえて足早に歩く。午後は相談室で、家族の人たちと難しそうな顔をしている。怖い顔になっている時もあった。けれど、ぼくらのことを真剣に考えてくれているからだ、と江藤さんはいつも言う。

「いよいよ退院だって。おめでとう」

　足立先生は、おめでとうを言ってくれた。でも、なぜかすぐに相談室での難しそうな顔になった。

「相馬《そうま》さんはいつも勉強熱心でいろいろな本を読んでいるから、病院の外での暮らしについても、よく知ってると思う。でも、本で読んだり人から聞いたりするのと、実際に自分で体験するのでは、とても大きな違いを感じることがあってね」

「百聞は一見にしかず、ですか」

　先生はぼくの目をじっと見てうなずいた。

「そう。だから、あとで戸惑ったり困ったりしないよう、今から少しずつ街の暮らし方について、勉強しておいたほうがいいと思う。先生も協力する」

　その日から、ぼくは先生が病院に来る日は、相談室でいつも夕食後に二時間ほど、一人暮らしの勉強を始めた。

　電車やバスの乗り方。電気やガス料金の払い方。銀行に口座を作る意味とその方法。印鑑の大事な役割。税金、保険、住民票……。

◇

　お正月やお盆などの長い休みの時には、病院の許可を得て、母と家に帰ったことが何度かある。だから、電車やバスの乗り方はわかっていたし、定期券という便利なものがあるのも知っていた。母は家から病院までの、ＪＲとバスの定期券を持っていた。

銀行や市役所の仕事については、社会科の教科書で勉強している。けれど、足立先生の作ってくれたプリントほど詳しくは説明されていなかった。働くようになれば、税金を払い、国民年金に加入して、その分の決められた金額を払っていかないとならない。今は誰も住んでいない家には、固定資産税というものがかかり、それも払う義務がある。これまでは母が、そして母が亡くなったあとは、院長先生がすべてぼくの代わりにやってくれていた。一人暮らしをしていくには、ぼくがやらないとだめなのだ。すべてを一人でできてこそ、一人前の大人だった。

　ぼくはもうじき三十一歳になる。

一人の大人として、恥ずかしくない知識を身につけたいと考えている。

　特別授業が終わって病室に戻ると、ぼくは足立先生の作ってくれたプリントを、最初の一行目からノートに書き写していった。大切なことは、必ず書くようにしなさい。母はいつも言っていた。書くことで、字を覚えられるし、頭の中にも残るようになる。

トモさんが向かいのベッドから言った。

「か克己君、大変だな。べ勉強、おれ、嫌いだから、たた退院できなくても、いいな、おれ」

「でも、退院しないと、女の子に会えないよ」

「そそうなんだよな。困るよな、それは」

トモさんはお手玉を握りしめ、深刻そうな顔になって天井をにらんだ。

その日は、銀行について二度目の授業を終えたところだった。プリントをノートに書き写していると、隣の部屋の金子さんがおずおずといった様子で顔を出した。悲しそうな声で、ぼくに小さく言った。

「克己君。何だか足立先生、怒ってるんだ」

「なな何したのさ、か金子、さん」

「ぼくは何もしてないよ。相談室の中から、先生の声が聞こえてくるんだ。その声が何だか怖くて……」

ぼくはトモさんと顔を見合わせた。金子さんも、足立先生のファンの一人だ。先生の声を聞いて怖がるなんて、どうかしている。

「ついさっきまで、克己君が相談室にいたろ。何したんだよ、先生に」

ぼくのせいで先生が怒っている。そう金子さんは考えたらしい。

「わかった。見てくるよ」

ぼくはつえを手にした。看護師さんに見つからないよう、そっと病室を抜け出した。

つえの音に注意して、階段を下りた。相談室は、訓練室へ向かう廊下の途中にある。そろそろ消灯時間が迫っていた。

本当だった。

相談室前の廊下にまで、足立先生の声が聞こえていた。

「……勝手すぎる。だから私はもっと早くから言ってたのに」

もう一人、別の人の声も聞こえた。けれど、部屋の奥にいるのか、何を言っているのかは聞き取れなかった。ドアに手をかけようとして、ぼくは手を止めた。

「上の人たちの考えていることなんて、わかってる。このままだと、やがて医療費が払えなくなる。だから慌てて退院を決めたんじゃない。違う？」

とてもドアを開けて、中へ入ってはいけなかった。もしかすると、これは……。

「何度だって言う。おかしいじゃない。克己君の状態なら、もっと早くに退院しても当然だったのに」

足立先生の声が震えているようだった。ぼくの足も負けずに震えていた。

「確かに記憶障碍が残ってる。それは今も同じでしょ。彼は昔のことを一切覚えていない。けれど、ＲＯＭはもちろん、ＡＤＬの結果もはるかに水準をクリアしてた」

「落ち着くんだ、康子」

はっきりともう一人の声が聞こえた。定村先生の声だった。定村先生が、足立先生のことを「康子」と呼んでいたなんて、ぼくは知らなかった。

「ぼくだって、何度も院長に直訴したさ」

「嘘《うそ》。非常にまれなケースだって、最初は喜んでたでしょ。奇跡の人だなんて言って、みんなで彼を実験台にしてた。なのに、たった一人の身内が亡くなったとたん、退院だなんて……。どう考えたっておかしいでしょ。このままだと、医療費が払えなくなる。

だから、今のうちに放り出そうってことじゃない」

「そうじゃない。あのお母さんが、自分にもしものことがあった場合に備えていなかったと思うのか。あの人は、彼の将来についても考えていた。それに、たとえ病院側に支払いへの不安があったにしても、いつかは一人暮らしを始めるべきなんだ。この先もずっと病院にいるのが、彼にとっていいことであるはずがない。違うかな」

「彼はたった一人なのよ。体は立派な大人でも、十二、三歳の子供と同じ。それなのに仕事が見つかりしだい放り出すなんて、私にはできない……」

「彼はできるよ。あの子なら——いや、あの人なら、必ずできる。彼がこの八年で、どれだけの奇跡を起こしてきたと思ってる。脳死を宣告されそうな状況にあったんだ。たとえ命をとりとめても、植物状態は避けられないと誰もが思ってた。でも、そのうち意思表示をするようになり、体を動かし、言葉まで覚えるようになっていった。今じゃ一人で勉強だって食事の準備だって掃除だって、何だってできる。彼なら大丈夫だよ。絶対に乗り越えていける。ぼくらがしっかりサポートしていくんだ。たとえ病院の手を放れたとしても、彼から目を離すつもりは、ぼくにはない」

　よくわからないことが多かった。難しい言葉がいくつもあった。けれど、先生たちが、ぼくを心配してくれているのは理解できた。

　足立先生の声は、もう聞こえなかった。代わりに、すすり泣くような雰囲気が伝わってきた。胸がしめつけられた。けれど、病院を出れば、もっと泣きたくなるようなことがあるだろう、と定村先生は言っていた。

ぼくはドアの前で、中にいる先生たちに頭を下げた。それから、つえの音が聞こえないように注意して、病室へ歩きだした。

◇

昔の記憶を持たないぼくにも、今のぼくとなってからの遠いおぼろげな風景はいくつも胸に刻まれている。たった八年に満たないいまだ新しい昔の出来事なのに、思い出は百年前の写真のように色あせて、たぐり寄せようとするそばからぽろぽろと砂糖菓子みたいに崩れそうになる。記憶を記憶として保存しておく手順が、まだぼくの頭でうまくできていないからだろう、と先生たちは言う。

背表紙のなくなったアルバムと同じで、どのページが古いものかわからない。なぜならそのほとんどが、母と病院にまつわるものばかりだからだ。ぼくはこの病院で言葉を覚え、歩き方を学び、人と出会い、少し成長した。今のぼくの記憶から、母と病院を消してしまえば、ぼくという人間も消えてしまいそうだった。

母がぼくを抱きしめ、叫んでいる記憶がある。

かなり古いものらしく、そのシーンのところどころが記憶の底にとけこみ、かすれている。ぼくは病室のベッドの上だ。多くの顔の見えない人がぼくと母を取り囲んでいる。その人たちに向かって、母がぼくを抱きしめながら叫ぶ。その言葉は記憶にない。ただ、母だけがぼくの味方だ。ぼくを守ろうとしてくれている。あの時のぼくは、そう理解していた。

母が死んで、ぼくは初めて母の日記を目にした。六年前の十一月に、同じようなシーンの記述があった。

ぼくは言葉を覚え始めたころで、手足は動かず、ほとんど寝たきりだった。先生たちは、ぼくがわずかに言葉を取り戻したものの、この先の回復は望めない、ここで言語療法を打ち切りたい、そう母に告げた。母の考えは違っていた。この子は赤ん坊に戻ったも同じだ。これから言葉を覚え、歩き方を学ぶ。だから治療を打ち切らないでほしい。そう先生たちに叫んだ、と日記にはあった。

そのシーンだと、ぼくは固く信じている。母があの時のぼくを、これから成長するのだと信じてくれたように。

ぼくは母を深く信じたいと思っている。

◇

小学生、という言葉を耳にしたのはいつだったろうか。

もう四年も前に退院していった望月《もちづき》さんという人から、言われたことがある。

——克己君は小学生みたいな笑い方をするね。

望月さんからすれば、ただ思ったことを口にしたのかもしれない。少なくとも、ぼくを傷つけようとして言ったわけではなかっただろう。それまでにも小学生や小学校という単語は耳にしていた。テレビのドラマやニュースで子供たちが大きな建物の中で集まっているシーンを何度も見た。でも、その場所が何をするところなのか、ぼくにはわからなかった。だから、あとで母に聞いた。

「ねえ、小学生って何なの？」

母は説明してくれた。でも、ぼくには一切の記憶がなかった。小学校へ通ったことも、同級生の顔も、ぼくが小学生だったことすらも。ぼくは小学校に行ってないの？　母は答えた。

「あなたは今、病気だからここにいるの。今は昔を振り返るより、病気を治し、これからのあなたを考えていくほうが大切なのよ」

ことあるごとにぼくは、母に同じような質問をした。母も同じような言葉を口にした。そして、その答えを返す時だけ母の顔がわずかに強張《こわば》り、怖くなるように見えたのを、ぼくは今も忘れられない。

ぼくは母を信じたいと思っている。

母は仕事をしながら毎日病院に通ってきた。父を早くに亡くし、ぼくを一人で二度も育ててくれた。だからぼくは、過去を振り返るのをやめた。それは、鏡に映りもしない自分の姿を探すようなものだった。やせ我慢をしてでも、道の前だけを見て歩こうと決めた。そして、これからも前を見続けていきたいと思っている。思ってはいる。

◇

病院の横手に、海岸まで続くなだらかな坂道がある。

ぼくらはよくそこへくり出し、坂を上がる競走をする。その一位になった者から退院していくのが、ぼくらの間では入院期間を計る物差しみたいになっていた。ぼくはもう、二年前から一位を独り占めしている。それからは、二位になった人が退院していく。トモさんは半年ほど前から、車いすで坂を上がれるようになった。

坂を上がりきると、どこまでも続く海が見える。ぼくらは潮の匂《にお》いのたっぷりふくまれた風を浴び、夕焼けにそまる空と海をいつまでも見ていることがある。

そんな時、いつも質問をするのは半田さんだ。

「ねえ、海ってどこまで続いてるんだろ？」

答えるのは、例によってトモさんだ。

「しし知らないのか、そんなこと。きき決まってるだろ。陸にぶぶぶつかる、までだよ」

「じゃあ、陸はどこまで続いてるのさ」

「だだから、うう海にぶつかる、までだよ」

珍しく、金子さんがぼくらの顔色を見るようにして聞いた。

「なあ、ぼくらはいつまでここにいるんだろうか」

吉富さんが首を傾けながら答えた。

「そりゃあ、退院できるまでだろ」

「ちち違うな」

トモさんが確信ありげに首を振った。吉富さんが首を振れずに、体ごとトモさんに向かって聞いた。

「じゃあ、いつまでなんだ？」

トモさんは震える人差し指をひたいの脇に振り上げた。トモさんは、これでけっこう詩人でもある。

「まま街が、ぼくらをよよ呼ぶ、その日、までさ」

◇

一ヶ月後に、ぼくの退院が正式に決まった。民生委員の人が、ぼくにできる仕事を見つけてくれたのだ。

院長室に呼ばれると、大きな丸い眼鏡をかけた小柄な中年女性がソファに座り、笑顔でぼくを待っていた。その人が、民生委員の風間さんだった。

「おめでとう、相馬さん。だけど、これからが大変になるわね」

風間さんはぼくのことを、相馬さん、と呼んでくれた。

「仕事先は、南宮崎の駅から歩いて十分ぐらいのところにある印刷会社でね。あんまり規模が大きいとは言えないけど、地元では手堅く仕事をしているって評判のある工場だから。相馬さんには、印刷機械を動かすお手伝いをしてもらうことになってます。インクを綺麗にふいたり、紙をそろえたり、刷り上がったものを梱包《こんぽう》したり——あ、梱包ってわかる？」

「はい。物を包むことですよね」

「そのとおり。来週にもう一度こちらに来ますから、その時には外出の許可をもらって、いっしょに工場へ挨拶に行きましょう。——それでよろしいんですよね、院長先生」

風間さんは夏でもないのに汗を気にするようにハンカチをほほに当て、せかせかと言った。

「そこの社長さん、ちょっとお酒好きなのが玉にきずだけど、案外いい人だから、心配しないでね。それと——お給料のことなんだけど、最初の半年が見習い期間ということで、ちょっと少なくて。ごめんなさいね。だけど、相馬さんにはお母さんの残してくれた家があるから、何とかやっていけると思う。お金の使い方は、最初に食費はいくら、光熱費はいくらって、だいたいの目安を立てながら使うようにするといいんじゃないかな。面倒くさいと思わないで、使ったお金をノートにつけておくようにしましょう。何か困ったことがあったら、必ず私か社長さん、それから院長先生に相談してくださいね。いい？」

ぼくがうなずき返す前に、風間さんは早口に続けた。

「それから、学校のことは、やっぱりちょっと難しいみたい。あなたは一度中学校を卒業しているから、入学は無理で……。早く中学校までの分を取り戻して、来年には高校を受けるようにしましょう。昼間は仕事があるから、夜間高校になってしまうけど、勉強するには昼だって夜だって、時間なんか関係はないから。ね、がんばりましょう」

風間さんはせかせかと言うと、自分のことのように強くうなずき、立ち上がった。

「じゃあ、また来週。風邪なんかひいたりしちゃだめよ」

小柄な体とはあまり似合わないちょっとごつごつとした手で、風間さんはぼくの手をぎゅっと握った。それから、せかせかと院長先生に挨拶すると、時計を気にしながら忙しそうに院長室を出ていった。


つむじ風のように風間さんが帰ってしまうと、ぼくは院長先生と二人になった。先生はぼくに部屋へ帰っていいと言わなかった。ぼくらは何となく黙り合って座っていた。いつも忙しくしている院長先生と二人きりになれる時間はほとんどなかった。

「おめでとう。晴れて退院だね」

先生はもう何度もぼくにかけてくれた言葉をくり返して言った。あらためてぼくも頭を下げた。

「ありがとうございます。先生たちのおかげです」

「私らは君のちょっとした手助けをしたにすぎないよ。病気や怪我を克服するのは、患者さん本人の力だからね」

先生は、この宮崎海浜病院で六年も院長を務めている。その前は副院長だった。ぼくがここにいる八年で、外科や内科の先生は何人も替わった。先生は誰よりもぼくを知っている。

まるで質問を待つみたいに先生は黙りこんでぼくを見つめた。風間さんを見送り、もう一度腰を下ろしたぼくに、先生も何か思うところがあったように見えた。

ぼくは唇《くちびる》を一度すぼめ、それから言った。

「ぼくはまだ中学一年の勉強を始めたばかりです。病院の外のことはほとんど何も知りません。けれど、ぼくはもう三十一歳になります」

「そうだね。もう立派な大人だと、先生も思っているよ」

「大人なら、自分がどこで生まれ、どうやって育ち、何を考えて暮らしてきたのか知っているのが当たり前だと思います。けれども、ぼくは普通の大人とは言えません。昔のことを何ひとつ覚えていないんですから。少しは母から昔の話を聞きました。早くに父を亡くしたこと、子供のころはきかん坊で、近所の子たちとよくケンカしてたこと、中学に上がるとギターに興味を覚えて、高校卒業後はアルバイトを続けながら、自分の将来を探そうとしてたとか……。でも、ぼくにはどれも覚えのないことばかりです。昔にとらわれるより、これからを考えたほうがいい。母はよく言ってましたし、先生たちもおっしゃってました。ですから、ぼくは何も見えない後ろを振り返るより、これから先のことを考えるようにしてきたつもりです。でも、ぼくがどうしてこうなったのか。八年も入院することになってしまったのか。それだけは知っておきたいんです。今のぼくが新しいぼくとして生まれることになった理由、のようなものに思えるからです」

先生は深くうなずいてくれた。ぼくは続けた。

「なぜかはわからないけど、母は詳しいことをほとんど話してくれませんでした。ぼくが昔のことを聞こうとすると、言葉をにごして、話題を変えることもありました。ぼくはもう大人です。何を聞いても驚きません。院長先生なら、詳しい事情を知っていますよね」

院長先生は小さな目をひと回り大きくして、ぼくを見返した。目のまわりに、たくさんのしわが寄った。

「入院の理由について、お母さんからはどの程度聞いたのかな？」

「事故だと聞きました。ぼくが車を運転していて、とても大きな交通事故にあったと。ここに運ばれてきた時は、ひどい重傷だったと。それだけです」

院長先生は立ち上がり、デスクの引き出しから大きな封筒を取り出した。カルテやレントゲン写真を入れる病院の袋だった。その表には、相馬克己とぼくの名前が書かれていた。

保存庫の棚にあるはずのカルテが用意されていた。ぼくを呼び出す前から、先生が準備しておいたのだろう。だから先生は、ぼくに帰っていいと告げなかったのだ。

院長先生は封筒からカルテと何枚かのレントゲン写真を抜き出した。

「カルテはほぼドイツ語で書かれているので、君にはちょっと読めないと思う。けれど、これを見る権利が君には間違いなくある」

そう言って、先生はカルテをぼくのほうに差し向けた。

「いいかな。ここが日付だ。そして、ここに君の症状が書いてある。左大腿部《だいたいぶ》――もものところだね。それと腰骨の一部。さらに肋骨《ろっこつ》の五本が骨折。打撲の箇所は全身に、数えたらきりがないくらいだった。そうここには書いてある」

先生はカルテを指先で示しながら言った。横文字の下のほうには、人の体の簡単な図が描いてあり、矢印と短い横文字が並んでいる。

「それよりも問題だったのは、脳の状態だった。脳挫傷《のうざしょう》といって、はげしく頭を打ったりした時に、頭蓋骨《ずがいこつ》の中に納められている脳が、腫《は》れてしまうことがある。君の場合はそれがひどく、非常に危険な状態だった」

「事故はどうして起きたんですか」

院長先生は封筒に手を入れ、中から一枚のメモ用紙を取り出した。

「患者さんの治療を行うためには、どういう事故にあったのか、詳しい状況を聞いておかなければならなくてね。警察の人から話を聞いて、メモしておいたのが、これだ。少し字が汚いから、先生が読もう。いいね」

「お願いします」

「車を運転していたのは、克己君、君だった。当時は二十二歳。残念ながら、事故を起こした正確な場所はここに書いてないけど、ゆるやかなカーブのある街道だったらしいね。君はローンで——つまり、お金をあとで少しずつ払う約束だな——その方法を使って車を買ったばかりだった。その少し前に、君はスピード違反で一度警察に捕まり、一ヶ月の免許停止——要するに、車に乗ってはいけないと警察から言われていた。で、その期間が終わった直後のことだったという」

運転免許。車の購入。そして、スピード違反——。

満足に歩けない自分に、そんなことができたのかと思うと、何かとても不思議な気持ちがした。そこには間違いなく、ぼくではない、もう一人のぼくがいた。かつての相馬克己が生きて、生活していた証拠だった。

「君の運転していた車は、カーブを曲がりきれずにガードレールへぶつかり、電信柱に衝突して停まった。車の壊れ方からすると、決められたスピードをかなりオーバーしていたようだ。君はシートベルトもしていなかったので、激しく全身を……特に頭を打ってしまった」

「ケガをしたのは、ぼくだけだったんですか」

ぼくの一番の気がかりだった。だから母は、事故の詳しい状況を教えようとしてくれなかったのではないか。

「警察からはそう聞いている。——ただ、電信柱が折れたせいで、近所にかなりの迷惑をかけたようだ。ここに書いてないので記憶で言うんだけど、確か何時間にもわたって、近所の電気が使えなくなったんじゃなかったかな」

メモを受け取った。先生の大きな丸い文字で、今聞いた事故の状況が書かれていた。フロントガラス大破、傷多数。説明のなかった書きこみも中にはあった。たぶん、ぼくに痛みを思い出させないように、気をつかってくれたのだろう。

スピードを出しすぎたあまり、カーブを曲がりきれずに事故を起こした。電信柱を壊し、停電を起こす結果になった。多くの人に迷惑をかけたのは、間違いなさそうだった。理解できたし、納得もできていた。

「どうしたのかね」

院長先生は言って、ぼくの顔をのぞきこむようにした。

「何かまだ心配なことがあるんだろうか」

ぼくはメモから顔を上げた。

「どうして母は、事故のことをぼくに教えてくれなかったんでしょう」

先生は口を開き、何か言おうとした。ぼくは言葉を続けた。

「ぼくは本当に、停電を起こし、近所の人に迷惑をかけただけだったんでしょうか」

先生は一度天井を見上げ、それから首を振りながらぼくに視線を戻した。

「本当に君には驚かされてばかりだよ。そこまで自分の起こした事故について考えていたとは、正直思わなかった。しかし――だ。先生は、警察の人から、他にもケガ人があったとは聞いていない。君といっしょにケガした人がいたら、同じくこの病院に運ばれてくるのが普通だ。でも、いなかった。だから、君は誰も傷つけたり、ケガをさせたりはしていないと見て、まず間違いないと思うんだがね」

ぼくは胸にためていた息を吐いた。けれども、それならなぜ母はぼくに事故の様子を詳しく話そうとしなかったのか。まだ不思議に思えた。電信柱が折れての停電が、よほど多くの人に迷惑をかけていて、ぼくが思いつめると恐れたのだろうか。それとも――。

「先生は君のお母さんじゃないから、本当のところはわからない。でも、想像することはある程度できそうだ」

先生は白いもののほうが多くなった髪を振り、確信ありげにうなずいた。

「――たぶん、君を傷つけたくなかったんだ」

先生はぼくの視線を受けとめ、二十秒ばかり黙っていた。それから、言葉を選ぶように続けた。

「事故はどう見ても、君の不注意から起きた。しかも君は、その時のことを何ひとつ覚えていない。昔の君は事故で死亡して、別の新たな君として生まれ変わったようなものだった。だから、昔の君のせいではあっても、今の君のせいではないとも言える。自分の体が思うように動かなくて苦しんでいる時、自分を責めたり恨んだりするようなことを、お母さんはさせたくなかったんじゃないかな。君には、苦しいリハビリを続ける強い心が必要だった。お母さんはきっと、君が事故について知るのは体がすべてよくなってからでも遅くない、そう考えたんじゃないだろうか。ところが、いつ君に伝えようかと思っているうち、お母さんのほうが病気になってしまった」

ぼくは今、一人で歩くことができる。けれど、車いすにも乗れなかった時に、事故の詳しい状況を教えられたらどうだったろうか、と考えた。

事故を起こしたのは自分なのだから、誰のせいにもできない。自分が悪いのだから、リハビリが苦しくても耐えるしかない。けれど、自分を恨もうにも、その記憶がぼくにはなかった。出口のない迷路を自分の影を探して走り回るようなもので、ぼくをただ迷わせ、自分をひどく責める結果になったのかもしれない。

ぼくを思いやってのことだった。母の気持ちは想像できる。

「まだ疑問が残ってるみたいに見えるね」

「いえ。何て言ったらいいのか……。母はやっぱり、ぼくを大人だと思っていなかったのかな、そう少し感じてしまい――」

「どういうことかな」

「まだまだぼくは子供だから、自分のしたことを受け止められない。だから心配で、何も打ち明けられない。そう思ったのかな、と」

「いや、君は大人だよ。そんなふうに考えられるのだからね。そこらにいる大人より、君は立派な大人だ。先生はそう思う。本当に君には驚かされてばかりだ」

先生はそこで、意味ありげに眉《まゆ》を上下させてみせた。

「でもね、子供というのはどこから見ても子供だけど、大人の中には、子供に見えない子供もいる」

「子供に見えない子供、ですか?」

「そう。定村先生が野球を好きなのは知っているね。彼は大人のくせして、ホークスが負けると、とたんに子供みたいに機嫌が悪くなる。熱中の度が強くなりすぎると、人は子供になってしまうことがある。――それと、もうひとつ。どうやっても子供でしかない、大人の子供がいる」

首を傾けたぼくを見て、先生は満足そうに笑った。

「先生の娘は、もう三十八歳になる。だけど、娘はいくつ歳を取っても、先生の子供に変わりはない。親というのは、子供がいくつになっても、その子が心配で心配でたまらない。お母さんはね、君のことをまだ大人じゃないと思っていたんではないと思う。自分の子供だから、心配でたまらなかった。少しでも、君に余計な負担をかけたくないと思った。だから、事故のことを話せなかった。そう先生は思うんだ」

大人だけど、子供の自分。体は大人だけど、ぼくはまだ十二、三歳の子供のようなものだ。足立先生が相談室で言っていた言葉が思い出された。

「君も人の親になれば、必ずその気持ちがわかるようになる。きっとね」

ぼくは母を信じたいと思っている。

◇

初めて南希望ヶ丘の自宅へ一時帰宅した時のことは、おぼろげながら覚えている。

ぼくはまだベッドに寝たきりだった。それでも母が、先生たちにお願いしたのだと思う。寒い中を車に乗りこんだ記憶があるので、お正月の時だったろう。

海岸ぞいの道を走り、やがてゆるやかな坂を上がり、丘を少し回りこんだ。小さな家の前で車は停まった。ぼくが車いすに移されると、看護師さんはぼくに手を振り、車で帰っていった。

家には病棟の友達も配ぜん係のおばさんも事務の人たちも、誰もいなかった。なぜ母とぼくだけがこんな誰もいないところに残されるのか、と正直ぼくは思った。けれど、母は何日も前から別人のような笑顔を見せていた。そのころのぼくは、ぼく自身のことだけしか考えていなかったと思う。わがままを言って、たぶん母を困らせてばかりいただろう。

ぼくといっしょに自宅ですごす時、母はいつも笑っていた。その顔から笑みが消えたことは一度もなかった、とぼくは今もはっきり覚えている。ぼくが放り出した茶碗《ちゃわん》も鉛筆も折り紙も、母は笑顔を絶やさずに拾い上げた。病院ではあれほど厳しい顔を作り、ぼくにリハビリや勉強を強《し》いる母も、なぜか家に帰ると優しくなった。ぼくは病院でのぶんを取り返そうとするかのように、家では母につらく当たった。それでも母は、ぼくを見て嬉しそうに笑っていた。あのころのぼくは赤ん坊も同じで、母の気持ちなどちっとも理解していなかった。

　ぼくは母を信じたいと思っている。

◇

　退院の前に、ぼくは風間さんといっしょに宮崎の街へ外出した。ぼくが働くことになった印刷工場を見学し、社長さんや工場の人たちに挨拶するためだ。

　バスに乗る時も、電車の切符を買う時も、風間さんは必ずぼくの後ろに立った。もうすぐ一人暮らしを始めるのだから、一人でできなくては困る。母も同じだった。ぼくが一人で立てるようになると、母はすべてをぼくにやらせた。家に帰ると優しくなる母も、そのころからは病院と同じ顔を作り続けた。切符を買うぐらいなら、ぼくにとってもう困ることではない。

　南宮崎駅から印刷会社までは歩いていった。そのほうがぼくのリハビリになる。風間さんはそう言って、目印になりそうな建物や看板を指さしながら、せかせかと先を歩いた。

　ドコドコと印刷機の音が聞こえる工場横の事務室で、社長の上野さんと会った。病院の事務室と比べると、四分の一の広さもない狭い会社だった。上野さんは黒インクのしみこんだ手で、ぼくのためにお茶をいれてくれた。

「思ったより体が大きいじゃないか。こりゃあ、早くよくなって、バリバリ働いてもらいたいね」

社長さんはぼくの肩や腕を軽くたたいて言った。

「なぁに、仕事なんかすぐ慣れるって。うちのバカ息子にだって、勤まってるんだからな。――ただ、慣れと油断は違うから、気をつけてくれよな。印刷機を動かすにはちょっとばかし力がいる。気を抜くと、巻きこまれて、とんでもない怪我につながるおそれがあるからね」

工場には大きな印刷機が四台あった。病院の二倍も天井が高く、その中にたっぷりとインクの臭いがつまっていた。ぼくは工場の人たちに挨拶をして回った。

「相馬克己です。来週からお世話になります。よろしくお願いいたします」

風間さんまで、いっしょに頭を下げてくれた。工場と事務所を合わせ、十二人が働いていた。ぼくは忘れないように、名前と仕事の担当をノートに書きとめた。

工場の帰りに、南希望ヶ丘の自宅に寄った。

母の葬儀以来、四ヶ月ぶりの帰宅だった。

住宅地の外れに建つ小さな家で、ぼくがようやく立てるようになったころは、まだ近くに雑木林が残っていた。母と二人、歩行練習のために近くの林をよく散歩した。今では住宅地に呑《の》みこまれるように、わずかな緑が残るだけだ。

電気もガスも水道も電話も、すべて風間さんが使えるようにしてくれた。料金は、銀行口座からの自動引き落としになるという。母の口座をぼくが引き継いだのだ。名前はぼくになっていても、今は院長先生が知り合いの会計士さんに頼み、管理してもらっている。

玄関を上がりながら、風間さんは歌うように声を弾ませて言った。

「ここに入って本当に驚いた。綺麗に片づいていて、何もすることがなかったほど。あなたの洋服はもちろん、下着や食器や歯ブラシまで、みんなそろえてあった。あなたのお母さんは、いつあなたが退院しても困らないように準備をしていたのね、きっと。でも、院長先生から聞いたら、それだけじゃなかった。今家にお金がいくらあるのか。健康保険や年金はどうなっているか。すべてきちんと整理されて、誰が見てもわかるようになってた。——すごい人ね、あなたのお母さんは。あのお母さんがいてこその、奇跡の人だったわけね」

ぼくはつえの先の汚れをふいて、玄関を上がった。母のいない家へ入った。

風間さんと、家の中を簡単に掃除した。それから、ご近所に退院の挨拶に出かけた。

「いざという時頼りになるのは、ご近所の人でしょ。面倒でも近所づき合いは大事にしましょうね」

家の向かいには、高台を支えるコンクリートの石壁が続いていた。挨拶をするのは、両隣ですむ。

玄関に向かって左が、川上さん。六十代のご夫婦で、お子さんは福岡のほうの大学に行っていて、今は二人暮らしだと母から聞いた覚えがある。

川上さんの奥さんは、玄関先でぼくを見て目を大きくした。

「あら、退院なの。よかったわね。長いことよくがんばったわ」

風間さんは、まるでぼくの親戚《しんせき》みたいに深々と川上さんに頭を下げた。

「ご存じとは思いますが、昨年の暮れに母親を亡くしていますので、これからは一人暮らしになります。どうかご近所のよしみで、目をかけてやってください。お願いいたします」

川上さんの奥さんの顔から、薄紙をはぐみたいにして笑みが消えた。眼鏡の奥で黒目を揺らしてから、風間さんを見つめ直した。

「一人？　じゃあ、あなたは？」

「先日もご説明に上がったと思いますが、こちらの地区の民生委員をしております、風間といいます」

「あら。あたし、てっきり親戚の方か何かだと……」

川上さんの奥さんは白髪まじりの細い眉をきゅっと寄せた。ちらちらと、ぼくのほうに視線を振った。

風間さんがぼくを振り返って、早口に言った。

「相馬さんは先に家へ戻っていただけるかしら。私はもう少し、川上さんとお話があるから」

「でも、横山さんの家へも挨拶が……」

「それはまたあとにしましょう。ごめんなさいね」

風間さんはぼくを外に押し出すと、「ごめんなさいね」ともう一度言い、玄関の扉《とびら》を閉めてしまった。

しばらく門の前で待っていた。風間さんはなかなか玄関から出てこなかった。ドアの向こうから、川上さんのちょっと大きな声が聞こえた。ぼくは言われたとおり、家へ戻った。誰もいないリビングで、ぼんやりとつえを握りしめたまま座っていた。

三十分以上たって、ようやく風間さんは戻ってきた。せかせかとリビングに入ってくるなり、言った。

「横山さんのところには、あとで私から挨拶しておくわね」

「ぼくはいいんですか」

「まだ帰っていないようでね。退院してから、また挨拶に行きましょう」

それから風間さんは、タオルや下着や普段使う食器がどこにあるのかを、ぼくに教えた。切れた電球の取り替え方、トイレや流しがつまった時の対処法、ブレーカーの位置とその取り扱い方。何度もていねいに説明してくれた。それだけで、もう外は夕暮れになっていた。

帰り際に、ぼくは一人で家の中をもう一度歩いてみた。ちっとも大きな家ではなかった。台所と続きのリビングのほかには、六畳と四畳半の部屋があるだけだ。そのひとつひとつを、ぼくはもう一度一人で回った。

六畳間が、ぼくの部屋だ。お正月や夏休みの時しか帰れなかったけれど、母はぼくに広いほうの部屋を与えてくれた。本棚には、昔のぼくのために母が選んでくれた絵本がずらりと並んでいる。昔のぼくが使ったという野球のグローブが、今も机の上に置いてある。棚の脇に立てかけられたギターには、もう八年以上も使っていないというのに、今も六本の弦がそろっている。

六畳間のタンスの上には、母の写真と位牌《いはい》が置いてあった。その隣の小さな写真立ての中では、父がまぶしそうに目を細めて笑っていた。

来週から、ぼくはこの家で暮らす。

一人だけど、一人ではない。そうぼくは思った。

◇

退院の日が近づくにつれて、ぼくは無口になっていった。トモさんたちも気づいていたみたいだったが、何も言わずにいてくれた。そっと息をつめるようにして、ぼくは入院生活を送った。朝起きると、頭痛もせずに、熱も上がっていないことを密《ひそ》かに感謝しながら。

胸の中は、初めてクリスマス会の舞台に上がる前のように高鳴っていた。けれど、病室や訓練室や患者仲間が集まるところで、一人嬉しがる顔は作れない。

国から療養所としての指定を受けているため、宮崎海浜病院には長く入院している人が多い。第三病棟へ行けば、子供のころから今もなお、ずっと暮らす人もいる。ぼくは八年ここにいた。帰りたくても帰れない人が少なくないのだ。病棟のみんなは、ぼくの退院を喜んでくれた。でも、心の中では、自分も早く帰りたいと願っている。ぼくもそうだった。どうしてぼくだけ退院できないのだろう、何度もそう言っては母を困らせたものだった。

ぼくはできる限り退院が決まる前と同じ顔で、同じ態度で、毎日をすごした。胸の高鳴りを懸命に押し隠しながら。

退院の前日に、風間さんが最後の打ち合わせにやって来た。

風間さんは「何だか緊張しちゃうね」と自分のことのように言い、せかせかと明日の予定を書いた紙をぼくに手渡し、細かく説明してくれると、またせかせかと忙しそうに帰っていった。

院長先生と足立先生からは、お金についての話をあらためて聞いた。母が残してくれたお金を預けてある口座とは別に、もうひとつ、ぼくの名前で別の銀行に口座を作ってあった。そっちを財布代わりにして、明日からはなるべく工場でもらう給料だけでやっていくことを考えましょう、と足立先生から言われていた。

「どうしてもお金が足りなくなりそうな時は、遠慮しないで相談すること。誰でも最初はつい油断してしまうこともあると思う。でも、その時は院長先生と私で家計簿を厳しくチェックさせてもらいますからね。いい？」

受け取った新しい通帳には、二十万円という見たこともない大金が入っていた。毎月のお金の出入りを書いておくノートもすでに用意してある。部屋の荷物もまとめてあった。あとは明日が来るのを待つだけだった。

二人に何度もお礼を言って院長室を出た。ほてった顔を冷やすため、遠回りして第一病棟一階の外来ロビーのほうへ寄って、病室へ向かった。レントゲン室、診察室、売店……。いつもの景色の向こうに昔のぼくの姿が見える気がした。

明日、八年暮らしたこの病院を出る。

工場で働き、お金を稼ぎ、母の暮らした家で生活する。そういった当たり前の日々がぼくにも訪れようとしている。晴れがましいような、そして少し怖いような不思議な気持ちで胸が苦しくなった。

病棟へ戻ると、もっと不思議な気持ちになった。

部屋に誰もいなかったのだ。

トモさんや飯塚さんが病室にいないことは、よくある。検査や訓練以外にも、散歩をしたりよその病室へ遊びに行ったりする。けれど、寝たきりの俊紀君までがいなかった。ぽっかりとベッドごと、どこかへ消えていた。あり得なかった。

あっけに取られて部屋を見回していると、江藤さんが笑いながら病室に入ってきた。

「ねえ、みんなどうしたのかな」

ぼくが言うと、江藤さんは頭の上のナースキャップを外して手に持ち、くすくすと笑った。

「みんな、訓練室で待ってるわよ」

「俊紀君まで、リハビリができるようになった、なんてことはないですよね」

「みんな、あなたを待っているの」

江藤さんはぼくの腕に手をかけ、廊下へ誘い出した。

「さあ、早く早く」

ぼくは江藤さんに背中を押されて、廊下を歩いた。おかしなことに、隣の病室ももぬけのからだった。エレベーター前の面会所も、ついさっきまでは半田さんや島本さんが家族の人と楽しそうに話していたはずなのに、今はもう誰もいなくなっている。

ぼくらは一階に下り、渡り廊下を通って訓練室の前まで歩いた。ドアの向こうからは、いつもの午後と違って、話し声ひとつ聞こえてこなかった。

「さあ、みんな、お待ちかねよ」

江藤さんが言って、ドアを開けた。

次の瞬間、割れるような拍手がぼくを迎えた。

江藤さんの言葉どおりに、みんながぼくを待っていた。トモさん、飯塚さん、半田さん、吉富さん、金子さん……。お母さんにつきそわれて、俊紀君もベッドのまま移動してきていた。第三病棟の良子《りょうこ》ちゃんや昇一君の顔まであった。看護師さんたち、定村先生、さっきまでいっしょにいた足立先生や院長先生までが、笑いながら手をたたいていた。

驚いて、どういうことか聞こうとすると、江藤さんが後ろから耳打ちしてきた。

「黒板をごらんなさい」

日常生活動作室の畳の前に二つの黒板が置かれ、そこに大きな紙が貼り渡されていた。「相馬克己さん　退院おめでとう」の文字が読めた。黒板は色とりどりの折り紙で作られた花や輪で飾られ、クリスマス会と見間違えてしまいそうだった。

院長先生がぼくの前に進み出てきた。

「おめでとう、克己君。今日は君のお別れ会だ。みんながどうしても、君のために何かしたいと言ってね。それで定村先生たちと相談して決めたんだ。驚いたかな」

ぼくは声が出なかった。母が息を引き取った時も、そうだった。人はあんまり驚いたり悲しんだりすると声が出なくなるのだ、とぼくは知った。

「おおおいでよ、克己君。ここが、君の、せせ席なんだ」

トモさんが不自由なほうの手を振り、ぼくを呼んだ。俊紀君のベッドの隣に、以前ぼくが木工細工の時間に作った小さな木のいすが置いてあった。その上に、いつもトモさんの使っているドーナツ型の座布団《ざぶとん》が乗っていた。

ぼくはつえを俊紀君のベッドに立てかけて、みんなが用意してくれた席についた。

最初にトモさんが、患者の代表として挨拶に立った。黒板を脇にどけ、トモさんは誰の手も借りずに、一人で畳の段差を上がった。そこが舞台の代わりなのだろう。

「克己君。退院、おおおめでとう。君と会えなく、なって、さみしくなるけど、おおめでとう。みんな、今日のために、か隠れて練習したんだ。みんなを、どうか、忘れないで、く……くれないかな。おめでとう」

拍手のあとに、良子ちゃんと昇一君が、看護師さんに手を引かれて畳に上がった。看護師さんの弾くオルガンに合わせて、二人は手にしたカスタネットとタンバリンをたたいた。二人は昔のぼくみたいに、言葉をまだ理解していない。けれど二人は、演奏が終わると、間違いなくぼくを見て、何か言おうと必死に口を動かした。言葉は話せなくても、彼らにも言いたいことが間違いなくある。

次が半田さんの手品だった。ぎくしゃくとした半田さんの手が動くと、百円玉があっちに行ったり、こっちに消えたり。見事な手の動きに、ぼくよりも先生たちのほうが驚いていた。

吉富さんは、車いすのまま畳の前に出ると、動かない手を必死に動かして、寝間着のおなかをめくった。そこには、墨と口紅で大きく人の顔が描かれていた。吉富さんがおなかを動かすたびに、その顔が笑ったり泣いたりして、ぼくもつられて笑った。吉富さんの奥さんは、ちょっぴり涙を流していた。

最後は、みんなの合唱だった。

「今日の日をありがとう、を歌います」

金子さんが言って、指揮をとった。足立先生がオルガンを弾き、みんなが声を合わせた。言葉にまだ不自由の残るトモさんは、だいぶリズムに遅れていた。そのぶんを取り戻そうと、声だけは力いっぱい大きく出して、最後まで見事にマイペースを保って歌いきった。

「さあ、おしまいに克己君の挨拶だ」

院長先生に言われて、ぼくは席を立った。江藤さんがつえを渡してくれようとしたが、ぼくは受け取らなかった。じりじりと歩けば、つえに頼らなくても倒れないほどには回復している。

ぼくは体を右に傾け、畳の段差を上がった。みんなが拍手をしてくれた。

体を斜めに傾けながら、みんなのほうを向いた。何を言っていいのかわからなかった。どう言葉をつくせば、今の気持ちが伝えられるだろう。

みんなの顔を見回し、言葉を探していると、声が聞こえた。

「お願いがあるんだよ」

三階の博史《ひろし》君だった。車いすの隣についていたお母さんが、博史君の腕をやさしく押さえた。

「今は相馬さんがお話する番でしょ」

「でも、どうしても頼みたいことがあるんだ。明日はぼく、朝から検査だろ。今のうちじゃないと――」

「会が終わってからにしましょうね。すみませんでした、相馬さん。お話の腰を折ってしまいまして」

お母さんはぼくに向かい、深く頭を下げた。ぼくは首を振った。

「いいんです。何かな、博史君。ぼくにできることなら、何でも言ってくれないか」

博史君の顔がぱっと明るくなった。それから急にもじもじとして、口を開いた。みんなが博史君を見ていた。

「……あのさ。ぼくにスリッパをくれませんか」

「スリッパ？」

「うん。相馬さんが今はいてるスリッパ」

「でも、これ、ロビーの横の売店で買ったやつだけど……」

言いかけたぼくをさえぎるように、博史君は声を大きくした。

「それじゃなきゃ、だめなんだ。相馬さんが使ってるやつじゃないと」

わけがわからず、博史君の顔を見返した。先生たちも不思議そうに彼を見ていた。その顔が泣き出しそうになり、見る間にうつむいていった。

「だって……ぼく、ちっとも病気がよくならないし……」

下を向いてしまった博史君に代わって、お母さんが頭を下げながら小声で言った。

「急におかしなお願いをして申し訳ありません。この子ったら、相馬さんの使ったスリッパをはけば、自分も少しは足がよくなるかもしれないって。自分にも同じような奇跡が起こせるんじゃないかって考えたらしくて——。どうしても相馬さんのスリッパがほしい、なんて言いだしまして」

博史君が思いきったように顔を上げた。

「ねえ、ぼくにも奇跡を分けてよ！　お願いだから、どうかぼくにスリッパをください。少しは歩けるようになったら、ぼくだって退院できる。そうでしょ、先生」

定村先生が目を赤くして、大きくうなずき返した。

「ぼくもほしい。相馬さんの寝間着をください！」

今度は内科の鳥飼《とりがい》君だった。彼は肺と心臓が弱く、激しい運動ができなかった。小学校で体育の時間に倒れて、ここに運ばれてきたと聞いている。

続けて、半田さんまでが不自由な手を突き上げ、言った。

「私は手袋！」

「このいす、もらえるかな」

吉富さんが車いすの上から手を伸ばし、ぼくの作った木のいすをなで回しながら言った。

「頼むよ、克己君。私らにも君の奇跡を少し分けてくれないか」

みんながぼくを見ていた。仲間たちの目が、ぼくの身に起こった奇跡を求めていた。その姿は、つい何年か前のぼく自身でもあった。

「こんな使い古しでよかったら、どうぞもらってください。何でも持っていってください」

　お別れ会は、それからぼくの身の回りの品のバザーになった。帽子にマフラー、タオルに携帯用ラジオ。湯飲みに歯ブラシまでがなくなった。それでいい。みんなが少しでも病気や怪我に立ち向かう勇気がわいてくれるのなら。

　その代わりとして、吉富さんは大事にしていた太宰治の文庫本を、半田さんはぬいぐるみを差し出してくれた。けれど、ぼくは受け取らなかった。とても受け取れなかった。二人がどれくらい大切にしてきたかを知っている。宝物を手放してでも、ぼくの使い古しの品をほしいと思う。ぼくに起こった奇跡を何よりほしがっている。そう思うと、ぼくは胸が苦しくなった。

　トモさんだけは、ぼくの使っていた品物をほしがらなかった。代わりにふくみ笑いをしながら耳元で言った。

「かかわいい女の子の、写真集、おおみやげに、もも持ってきて、くれよな」

　ぼくはトモさんに、必ずそうする、と約束した。

　翌日、ぼくを迎えにきた風間さんは、ぼくの荷物があまりにも少ないので、ちょっと驚いていた。

　ささやかな荷物を持って病室を出た。

　先生や看護師さんたちが待ち受けていた。院長先生が退院祝いだと言って、ずっしりとした重みのある紙袋をくれた。中を開けると、中学二年生の教科書が入っていた。

「君のことだから、秋になったらすぐ三年生の教科書をプレゼントしよう」

パインツリーに囲まれた玄関先に出ると、海からの風がほほに当たった。いつもより潮の匂いを強く感じた。

「げ元気でな、克己君」

頭上からトモさんの声が聞こえた。見上げると、病室の廊下の窓から、みんなが顔を出して手を振っていた。ぼくも力いっぱい振り返した。

時間どおりにバスが来た。

ぼくは先生たちにお礼を言い、みんなに見送られながら、八年間すごした病院を出て、家へ帰った。

ノート2

四月三日

午後、寺田先生より再び脳死判定基準についての説明。頼みとしていた脳波が、かなり弱くなってきている。その起伏がなくなった時、脳死判定テストを行うそうだ。ここまで保《も》ったこと自体が奇跡に近い、と気休めの言葉をもらう。慌《あわ》てて本を買い、脳死についてさらに勉強する。

克己の場合は、昏睡《こんすい》、自発呼吸の消失、瞳孔《どうこう》固定、脳幹反射も消失。厚生省の判定基準と照らし合わせると、かろうじて脳波だけがごく弱い波を描き、脳死状態をまぬがれている。

ただ、病院ではさらに、聴性脳幹反応テストを行い、より詳しく脳幹の働き具合を見てから、判定するようにしているとのこと。脳幹反応テストだけでは、脳幹が生きていながらも、運動を司《つかさど》る脳の部分が死にかけてしまっているために、その反応ができない、とも考えられるらしい。音によって脳幹が反応できる状態かどうかを確認する方法で、脳幹反射の結果をさらに裏づけるものになるのだという。病院は慎重に克己の容体を判断しようとしてくれている。

断層撮影の結果から見ると、脳圧が高まり、大脳部分のしわがほとんど見えなくなっていた。けれど、その聴性脳幹反応にわずかながらも手応《てごた》えがあるという。克己はまだ死んでいない。脳死には至っていない。

脳幹が機能している限り、克己は死なない。ところが、大脳部分が死んでしまえば、克己はただ生きているだけ、つまり、植物状態になるのだという。このままでは、その可能性がかなり高いらしい。

ベッドの上でただ生きていくだけ。でも、たとえ克己がそうなったとしても、私にはあの子の命を奪うことはできない。生きたいと思っているから、あの子の脳はまだ活動を続けているのだろうから。

克己は必死に戦っている。先生たちも戦おうとしてくれている。それなのに、母親の私にできることが何もない。もどかしい。親だというのに。ただあの子を見つめて祈るしかない。

四月四日

八時前に、克己の脳波が一時だけ平坦《へいたん》になる。先生たちが集まり、最初の脳死判定テストを行う時期になったと告げられる。

寺田先生と院長先生がテストを行うとのことだったが、その直前に、またも奇跡が起きた。脳波がわずかな波を描き出したのだ。克己、あなたは何という底知れない生命力を持っているのか。先生たちも、本当に驚いていた。

非常に危険な状態に変わりはない。

克己、がんばれ。

四月五日

悪いなりに安定。脳波も弱いながら、とぎれることなく続いている。いい兆候なのか。細いロープの上を歩いているような状態。どちらに落ちるか、先生たちも判断をつけかねている。あとは克己の体力次第だろう。

体温を下げる処置を続行。

四月六日

院長先生が何度も足を運んでくれる。寺田先生もこのところ家に帰っていないと聞いた。先生に尋ねても、笑うばかりで何も言わない。感謝するのみ。

院長先生が、このような状態でこれほどがんばれる患者さんを見たことがない、と言われた。医者として何としても克己の生きたいという気持ちに応えたい、と。

私は本当にすばらしい子供を持った。

四月七日

ああ、どう言葉で表現したらいいだろう。克己は本当に強い子だ。素晴らしい生命力を持っている。先生や看護師さん、一人一人の手を取ってまわり、感謝の気持ちを伝えたい。

今朝、脳波がわずかに強くなった。一時的なものかと思われたが、午後に入るとさらに波形は力を得た。寺田先生が、急きょＣＴで脳内部の撮影。すると、今までまったく見えなかった脳幹の隙間《すきま》が、わずかながらも戻っていた。大脳の一部にも、わずかなしわが陰となって現れ始めているところがあった。

脳圧が下がってきたのだ。克己の脳は徐々に回復し始めている。克己はやはり生きたがっていた。三日前には、いよいよ脳死判定の時期が来たのかもしれないと言っていたのが、嘘《うそ》のようだ。

このまま脳波が戻れば……脳圧がもとに戻れば……克己は目を開け、自発呼吸をしてくれるのではないか。やがては、また自分の足で立ち、言葉を話し、本来の克己の姿に……。

あまり欲張ってはいけない。少しずつでも、回復のきざしが見えてきている。今はそれを素直に喜ぼう。

希望が見えてきた。克己は力強く生きようとしている。あの子なら、大丈夫だ。その思いが強くなった。

四月八日

気のせいか、顔のむくみが少し薄れてきたように見える。これも、快方に向かっているという意識がこちらにあるから、そう見えるのか。

院長先生が、まだ油断はできないが、かなり光が射《さ》してきた、とおっしゃる。意識が戻る可能性はどうか、と聞いてみたが、先生の返事は思わしくなかった。今は容体が安定するのを祈りましょう。そのために全力をつくしている。そう言われた。やはり、よくて植物状態なのだろうか。

夕方は、屋上でぼんやりとしていた。克己がただベッドで寝ているだけのことを考えた。

少しは快方に向かっているのは嬉《うれ》しいが、その後のことを考えると胸がふさがれそうになる。

気がつくと、病院の中庭で桜が満開になっていた。

春なのだ。もうすぐ克己の誕生日がくる。

二十三歳。たった二十三年しか生きていない。まだまだ人生のやり直しのできる年齢。

あまりにも残酷すぎる。克己はこのままベッドで老いていくのだろうか……。

◇

ドアを抜けてリビングへ入ると、すぐ右横に古い柱時計がかかっている。文字盤の大きさは直径十センチぐらいだろうか。山小屋のような屋根を乗せたてっぺんから振り子を納めた箱の下までは五十センチほどの高さがある。白い花模様の入ったガラス扉《とびら》の奥で、金色の振り子がチクタクと時を刻む。見るからに古そうな柱時計で、どんなに振り子の長さを調節しても、毎日二分近くも進んでしまう。

母はその柱時計を大切にしていた。母が父と結婚した時に、母のお父さん——つまりはぼくのおじいちゃんからプレゼントされた時計だった。おじいちゃんが若いころ手に入れ、大事にしていたものだという。

先生も看護師さんも患者仲間も誰もいない家へ、なぜわざわざ苦労して、たった三日ぐらいすごすために帰るのだろう、と最初は思っていた。

いつのころからだったろうか、ぼくはお正月とお盆の休みを心待ちにするようになった。体の調子がよければ、母と二人、家で暮らせる。検査もリハビリメニューも消灯時間もない暮らしができる。

小学一年生の教科書を勉強していたころだったと思う。

病院へ帰りたくないと思ったぼくは、柱時計の前にイスを運び、震える足で踏ん張りながら花模様の入ったガラス扉を開けた。病院ではあんなに長い一日が、ここではすぐに終わってしまう。すべてはこの時計がいけない。この柱時計が速く進みすぎるからだ。体は大人でも、まだ五、六歳も同じだったぼくは、幼心にそう考えたのだと思う。チクタクと時を刻む振り子を止めようとした。

　そのころのぼくは、時計がばねの力で動き、振り子は一定のリズムを保つためのものだとは知らなかった。押さえても手を離すと、また左右に揺れようとする振り子に驚き、力一杯に押さえつけた。

　ポキリと振り子を支える棒が折れた。時計は止まった。

　母はぼくを叱《しか》らなかった。折れた振り子を手に、一人で泣いた。時計が壊れてしまったのを悲しんだのではない。それぐらいはぼくにも理解できた。

　半年後に、家へ戻ると時計の振り子はまたチクタクと時を刻んでいた。折れたところがどこなのかわからないように修理されていた。それ以来、時計は一日に二分も進むようになった。

　風間さんと商店街で買い物をすませて家に帰ると、柱時計は二時三分前を指していた。

◇

　初めて目にする街の景色は、見慣れた街よりもどこか色が薄く感じられる。いつだったか、お正月休みに母と家へ帰った時、ぼくは辺りを散歩しながらそんなことを思った。駅前の商店街も、買い物に出た宮崎の街も、どこかあせたような色に見えた。ポストの赤や並木の緑までが、病院の近くで見るものより薄いように感じられた。色あせた街の中で、母の姿だけがくっきりと浮かび上がって見えた。

最初は、事故のせいなのだろうと考えた。なぜ街が色あせて見えるのか。先生に相談する前に、ぼくはトモさんたちに打ち明けた。

「そそそんなことも、わからないのか」

トモさんは震える人差し指を振り上げて言った。

「きき君がまだ、ま街に馴染《なじ》んで、いな、いないからさ」

そのころのぼくはまだ、なぜ母と二人きり、誰もいない寂しい家で一週間にも満たない日をすごすのか、と思っていた。馴染んでいなかったのは、街ではなく、母と二人での生活だった。

今はもう街のどこを見ても、色あせたりはしていない。それどころか、夢にまで見た退院のせいで、電車の窓から見えた海も駅前の商店街も南希望ヶ丘の長い坂も、アスファルトの割れ目から生えた雑草さえも、ぼくの目には輝いて見えた。何もかもが新鮮だった。

でも、その見慣れた景色の中に、母の姿だけが見えなかった。母を色あせさせてはいけない。

ぼくは母を信じたいと思っている。

◇

風間さんのおかげで、家の中は今すぐ一人暮らしが始められる準備ができていた。玄関と廊下には新しく手すりが作られ、台所にあったガスコンロは電気コンロに替えられた。立てつけが悪くて動きにくかった雨戸も、今では楽に動くようになっていた。

「本当にありがとうございました」

「何言ってるの。大変なのはこれからでしょ」

ぼくは風間さんのために電気コンロでお湯を沸かし、紅茶をいれた。ぼくにできることはそれくらいしかない。

健康保険や銀行口座について、また、怪しげな勧誘やセールスマンに注意することなど、生活に関する細々《こまごま》とした点を何度も何度もくどいように説明してから、風間さんは腰を上げた。

「何か困ったり悩んだりすることがあったら、すぐ電話して。私でも院長先生でも誰でもいい。――あ、そうそう。銀行の通帳とハンコは別々にしまっておいたほうがいいからね」

「はい。足立先生からもそう教わりました」

「勤めに出たら、すぐに定期券を買うこと。一ヶ月より半年でまとめて買ったほうがちょっと得だから」

「はい」

「出かける時は、鍵《かぎ》をかけたかどうか、指さし確認。――あ、ここら辺りに、点検項目を書いて貼《は》り出しておくといいかもね。わかった？」

「はい、やっておきます」

「じゃあ、行くね。また明日来る。何かあったら、すぐ電話をちょうだい」

風間さんはまた何度も何度もぼくに注意をしてから、せかせかと役所へ戻っていった。


一人になった。

一時帰宅をした時に、母が買い物に出かけて、ぼくが一人で留守番をしたことは何度かあった。でも、病院では絶えず誰かがそばにいた。守られていることに慣れていた。

柱時計の音が、やけに大きく聞こえる。小さな家が、少し大きくなったみたいに思えた。病院とは違い、これから何をしようと自由だ。それなのに、テレビを見る気も起こらず、本を読む気にもなれず、キッチンテーブルの前でただぼんやりと座っていた。自由がありすぎると、何から手をつけていいかわからなくなるんだな、と初めてぼくは知った。

院長先生からプレゼントされた教科書を開きかけ、思い直して立ち上がった。

風間さんに言われたとおり、指さし確認をしてから玄関ドアの鍵を閉めて、家を出た。

夕食の買い物は終わっていた。お米やパンや野菜やコロッケを、風間さんが買ってくれていたのだ。それとは別に、今日のうちに買っておきたい物があるのを思い出した。

退院したら、まずご近所に挨拶《あいさつ》をしておきなさい。そう足立先生が言っていた。本当は、引っ越しの時にするものなのだという。この八年間で、合計しても一ヶ月もぼくはこの家に住んでいない。だから初めて引っ越して来たも同じだった。

一週間前に立ち寄った時、右隣の横山さんの家には挨拶をしていなかった。退院してからにしましょう、と言いながら、風間さんはそのことを忘れてしまったようだ。

ゆるやかな坂を下り、駅前の商店街へ向かった。

午後四時が近く、買い物時で駅前の通りはにぎわっていた。つえを持つぼくを、買い物途中の人が珍しそうな顔で振り返る。ぼくも、もし車いすに乗る人がいれば、間違いなく同じように見るだろう。たとえ物珍しさからではなかったとしても、視線を向けられた者にその本当の気持ちまではわからない。ぼくがまだ、この町に馴染んでいないせいかもしれない。

文房具屋で、動物の絵の入ったかわいいハンカチを見つけた。一枚五百円。二枚買った。これを挨拶代わりの品にしよう。

文房具屋を出ると、車輪のついた買い物かごを押すおばあさんとすれ違った。「大変だねえ、くじけちゃいけないよ」と声をかけられた。「ありがとうございます」とぼくは言った。「おばあちゃんもお元気で」とつけ足した。

坂を上り、家に戻ってきたころには、もう西の空に夕陽は沈んでいた。

ぼくは最初に川上さんの家のチャイムを押した。

しばらく待っても、返事はなかった。玄関の奥に明かりが見える。もう一度押したけれど、誰も出てこなかった。いないようだ。

あきらめて、右隣の横山さんの家のチャイムを押した。

インターホンのランプがつき、すぐに答えが戻ってきた。

「どなたですか」

かわいらしい女の子の声だった。もうずいぶんと前に、お隣で女の子が生まれたと母から聞いたような覚えがあった。

「隣の相馬です。お母さんはいらっしゃいますか」

「ママー。お隣のつえのおじちゃんだって」

インターホンの向こうで、「チカちゃん」と強く名前を呼ぶ女性の声が聞こえた。

つえのおじちゃん——。小さな子から見れば、確かにぼくは、おじいさんでもないのにつえをつく、不思議なおじさんに映っただろう。

「……どういうご用件でしょうか」

チカちゃんに代わって、お母さんがインターホンに出た。

「今日から隣で暮らすことになりました。そのご挨拶に来ました」

「それはご丁寧に。どうぞよろしくお願いします」

「えーと、挨拶代わりの品を……たいしたものではないのですが……持ってきました」

人に物をプレゼントする時には、へりくだった言い方をするのだ。足立先生が教えてくれた。自分では気に入った品でも、人から見れば大した品物に見えないこともある。事実、たった一枚のハンカチでは、そう大した品物ではなかった。手渡すのが、急に恥ずかしくなった。

しばらく待つと、玄関のドアが細く開いた。隙間から、チカちゃんのお母さんが顔を見せた。ぼくは門の扉を開けて、玄関前の段差を上がった。

「ご丁寧にわざわざ申し訳ありません」

横山さんがドアの隙間から言った。その後ろで、四歳ぐらいの女の子がぴょんぴょんと飛びはね、お母さんの背中越しにぼくを見ようとしていた。ぼくは文房具屋の包みを差し入れた。

「よろしくお願いします」

「こちらこそ、どうぞよろしく」

横山さんはひょこりと小さく頭を下げ、ハンカチの入った袋を受け取ってくれた。その後ろから、チカちゃんの声が聞こえた。

「ねえ、おじちゃん。どうして、つえなんかついてるのぉ？」

「チカちゃん」

横山さんが振り返って強い調子で言い、それからぼくに向かって頭を下げた。

「ごめんなさいね、子供ですから」

　どうして横山さんがすまなそうな顔を作ったのか、ぼくはよくわからなかった。チカちゃんが疑問を抱くのは当然に思える。だからぼくは、お母さんの後ろにいるチカちゃんに向かって言った。

「あのね、ぼくは交通事故でひどい怪我《けが》をしたんだ。そのせいで、まだ少し足と手がうまく動かせなくてね」

「ふーん」

「だから、チカちゃんも車にはよく気をつけるんだよ」

「大丈夫だもん、チカ、横断歩道では手を上げるもん」

　チカちゃんは赤いワンピースのすそをはね上げ、大きく両手を上げた。

「じゃあ、失礼いたします」

　横山さんが言って、またぼくに頭を下げるとドアを閉めた。ぼくももう一度「よろしくお願いします」と言い、ドアの前でお辞儀をした。あのハンカチなら、たぶんチカちゃんも気に入ってくれる。


　お米一合に対して、水百八十ミリリットル。

内釜《うちがま》に刻まれた線のちょうどまで水を入れて、炊飯器のスイッチを押す。ご飯炊《た》きは、日常生活動作室で何度も練習していたので、迷うことはなかった。

風間さんが買ってくれたコロッケとメンチカツがおかずだ。お味噌汁《みそしる》はインスタントだけれど、食事のしたくに慣れたら、自分でも作ってみよう。キャベツを刻んでお皿にそえると、それらしいテーブルになった。

食後は、テレビのニュースを見ながらお茶を飲んだ。最近よく不良債権という言葉を耳にする。今度病院へ行った時、トモさんにでも聞いてみようか。

お風呂《ふろ》にはいっぱいのお湯をためて、ゆっくりつかった。病院では時間が決められていたし、毎日入れるわけではなかった。これからは、好きな時間に入りたいだけお風呂に入れる。

思いっきりお風呂の中で手足を伸ばした。まだ動かしづらい左足をもみほぐした。少し張り切りすぎて、足首が痛くなった。残り湯は、明日の洗濯に使うようにするといい、と足立先生が言っていた。

お風呂から上がると、左隣の川上さんの家の窓に明かりがついているのに気がついた。旦那《だんな》さんも奥さんも、もう帰っているみたいだ。あまり遅くなると、二人に悪い。ぼくは急いで頭をふいて、パジャマ姿にカーディガンを羽織ると、玄関を出た。

チャイムを押したが、誰も出ない。

窓に明かりがあるのだから、川上さんは家の中にいると思う。右奥に見えた部屋の窓のカーテンが少し動いたような気がした。けれど、何度チャイムを押しても、返事はなかった。明かりをつけたまま、もう寝てしまったのか。トモさんも枕元《まくらもと》のスタンドをつけたまま寝てしまうことが多かった。

仕方なく、家に戻った。

それほど動いたわけでもないのに、手足が重く感じられた。奥の六畳間に入り、母と父の写真に今日のことを報告して、布団《ふとん》をしいた。

風間さんが干してくれていたので、布団はふかふかだった。ぼくは押し入れから、自分のではなく、母の使っていた枕を引っぱり出した。枕カバーは洗い立てだけれど、かすかに母の匂《にお》いがする。

一人の暮らしが、今日始まった。これからぼくは一人で生きていく。誰かいっしょに暮らす人が見つかるまでは――。そんな日がぼくに来るのだろうか、と少し思った。今考えても仕方ないのだろう。とにかく、ぼく一人での生活が今日始まったのだ。

布団にもぐりこんだ。ぼく一人の部屋は静まり返り、廊下を歩く看護師さんの足音もトモさんのいびきも聞こえてこない。代わりにリビングから柱時計の音が聞こえる。チクタクチクタク。母が洗い物をする音はしない。どこかで犬が鳴いた。海からの風に乗ってくるのか、遠く電車の走る音も聞こえた。

家の中がこんなに静かだったのか、とぼくは初めて知った。

◇

目覚ましをセットしたわけでもないのに、六時前に目が覚めた。

病院での起床時間を体が覚えているのだ。仕事を始めても、遅刻を心配することはないだろう。初出勤は、次の月曜日となっている。それまでの六日間で、一人暮らしに慣れてほしいとの、風間さんと社長さんの好意だった。

柱時計の針を二分遅らせて、パンと牛乳で朝食をすませた。それから、トレーニングをかねて散歩に出かけた。

会社へ出勤する人たちが、もう駅に向かって足早に歩いている。ぼくはその流れにさからって、坂を上った。五百メートルほど行ったところに、小さな公園がある。一時帰宅の許可をもらって家に戻ると、必ずこの公園まで散歩するのを朝の日課にしていた。最初は車いすで。次に松葉杖《まつばづえ》で。今は早くつえなしで歩けるようになりたい。

朝が早いので、公園には誰もいない。

植えこみを通してＪＲの駅と線路が見おろせる。遠くゴルフ場の緑の先に、平べったい海が見える。風はまだ少し冷たかった。

ベンチに腰を下ろして、海を見渡した。退院から、まだ一夜しか明けていない。手からこぼれそうなほどに自由があった。それなのに、なぜか自由になったという気がそれほどしない。退院前に感じていたわくわくするような気持ちが薄れていた。

ぽつりと自分一人がここにいる。そんな気がした。

母も父も誰もいない。風間さんや院長先生が手を貸してくれると言っていたけれど、ぼくは一人だ。そう強く実感した。自分の家なのに、ぼくはこれまで家で何日も暮らしたことがない。一人きりで眠るのが、こんなに不安な気持ちにさせるとは思ってもいなかった。

たぶん、ぼくが普通の人だったら、これほど頼りない思いをすることはないのだろう。ぼくは昔のぼくではなく、手と足も昔のぼくのようにうまく使えない。その事実がぼくを心細くさせている。

ベンチから腰を上げて、ジーパンのおしりについた汚れをはらった。心細くならないためにも、今は歩く訓練だ。


家まで帰り着くと、ちょうどお隣でチカちゃんが幼稚園に出かけるところだった。チカちゃんは黄色い制服に身をつつみ、お母さんの自転車の後ろの席に乗せられていた。

「おはようございます」

「おじちゃん、おはよう！」

チカちゃんが自転車の後ろから手を振ってきた。横山さんは軽く頭を下げると、急ぐように自転車をこぎ始めた。手を振るチカちゃんが慌てて荷台につかまり、自転車は坂の下に消えていった。幼稚園の時間が迫っているみたいだった。

川上さんの家のチャイムを押したが、やはり返事はなかった。もう出かけてしまったらしい。それとも、まだ起き出していないのか。夕方にまた来てみるしかないだろう。

家に戻ってしばらくすると、リビングで電話が鳴った。

「どう、眠れた？」

風間さんだった。風間さんはぼくに何も言わせず、早口に続けて言った。

「コロッケ、ちゃんと電子レンジで温めた？　お風呂はうまくわかせたわよね。何か困ったことはなかったかしらね」

「大丈夫です。布団まで干していただき、ありがとうございました」

「あ、駅前のスーパーのコロッケはダメよ。おいしくないって評判みたい。ちょっと面倒でも、クリーニング屋さんの隣の肉屋のほうで買ったほうがいいかな。夕方にはそっちに寄れそうだから、買い物があるなら手伝うからね」

お昼前に、思いきって冒険に出た。指さし確認で戸締まりをチェックすると、ナップザックを担《かつ》いで坂を下った。宮崎の駅前での買い物にチャレンジするのだ。

南方《みなみかた》の駅からＪＲに乗った。母といっしょに何度か宮崎駅へは行っていた。けれど、一人で繁華街を歩いたことはなかった。

電車を降りて、最初に駅ビルの中を探検した。

真っ先に、一階のハンバーガーショップでチーズバーガーとシェイクを買った。バーガーだけをお店で食べて、シェイクは歩きながら飲もうと決めた。母は歩きながら物を食べたり飲んだりするのを嫌った。けれど、学生たちが街中で友達と話しながらフタのついた大きな紙コップを片手に持って歩く姿が、ぼくにはまぶしく映っていた。

思ったとおりだった。同じシェイクなのに、お店の中や病室で飲むより、どうしてこんなに美味《おい》しく感じるんだろう。きっと、いっしょに歩きながら話す友達がいたら、もっともっと美味しいに違いない。

シェイクの甘さを楽しみながら、駅前通りのアーケードを歩いた。同じ駅前なのに、地元の商店街を歩く時より、人の視線を気にしないですんだ。たぶん南方より人が多いからだ。人が多いと、そうそう周りを気にしてもいられなくなる。

途中で、本屋に立ち寄った。トモさんにおみやげを持っていく約束をしていた。

店の一角が、写真集のコーナーになっていた。本屋に入ったことは何度かある。けれど、母の前で、女性の水着姿の写真集は手に取れなかった。

水着どころか、裸の女性たちが大勢でぼくを待ち受けていた。下半身がむずむずしてきた。

大人の男だったら、そうなるのが自然なんだ。トモさんが笑いながら言っていた。本屋にはぼく以外の人もいる。中を開いて見たかったが、とても恥ずかしくてできなかった。それに、写真集にはビニールの袋がかけられていた。

今日は初日だった。手ごわいものには、次第に慣れていけばいい。言い訳にもならないことを胸の中でつぶやきながら、ぼくは写真集のコーナーを離れた。離れてもまだしばらくは心臓がドキドキしていた。

文庫本の棚へ歩いて、呼吸を落ち着かせた。目の前が、ちょうど夏目漱石の棚だった。『坊っちゃん』を手に取り、ぱらぱらとページをめくった。これなら心臓も駆け足にならない。あまり厚くないのも手ごろだった。辞書を引きながら読めば、漢字も覚えられる。レジに行ってお金を払い、本屋を出た。

デパートへも寄って、洋服を見た。今日は買わなかった。そのうちバーゲンをやる時がある、と足立先生から教えられた。どうしてもほしいもの以外はバーゲンを利用する、と先生は笑いながら言っていた。

最後に、駅前の小さなコーヒーショップに入った。病院に長いこと入院していなければ、ぼくも仲間たちとこういった店に集まり、笑いながら若い時にしかできない話をしたのだろう。窓の一部がステンドガラスになっていて、店内が華やいだように見える席に座った。

コーヒー一杯をゆっくりと飲んだ。自動販売機の缶よりかなり苦い。その苦さが、なぜか一人暮らしを実感させた。人から守られての毎日ではなく、ぼくは今あふれんばかりの自由に囲まれていた。

初日の冒険は、それで終わりにした。ちょっぴり興奮したのと、あちこち歩き回ったので、驚くほどにくたびれていた。夕御飯には、何かおかずを作ってみようと考えていたけれど、駅前のスーパーでパックにされた酢豚を買った。

五時すぎに、風間さんが来てくれた。仕事の帰りらしく、いつも持っている大きなバッグのほかに、もうひとつ黒い小さなバッグを手にしていた。

「あら、宮崎まで行ったの？」

風間さんはぼくの話を聞き、すごいすごい、を連発した。

「でも、自由になったのが嬉しいからって、いきなり動きすぎて疲れを残してしまうのは禁物よ。来週からは仕事もあるんだし、少しずつ体を慣らしていったほうがいいでしょうね」

優しい言葉でぼくの気を引きしめることも忘れなかった。

◇

あれほど夜遅くまで見たいと思っていたテレビも、あまり見る気は起こらなかった。買ってきたばかりの『坊っちゃん』を開いてみたけれど、ページをめくる手はすぐに止まった。テレビよりも本よりも、気になってならないことがぼくにはあった。

文庫本を置いて立ち上がった。母の使っていた四畳半の部屋のドアを開けた。

本当は、家に帰ってからずっと気になっていた。そうしたいのに、いざ行動するのが怖く思えた。だから、わざわざ今日は外に出かけたのだ。自分の気持ちをごまかすために。

部屋にはタンスと小さな本棚と木目調のカラーボックスが置いてある。中に何が納めてあるのか、ぼくはよく知らない。母が亡《な》くなり、この家はぼくのものになった。この家に残された品々も、すべてぼくが母から受け継いだ。

タンスの上の段には、ふたつの引き出しがある。つえをタンスに立てかけて、左の引き出しを開けた。母の秘密をのぞくような気がちらりとした。

お線香、じゅず、ろうそく。はがきと切手が入っていた。折りたたんである布は、風呂敷か。念のために広げてみても、中には何も入っていなかった。

右の引き出しには、週刊誌ほどの大きさの角封筒が入っていた。ところどころがすり切れた古いものだ。その下には、見覚えのあるアルバムが三冊あった。

アルバムを取り出し、最初のページを開いた。

若い母に抱かれた赤ん坊のぼくがいた。ミルクを飲むぼく。父の前で泣くぼくもいる。おもちゃのバットを手に笑っているぼく。ぶかぶかの野球帽をかぶり、カメラに向かって手を伸ばしているぼく。そこには昔の幼いころのぼくがいた。

赤ん坊のころの記憶がないのは、誰もが同じだという。けれど、ぼくにはそれから先の記憶もなかった。

神社の前での記念撮影は、七五三の時のものだ。あつらえたようなジャケットを着て、小学校らしき校舎の前で胸を張っている写真もあった。二冊目には、運動会、遠足、家族旅行……。たくさんの昔のぼくの写真が貼られていた。ぼくの写真ばかりだった。今のぼくをそのまま小さくしたような顔は、誰が見てもぼくだとわかる。ぼくは家族の中心にいた。けれど、どれひとつの記憶もぼくにはない。

三冊目には、袖《そで》の少し長い学生服を着たぼくがいた。修学旅行では京都へ行ったみたいだ。テレビで見た金閣寺の前で笑っているぼくがいる。ソファで寝ころんでいる姿もあった。海をバックにVサインを作るぼく。そしてまた学生服姿のぼくが笑う。

この三冊は、今のぼくとは違う、もう一人の相馬克己のアルバムだった。

これまで、何度このアルバムを見ただろうか。

昔の写真を見れば、そのころの自分を思い出すのではないか。母も先生もそう考えた。けれど、いつもぼくは途中でこのアルバムを投げ出した。そこに写っているのは間違いなくぼくなのに、思い出のかけらすら頭に浮かんでこないのだ。

無理はないんだよ、と院長先生は言った。激しく頭を打って、すべての記憶をなくしてしまうことがまれにある。そういった症例が過去にいくつも報告されている。

ぼくは事故にあって、一度死んだ。正確には、死にかけたにすぎない。けれど、ぼくは昔のぼくではなくなった。ぼくには、今のぼくとしての記憶しかない。ぼくは生まれ変わったも同じなのだ。でも――。

ぼくは以前、今のぼくとは違う、もう一人のぼくだったことが間違いなくある。このアルバムの中にいる、相馬克己というもう一人のぼくだった時が。

ぼくは昔のぼくを――もう一人の相馬克己を――知りたかった。

◇

引き出しの角封筒には、今のぼくの写真が入っている。病院のベッドで寝ているぼく。車いすに乗って看護師さんに囲まれているぼく。病院の中庭で母といっしょにいる姿もある。

あまり見たい写真ではなかった。言葉を話せるようになる前のぼくは、だらしなく口を開けて、首や視線をいつもおかしな方向へ向けている。歳《とし》をとった大きな赤ん坊なのだ。病院には、ちょっと前のぼくに似た患者さんが今もいる。彼らの姿を見るのは胸が痛い。けれど、自分の同じような姿には、恥ずかしさとともに目を背けたくなる感情がわいてくる。あのころは、ただ生きるのが精一杯だったのだ。でも、大人なのに、多くの人に迷惑をかけていた自分を見るのはつらい。

アルバムと写真をしまって、部屋の中を見回した。

リビングにあるサイドボードの引き出しに、母のノートが入っている。母が亡くなった時、ぼくは何度も何度も読み返した。そして、一人で母を思い出して、泣いた。

サイドボードの引き出しには、印鑑や税金の通知に、今はもう使えない母のものの通帳などがしまってある。昔のぼくに関係するものは何もない。台所の茶ダンスにも引き出しはあるけれど、中には電子レンジの説明書に缶切りや割りばしが入れてあるだけだった。

あとは押し入れの中が残っている。

ふすまを開けて、四畳半の押し入れを調べた。布団のほかには、裁縫箱とアイロン台に掃除機……。奥のほうに白いビニールの袋が押しこまれていた。中を見ると、使い古したタオルだった。雑巾《ぞうきん》にするため、母が取っておいたのだ。昔のぼくに関係していそうなものは何もない。

念のために、六畳間の押し入れも確認した。ぼくの部屋の押し入れなので、中には当然、ぼくのものばかりが入っている。下着やシャツを入れておくケース、冬場に使う温風機、二十年近くも前にぼくが使ったというおもちゃの入った段ボール箱もあった。

押し入れの周辺には、昔のぼくが使っていた品が今も置かれている。

昔のぼくがよく弾いていたというギター。ぼくは何度か弾こうとしてみたことがある。事故で記憶を失っていた人が、ふとした弾みに昔を思い出すことがあるらしい。指がギターを覚えていて、自然に動き出してくれないものか。そう思ったのだ。

期待ははずれた。ギターをかかえて手をそえたが、指はまったく動かなかった。そもそもぼくの左手は、まだよく動いてくれない。本に書いてあったコードを押さえようとしても、思いどおりの形を作れなかった。

昔のぼくが聞いたという曲のレコードも何枚か残されていた。どれもクラシック音楽だった。昔のぼくには、そういう趣味があったらしい。古いプレーヤーは壊れてしまい、すでに捨てられていたので、母が同じものをＣＤでそろえてくれた。けれど、今はもう聞くことはない。何も思い出すことはなかったからだ。

あとは、昔着ていた洋服が何着かある。地味なスーツが二着にコートが一着。すり切れたジーパンが三本にセーターが二枚。それ以外は、古くなって傷《いた》み始めたので処分した、と母が言った。どれも八年前のものなので、くたびれているところはあったが、まだ着れそうだった。もちろん何度か袖を通してもみた。

ほかにも、古いマンガやグローブ、キーホルダーや短くなった色鉛筆のセットがあった。どれも結果は同じだった。

ぼくは家の中を見回した。玄関の下駄箱には、靴以外のものは入っていない。茶ダンスの棚にも、使っていない食器やデパートの包み紙が折り畳んでしまってあるだけだ。もう一度、四畳半のタンスの引き出しを開けて、アルバムのページをめくった。最後のページには、学生服を着たぼくが丸い筒を手にガッツポーズを作る写真があった。テレビのドラマで卒業証書をこんな筒に入れているのを見た覚えがある。背景は、どう見ても校舎だ。手にしているのは卒業証書だろう。それなのに、家のどこを探しても卒業証書がなかった。中学のも、高校のも。気がつくと、すでに十二時をすぎていた。こんなに遅くまで起きていたのは何年ぶりか。

きっとまだ探してないところがあるのだ。そう思って布団をしいた。体はぐったりするほど疲れていたのに、なぜかいつまでも眠れなかった。

◇

江戸川乱歩の小説に『屋根裏の散歩者』という奇妙な短編がある。ぼくは乱歩の少年探偵団シリーズが大好きで、母にねだっては次々と本を買ってもらった。全巻を読み終えてしまうと、ぼくはあきたりずに、病院の売店で乱歩の文庫本を見つけた。その一冊を読んだ時の驚きは、今でも忘れられない。

難しい漢字や意味のわからない言葉がいくつもあった。けれど、ぼくは辞書を引き引き、食い入るようにして読み終えた。少年探偵団シリーズとは、あまりにも雰囲気が違っていた。ぼくの枕元で乱歩の文庫本を見つけた時、母がちょっと眉《まゆ》をひそめたのは無理もなかった。

その乱歩の小説の題名を、ぼくはふいに思い出したのだった。

翌日、ぼくは朝から再び家の中を調べた。昔の時代の家とは違うので、屋根裏部屋があるとは思えなかったけれど、念のために天井の上に空間があるかを調べてみたのだ。

すると、六畳間の押し入れの天井の隅っこに、四角い板でできた扉のようなものを見つけた。それからがひと苦労だった。押し入れの前に、いすや踏み台を並べて、少しずつ押し入れの上の段に登った。登り終えて、懐中電灯がなければよく見えないことに気づいて、ゆっくりと畳まで降りた。そしてまた、登り直した。

うまく使えない左手で懐中電灯を握りしめて、押し入れの天井の板を右手で押した。

そこが屋根裏だった。

ライトで照らすと、屋根を支える柱が何本も見えた。けれど、物置にはなっていなかった。三百六十度ぐるりと見回してみた。卒業証書の入った筒はもちろん、箱も袋も封筒一通、見つからなかった。

次は縁の下だ。

玄関から庭へ回ると、ライトを持ったまま地面にひざを突いた。そのままの格好で、ぐるりと家の周りを一周した。

どこにも縁の下への入り口はなかった。六畳間の窓を出たところが、縁側のようにちょっと張り出している。けれど、その下はコンクリートで固められ、どこにも縁の下へ続く扉などは作られていない。玄関から傘を持ち出し、コンクリートをつついてみたけれど、やはり扉は見つからなかった。

「おじちゃん、何してるの？」

声が聞こえた。顔を上げると、さくの向こうの道路から、隣のチカちゃんがこちらを不思議そうな顔で見ていた。黄色い制服を着ていたので、幼稚園に行くところだろう。

ぼくはひざについた土を払って立ち上がった。

「ちょっと、調べ物をしてるんだ」

「落とし物？　だったらチカも探してあげるよ」

チカちゃんはさくの間をするりと抜けた。小さな子供ならではの、出入りの仕方だった。

驚いて見ていると、チカちゃんは弾むように駆けて来て、ぼくの横に座りこんだ。

「ねえ、なに落としたの？」

「ありがとう。でも、落とし物じゃないんだよ」

「チカ、小さい物でも見つけてあげるよ」

大の大人が朝から庭ではいつくばっていれば、子供でなくても、何かを落としたと思う。ぼくは困って傘を持った右手で頭をかいた。

その時だった。道のほうから横山さんの大きな声が聞こえた。

「チカ！　チカ、どこ行ったの！」

「ママー。チカ、お隣にいるよ」

チカちゃんは立ち上がると、口の周りを手で囲って大声で答えた。

さくの向こうに、横山さんが駆けてきた。こちらに首を向けた横山さんが、大きく目を見開いた。

「チカ！」

横山さんは急に叫ぶように言うと、門のほうへ駆けだした。体当たりするみたいな勢いで門を開けると、庭に走りこんできた。

「チカ、何してるの！」

「おじちゃんが落とし物だって」

チカちゃんがお母さんに駆け寄った。横山さんはチカちゃんを両手で抱いて、持ち上げた。

「ダメじゃないの。人のおうちに入ったりして」

「だって、おじちゃんが落とし物したって」

お母さんに叱られて、チカちゃんは言い訳するように口をとがらせた。横山さんの目がぼくの傘を、そして土に汚れたひざの辺りを見回した。

「あの――落とし物ではなくて、調べ物をしていたんです」

言いかけたぼくをさえぎるように、横山さんは言った。

「どうもお邪魔しました。失礼します」

軽く頭を下げると、ぼくの前から走り去った。入ってくるのと同じ速さで、横山さんはチカちゃんを抱えたまま門を出ていった。ダメでしょ、チカ。だっておじちゃんが……。二人の声が遠くなる。

通りのほうへ近寄った。

横山さんちの玄関前から、チカちゃんを乗せた自転車が動き始めたところだった。

◇

どこを探しても、昔のぼくが受け取った卒業証書は見つからなかった。

探し方が悪かったのかもしれない。筒に入っていなければ、卒業証書もただの一枚の紙だ。紙一枚なら、どんな隙間にでも差しこんでおける。

家の中を片づけるのに時間がかかってしまい、お昼が遅れた。カップめんで簡単にすませると、訓練をかねて、風間さんが教えてくれた国道ぞいのスーパーまで買い物に行った。それで一日が終わってしまった。

夕食には、ハンバーグを作った。タマネギをみじん切りにして、パン粉と肉をまぜ合わせて塩コショウして、フライパンで焼いた。少しこげてしまったけれど、それらしいものができた。味はよくわからなかった。

ハンバーグを作りながらも、ずっと卒業証書のことが気になっていた。いや、そうではない。ぼくは昔のぼくが気になっていた。

夕食を終えると、ぼくはもう一度、家中の引き出しを確かめてみた。

どこにもなかった。

リビングのソファの前には、小さなテーブルがある。一枚板の下には雑誌や小物を置いておくスペースがあり、そこに最近来たらしい手紙が入れてあった。税金や保険の通知書。母あての年賀状が八枚。差出人は、ぼくの知っている人たちだった。院長先生、足立先生、看護師さんの名前が三人。俊紀君のお母さんや患者さんの家族たち。それだけだった。

ぼくの部屋に、昔のぼくにあてられた手紙やはがきは一枚も残されていない。母あての手紙やはがきも、病院以外の人からのものは、やはりなかった。

◇

翌日から、ぼくは社長さんに電話をして、仕事に出た。

家にいても、つまらないことばかり考えてしまう。本屋で買った『坊っちゃん』はまだ十ページも読めず、夜もあまり眠れなかった。そのくせ朝になると早くに目が覚めてしまう。

「え？　今日から来るのかい？」

「動いたほうが体にもいいですし、早く仕事にも慣れたいと思いまして」

「こっちはかまわないよ。しかしホント、うちの息子も見習ってもらいたいね」

社長さんはカラカラと笑い、いつでもおいで、と言ってくれた。

風間さんに言われたとおり、南宮崎の駅で定期を買った。それから歩いて工場へ向かった。

自分が働く。仕事をして、お金をもらう。病院で八年間も人の助けを借りて暮らしていた自分に、できる仕事がある。もちろんまだ実際には何もしていない。けれど、そう考えるだけで、顔がほてってくるような嬉しさがある。仕事をすることで、ようやく大人の――社会人の仲間入りができる気になれた。

工場からは、ドコドコと印刷機の回転音が聞こえた。ノックして、事務室の扉を開けた。

「あ、ホントに来た」

立ち上がってぼくを見たのは、確か、柴本《しばもと》さんだったと思う。

「おお。よく来た、よく来た。ご苦労さん」

社長さんも手にしていた新聞を置き、ぼくを出迎えてくれた。

「あたしだったら、一日でも多く休んでるけどなぁ」

「言ったろ。この子は奇跡の人なの。君らとは、ちょっとできが違うの」

「社長ともね」

誰かが言い、事務室の中が笑顔であふれた。

「あ、クミちゃん、悪いけど田端さんを呼んでくれる」

田端さんは工場で一番のベテランだった。これからしばらくは、田端さんの下で、印刷機の扱い方を教わるのだ。

田端さんはタオルで顔をぬぐうと、しわ深い目を細めてぼくの顔をじろりと見た。手や顔のしわの間にまで、インクの匂いが染《し》みついていそうだった。

「両手を前に出してみろ」

言われたとおりに、ぼくは手を胸の前に出した。

「親指から順番に折ってみな」

急に事務室の中が静かになった。社長さんがドキリとしたような顔で田端さんを見た。

ぼくは親指から順番に一本ずつ指を折っていった。

指先を見ていた田端さんの目が、ぼくの顔にそそがれた。

「そんだけできりゃあ上等だ。手先だけで機械を動かそうとすると、決まってほかがおろそかになる。インクの具合や紙にあった回転数とか、大事なことはうんざりするほどある。要は経験と飲みこみだ。早く仕事を覚えるんだ、いいな」

「はい。よろしくお願いします」

ぼくが連れていかれたのは、工場の隅に置いてあった二色刷用の小さな印刷機の前だった。チラシや商店会の会報など、簡単な印刷物に使う機械で、今もどこかのスーパーのチラシが次々に刷られていた。

「今日からこれを任せる」

「ぼくにですか？」

「不満か」

「いえ」

「早く仕事を覚えて、ローテーションに入れるようになってくれ」

大型印刷機はいつも休みなく動いている。ぼくがそちらの仕事をできるようになれば、田端さんたちの仕事も楽になる。

印刷機の動かし方、インクの足し方、チェンジの仕方、刷り合わせの確認方法……。田端さんは言葉で説明するよりも、実際にぼくの前ですべての段取りを見せてくれた。

「この印刷が終わったら、おまえ、やってみろ」

三千枚分のチラシの印刷が終わると、田端さんが薄い金属板の版を取り替えた。そして、ぼくに印刷機の前をあけた。

見よう見まねでインクを足して、用紙をセットし、刷り合わせの調節までを一人でやった。田端さんは黙って見ていた。

「終わりました」

「おまえ、つえなしだと、歩けないのか」

「いえ、歩けることは歩けます……」

「痛むのか」

「移動に少し時間がかかります」

「けど、つえがあると邪魔だろ」

印刷機の周りには、インク缶や用紙の束があちこちに置かれ、先ほどからつえの先が何度かぶつかっていた。

田端さんは大型印刷機のそばから一人の工員を呼ぶと、二色刷の印刷機を壁から離し、ドアの横に置いてあった鉄製の棚を、印刷機の横に運んできた。

「この棚を手すり代わりにすれば、動けるな」

「はい」

「その代わり、この棚の管理はおまえが責任を持って行え。みんな、いいかげんに物を置いていくんで、どの工具がどこにあるんだか、わからなくなる時がある。頼むぞ」

「わかりました」

工場での半日は、驚くほど早くすぎた。気がつくともう五時半になっていた。

最後のチラシの印刷を終えると、大型印刷機の様子を見ていた田端さんが戻ってきた。

「社長が心配するといけないから、今日はもう帰っていいぞ」

「刷り終わったチラシは、どこに置いておけばいいんでしょうか」

「終わったのか？」

「はい」

「そうか……。もう終わったか」

田端さんはインクで汚れた帽子を脱ぎ、印刷機の周りをながめた。印刷ミスの紙はまとめてあったし、インク缶もすべて棚に片づけてある。

「明日からは時間どおりに来るわけだな」

「はい」

「少しは楽になりそうだ」

田端さんはぼそりと言うと、タオルで汗をぬぐい、初めて笑顔を見せた。

◇

働き始めたのは正解だった。夕食を終えると、あんなに眠れなかったのが嘘みたいに、ぼくはソファでうたた寝をしていた。目が覚めたのは、玄関のチャイムが鳴ったような気がしたからだ。

時計を見た。九時五分前。こんな時間に風間さんが来ることはない。足立先生たちが気をつけなさいと言っていたセールスマンだとも思えなかった。

チャイムはぼくをせかすように何度も鳴った。

つえをついて玄関へ行き、サンダルを右足だけに突っかけて、扉の中央にあるレンズをのぞいた。黒ぶちの眼鏡をかけた男の人が立っていた。レンズのせいで鼻が大きく、ちょっと横に太って見える。

「どなたですか」

「隣の横山ですが……」

一時帰宅をした時に、横山さんを見かけた記憶はあった。けれど、その顔までは覚えていない。ぼくは急いで扉を開けた。

横山さんは、気をつけをするような格好で玄関先に立っていた。

「あのー。今ちょっとよろしいでしょうか」

横山さんはそう言うと、玄関の中を見回すように目を辺りに走らせた。鼻が大きく見えたのは、レンズのせいではなかったみたいだ。ぼくとあまり変わらない歳に見えたけれど、おなかが少し出ていた。ドアを後ろ手に押さえたまま、横山さんは巣穴から様子をうかがうリスみたいに、ちらちらとあちこちへ目を向けていた。

「こんばんは」

声をかけた。横山さんは飛び退《の》くようにしてドアに体をつけた。慌て気味に姿勢を正すと、少し高めの声で言った。

「初めまして、横山です。先日はハンカチなどをもらいまして、ありがとうございました。——どうですか、一人暮らしは？」

「はい。何とかやっています」

ぼくの一人暮らしを心配して、様子を見に来てくれたようだった。

「食事はどうしているんです？」

「自分で作ってます」

意外な答えを聞いたみたいに横山さんは目を瞬《またた》かせた。

「そう。自分で作るの？」

「昨日はハンバーグを作りました」

「そりゃあすごい。おれなんか、味噌汁ぐらいしか作れないものな」

「今日は初めて会社に出たので、魚を焼いただけでした」

「え？　会社に出たの？」

餌《えさ》をつつく鳩《はと》みたいに横山さんは首だけを前につき出した。

「はい。半年間は見習いですけど」

「そう。働いてるのか」

ちょっと首をひねるような仕草をした。あごの辺りをさわりかけた手が途中で止まった。

「あの……どんな仕事か、聞いていいですかね」

「入りませんか？」

「え？」

「ずいぶん暖かくなってきましたけど、夜はまだ少し冷えるじゃないですか。玄関だと、寒くないですか」

「あ、そうね。寒いよね、玄関じゃ」

「どうぞ。向こうにソファがあります。古いから、そんなに座り心地はよくありませんけど」

ぼくは玄関から身を引いて、廊下の奥へ手を向けた。

横山さんは一度玄関の外を見てから、ぶつぶつと独り言のように言って中へ入った。

「ええーと。……そうだな、お邪魔しようかな」

「じゃあ、お邪魔します」

うたぐり深い猫みたいな動きで、横山さんは廊下をそろそろと歩いてきた。

ぼくはソファを示して頭を下げた。

「心配して来ていただき、ありがとうございます」

横山さんは絵も花もないリビングを見回すと、ソファのはしのほうに、ちょこりと座った。

「今お茶を入れます」

「あ、おかまいなく。突然押しかけたのは、こっちだから」

「いいえ、動いたほうがリハビリになります。一人でいると、面倒がって何もしませんから」

「そう。リハビリに、ねえ……」

横山さんはつぶやきながら腰を浮かし、台所のぼくのほうに体を向けた。

「大丈夫です。病院を出る前に、お茶の入れ方とかご飯の炊き方とか、練習を積んできましたんで」

「病院でそんなことをするんだ？」

「うちの病院は特別なんです。公立の療養所を兼ねているので、長期入院の患者さんが多くいます。一日でも早く社会復帰ができるようにと、リハビリの環境も整ってるんです」

「あなたも――その、長かったみたいですね」

腰を浮かせたまま、横山さんが聞いた。ぼくは湯飲みをお盆に乗せて、つえを手にした。

「八年いました」

「うわーぁ」

ささやくような声で言い、横山さんは天井を見上げた。ぼくはお盆を右手で持ち、ゆっくりとリビングに移動した。

「あ、やります、やります」

横山さんが立ち上がって、ぼくの手からお盆を取った。テーブルの上に湯飲みを置きながら言った。

「失礼ですけど、今何歳です？」

ぼくはお茶を受け取り、一礼した。

「ありがとうございます。もうすぐ三十一になります」

「え？　おれとたいして違わないじゃない。おれ、三十三。女房のほうは三つ下。今じゃ、どっちが歳上だかわからないけどね」

「南宮崎にある印刷会社に今日から勤め始めました」

「何？　――あ、そうか、勤め先ね」

言いながら、横山さんは湯飲みを手にした。お茶を一口すすり、その場で動きを止めた。ぼくに目を戻して、言った。

「美味しい」

「そうですか？」

「うちよりずっと美味しいお茶だ。女房のやつ、自分の飲む紅茶は高級なやつばっか買うくせに、日本茶には渋るんだよな」

「あ、それなら、どうぞ」

ぼくはつえを手に立ち上がった。

「何？　何が、どうぞ、よ」

「母のお葬式の時に、お返しとして配ったお茶の残りなんです。まだ四缶残ってますから」

「いいって。いいよ、そんなに気を使わないでよ」

「でも、ぼく一人でこんなに飲めませんから」

ぼくは台所へ歩いて、茶ダンスの下にかがみこんだ。

「なんか調子狂うよな」

「はい？」

振り返ると、横山さんはソファにもたれて、頭の後ろで手を組んでいた。

「何がでしょうか？」

ぼくが聞くと、横山さんは手を下ろし、少し前かがみになった。

「こんなことを聞いていいのかわからないけど……。あなた、何年か前にぼくが見かけた時、車いすに乗ってて、ほとんど一言もしゃべらなかったですよね」

「……ええ」

そうだったのか。赤ん坊のようだったぼくを、横山さんは知っているのだ。

「噂《うわさ》では、事故で頭を打ったとか聞いたけど、本当はどうなんです？」

「ぼくにもよくわからないんです」

「昔のことを覚えてないってのは、やっぱり……」

「はい」

「そう。じゃあ今も、なの――？」

ぼくは湯飲みを持ったまま、小さくうなずき返した。

横山さんは顔を少し伏せ、上目づかいのような視線になった。

「今は、どんな治療をしてるんです？」

「手と足のリハビリのために、週一回病院に通うことになってます」

「それだけ？」

拍子抜けしたみたいに横山さんが顔を上げた。

「じゃあ、頭の——いや、記憶のほうの治療は……」

「先生が言うには、ぼくが昔のことを覚えていないのは、仕方がないところもあるんだそうです」

はあ、と息をつくように横山さんは相づちを打った。

「命をとりとめたぼくは——こういう呼び方はあまり好きではありませんけど、よく言われる植物状態になったものだと思われていたそうです。脳の一部に血が回らなくなり、細胞の多くが死んでしまったのではないか。そう判断が下されていたようです」

横山さんは真剣な顔でうなずいた。

「けれど、ぼくは植物状態になってしまったわけではなかったんです。もしかすると、そう思われている人の中には、ぼくと同じような人が本当はいるのかもしれません。先生の話では、簡単に言うとぼくは、赤ちゃんと同じ状態になっていたらしいんです」

「赤ちゃん……？」

「院長先生がこんな言い方をしてました。脳をコンピュータに似た、でも、もっと複雑な物事を記録しておく機械だと考えると、ぼくの場合は、頭にしばらく血が回らなくなったので、今までのことを記録した部分が、すべて消えてしまった。言葉や歩き方や昔の思い出から物の食べ方や習慣まで、すべてのデータをなくしてしまったのではないか、と」

横山さんはぽかんと口を開けていた。

「生まれたばかりの赤ちゃんは、脳にまったく記録がないですよね？　ぼくも事故にあって、それと同じ——というか、似たような状態になってしまったのではないか」

「じゃあ、君は……」

「ぼくは今三十歳ですけど、ようやく中学一年の教科書で勉強をしています。事故から八年たって、ようやく十二、三歳になったのと同じようなものなんです」

「驚いたなぁ、こりゃあ……」

横山さんは暗い部屋から急に明るいところへ出た時みたいに目をしばしばさせて、頭をかいた。二度ほど、うーん、とうなってから、ぼくを見つめた。

「聞いてみないと、わからないものだな。要するに君は、赤ん坊みたいに、言葉や歩くことをまた最初から覚えていったわけなんだ」

「でも、脳の一部がまだうまく働いてくれてないのか、手と足に動きづらいところが残っています。記憶のほうは、覚え立てのころに物忘れがひどかったみたいですけど、今はそれほどでもありません。このごろでは、あまり頭も痛くなりません」

「参ったよ。これは参ったなぁ……」

横山さんは視線を落として首を振った。ぼそぼそと口の中でつぶやくように言った。

「ごめん。そうだとは知らなかった。どうやら君に謝らなきゃいけないみたいだ」

「どうしてです?」

「わからないのか?」

横山さんはぼくを正面から見て、首をかしげた。

「ここに上がってくる時、おれは少しびくついていたろ?」

そう言えば、そんな感じがしなかったわけではない。でも病院では、おずおずと怖がるような動きを見せる人がいる。苦しいリハビリや筋肉注射など、大人でも腰が引けてしまいそうになることは多い。

「女房から言われて、来たんだよ」

「奥さんから?」

「ああ。うちには小さな子供がいるだろ。それで——うちのやつ、心配でならなかったようで、君の様子を見てくれ、って言われて……。すまない。ごめん。嫌な思いをさせて、本当にすまないと思う」

小さな子供がいるから心配になった——。意味がすぐには飲みこめなかった。どうして子供がいると、心配になってぼくの家へ来るのだろうか。

「こんなのは言い訳にしかならないとわかってる。でも——ほら、何かとぶっそうな話をよく聞くじゃないか。君がおかしなことをする人物だと、すぐに怪しんだわけじゃないんだ。けど、隣に住んでて、この先長いつき合いになる。だから、どんな人かを見ておきたかった。——いや、正直に言うよ」

横山さんは早口に言って、またぼくに頭を下げた。

「ぼくは君がまだ言葉を話せなかったころの姿を見ていた。だから、少し……その、警戒していたところがあった。すまない。本当にごめん。だけど、うちには小さな子供がいる。どうしても心配でならなかった。君も子供ができれば、きっとおれたち夫婦の気持ちがわかってもらえるんじゃないかと思うんだ」

子供ができれば、きっとわかる——。院長先生も言っていた言葉だった。

幼い子供が誘拐されることが、たまにある。ぼくもテレビのニュースで何度も見たり聞いたりした。ぼくは長いこと病院にいた。横山さんとはろくに話したこともない。事情を何ひとつ説明しないで、ぼくを理解してくれ、と言うほうが虫がよすぎるのかもしれない。でも……。ぼくが小さな子供を……。

「本当にごめん」

横山さんはそう言ってまた頭を下げると、のそりとソファから立ち上がった。

「今日はこれで帰ります。でも、もし困ったことがあったら、何でも言ってくれないかな。罪ほろぼしというわけじゃないけど、おれたちに何かできることがあれば、力になりたい。嘘じゃないんだ。本当にそう思ってる」

自分の気持ちを素直に表したり、告げたりするのはとても難しい。ぼくも悪いとは頭で思いながら、母から怒られると、つい口答えをしてしまったことが何度もあった。

廊下に向かいかけた横山さんを、ぼくは立ち上がって、追いかけた。

「あ——お茶、持ってってください」

横山さんは振り向いて、黙ってぼくを見返した。

「残り物ですから。ちょっと待っててください」

台所に戻り、茶ダンスの下からお茶を二缶取った。缶を抱えると、ぼくは玄関に急いだ。早くしないと、横山さんが帰ってしまいそうに思えた。

横山さんは玄関でぼくを待っていてくれた。

「ありがとう。本当に、何かあったら声をかけてよ」

お茶の缶を受け取り、横山さんは短く笑った。

「じゃあ、お休みなさい」

門の先まで歩いてぼくを振り返ると、横山さんはお茶の缶を大きく振った。

◇

「おう、早いな、新人」

「どうだ、急に体を動かしたから筋肉が痛いだろ」

「給料入ったら、飲みに行こうな。そんだけの体をしてるんだから、おまえ、強いだろ」

「え？　飲んだことないのかよ。そりゃ奇特なやつだな」

「違うって、こいつは奇跡の人って呼ばれてたんだって」

　翌朝、事務所に顔を出すと、まだ名前を覚えてもいない先輩たちがぼくに声をかけてくれた。作業着に着替えて工場に出ると、もう田端さんがホワイトボードの前で今日の予定を書いていた。一番下には、ぼくの名前もしっかりあった。その部分をいつまでもながめていると、田端さんがじろりと目をむき、ぼくを見た。

「いいか、ここを見れば仕事内容がわかるようになってる。刷版《さっぱん》、インク、紙の種類をここでチェックしてから本刷りにかかれ。ひとつ間違えれば、インクや紙が無駄になって会社に損害を与える。どんなに小さな仕事でも、その積み重ねでおれたちは利益を上げて生活できてる。気を抜くなよ、いいな」

「はい、わかりました」

　印刷機の横に移した棚の整理をしてから、ぼくは任された仕事にかかった。

　最初はパチンコ屋の新装開店を知らせるチラシだった。ホワイトボードを何度も見てから、ぼくは事務所へ行って版をもらった。インクはブラックとオレンジ50。紙はスノーライト、カラーはクリーム、厚さは七五・九g／㎡。そのリストを見て、紙の厚さは一平方メートル当たりのグラム数で表すものなのだと初めて知った。

　印刷にかかる直前にも、ホワイトボードのリストと見比べた。間違えたら、社長さんや田端さんに迷惑をかける。そう思うと、精密検査の結果を聞かされる前に負けないほど緊張してきた。たぶん、それが仕事をこなすということなのだ。

十二時になると工場内にブザーが鳴って、昼食の時間になる。

「おーい、新人。その辺で切り上げろや」

背の高い、大型印刷機の主任さんが、ぼくを呼んだ。確か神田さんといったはずだ。

事務所の裏がちょっとした休憩所になっていて、ふたつのテーブルが置いてある。そこで、仕事に区切りのついた者から仕出し弁当を食べる。ぼくも二段になった弁当を受け取って、あいている席に座った。見ると、ぼくだけが割りばしだった。病院で使っていたやつを持ってくることにしよう。

「なあ、長いこと病院にいたんだってな」

はしを割る間もなく、隣にいた坊主頭《ぼうずあたま》の人が話しかけてきた。ごめんなさい。まだ名前を覚えていません。

「八年いました」

ぼくが答えると、坊主頭の人はゲーと叫んで、大げさにのけぞってみせた。

「スゲーな、それ。あんた、それ、すごすぎるぜ」

前に座っていた神田さんが、弁当箱のふたで隣の人の坊主頭をペコンとたたいた。

「相馬はおまえよりも歳上なの。口のきき方に気をつけろって」

「いいんです。ここではみなさん先輩ですから」

「ほら。本人が言ってるじゃないの」

「調子にのんな」

神田さんは言って、また弁当箱のふたでたたく真似《まね》をした。

「おまえも十年ぐらい入院してれば、も少しまともになったのに、な」

神田さんの隣にいた太った人が、肩を揺すりながら笑った。

「あのね、近藤さん。おれ、自慢じゃないけど、体だけは丈夫にできてるの。お生憎《あいにく》様」

「バカ、誰が病院って言った。――少年院に決まってるだろ」

近藤さんは煮物を口に運んで、また大きく肩を揺すった。たちまちふたつのテーブルに、笑いの輪が広がった。ぼくは驚き、坊主頭の人を見た。みんなに笑われているのに、彼もいっしょになって笑っていた。

「傷つくなあ、そーゆー言い方。世間のそんな目が、純な少年を非行に走らせるんだぜ」

隣のテーブルから、眉毛の太い人がぼくのほうに顔を突き出した。

「島崎はね、今はこんなバカ言ってニコニコ笑ってるけど、学生ん時は、そりゃあワルで有名だったんだ」

「よしてくださいよ、守屋さん。何も知らない後輩にまで、昔のことバラさないでよ」

太く形のいい眉をひそめながらも、島崎君は軽やかに笑っている。学生時代にワルだったというけれど、彼はそれを少しも引け目に感じていない。八年を病院ですごしたぼくとは違う。そして先輩たちも、昔のことで彼を特別な目で見たりはしていない。

「知ってるか、リーゼントにボンタン」

神田さんがぼくに視線を振った。何のことだかわからなかった。

「ほら、髪の毛をこんなふうにでっかくしてるの、テレビで見たことないか。こいつ、ここらにそりこみまで入れて、おまけに眉までそってたんだから、結構気合い入ってたよな」

神田さんはおでこの前で鏡餅《かがみもち》でも持つように手をかざして言った。守屋さんがまた隣のテーブルから身を乗り出した。

「ボンタンてのは、作業ズボンみたいに幅広の、だらしない格好の学生ズボンだ」

「どうしてそんなズボンをはくんですか？」

ぼくは島崎君に聞いた。答えたのは近藤さんだった。

「こいつのファッションセンスなんてのは、そんなものなの。人の迷惑で関心引くしか能がなかったんだな、悲しいことに」

「はいはい、どうせセンコウや近所の人たちからは、爪弾《つまはじ》きでしたよ。けどね、こう見えても後輩からは慕われてたんだから」

はしを大きく振り回して島崎君は言った。それから、ぼくに顔を向けた。

「センコウってわかる？　教師たちのことだからね」

「あ！」

ぼくは弁当箱をテーブルに置いた。自分では気づかないほど声が大きかったみたいだ。

「どうした？」

「どこか痛み出したか」

みんながはしを持つ手を止め、ぼくを見ていた。慌てて言葉を探して、言った。

「あ、いえ——今朝、銀行に寄ってくるのを忘れたなって、急に思い出してしまって」

「何だ、おどかすなよ。要するにあんた、おれの話、ちっとも聞いてなかったわけね」

島崎君がすねたように言って下を向いた。みんながまた一斉に笑い出した。確かにそうだった。彼の言葉は耳に入っていたけれど、ぼくは途中から話の中身を聞いていなかった。

どうしてこんな簡単なことに気づかなかったのだろう。アルバムにもあったように、もう一人のぼくも、間違いなく義務教育を受けている。だからぼくは、もう一度中学に入って勉強をやり直すことはできない。そう院長先生から言われていた。

そうだったのだ。もう一人のぼくは、間違いなく中学校を卒業している。その中学に行けば、当時のぼくを知る先生が今もいるかもしれない。昔のぼくを知る同級生の住所や名前もわかるだろう。

昔の相馬克己を知る人に会えるかもしれない方法が見つかった。

◇

その日の仕事を終えると、ぼくは工場を出て、駅前の本屋に寄った。レジの近くに回転する鉄製の棚があり、その中から宮崎市の地図を選び出した。

家に帰るまで待てなかった。我慢できずに駅のホームで地図を広げた。初めに我が家の住所を見つけて、そこから一番近い中学校を探した。見つけた。南方駅前のバス通りと清武《きよたけ》駅を結ぶ街道ぞいに、宮崎第一中学校があった。ぼくの家からは一キロも離れていない。

あのアルバムにあった写真の中で、昔のぼくは卒業証書を入れる筒を持って校舎の前でガッツポーズを作っていた。たぶん、中学の時だろう。高校生にしては、顔が幼く見える。体格も、今のぼくより細かった。

家から一番近い中学校。たぶんぼくは、宮崎第一中学校に通っていたのだ。実際の校舎と写真を比べてみれば、すぐにわかる。

夕食の買い物をあと回しにして、南希望ヶ丘の坂を上がった。鍵を開けて家に入ると、手も洗わず四畳半に上がり、タンスの引き出しを開けた。アルバムから写真をはがしてポケットに収め、再び靴をはいた。宮崎第一中学校まで一キロ弱。散歩には少し遠い。歩行練習と思えばいい距離だ。

地図を見ながら歩いた。駅とは違う方向に坂を下りた。

目的地が遠いのは少しもつらく感じなかった。もう自分一人で歩いていける。卒業した中学校に近づいている。昔のぼくを知る手がかりがある。そう考えると息が苦しくなってくる。

知りたいのに、知るのが少し怖い。この気持ちは何だろうか。

もし仮に、昔のぼくが何の取り柄もないつまらない人間だったら、ぼくの将来までが見えてしまう気がする。今のぼくは、昔のぼくとは違う。いくら言い訳を思い浮かべてみても、相馬克己という人間の持つ能力に変わりはない。ケガを負ったことで、もっと低くなっている可能性のほうが強い。

過去を知るのは、自分の未来を少しだけのぞいてしまうようなものに思えてくる。ぼく以外の普通の人たちは、みんな自分の歩いてきた道を知っている。自分の限界や、人より劣っているところを、誰よりもわかっているだろう。それはとてもつらく、恐ろしいことに思えてならない。

未来には可能性がある、希望を忘れてはいけない。そういった励ましの言葉を病院ではよく聞いた。誰もが明日を信じ、ケガや病気と闘っていた。今のケガや病気を抱えた身は、本当の自分の姿ではない。だからみんな、苦しくても歯を食いしばれる。けれど、ありのままの自分をぼく自身が取り戻した時、未来に希望を持てるのか。

不安になった。病院では、考えもしなかった不安だ。それでも、昔の相馬克己をどうしても知りたい。怖いけれど知るべきなのだ。裏返しの気持ちが胸で暴れそうになっている。

雑木林の横を抜けて進むと、畑と住宅地の向こうに校舎らしき建物が見えた。

白い壁の三階建て。緑色の高いネットが校舎を包むように伸びていた。中学生の声が遠く聞こえる。クラブ活動の選手たちだろう。

声が大きくなった。二列になって走る女子中学生が、目の前の通りを走りすぎていった。校庭のフェンスがすぐ近くに見える。鉄棒、テニスコート、垣根の間に高い木々がにょきり。白い校舎の壁には大きな丸い時計がかかっている。

何も思い出せなかった。記憶は少しも戻ってこない。初めからあきらめていたところがあった。ぼくはもう昔の相馬克己ではないのだから。

息が上がり、胸の奥のほうが痛くなった。校庭ぞいに街道まで出ると、五十メートルほど先に校門が見えた。制服を着た中学生が手を振りながら出てくる。ふざけ合い、はしゃぎ合い、そしてある者は自転車に乗り――。

地図を脇《わき》にはさんだ。代わりにポケットから写真を出した。その手がうまく動かず、取り落としそうになる。残念なことに、校門は写っていない。写真の校舎の前には、レンガで仕切られた花壇がある。昔のぼくが十五歳の時なのだから、もう十五年も前の光景なのだ。この花壇が今も残っているだろうか。

写真と目の前の校舎を見比べた。どこにでもある白っぽい壁にアルミのサッシ。写真のほうには、窓より下の部分の壁が、少しクリーム色がかって見える。その境目のところが、柱のようにやや出っぱっている。目の前にある校舎の壁は――。

違った。

色が違うだけなら、ペンキを塗り替えたとも考えられた。けれど、目の前にある校舎の壁に、柱の出っぱりはない。

地図を抱え直し、校庭の横へ回った。校舎は一棟だけではない。後ろに見えるもう一棟の校舎の造りを確かめたかった。

　ぼくの手から、地図が落ちた。やはり、違った。どの校舎も同じ造りだった。写真の校舎と同じものとは思えない。ぼくはこの宮崎第一中学校を卒業してはいない。昔のもう一人の相馬克己には出会えなかった。

　つえに体重をあずけると、ぼくは胸にためていた息を吐いた。

◇

　ぼくらのいた第二病棟には長期入院の患者が多い。だからなのだろうか、見舞いに来る人たちは限られていた。第二病棟に移されると、訪れる人の数は急に少なくなる。逆に言えば、少なくなるような状況だから、第二病棟に移されてくる。

　第三病棟には先天性疾患の人たちが入院している。その中には、家族も思い出したようにしか見舞いに来ない患者もいた。

「人は慣れてしまうんだよ」

　かつてトモさんはそう言った。知り合いが入院したと聞けば、誰でも見舞いに行こうと思う。けれど、いつしかその人がいないことに慣れてしまい、病院へ足を運ぶ回数が減る。誰も見舞いに来てくれないことに、やがては患者も慣れていく。慣れるだけで、寂しい気持ちは少しも変わらない。そのうち寂しさにも慣れていき、病気やケガに悩まされていることに慣れを感じてしまう。慣れるあまりに、立ち向かう気力を失っていく。

ぼくにも昔は、友人たちがお見舞いに来てくれたのだろうか。第二病棟では、ぼくが一番の古手だった。だから、看護師さんも先生たちも、ほとんどの人が昔のぼくを知らない。知っているのは院長先生と母だけだった。

いつだったか、母に聞いてみたことがある。

母は答えなかった。唇《くちびる》を噛《か》んで、ぼくを抱いた。それでぼくには答えがわかった気がした。

サッカーボールを追いかけて走る中学生の姿をながめながら、ぼくは思った。ぼくもあんなふうに、同級生たちとボールを追いかけたことがあったのかもしれない。友達と笑いながら登下校をしたはずだ。たぶん、中には見舞いに来てくれた人もいただろう。八年はあまりにも長い。ぼくという仲間のことを忘れたとしても、仕方のない長さなのだろう。だろうとは思う。

◇

南希望ヶ丘へ帰った。暗い空にいくつもの星が光り始めていた。考え事をしながら歩いていたので、道を間違えて少し遠回りをした。疲れていたこともあって、後ろから走ってきた車をよけた時、もう少しで倒れるところだった。

つえで体を支えた。玄関先で、あらためて目の前に建つ我が家をながめた。庭の広さがどれだけあるのか、ぼくは知らない。でも、大切なことを見逃していた、と初めて気づいていた。

相馬家の庭には、車を停めておくスペースがなかった。

八年前、昔のぼくは買ったばかりの車を運転して事故を起こした。けれど、ここには車を停めておく場所がなかった。どこかに駐車場を借りていたのだろうか。

南希望ヶ丘では、年々住宅地が増えている。昔は雑木林や空き地だったところに真新しい家が建てられ、町は今も広がっている。見回すまでもなく、まずたいていの家に車を停めるスペースがあった。ぼくの家は一階建てで、周りと比べればささやかな造りだ。でも、庭に駐車スペースを取れないほどではなかった。現に、隣の横山さんの家を見れば、そう広さも変わらない庭に駐車スペースが作られ、白い軽自動車が停まっていた。

気になることは、ほかにもあった。

母が亡くなってからは、あまり庭掃除をしていないので、塀の近くには雑草がたくさん生えていた。門の扉には、ところどころサビも浮いている。庭だけを見ると、少し古びたような感じはあった。けれど、家の中に入ると、それほど古くは見えない。廊下も六畳間の壁も、病院の廊下やロビーほどに汚れてはいないのだ。

ぼくは最寄りの中学校を卒業していなかった。そして――残されたアルバムには、この家の中や庭で父がくつろぐ写真は一枚もなかった気がする。

左手から足音が聞こえた。川上さんの家のほうだった。

見ると、グレーのスーツを着た六十歳ぐらいの男の人が、門を開けて中に入ろうとしていた。奥さんとは以前に一度顔を合わせたことがある。きっとあの人が旦那さんだろう。

「こんばんは」

ぼくは頭を下げて、挨拶した。

川上さんが動きを止めて、急にこちらを向いた。目を丸くして、驚いたような顔になった。

「何度かお訪ねしたんですが、いつもお留守みたいで挨拶が遅れてしまいました」

ぼくはお隣のほうへ歩いた。川上さんがネジを巻きたての人形みたいに素早く動き、門を閉めた。足早に玄関先へと歩きだした。

「初めまして。——もしかすると川上さんは、ぼくが母といるところを見かけていたかもしれませんね。克己です。今度病院を出て、一人暮らしをすることになりました」

川上さんは少し頭を下げるようにして前かがみになった。玄関の重そうなドアを開けた。

「あ、待ってください。大したものではないんですが、挨拶代わりの品を用意したんです。今持っていきますから」

ぼくは言って、自分の家へ引き返した。鍵をポケットから出していると、お隣でドアの閉まる音が聞こえた。振り向くと、川上さんの姿が見えなくなっていた。たぶん、スーツを着替えて、早く楽な格好になりたかったのだろう。

ハンカチの包みは、玄関に置いてあった。手にすると、ぼくは門を回って川上さんの家のチャイムを押した。

返事がなかった。

たった今、帰ってきたばかりなのに。

もう一度チャイムを押したが、同じだった。しつこくもう一回押した。答えはなかった。着替えの最中にチャイムが鳴り、ズボンを引きずったまま玄関に向かおうとして転びでもしたんだろうか。

「お邪魔します」

大きな声で呼びかけて、門を開けた。石段をひょこひょこと上がり、玄関の前に立った。ドアを軽くたたきながら言った。

「川上さん、どうかしましたか？　ぼくです、相馬です。大丈夫ですか」

コンコンとまたノックをした。やはり中から答えはなかった。

おかしい。たった今家に入ったはずなのに、玄関にも右手に見える部屋の窓にも明かりがともっていない。

「川上さん。どうしました！」

ぼくはドアのノブに手をかけた。びくともしなかった。鍵がかかっていた。まさか、たった今家に入っていった人が、川上さんではなかったなんてことが……。

ドアをたたいて、川上さんの名前を呼んだ。これだけ強くたたけば、中にいて聞こえないはずはない。どうして返事がないのだろうか。

ハンカチの包みを握りしめた。もし泥棒か何かだったら――。川上さんが中で倒れていることだって――。警察を呼んだほうがいいだろうか。

「あっちへ行きなさい」

ドアの向こうで声が聞こえた。男の人の声だった。照明はついていないけれど、すぐ向こうに誰かいる。

「川上さん、ですか?」

「無断で人の庭に上がるなんて、どうかしている。早くうちから出ていってくれないか」

「ぼくです。さっきご挨拶した相馬です」

「警察を呼ぶよ」

聞き間違いかと耳をすました。警察? どうしてそんな話になるんだろうか。

「わからないのか。早く出ていかないと、警察を呼ぶ」

川上さんは何を言っているんだろうか。警察に連絡したほうがいいか、と迷っていたのはぼくのほうなのだ。

「どうしたんです、川上さん? 隣の相馬ですけど」

「警察を知らないのか、君は」

「何かあったんですか? 答えてください」

「さもないと、病院に連絡するぞ。いいかね、早くうちから出てってくれ。わからないことを言うと、私らも我慢しないで人を呼ぶ。さあ、出ていきなさい」

「ぼくです、相馬です。ご挨拶の品を持ってきたんです」

「――だめだな。まともに話が通じない……警察に電話しなさい」

くぐもった声が聞こえた。ぼくへの言葉ではなかった。中には奥さんもいるのだろう。でも――なぜ警察を呼べなんて言ったんだろうか？

ひょっとすると、川上さん以外にも玄関の中に人がいて――。ぼくにではなく、その人物への呼びかけだとすれば、話は通じる。さっき家に入った人が川上さんではなかったとしたら。見かけない人が家に押しかけてきて、押し問答になって――。

「大丈夫ですか、川上さん！　ぼくです。ここにぼくがいます！」

思いきりドアをたたいた。中でガタガタと何かを転がすような物音がした。慌《あわ》ただしく廊下を駆ける足音が続いた。

もしや川上さんが何者かに襲われかけているのでは――。

「誰か！　誰か来てください。大変です。川上さんが！」

力の限り声を上げた。家へ戻って警察へ電話している時間はない。

「助けてください！　誰か、早く！」

門の前に、男の人が走ってきた。革のかばんをさげた中年の男性だった。こちらをのぞき見るようにして、首を伸ばした。

「どうしたんです」

「中で川上さんが警察を呼んでくれと」

「泥棒なのか？」

「わかりません」

ぼくは急いで首を振った。中年の男性が、おそるおそるといった感じで門を抜けた。家の中のほうへ声をかけた。

「どうしました？　何かありましたか！」

中年男性の後ろから、次々に人がやってきた。高校生らしい男の子が二人。買い物袋を持ったおばさん。スーツを着た三十代の男の人もいる。これだけ人が集まってくれば、もう心配はない。

「川上さん、どうかしましたか！」

中年の男性が、また玄関の奥に向かって呼びかけた。

ドアの向こうで明かりがついた。男の人がちょっと驚いたように体を引いた。その鼻先で、玄関のドアが開いた。

五センチほどの隙間の向こうに、川上さんの顔が見えた。その後ろに隠れるようにして、奥さんらしき人の肩も見えた。

「どうしました？」

「どうもこうもない」

ドアの隙間から、川上さんの右手が突き出された。人差し指が、ぼくの顔に向けられた。

「頼むから、そのおかしな男をうちの前から遠ざけてくれ！」

男の人が腰を伸ばして、ぼくを振り返った。ぼくも後ろを振り向いた。門の向こうから、多くの人がみんなでぼくを見ていた。

「さっきから、うちの玄関先でわけのわからないことを叫び続けてるんだ。私らが何をしたっていう。そいつをどっかにやってくれ！　このままだと、何をされるかわかったものじゃない。頼むから、うちの庭から放り出してくれ！」

川上さんのどなり声が響きわたった。みんながぼくを見ていた。多くの目がぼくに集まっている。

◇

ぐるぐると回り始めた頭の中で、川上さんの言葉がいつまでも、トンネルの奥で反響する物音のようにわんわんと鳴っていた。きりきりと頭の奥も痛みだした。

パトカーのサイレン音がどこか遠くで聞こえ始めていた。

横山さんが駆けつけてきてくれなかったら、ぼくはどうなっていただろうか。パトカーから降りた二人の警官は、腰の警棒を抜いて、ぼくに近づいてきた。隣にいたはずの男の人も、いつの間にか門の横へ下がっていた。そこへ横山さんが来てくれたのだ。

「どうしたんだよ、克己君？」

横山さんは二人の警官に何事か懸命に話していた。川上さんは途中から玄関のドアを閉めて、家の中に引きこもった。中年の男性もいつの間にかいなくなっていた。病院でも何かあると、いつのまにか現れたり、いなくなったりする患者さんがいた。

気がつくと、ぼくの足元にはチカちゃんが立っていた。

「ねえ、おじちゃん。おうちに帰ろうって、ママが言ってる」

門の向こうでは、チカちゃんのお母さんが心配そうな顔で立ち、警官と熱心に話す横山さんを見ていた。

チカちゃんに袖口を引かれて、川上さんちの門を出た。そうやって誰かに手を引かれなかったら、ぼくはそこから動けなかったかもしれない。

「誤解ですよ。克己君はそんな人じゃないんだ」

横山さんの声が聞こえた。そんな人じゃない。じゃあ、ぼくはどんな人に思われたのか。ぼくの入院していた病院には、何人もの患者さんがいた。結核病棟、小児病棟、一般病棟、それに精神科の病棟もあった。ぼくはその病院で八年暮らした。けれど、大声で叫びたかった。何でもいいから大きな声を上げたい気持ちに襲われた。もっとみんなに嫌われて、もっと誤解を受けるだろう。

誤解……？　本当に誤解だと受け取っていいんだろうか。ぼくは体が少し悪い。でも、頭はおかしくない。そう叫びたいつもりなのか。病院の中でも、精神科の病棟に入院する患者を毛嫌いする人はいた。そういう連中を批判的な目で見ていながら、自分も同じような感情を持っていたらしい。何だ、同じじゃないか。川上さんたちと、どこが違う。ぐるぐると景色が回りだして、足がもつれた。むかむかと気分が悪くなって、割れるように頭が痛んだ。

気がつくと、川上さんのために用意しておいたハンカチの包みがなくなっていた。

「どうしたの、おじちゃん？」

チカちゃんが首をひねって、ぼくを見上げた。何でもないよ。ぼくは無理して答え返すと、誰もいないぼく一人の家へ帰った。

◇

「気にするなと言っても無理だと思う。でも、忘れたほうがいい」

横山さんはそう言って、ぼくを元気づけようとしてくれた。

「な、忘れようよ。おかしな反応をするやつは、どこにだっている。もっとも、あんまりおれらも人のことは言えないけどね」

横山さんは苦そうな顔で笑い、キッチンに立つ奥さんのほうをちらりと見た。

ぼくの後ろからは、とてもいい匂いがしていた。夕食の材料を持ちこんで、ぼくのために奥さんが料理の腕をふるってくれていた。その足元では、チカちゃんがニンジンやタマネギをおもちゃに一人遊びの最中だった。家の中がカレーの匂いとチカちゃんのはしゃぎ声であふれている。一人じゃないのが、泣きたくなるほど嬉しかった。

「でも、こんなふうに近所の人が集まってきたのは、決して悪くなかったと思うんだ。多少の誤解はあったけど、君の特別な事情を近所の人にも知ってもらえただろ。人ってのは、無知が何よりも恐ろしいんだよ。勝手に一人で悪いように想像して、相手を恐ろしい人だと思いこむ。無理解ほど怖いものはないからね。少なくとも誤解はとけたんじゃないだろうか」

　横山さんはソファの上で座り直すようにしてから続けた。

「何えらそうなこと言ってるんだって、思うかもしれない」

　ぼくは首を横に振った。

「でも、今日のことがあったから言うわけじゃないけど、おかしな反応をするやつらには、堂々と渡り合うのもひとつの方法かもしれない。おれたちにできることがあれば協力するよ。なあ、チカ。チカもお兄ちゃんの味方だよな」

「うん！　チカ、お友達は大切にする」

　横山さんの奥さんの作ってくれたカレーはとてもからくて、そのせいでぼくの目からちょっぴり涙がこぼれ落ちた。


　食事を終えると、ぼくはポケットに入れておいた写真を取り出してテーブルに置いた。

「何だい、それ？」

「中学を卒業した時の写真だと思うんです」

ぼくは横山さんに写真を渡した。

「これ、どこの学校だか、わかるでしょうか」

「さあな……。学校って、みんな同じような校舎に見えるからな」

「そうね。あたしの学校もこんな感じだった」

横から奥さんが首を伸ばして言った。ひざの上では、チカちゃんがコクリコクリとうたた寝を始めている。

「どこの中学校です？」

「熊本。あたし、熊本の田舎のほうの出だから」

「この写真がどうしたんだい？」

我が家に卒業証書も通知表も、卒業記念のアルバムも残されてなくて、ぼくがどの学校に通っていたのか調べようがないことを二人に話した。

横山さんは奥さんと黙って顔を見合わせた。奥さんがそっとぼくを見て、ささやくように言った。

「本当に何もないの？」

「友達からの手紙一枚ありません」

二人はまた顔を見合わせた。それから横山さんがぼくに向き直り、いすの背に深くもたれて言った。

「この写真の学校がどこなのか知って、君はどうしようって思ってるのかな」

奥さんが横山さんの腕に手をかけた。その手を軽く押さえてから、横山さんは続けた。

「今はもう別の人格に生まれ変わったようなものだって、いくら人に言われたところで、君は間違いなく三十歳の相馬克己という人間なんだ。事故を起こす前の、もう一人の君であった事実は打ち消しようがないと思う。けどね——」

　横山さんはそこで言葉を切り、少しだけ考えこむような顔になった。

「——君が一時的な記憶喪失で、昔のことを何としても思い出したいっていうのなら、記憶を呼び起こすことにこだわるのは、ありだと思う。でも、君はいくら昔のことを知ったとしても、もう当時の記憶を思い出す可能性はほとんどないわけなんだよな？」

　うなずくしかなかった。院長先生も、ぼくが昔のことを思い出す確率は、限りなくゼロに近いと言っていた。

「きつい言い方をしてごめん。でも、おれにはこの家に君の昔の痕跡《こんせき》が——あ、痕跡ってわかるかな」

「はい、何かの残ったあとのこと、ですよね」

「そう。その痕跡が何もない理由が、おれは少しわかるような気がするんだ」

　ぼくは横山さんの顔を見返した。

「だってそうじゃないか。君はどんなに努力したところで、昔のことは思い出せそうにない。たとえ昔の友達と会えたにしても、少しも懐《なつ》かしさは感じられないんだ。共通の話題も見つからない。相手だって戸惑うだろうし、何とか君に昔を思い出させようと協力しようにも、ほとんど無駄に終わるわけだろ。それって、結構しんどいぞ」

「そうかもしれない」

奥さんがチカちゃんの頭をなでながら、こっくりとうなずいた。

「克己君が昔をいつまでも気にして引きずるより、これからは生まれ変わった新しい克己君の人生を前向きに生きてもらいたい。お母さんはそう考えたんじゃないのかな。だから、昔の克己君に関係しそうなものは、すべて処分しておいた。違うかしら？」

「誤解しないでほしいんだ」

横山さんがぼくの顔を心配そうにのぞきこんで言った。

「昔を知ろうとするのが、悪いと言うわけじゃない。まだその時期には少し早い気がするんだよ」

黙っていると、横山さんは一人でうなずき、腕を組み合わせた。

「克己君は一人暮らしを始めたばかりで、色々と覚えていかなきゃならないことがたくさんある。仕事のこととか、お金の使い方とか、人とのつき合い方とか……。それに、今日みたいなこともあるしね。つらかったり苦しかったりすることが、まだまだ待ち受けていそうだろ。そういった大切な時に、何も思い出せない昔にこだわって時間を取られるのは損じゃないかな。今は一人暮らしを順調に進めていくのが大事なんだ。経済的にも精神的にもゆとりができてからでも、昔の君を知るのは遅くないように思う。その時はおれも協力する」

「あたしだって」

奥さんは言って、チカちゃんの頭の上で握り拳《こぶし》を作ってみせた。

「ありがとうございます」

ぼくは二人にお礼を言った。こんなにも、ぼくのことを心配してくれる人がいる。

「やめてよ。頭なんか下げないで」

「そうだって。近所のよしみじゃないか。あ――よしみって、分かるかな？　えーと、簡単に言えば、仲間意識ってところかな」

「横山さんは、ずっと宮崎ですか？」

ぼくは顔を上げ、思いきって聞いた。

「おれ？　もち、じいさんの代からずっとこっち。何で？」

「さっき奥さんは熊本だって言ってましたから」

ああ、と横山さんは納得げに奥さんのほうを見た。照れくさそうな笑顔になった。

「会社が一緒だったんだ。どこにでも転がってる社内結婚」

「じゃあ、結婚と同時にこちらに？」

できるだけ何気ない口調で聞いた。

「三十前にして家持ちだからね。清水《きよみず》の舞台から飛び降りるような心境だったよ。あ、わかるかな、意味」

「ええ」

聞いた覚えはあったが、意味はわからなかった。けれど、とにかくぼくはうなずき返した。話を進めるために。その先を聞きたいから。

「どうせ家賃を払うなら、ちょっと無理してでも買ったほうがいいって、親からもガンガン言われたから、ねえ」

横山さんは奥さんと顔を見合わせて笑い合った。

「すごいですね、新築の家を買うなんて」

お世辞ではなかった。本当にそう思う。けれど、下心があっての言葉だった。作り笑いを浮かべる自分が、たまらなく嫌になる。横山さんたちは本当にいい人だ。ぼくとは違って。

奥さんは照れ隠しのように笑い、顔の前で手を振った。

「本当言うと、そんなに威張れた話じゃないの。二人の親から、だいぶ援助してもらったし。それにずっと売れ残ってた建て売りで、かなり値引いてもらったのよね」

「そうそう。しかも、こいつの代にまで残りそうなローンがあるんだから。自慢にもならないよな」

横山さんは苦笑まじりにつぶやいて、奥さんのひざの上でこっくりしているチカちゃんの髪をなで回した。

思ったとおりだった。やはり二人は結婚と同時に家を買ったのだ。売れ残っていた建て売りというからには、母がこの家を手に入れたほうが少し早いのだろう。

ぼくは答えを求めるだけのために聞いた。

「結婚して、何年です？」

「早いよな、もう五年か」

「六年でしょ。忘れないでよね」

奥さんに鋭い目を向けられて、横山さんは遠くを見て笑った。

ぼくの家と横山さんの家では、見るからに造りが違う。けれど、壁や雨どいの汚れ具合は似ていた。ぼくはこの近くの中学校を出ていない。アルバムにも、ぼくが十歳の時に死んだという父が、この家の中にいる写真は一枚もない。

ぼくと母は、ぼくが事故にあってから、この南希望ヶ丘の家に越してきたのだ。

◇

急いで昼食を食べ終えると、ぼくは工場を抜け出して、駅前の市民サービスセンターへ向かった。

朝の着替えをしている時、ぼくは先輩たちにある質問をした。自分の住んでいた前の住所を知るにはどうしたらいいのか、と。坊主頭の島崎君が、あっさりと教えてくれた。

「何言ってんのよ、簡単じゃない。市役所に行けば、教えてくれるって」

「そうなんですか」

「おれ、一年前に今のとこへ越したんだけど、こないだの免許の更新には、住民票が必要でね。そこに前の住所も書いてあったから」

退院前に、足立先生から一人暮らしのための特別授業を受けた。住民票についての授業もあった。けれど、届け出をしないと保険や年金などが受けられなくなり、選挙で投票ができなくなる、という話だった。住民票に、以前の住所が書かれているとは聞いていなかった。

サービスセンターの窓口で住民票を取り寄せる用紙をもらい、名前を書いて提出した。

二分も待つと、名前を呼ばれた。

本籍地の下に、ぼくたち家族が以前に住んでいた場所の住所が書かれていた。

――福岡県福岡市博多区吉塚《よしづか》七丁目――

届け出の年月日も印刷されていた。平成元年十一月四日、と。

七年前、ぼくと母は福岡に住んでいたのだ。

◇

横山さんの忠告を理解しなかったわけではない。今は仕事を覚え、一人暮らしに慣れるほうが大切なのだと思う。でも、いくら本を読んでリハビリの方法を頭で理解したつもりでも、すぐに歩けるようになるわけではない。ちぢこまった筋肉は、痛みと刺激に時間をかけることで、やがてゆっくりとほぐれ始めるのだ。

もちろん、昔のぼくがどういう人だったのか、純粋な興味もあった。けれど、横山さんが言ったように、昔のぼくを知って、今のぼくがどうなるものでもない。ぼくはもう、昔のぼくではなく、今のぼくなのだから——。それでもやはり、昔の相馬克己は気になった。と同時に、自分でも表現しにくい不思議な感覚がつきまとっていた。

どう言ったらいいのだろうか。

大切な友達が死んでしまったとすると、その彼を忘れてしまおうとする人はいないと思う。かけがえのない友達を亡くせば、誰だって仕事が手につかなくなる。ましてや、ぼく自身がその友を亡くすきっかけとなった事故を引き起こしたのだ。ぼくが彼をこの世から消し去ってしまったようなものだった。言い換えれば、ぼくは誰よりも親しい知り合いの死から、立ち直っていないも同じではないのか。

もう一人の相馬克己に謝りたかった。彼の大切な友達がいれば、その人にも頭を下げたい。そして、彼をいつまでも忘れないでほしい、と言いたかった。その気持ちに嘘はない。

けれど、頭でこしらえた言い訳に思えてくる。ぼくはやっぱり心の底では、昔のぼくが気になって仕方がないのだ。彼を知って、未来の自分をほんの少しのぞいてみたい。つまり、そういうことなのだろう。

◇

一週間ぶりだというのに、病院の何もかもが懐かしく感じられた。

続こうと最初は誰もが張りきる。そして、時とともにケガや病状の差を知り、いっこうによくならない自分を責めて、やがては慣れとあきらめの気持ちをいだくようになる。みんなの熱気を冷やさないためにも、ぼくという具体的な目標を目《ま》の当たりにしていたほうがいい、と先生は言っていた。もちろん、ぼくもそのつもりだった。

「あ——トモさんは散歩ですか？」

いつもは飯塚さんや半田さんたちと一緒にリハビリをしているトモさんの姿が見えなかった。不思議に思って聞くと、定村先生の視線が板張りの床に落ちた。

「珍しく、朝から少し熱が出ていてね」

病室に顔を出すと、動けない俊紀君と並んで、トモさんはベッドの上で天井を見つめていた。トモさんはこれまでにも、時々こうして熱を出して、動けなくなることがあった。でも、この半年ほどは、ずっと調子がよかったのだ。

「どうしたのさ、トモさん。大丈夫かい」

トモさんはのっそりと首をもたげた。ぼくに向かって震える手を軽く上げてみせた。その腕には、点滴の針がついていた。

「おおお帰り、克己君」

「熱が出たんだって？　無理してリハビリしたんじゃないの」

「き君がなかなか、お見舞いに、来てくれないだろ。だだから、あんまり待ちくたびれて、つ疲れたのさ」

　そう言ってトモさんは、へへへっと笑った。気のせいか、いつもよりその笑顔が小さく見えた。

「なあ、か克己君。例のクスリは、も持ってきて、くれたかな」

　ぼくは一度廊下のほうを振り向いてから、ナップザックを開けた。病院に来る途中で本屋に立ち寄り、思いきって買った写真集を取り出した。今一番テレビでも雑誌でもよく見かける女の子の水着姿が表紙になっている。

「お、おおぉ」

　写真集を受け取ったトモさんの手がいつもより余計に震えた。

「ここいつは、よく効きそうだな」

　トモさんは写真集の表紙をなで回してウインクをした。ぼくも中を見たかったが、ビニールがかけられていた。人へのおみやげを破るわけにはいかなかった、残念だけれど。

「食事、食べてるだろうね」

「し心配するなよ。とと俊紀君と二人で、ここれを見て、元気をつけるよ。な」

　そう言ってトモさんは、隣のベッドの俊紀君のほうを向いた。ぼくも俊紀君のベッドに近づいた。

「隣にうるさいおじさんが来たから、ゆっくり眠れなくて困ってないかな」

「し心外だなあ。そんなことはないよ、なあ、と俊紀君」

　ぼくはベッドの上に身を乗り出した。

「あ、今、二度まばたきした」

「ほほら、俊紀君は、ちゃんと、わわかってるんだ」

　それ以上はいくら呼びかけても、彼は続けてまばたきをしなかった。けれど、ぼくもトモさんの意見に賛成だった。彼も昔のぼくと同じように感じ取っている。周りで何を言っているのか、誰がいるか。たとえ正確には理解していなくても、感覚で察している。きっと。間違いなく——。

「い今は、俊紀君が、きき君のベッドを、使ってるんだ。だだから、君のようにきっとよくなる」

「トモさんが使ってるんじゃなかったんだ」

「ぼぼくは少し、熱を出すだけじゃ、なないか。と俊紀君がよくなったあとで、つか使わせてもらう、よ。それに、ぼくには、こここれがあるし、ね」

　そう言ってトモさんは、写真集の表紙を震える手で大事そうにまたなで回した。

　いつまでもトモさんや俊紀君たちと一緒にいたかったけれど、ぼくはすぐに病院を出た。みんなとは一週間後にまた会える。

　急いで病院前からバスに乗った。工場へ出るためではない。退院してから初めての病院の日だからと言って、ぼくは昨日、社長さんから休みをもらっていた。

終点の駅前でバスを降りると、ぼくは改札横の窓口に向かった。

時刻表はすでに調べてある。電車賃がこれほどかかるとは正直思っていなかった。一人暮らしを始めたばかりで何かと出費も多いだろうと、院長先生が少し多めに母の残してくれた口座からぼくのほうに振り替えてくれていた。そのお金がなければ、こんな思いきった方法は取れなかったろう。

キャッシュカードで下ろしてきたばかりの一万円札を差し出して、ぼくは言った。

「博多まで大人一枚、お願いします。それと、特急券も」

「指定席はいいの？」

「はい、結構です」

ぜいたくはできなかった。本当なら各駅停車で行きたいほどだ。でも、明日までに宮崎へ帰ってこられなくなる。

手渡された切符は、財布と同じくらいの大きさがあった。ぼくはいったん南宮崎で普通電車を降りると、特急「にちりん28号」を待った。ホームのベンチに座り、ザックに入れたぼくの住民票と福岡の地図を何度も取り出してはながめた。

福岡県福岡市博多区吉塚七丁目——。

ここに行けば、当時のぼくたち一家を知る人に会える。

去年の秋、病院から許可をもらい、母と二人で別府の温泉へ出かけたことがあった。

それ以来の特急電車だった。一人きりで宮崎県の外に出るのは初めてになる。誰が見ているわけでもないのに、ぼくは隠れるようにベンチで背中を丸め、じっと地図をながめ続けた。その手が、自分でも不思議なほど震えていた。

日向灘《ひゅうがなだ》の海を右手にしばらく見ると、特急は山にはさまれた緑の谷間に入る。長いトンネル。ついたてのように続く岩の崖《がけ》。段々畑。手のとどきそうな山並み。やがて視界が開けて、電車は再び海ぞいに出る。入り組んだ海岸線の向こうに、ぽつりと遠く島が見える。港に浮かぶたくさんの漁船。いくつもの海や山や川や畑が目の前を流れていった。

駅弁とお茶を買って、窓の外を見ながらお昼をすませた。でも、景色を楽しむ気にはなれなかった。視線は住民票と地図に落ちてしまう。昨日からもう何度も照らし合わせて、昔の家の位置は頭に入っているのに、すぐまた不安になって、確かめずにはいられなくなる。

博多駅には四時少し前に到着した。一番ホームへ移動して、鹿児島本線の上り電車を待った。吉塚七丁目へ行くには、隣の吉塚駅からのほうが近い。

ホームに入ってくる電車を見ているうちに、不思議とこのまま電車を見送りたい気持ちになった。吉塚駅で電車を降りる時にも、ちょっぴり勇気が必要だった。

もう一人のぼくを知る人に会いたい気持ちは強い。けれど、会ってどうするのかという疑問が、今さらながらわいてきた。過去を知ることで、自分の未来を見てしまうのは、やっぱり何だか恐ろしい。

相馬克己。君は、君のすべてとは言えなくても、確実に君でもある昔の君を知る勇気があるのか。どういう人だったのか、しっかり受けとめる覚悟があるか。

ある――と言いきれない気がした。目を閉じたくなる気持ちも胸にはあった。けれど、いつまでも目をつぶっていたら、同じ道をぐるぐると迷い、先に進めなくなる。今の自分にとって、どっちを選んだほうがいいのか、今日まで何度も考えてきたつもりだった。

地図を見ながら、新幹線の線路の下をくぐり、電信柱の番地表示と見比べて、ゆっくりと歩いた。足がなかなか前に進まなかった。西の空に陽が傾きかけてきたのに、博多の街は汗ばむほどの暑さだった。

商店街を抜けて、小学校の横を通りすぎた。色とりどりの屋根の向こうに、大きなマンションがぽつぽつと見える。吉塚六丁目……。近い。もうすぐだ。

長い距離を歩いてきたわけでもないのに息が苦しかった。胸まで痛くなってくる。使い慣れたつえが重く感じられた。

立ち止まって地図と住民票を見比べた。間違いない。ここだ。

五階建ての大きなマンションが建っていた。

住民票にあった住所に部屋番号らしきものは書かれていない。このマンションが建てられる前に、ぼくたち一家はここに住んでいたのだろう。そうなると、このマンションに住む人に昔の話を聞いても無駄だった。管理人がいたとしても同じだ。

つえに体重をあずけながら、マンションの周りを見回した。通りをはさんだ向かいに、一軒家が並んでいる。昔からここに住む人なら、近所の様子を覚えているかもしれない。どこかの家から誰か出てこないだろうか、と思いながら立っていた。

待っているだけでは何も始まらない。もう一度、向かいに並ぶ家をながめた。左から三軒目の、重そうな瓦《かわら》屋根を乗せた家なら、二十年近くも前から、ここに建っていそうに見えた。

勇気を奮って通りを渡った。玄関に歩み寄り、「加藤」という表札の下のボタンを押した。

「……どちら様です」

インターホンのスピーカーから、上品な女性の声が聞こえた。

「突然お邪魔して申し訳ありません。以前、この辺りに住んでいた人のことを教えていただきたいのですが」

「——はい？　どういうことでしょう？」

「この通りの前に、マンションが建ってますけど、あの建物ができる前、この辺りに相馬という一家が住んでいたと思うのです。知りませんでしょうか。親戚《しんせき》なんです」

インターホンはしばらく黙りこんだ。催促すると、やっと答えが返ってきた。

「覚えはありませんけど」

「七年前にこちらから宮崎へ越していったはずなんですけど」

「そうだったかしらね」

女性の声が急に高くなった。ぼくはインターホンに顔を近づけた。

「何か覚えていらっしゃるのですか？」

「ごめんなさいね、そうじゃないのよ。七年前っていうけど、以前は駐車場と空き家だったような覚えがあるから」

「空き家ですか？」

「ええ、そのはずですよ。あのマンションを建てるんで、不動産屋が土地を買い集めて、駐車場の持ち主が長いこと売り渋っていたような……」

「たぶん、そのうちの一軒だと思うんです」

「ごめんなさいね。相馬さんというお宅は記憶にないわね」

プツリと音を立てて、インターホンは沈黙した。

そんなはずはない。加藤さんの記憶違いだ。そう考えて、ぼくは隣の「鶴賀《つるが》」さんの家のベルを押した。すると、玄関のドアを細く開けて、白髪まじりの女性が顔を出してくれた。その人も、この近所に相馬という一家が住んでいたことはない、と言った。

「でも、住民票には確かにここの住所が……」

ぼくは手にした住民票を差し出して言った。

女性はのぞきこもうともしなかった。

「あら。住民票なんて、どうにでもなるじゃない」

ぼくは耳を疑い、しわだらけになった住民票に目を落とした。女性はあっさりと言葉を続けた。

「ほら、いろんなことから逃げてる人だったら、平気で嘘を書くでしょ」

「そんなこと、できるんですか……」

「だって、現に相馬さんなんて人は、いなかったんですからね」

それでもぼくは信じられなかった。現にこの住民票には、七年前までぼくたち一家がここに住んでいたと書いてあるのだ。色々なことから逃げている人なら平気で嘘を書く、と鶴賀さんは言った。もしこの住民票に嘘が書かれていたとすれば、母が嘘を書いて区役所に書類を出したことになる。

なぜ母が区役所に嘘をつく必要があったのか。

ぼくは鶴賀さんに区役所の場所を聞いた。七年前のぼくたちの住民票が残っているかもしれない。それを見ることができれば、さらに前の住所が書かれているだろう。

区役所は博多駅のすぐ近くにあった。五時が迫り、まもなく区役所の閉まる時間が近づいていた。ぼくはつえを力いっぱい押して、駅前通りを急いで歩いた。

ぎりぎり三分前に、区役所にたどり着けた。案内係の人に理由を話して、昔の住民票を見たいと言った。すると、係の女の人は、すまなそうに眉のはしを下げてぼくを見返した。

「生憎ですが、転出などによって基本台帳からはぶかれた住民票の保存期間は五年なんです。戸籍であれば保存はされてますが、古い住民票は破棄する規則になっていて……」

ぼくはしわくちゃになった住民票を差し出した。

「ほかにぼくたち一家が福岡に住んでいたことを確認する方法はないでしょうか。ここには間違いなく、博多区吉塚七丁目に住んでいた、とあるんです」

「しかし、七年も前では……」

「お願いです。調べてみてください。もしかすると何か残っているかも――」

「申し訳ありませんが、保存期限の切れた書類は処分する決まりになっています。ないものを調べてみてくれ、と言われましても」

いつの間にか、周りに人が集まり始めていた。中年の男性がどこからか駆けてきて、受付係の女の人に耳打ちするように話しかけた。あら、どうしたのかしら。何かおかしなことを言ってるやつがいらぁ。見物人から声が聞こえた。ぼくは言った。叫びたくなりそうな気持ちをおさえて、区役所の人に向かい。誰彼かまわず、みんなに言って回りたかった。

「お願いです、ぼくがここに住んでいたことを誰か調べてください。住民票には、こちらの住所があるんです。だからぼくは、ここに住んでいたと思うんです。お願いですから、誰か……誰か、調べてください」

七年も前の住民台帳は、やはり残っていなかった。区役所の閉まる時間になっても、何人もの係の人が仕事を続け、ぼくたち一家について調べてくれた。近くの小学校、中学校、県内の高校、どこの卒業生の名簿を見ても、相馬克己という生徒の名前は見つからなかった。

だからと言って、相馬一家が博多区吉塚七丁目に住んでいなかったわけではない、と区役所の人は言った。一、二年の短い間だけ博多にいたのであれば、そのころのぼくは二十三、四歳で学生とは無縁の暮らしをしていたと思われる。地元の学校の卒業名簿に名前がなくても不思議はない。けれど、すでに事故を起こし、植物状態のようになっていたぼくが、一時的に博多へ越してきて、何になったのか。どんな意味があったのだろう。

それより何より、院長先生も定村先生も、ぼくが転院してきた患者だったと言っていなかった。ぼくに伝えたところで、ぼくの容体に何の影響もなかったはずだ。院長先生は、ぼくが退院する時、事故について話してくれた。もしぼくが福岡に住んでいて事故を起こしたのなら、そう説明してもよかったはずだ。でも、先生は何も言わなかった。

でも、ぼくの住民票には博多区吉塚七丁目の住所があった。

七年前、そこに相馬一家が住んでいた証拠は残っていなかった。

明日は工場で仕事がある。福岡でぼくにできることは、何もない。博多駅で時刻表を調べて、宮崎までの切符を買った。駅弁を買うと高いので、いったん駅を離れてコンビニエンスストアで安いしゃけ弁当を買った。二番線のホームのベンチに座って、食事をすませた。夜の十時すぎまで、一人で座り続けた。住民票のことを考え。もう一人のぼくを思い。

夜の特急は半分も席がうまっていなかった。「ドリームにちりん」は明日の朝、宮崎へ着く。シートを後ろに倒して眠ろうとした。目を閉じても、眠れなかった。

どうして住民票に、博多区吉塚七丁目の住所があったのか。間違いなく、母が博多の区役所に住民登録をしたからだ。けれど、そこに相馬家はなかったらしい。

七年前、ぼくたち一家はどこに住んでいたのか。母はなぜ、住んでもいなかった住所を区役所に提出して、住民登録をしたのだろう。

◇

ぼくは母を信じたいと思っている。

ノート3

四月十日

病棟のエレベーターを降りるなり、看護師さんが私を待っていた。克己に何かあったのかと悪いほうに考えてしまったが、その頰は笑みにあふれていた。戸惑うまま病室に連れていかれると、寺田先生だけでなく、院長先生までがいらっしゃった。見てご覧なさい、と寺田先生は私に言って、克己の上に乗り出すと、まぶたを開けてペンライトの光をかざした。

この時の感動を、どう言葉にしていいか。克己の瞳《ひとみ》はライトの光を受けると、少し遅れて収縮した。ほんのわずかな縮まり具合だったけれど、間違いなく瞳が動いた。瞳孔《どうこう》反射を示したのだ。それだけではなく、角膜反射に前庭反射までがささやかながらも反応したという。

克己の脳の反射が戻ってきている。脳圧が下がり、脳の機能が回復してきている証拠だった。つい一週間ほど前までは、かろうじて聴性反応があるだけだったのに。克己は本当に強い子だ。素晴らしい子だ。

院長先生はまだ慎重だった。これからが大事なのだ、とおっしゃられた。油断はできない。いつまた反射が失われるかもしれない。事故の衝撃と限界に近い脳圧の上昇により、克己の脳は計り知れないダメージを受けている。でも、私には確信があった。

もう克己は大丈夫だ。なぜならば、克己の顔が昨日までとは格段に違っていた。まだむくみは残っていたが、目元の張りが今までとは比べものにならないほど回復していた。私は決めた。今日からは、これまでにも増して克己に話しかけよう。私の声は、必ずあの子に届いている。克己、しっかりなさい。怪我《けが》に負けてはいけない。あなたは再び力強く、自分の足で立てるようになる。だから、苦しいだろうけれど頑張りなさい。お母さんがどんなことでも手助けします。

ファイト、克己！

四月十一日

断層撮影の映像を見せていただく。もう一週間前とは見違えるようになっていた。どの断面を見ても、脳のしわのひとつひとつが、くっきりと浮き立つように見えていた。脳圧がやや高いながらも安定したからだった。

体温も安定。夕刻には、咽頭《いんとう》反射も戻った。まさに劇的とも言える回復の仕方だそうだ。こんなに強い患者さんは見たことがない、と寺田先生も驚かれていた。これからも私たちは、こうして克己に何度も驚かされるに違いない。

看護師さんと克己の体をふく。やせた体が痛々しい。けれど、肌の色が以前とは見違えるようだ。素晴らしい息子を、全身で抱きしめたかった。

四月十二日

午後、一時的に脳圧が高くなった。看護師さんから聞かされて、心臓が凍りつきそうになる。院長先生が、油断はできないとおっしゃられた理由がわかる。

脳幹反射の様子を見て、ひと安心する。脳の働きは失われていない。こうして多少の揺り戻しをしながら、快方へ向かっていくのだろう。そう信じたい。

夕刻、脳圧安定。負けるな、克己。

四月十三日

昨日が嘘《うそ》のように、今日は朝からいい顔をしていた。

いいぞ、克己。その調子。

四月十四日

病室へ行くと、先生から呼ばれる。今後も一時的な悪化はあるかもしれないが、かなり容体は安定してきたとのこと。今後を見通しての治療を行う段階にきているかもしれない、と言われる。何よりもうれしい相談だった。

今後は、自発呼吸の回復を目指した治療を進める。ゆくゆくは意識の回復まで持っていければベストなのだが。

四月十五日

最初の一歩として、今日から部分的なマッサージを始める。体を強制的に動かしてやることで、脳幹以外の脳を刺激し、その活性化を図るのだという。

急に激しい運動は無理なので、最初は手のひらと足先の運動。指の一本一本を軽く動かし、マッサージをしてやる。腕や脚へと刺激する範囲を広げていく。筋力を落とさないためにも必要な運動だという。脊髄《せきずい》や脳に薬物を投与して、脳の機能の活性化をうながす方法もあるが、最初は地道な手段をとったほうがいい、と院長先生はおっしゃっていた。

なかなか理学療法士のかたのようにうまくはいかない。自宅に戻って、自分の手や足を実際に揉《も》み、マッサージの訓練をする。手や足のひらの一部を指圧していき、指の一本一本を曲げては伸ばし、軽く振動させる。手首と足首をゆっくりと大きく回す。

ほとんど体を動かしていなかったため、克己の関節は驚くほど硬くなっていた。何の反応も返さない体が、まるで人形のように思えてしまう。でも、間違いなく克己は生きている。自分の力でまだ呼吸はできないけれど、生き続けようと努力している。少しでもその手助けになれば。
ようやく私にも、克己のためにしてやれることができた。母として精一杯の手助けをしよう。これだけの劇的な回復を見せつつある息子の母として、恥ずかしくないことを。

四月十六日
マッサージ二日目。
少しでもと思い、先生のいない時にも、たえず手足を揉んだ。そのことで看護師さんから注意を受ける。気持ちはわかるものの、あまり急な刺激はよくないと言われる。意見の衝突。ついきつい調子になってしまった。いけない。自分だけが克己を思っているわけではない。看護師さんも克己を心配してくれているのだ。でなければ、見ず知らずの患者の体を丁寧にふき、汚物の処理までできるはずがない。自分が恥ずかしい。明日、必ずお詫《わ》びをしよう。

四月十七日
真っ先に詰め所へ向かうが、川瀬さんはいなかった。看護師長さんに相談。ご心配なく、と言われたが、気分はすっきりしない。
克己、安定。昇圧剤の投与を減らしてみるとのこと。

四月十八日
川瀬さんに陳謝。反対に恐縮される。こちらの言い方も悪かったのかもしれない、とまで言ってくださる。本当に、この病院の看護師さんたちは素晴らしい人ばかりだ。頭が下がる。
昇圧剤を減らした影響もなく、克己は安定。顔色もいい。もう自発呼吸も近いのではないか、との院長先生の言葉に救われる思いだった。でも、先生は笑顔を見せなかった。やはり、意識を取り戻す可能性はかなり低いようだ。いたずらに希望を与えまいとしているのだろう。
気がつくと、事故からもう一ヶ月が経《た》っていた。長い長い一ヶ月だった。そしてこれからも、私たち親子にとっては、恐ろしく長い時が続くのかもしれない。

◇

宮崎海浜病院は長期入院の患者が多いせいか、経験豊富なベテランの看護師さんが働いていた。看護学校を出てまもない若い看護師さんもいたけれど、ほとんどが外来や第一病棟の担当で、ぼくらのいる第二病棟に配属されることはめったになかった。

母が小学一年生の教科書を買ってきてくれたころだったと思う。白坂晴海《しらさかはるみ》さんという二十二歳の若い看護師さんがぼくらの病棟に配属された。

身長はぼくの胸の辺りまでしかなかった。小さな体を前にかがめるように、せかせかと飛ぶように病棟の廊下を歩き回る人だった。少し汗っかきで、夏場になると、よく白衣の背中をぺったりと汗で濡《ぬ》らしていた。コールボタンを押すと、いつも彼女が真っ先に飛んできてくれる。咳《せき》のひどい患者さんにはありがとうと言われるまで背中をさすり、時間を見ては患者たちの散歩にもつき合ってくれた。

ぼくらはすぐに白坂さんのローテーションを覚えた。彼女が夜勤の夜になると、決まって気分を悪くしてコールボタンを押す人もいた。誰もが彼女の笑顔と会えるのを楽しみにしていた。

ぼくはコールボタンを押さなかった。

そのころのぼくは、歩行訓練用の四輪車を使えば、一人で歩けるようになっていた。松葉杖《まつばづえ》ではまだバランスが取れず、自由には歩けなかった。トイレへ行く際には、ベッドの横に置いた四輪車を引き寄せて、一人で何とか体を移し替えていた。

白坂さんが配属されて、まだまもない時のことだった。トイレに行こうと、ぼくは四輪車を引き寄せようと手を伸ばした。そこに彼女が通りかかった。ぼくの肩の下に自分の肩を入れて、横から支えてくれた。

ぼくは彼女につかまり、その肩を上から抱きかかえるような格好になった。八月の暑い盛りで、彼女は白衣の下に下着しかつけていなかった。その線が、白衣の背中にくっきりと浮かび上がっていた。ぼくはそれを見ないように顔を背けた。見たかったけれど、見てはいけないものだと思っていた。

顔を背けようとしたせいで、ぼくは足のほうがおろそかになった。バランスを崩してしまい、ぼくらはベッドの上に倒れた。

ぼくの腕の中に白坂さんがいた。彼女は甘い匂《にお》いがした。倒れた拍子に、ちょうど彼女の手がぼくの下半身に置かれていた。恥ずかしさのあまり、ぼくは彼女を手荒く押しのけた。

「ごめんなさいね」と笑顔で彼女は言った。何もなかったように再びぼくに手を貸し、四輪車に移してくれた。

その夜から、彼女の夢を見るようになった。だから、コールボタンを押せなくなった。

◇

第三病棟は、先天性の障碍《しょうがい》を持つ子たちの暮らす病棟だった。その中には、もう子供とは言えない患者が何人もいた。

病棟とは名ばかりに、小さな木造の二階屋がぼくらのいた第二病棟の裏にそっと隠れるように建っていた。陽の射《さ》す南側が中庭で、そこを囲むようなL字型の建物だった。いつも彼らは中庭で、砂遊びやひなたぼっこをして午後をすごす。

第一病棟の外科に、田久保さんという四十年配の男の人が交通事故で入院してきた。訓練室で顔を合わせて、ぼくも何度か話をした。

夏の終わりのとても暑い日だった。松葉杖で歩けるようになった田久保さんは、やっと退院が決まったと、うれしそうな顔でぼくらに教えてくれた。そして、なぜか急に笑顔をくずすと、退院する前にいいことを教えてあげる、とぼくらに言った。

田久保さんはぼくらを中庭へ連れ出した。ぼくも四輪車につかまり、一番後ろをついていった。歩道も作られていない芝生の中へ入り、第一と第二の病棟横を回りこんだ。腕時計を見ながら、「そろそろだと思うんだ」とつぶやき、田久保さんは病棟の陰から首だけ向こう側にのぞかせた。ぼくらもそれにならって、第三病棟のほうへ首を伸ばした。

木造二階建ての第三病棟の、L字型に突き出した先の窓が見えた。ちょうどそこは、第二病棟からは死角になっていて見えない窓だった。

「ほら、この時間になると、砂遊びをした子たちが着替えをするんだ」

窓の向こうで、着替えをする子供たちの姿が見えた。中にはもう子供とは言えない人もいた。けれど、幼い子たちと同じように、看護師さんの手を借りて、汚れたパジャマや下着を全部脱いでから、洗い立てのシャツに着替えていた。無邪気な子供のような表情を浮かべながらも、彼女たちはもう大人だった。

病棟の陰から彼女たちを見た瞬間、ぼくには白坂晴海さんの姿がだぶって見えたような気がした。

迷った末に、翌日ぼくは看護師長さんにそれとなく言った。第三病棟で着替えをする時は、カーテンを引いたほうがいい、と。噂《うわさ》では、どこからか着替えがのぞけるみたいです――と。迷ったのは、ぼくも彼女たちの裸をもっと見ていたいと思ったからだった。

◇

秋の終わりが近づいたころだった。

白坂さんが辞めるらしいという噂が病棟に聞こえてきた。看護師長さんに尋ねると、噂は本当だった。すでに彼女はローテーションから外されていた。でも、更衣室のロッカーに荷物が残されているので、まだ病棟には来るはずだ、と看護師長さんは言った。

ぼくらは驚き、しぼんだ風船のようになって廊下に集まり、みんなして窓から門のほうを見ていた。正面玄関を見ていれば、病棟へ来る白坂さんの姿を見つけられるかもしれない。

たった一人だけ、来るわけないでしょ、とぼくらに言った人がいた。第一病棟に入院していた河合さんという女性だった。彼女は得意げな顔でぼくらに言った。

「男ってだめよね。見かけやうわべの笑顔にすぐだまされるから。あの人がどうして辞めることになったか知ってるの？　整形の岡林先生と問題になってるんですって。たぶん、あの人のほうから誘ったんじゃないかな。そういうところ、あったものね、あの人。一病棟じゃ、もう有名な話だったから」

その時は、問題の意味を、ぼくはよく理解していなかった。ただ何かあまりよくない失敗をしたのだろう、と思っていた。

　それでもぼくらは、廊下から外をながめ続けた。陽が落ちて、門の様子があまり見えなくなると、ぼくは一人で更衣室近くの廊下へ場所を変えて、白坂さんを待った。

　消灯時間が迫った午後九時の少し前になって、ようやく白坂さんが廊下を早足に歩いてくるのが見えた。いつものせかせかとした歩き方に似ていたが、背中が丸まり、まるで人目をさけて歩くような姿に思えた。

　松葉杖をついてぼくが顔を出すと、彼女は戸惑ったように歩みを止めた。

「辞めないでください」

　あの時のぼくは白坂さんにそう言った。彼女はいつもの笑顔をそっと浮かべた。

「ありがとう。でも、もう決まったことなの――決めたことなの」

　うつむいたぼくの顔を、白坂さんは見上げて言った。

「ごめんなさいね。でも、約束する。看護師としてはもうみんなと会えないけれど、今度はお見舞いの一人として、またみんなの顔を見に来る。必ず」

　白坂さんはぼくの手を取り、強く握った。

　翌日、ぼくはその時のことをみんなに話した。河合さんがまた第二病棟へ来て、誰が来るもんですか、と冷ややかに言った。

　年末になっても、新しい年になっても、白坂さんは病院に顔を見せなかった。河合さんだけが、それみたことか、と誇らしげに第二病棟を訪れた。ぼくらの口からは、それきり彼女の話題は出なくなった。ぼくもいつしか彼女の夢を見なくなった。

まもなく河合さんが退院していき、中庭の桜のつぼみがふくらみかけてきた時だった。

突然、白坂さんが病院にやってきたのだ。ぼくらは看護師長さんから聞き、喜び合って彼女が病室へ来るのを待った。ほら、あの人は約束を破るような人じゃないさ。河合さんに教えてやろうよ。第二病棟はひと足先に春が来たみたいになった。

病棟を訪ねてきた白坂さんは、もうせかせかと前かがみに歩くことはなかった。赤く踵《かかと》の高いハイヒールの靴音を響かせて、胸を張るようにしてやってきた。もちろん白衣は着ていない。薄紫のスーツに、あでやかな色のまざったスカーフを首に巻いていた。

白坂さんはぼくらのために、大きな花束を持ってきてくれた。笑顔を振りまき、怪我や病気に勝ってね、とぼくら一人一人に声をかけて回った。病室の中で、彼女だけがほほを上気させて、絶えず笑っていた。ぼくらはその赤い唇《くちびる》と、半年前とは違う形の眉《まゆ》を見ながら、不思議と口をつぐんで彼女を迎えた。

白坂さんが帰っていったあとで、また噂が第一病棟のほうから流れてきた。整形の岡林先生が奥さんと別れたらしい、というものだった。ぼくらはその噂を聞いて顔を見合わせると、何となくうなずき合った。

もしかすると、今のぼくにとっての、初めての失恋だったのかもしれない。

◇

初めての給料をもらったその日、ぼくは神田さんたちと食事に出かけた。駅前にある小さな居酒屋で、初めてお酒を口にした。

本当は初めてではなかった。田久保さんが看護師さんや先生たちに内緒で持ちこんだウイスキーを、一度なめさせてもらった。こんなに苦いものを大人はどうして飲むんだろう、と不思議に思った。苦いから飲むんだよ。いつだったか、トモさんが言っていたことがある。

お酒で気をつけることは、退院前の特別授業で足立先生から聞いていた。特に急性アルコール中毒については、くり返し注意を受けた。定村先生からも、体がよくなるまではひかえたほうがいい、と言われた。

ビールはウイスキーよりもっと苦く、泡がのどにしみるような感じがした。しばらくすると、胃の奥のほうから、じんわりと熱さが広がった。島崎君はぼくの反応を面白がって、グラスにビールをついだ。二杯でやめておいた。八年間も病院にいて、一滴もアルコールを飲んでいなかったんだから無理はないな。神田さんは島崎君に注意して、それ以上はぼくにお酒を勧めなかった。

まだ見習いという理由で、神田さんは居酒屋の料金をぼくに払わせなかった。代わりというわけじゃないけど、早く一人前になってくれよ。そう笑ってぼくに言った。

次はおれがおごるぞ、と近藤さんが言いだして、ぼくと島崎君にもう一軒行こうと誘ってきた。地下にある小さな暗いお店だった。ぼくたちはカウンターに近い席に案内されて、ぼくらの間に若い女性が座った。ぼくがウーロン茶を頼むと、女の子たちが驚き、近藤さんが説明した。

「えーっ、八年も入院してたの。すごーい」

女の子たちはぼくを見て、黒い縁取りをつけた目を大きくした。

「じゃあ、苦労したでしょ」

一人の女の子が言いながら、そっとぼくの内またのほうへ手を伸ばしてきた。お店の中が暗くて、島崎君たちは気づかなかったみたいだ。もしかすると、気づかない振りをしていたのかもしれない。

何年ぶりだろうか。その夜、ぼくは背中を汗でぬらした白坂晴海さんの夢を見た。

◇

ぼくはいつも五時半に仕事を終える。見習い期間だったし、田端さんや神田さんの心づかいもあった。用紙やインクの移動など、時には大型印刷機のちょっとした手伝いも頼まれたけれど、ぼく一人が先に工場を出る日がどうしても多くなった。

月末以外は、事務所も五時半には終わる。だから、ぼくは更衣室の前の通路で、柴本さんとすれ違うことが多い。お疲れさま。仕事に慣れた？　柴本さんは必ずぼくに声をかけてくれる。工場でいい友達ができそうだ、とぼくは思った。

角の定食屋さんが結構おいしいのよ。夕食の話題になり、ぼくらは二人で柴本さんのお薦めの、定食屋に出かけた。評判通りの、値段も安くてボリュームいっぱいのお店だった。

　柴本さんは工場で働く人の噂を、ぼくに教えてくれた。ああ見えても社長さんが蘭《らん》の栽培にこっていること、田端さんが去年の暮れに奥さんを亡《な》くしてから元気がないこと、たまに島崎君へかかってくる電話の声から、昔の友人たちとまだ会っているらしくて、少し心配なこと。

「あ、そうだ。ゴールデンウイークはどうするの？」

「病院に行くくらいかな」

「休みの日にも検査があるの？」

　柴本さんは驚いたように、大きな目をさらにひと回り大きくした。

「そうじゃないよ。友達のお見舞いに行くんだ」

　長い休みになると、自宅への一時帰宅が許される患者がいた。帰る先のない者も中にはいるのだ。

「他人事じゃないからね」

「へー。偉いなあ、相馬さんは」

　感心したようにうなずいたあと、柴本さんはカウンターの上に置かれたテレビのほうへ視線をやって、ぽつりと言った。

「あたしは一人で映画にでも行くくらいかな」

　もしかすると、ぼくを誘ってくれているんだろうか、と思った。けれど、ぼくは何も答えなかった。柴本さんともっと話したい気持ちはあった。映画にも行ってみたい。けれど、何も言わずにいた。なぜかはよくわからなかったけれど、ぼくは夢で見たばかりの背中をぬらした白坂晴海さんの姿を思い出していた。

次の日から、更衣室の前の通路で柴本さんとすれ違うことはあまりなくなった。

ゴールデンウイークの期間中に、ぼくは結局、島崎君と初めて映画館へ行った。それとなく聞いてみたけれど、彼が昔の仲間とつき合っているのかどうかはわからなかった。

◇

今でも風間さんからは二日おきに電話が入る。困ったことはない？　むだ遣いはしていないでしょうね。洗濯物はたまってない？　少しでも疲れを感じたら、社長さんに言いなさいね、いい？　また電話するからね。いつものように風間さんは早口に言う。大丈夫です。毎日が楽しくて仕方ありません。ぼくはいつもそう答えている。

事実、仕事は楽しかった。工場へ行けば、ぼくに任された仕事が待っている。ずっと人の助けを受けてきたぼくが、今は人から必要とされていた。そのことが嬉《うれ》しくて、励みになった。気のいい先輩たちにも恵まれた。仕事の合間をぬっては、絶えず神田さんや近藤さんがぼくの様子を見にきてくれる。いつも工具を散らかしていく島崎君も、このごろはちゃんと元のところに置いてくれるようになった。

みんながぼくを気づかってくれた。まだ見習いで、簡単な仕事しかできなくて、一人前とは言えないから仕方なかった。少し歯がゆくて、ちょっぴり悔しくもあった。けれど、田端さんだけは優しい言葉をかけてくれなかった。様子を見にも来ない。製品チェックの時の目はとても厳しい。一度、重ね刷りがうまくいかなくて、用紙を千枚近くも無駄にした。社長さんやみんなは、気にするなと言ってくれた。田端さん一人が、ぼくを激しく怒鳴りつけた。特別扱いされるのは、恥ずかしいことなのだ。田端さんの厳しさは、ぼくを一人の工員として見てくれている証拠だった。

体を動かしたあとは、食事が進む。ぼくに作れるおかずだから、魚を焼いたり、卵を焼いたりと、大したものではなかった。けれど、いつもお腹《なか》がすいているので、病院の食事とは比べものにならないほど美味《おい》しく感じられた。二度目の給料日には、神田さんたちと焼き肉屋に行った。少し早いけれど、ぼくの三十一歳の誕生日をみんなで祝ってくれた。ぼくは三杯もご飯をお代わりした。どうせ神田さんのおごりだから、その分肉を食えばいいのに、と島崎君には笑われた。

給料日のあとの週末になると、必ず横山さんが食事に誘ってくれる。ぼくがチカちゃんと遊んでいる間に、二人はいつも大きな声でにぎやかに話し、笑いながら料理を作る。イカやエビの入った豪華なスパゲティ、すき焼き、クリームシチュー。どれもお店で食べるより驚くほどに美味しかった。

院長先生と足立先生は、ぼくの貯金通帳を心配そうにながめた。けれど、最初に余裕を持ってお金を渡されていたので、母の残してくれたお金はほとんど手をつけずにいた。

見習い期間が終われば、給料だけで何とかやっていけそうに思えてきた。すべてが順調に行っています。ぼくは院長先生や足立先生に、そう答えた。毎日が楽しくて仕方ありません。心配はいりません。

――

嘘だった。

工場ではそれなりに楽しかったし、体の不調は少しもなかった。困るようなこともない。でも、ぼくは家へ帰り、一人になるのが嫌だった。

一人になれば、もう一人のぼくを思ってしまう。どうして母は住みもしなかった博多に住民登録をしたのだろう。その理由について考えてしまう。

一ヶ月、考えこんだ。

それでも決心はできなかった。今までぼくに協力してくれた人たちを裏切るような気がしたからだ。

もう一ヶ月、悩みに悩んだ。

迷ったすえに、ぼくはようやく覚悟を決めた。後ろめたさはあったけれど、それ以外に確かめる方法は見つからなかった。

ごめんなさい。ぼくは病院の人たちを裏切ります。

◇

八年間入院していて、病院の中でぼくが足を踏み入れたことのない部屋はひとつもなかった。院長室も厨房《ちゅうぼう》もボイラー室も空調室も、さらには霊安室の中にも、ぼくは入った経験がある。たぶんこの病院で働く人たちも、入ったことのない部屋はいくつもあると思う。ぼくは誰よりも病院の中のことを知っていた。

その日、ぼくはいつもより遅く病院へ行った。本来なら、午後は三時までしか外来の患者さんを診《み》ない。あらかじめ電話を入れて、工場の都合で少し遅くなりそうだ、と院長先生に伝えておいた。先生はぼくを疑うことなく、いつでもいいよ、と言ってくれた。

ごめんなさい、と心の中で先生にお詫びを言いながら診察を受けた。

誰もいない訓練室では、定村先生がぼくを待っていてくれた。足首の回復具合を見て、先生は本当に驚いていた。やはり一日でも早く退院して、社会復帰を目指したほうがリハビリには一番いい、と感嘆まじりに言った。ごめんなさい、定村先生。

今日は足立先生が病院に来る日でもあった。相談室の前には、順番を待つ人の列ができていた。ぼくが相談室の前の廊下を通ると、ちょうど部屋から人が出てきて、奥にいた足立先生と目が合った。先生はぼくに手を振ってくれた。ぼくは頭を下げた。挨拶《あいさつ》ではなく、先生に謝るために。

連休前に一度下がったトモさんの微熱は、また六月に入ってからぶり返していた。今度はもう三週間近くになる。こんなに熱が続いたのを、ぼくは知らない。

でも、病室に顔を出すと、トモさんはすぐに笑顔になった。

「だ大丈夫だよ。おとといは、すす少し下がったんだ。なあ、俊紀君」

俊紀君は変わらず一人で天井を見上げている。

「か克己君。そろそろクスリが、切れて、ききたみたい、なんだ」

トモさんが両目でまばたきしながら、ぼくに言った。ウインクしたつもりなんだろう。

「わかってるって。今度別のクスリを持ってくるよ」

「や約束だよ。かか克己君のクスリは、よくよく効く、からなあ」

面会時間は八時までだった。ぼくはほかの病室にも顔を出して、半田さんや博史君とも一週間ぶりに話した。みんな、トモさんの熱を心配していた。

「トモさんがいないから、このごろ訓練室がすごく静かなんだ。相馬さんが退院して、みんなも続こうって頑張ってたのに、何だかその熱が少し冷めてきたみたいに感じるんだ」

博史君はそう言って、とても残念そうな顔をした。

久しぶりに俊紀君の食事を手伝ったあと、ぼくは食器の載ったパレットを片手に病室を出た。看護師さんは夜勤の人との交代時間が近づいていて、食器の回収と検温の準備に忙しい。詰め所と病棟から看護師さんたちが離れることはめったにない。食器を運搬車に戻して詰め所の前を通ると、「あら、もうお帰り」と江藤さんが声をかけてくれた。

「いえ、ちょっとジュースを買いに」ごめんなさい、江藤さん。ぼくは頭を下げて、病棟を離れた。

　渡り廊下を抜けると、もう受付前のロビーに人の姿はなかった。会計も薬局もカーテンを下ろし、明かりも半分以上が落とされていた。

　辺りを見回して、誰もいないのを確認した。関係者以外立入禁止、と書かれた木の看板を越えて、事務室へ続く廊下に入った。

　この時間、事務や総務の人たちはもう帰っている。ぼくは暗い廊下をそっと歩いた。つえの音が響かないように注意しながら。

　事務室の奥に備品倉庫があり、次の部屋がカルテの保存庫だった。

　ぼくは八年間もここに入院し、今も通院している。ぼくのカルテはすべて残されているはずなのだ。

　保存庫の鍵《かぎ》は、事務室の中のキーボックスに入っている。事務室の鍵は、事務長さんや院長先生、それに看護師長さんたちが持つ。けれど、もう一本だけ、緊急の時に備えて警備室にも置いてあった。

　ぼくは事務室に誰も残っていないのを確かめると、廊下を戻り、裏の警備室へ向かった。いつも二人の警備の人がひかえている。七時から八時は、交代で夕食をとる時間だ。やはり一人しかいなかった。

「カーテンレールのはしが壊れたみたいなんです。ドライバーやペンチを貸していただけませんでしょうか」

　ぼくは警備の人にも顔を知られている。年配の警備員さんは疑うことなく、ちょっと待ってよ、と言い残して奥の小部屋に立った。

鍵はカウンターテーブルの下にあった。手さげ袋の中に病院内の他の鍵と一緒にまとめられている。警備の人の背中を見ながら、ぼくはカウンターの下へ手を伸ばした。袋の口を開ける。緑のリボンが事務室の鍵の目印だった。ぼくはすばやく鍵をつかんで、リボンを外した。隣の鍵にリボンをからませてから、袋を閉じた。

工具箱を受け取って、警備室をあとにした。本当にごめんなさい。心の中で何度もお詫びを言いながら、再びロビーへ戻った。

明かりの消えた暗い廊下で、手探りに事務室の鍵穴を確かめた。手が震えて、鍵がうまく穴に入らなかった。泥棒というのは、たぶんこんな気持ちで空き家に入るのだろう。

ドアを開けると、中は真っ暗だった。ロビーからのわずかな明かりを受けて、壁の様子がぼんやりと見えた。キーボックスは、入って左の壁にある。見つけた。ふたを開けた。ポケットに手を入れて、駅前のスーパーで買ったばかりのペンライトを出し、ふたの陰に隠れるようにしながらスイッチを入れた。保存庫の鍵は、右から二番目。

鍵を手に取り、事務室を出た。ドアを閉め、念のために鍵もかけ直しておいた。つえの音をしのばせて、ふたつ隣の保存庫までそっと歩いた。

鍵を外して、ドアを開けた。備品倉庫と同じく、ここには窓がない。ドアのすき間から明かりがもれるといけないので、照明はつけられなかった。内側から鍵をかけて、ペンライトの明かりをつけた。

保存庫の中には、かびの臭《にお》いとインクの香りが漂っていた。人一人が通れるほどの間をあけて、金属製の棚がいくつも並ぶ。カルテはアイウエオ順になっていた。ペンライトの明かりを頼りに、「ソ」の棚を探した。

　奥から二番目の棚の、下から三段目に「ソ」と書かれたボール紙がはさんであった。「ソウマカツミ」はすぐに見つかった。八年も入院していたから、驚くほどの量がある。病院の名前の入った分厚い紙袋が、合計十六袋。一番左にあった封筒を手にした。中を開けて、カルテの束を引き出した。ペンライトの明かりをかざす。

　カルテの一番上に、年月日を書き入れる場所がある。

　心臓が痛いほどにしめつけられた。ライトが震えた。息をのんで、もう一枚下のカルテをめくった。

　一番上のカルテには、１９８９／３／13と書かれていた。七年前の日付だった。その下は１９８９／３／16。

　別の袋を手に取った。袋の順番が何かの手違いで、変わってしまったのかもしれない。

　１９８９／11／５
　次の紙袋も調べてみた。次も、その次も、そしてまた次も。１９９０。１９９１。１９９２。カルテの日付は、徐々に今年へ近づいていく。紙袋をよく見てみると、ぼくの名前とともに、日付が書かれていた。袋の順番を示す番号もあった。最初の袋の数字は、

①だった。

七年前のカルテしか、ここには残されていなかった。ぼくの住民票には、七年前に宮崎に越して来たとあった。その事実とこのカルテは一致している。

やはりぼくは、七年前にこの病院に移ってきたのだ。けれど、院長先生も定村先生も足立先生も、それに江藤さんも事務長さんも、みんな秘密にしていた。もちろん、母も——。七年間、ぼくは何も知らず、ここで暮らしていた。

みんなに黙って保存庫に入った後ろめたい気持ちは薄れていた。みんなも、ぼくに隠し事をしていたのだ。でも、どうして……？

ぼくは暗い中でカルテから顔を上げた。七年前のぼくは、口もきけず、意思表示もほとんどできず、寝たきりの赤ちゃんのような状態だった。どうして転院してきたのか。その理由を新しい病院に知らせておく必要があったはずだ。

おかしい。ぼくは事故で頭を強く打った。前の病院でのカルテやレントゲン写真などがあって当然なのに……。日付はすべて転院してからのものになっている。

袋を戻して立ち上がった。どこかにぼくの昔のカルテがある。ないわけがない。

どこか別のところに置いてあるのか。いいや……わざわざ別の部屋へ行くのでは、先生や看護師さんが探す時に困る。この保存庫の、別の棚に分けて置いてあるのかもしれない。

そう考え直して、はしから棚を見ていった。

左奥の棚の一番下に、何も書かれていないボール紙がはさんであった。ほかの棚と同じく、封筒がいくつも並んで納められていた。しかも、分厚い封筒が五つもあった。

ぼくは、一番左の分厚い封筒を手に取った。袋に名前は書いていなかった。①との番号とともに、「ソ2－1」と赤いマジックで書かれていた。「ソ」の文字がぼくの目に鮮やかに飛びこんでくる。

中を開けた。

ほかの袋と同じく、カルテや写真が入っていた。日付は、1988年3月16日。今までのカルテとは、日付のつけ方が違っている。

息を整え、カルテを引き出した。ペンライトの光を当てた。名前が読める。

——相馬克己、二十二歳。

ぼくのカルテだ。今から八年前のぼくのカルテが、なぜかここに分けて置いてあった。

袋から取り出そうとして、手から紙の束がすべり落ちた。慌《あわ》てたせいで、手が思うように動いてくれない。

最初に拾い上げたのは、レントゲン写真だった。右上に、テレホンカードくらいの大きさの白いシールが貼《は》ってあった。ぼくの名前が書かれていた。その下には、青いゴム印の文字が見えた。八年も前のものなので、ところどころ薄くなっていたけれど、はっきりと文字は読めた。

——聖和大学病院。

横に手書きの文字で、頭部外科担当松本昌文、とあった。下には小さな文字で住所と電話番号が続いている。東京都江東区亀戸《かめいど》二丁目――。

東京――。

ぼくは急いでカルテを手にした。ペンライトをくまなくかざした。外国語ばかりで、内容はちっとも読めない。でも、その中に、日本語で書かれた部分があった。ぼくの名前の下だった。

生年月日。そして住所を書く欄。――東京都足立区新中川一丁目二四－八。

ぼくは八年前、東京で事故にあったのだ。

◇

気がつくと、玄関のチャイムが鳴っていた。ぼくはつけっぱなしにしていたテレビを消すと、ソファのひじかけを押して立ち上がった。壁に手をつきながら、玄関へ歩いた。

「あ、おれです、横山です。こんばんは」

ドアを開けると、横山さんが気をつけの姿勢を保つようにして立っていた。スーパーの袋を顔の前に差し上げて、にこやかな笑顔で言った。

「おいしそうなグレープフルーツがあったんで買ってきたんだ。今、いいかな?」

横山さんは本当に嘘のつけない人だ。いつもだったらチカちゃんを必ず連れてくるのに、今日は一人だった。しかも、まるで初めて人の家に上がりこむ時のように、そわそわとしていた。いつかと同じように。

　どうぞ、とぼくは言って、横山さんを招き入れた。

「あれ、すごいな。つえ、使ってないじゃないか」

「最近はなるべく、使わないようにしてるんです。リハビリの訓練になりますから」

「えーと、これ、冷蔵庫に入れとこうか」

　横山さんはグレープフルーツの入った袋を手に、台所で顔をきょろきょろさせた。

「どうぞ座ってください。ぼくがやります」

「いいって、いいよ。——下の段でいいんだろ？　うわあっ。うちの冷蔵庫より片づいてら。感心、感心」

「今日は何のお話なんです？」

「え、何？」

　横山さんは冷蔵庫のドアを開けたまま、驚いたように立ち上がってぼくを見た。

「何かお話があって、来たんですよね」

　横山さんはうなだれて冷蔵庫のドアを閉めた。それから、もじゃもじゃの髪をさらにかき回して苦笑を浮かべた。

「参ったな……。だめだな、おれって。さりげなくってのができないんだよな。会社でも上司から、もっと取引先とうまく渡り合えって、うるさく言われててね。——あ、でも、最初の時みたいに変な話じゃないんだ。チカがね、このごろ克己君、元気がないって、気にしてたものだから」

「チカちゃんが……？」

「今日もお帰りって声かけたのに、返事もしてくれなかったって、ちょっぴりすねてた」

ぼくは台所のテーブルに手をかけ、いすに座った。気づかなかった。ぼくは今日どうやって駅から歩いてきたのだろうか、まったく覚えていなかった。

横山さんも、ぼくの向かいにのっそりと腰を下ろした。

「女房も最近様子がおかしいって――あ、おかしいって言っても、変な意味じゃないんだ。何となくぼうっとしてるとか、考えごとしてるようだって程度の意味なんだけど。なあ――」

テーブルにひじをついて、横山さんはぼくの目をのぞきこむようにして言った。

「何か心配事があるんじゃないのか。今だって、ずいぶんしつこくチャイムを鳴らしたんだ。明かりがついてるのに、ちっとも返事がないから、もう少しでドアを蹴《け》破《やぶ》るところだったよ」

横山さんは右足をテーブルの下からにょきりと突き出し、大きく振り回しながら笑ってみせた。その笑顔は、ぼくの反応を見るようにしばらくはそのままを保ち、やがて消えた。

横山さんの心づかいに応《こた》えられない自分が恥ずかしかった。頭を下げた。そして、ぼくは心にもないことを言った。

「大丈夫です。心配事はありません」

「本当かな」

「働き始めてもう三ヶ月になります。そろそろ疲れがたまってしまい……」

「嘘はやめてくれよな」

　ぼくの目をじっと見つめ、横山さんは静かに言った。

「隣に住んでるんだぜ、おれたちは。このところ遅くまで部屋に明かりがついてるのを毎日この目で見てる。疲れてるなら、すぐに寝るのが本当だろ。明かりをつけっぱなしにして寝てたなんて嘘は通用しないぞ。窓には君の影も見えてたんだ。動物園の白熊《しろくま》みたいに、部屋の中でいつまでもうろちょろしてる君の姿がな」

　このところ、ぼくは毎日、家の中をかき回していた。もう一人のぼくを知るために。押し入れも引き出しの中も屋根裏も。もう何度も調べた場所だったけれど、もう一度調べ直してみないと気がすまなかった。見あきたはずのアルバムを引っぱり出しては、昔のもう一人のぼくの写真をながめていた。

「なあ、言ってくれよ。おれたちじゃあ、何の手助けもしてやれないことなのかもしれない。けど、胸のつかえを吐き出すだけでも、少しは気分がよくなるってこともあるだろ。一人で胸にためこむのには、限界がある。ほら、袋の中にものを無理やり押しこもうとすると、はしっこが破れたりするじゃないか。そういう時は、だ。いっぺんすべてを外に出して、順序よくしまいこんでいくに限る。だろ？　胸の中だって、いっしょだよ。おれたちでよかったら、順序よくしまいこむ手助けをするよ」

「ごめんなさい。言うだけじゃ何にもならないって、わかってるんです」

「ずいぶん悲観的だな」

「それに――言えば、横山さんが反対するのは間違いないし」

横山さんにはもうだいたいの予想がついているみたいだった。のどに出かかった言葉をのむように一度口をつぐみ、それから言った。

「昔の――君のことか」

ぼくは正直にうなずいた。横山さんもため息をつくように、小さくうなずき返した。

「まだ、こだわってるわけか。まあ、無理はないよな」

「住民票を取ってみました」

「え？　どうして、また？」

ぼくは理由を説明した。横山さんたちにさりげなく質問して、何年前に引っ越してきたのかを聞き出したことは伝えなかった。家の傷《いた》み具合と駐車スペースがないことから、もしやと思って住民票を取り、そこにあった福岡の住所を訪ねてみたことを打ち明けた。

「福岡まで行ったのか」

「ぼくは東京に住んでいたんです」

「どうしてわかった？　だって五年以上すぎた書類は残ってなかったんだろ」

病院のカルテの保存庫に入ったことを包み隠さずに話した。横山さんはずり落ちそうになる眼鏡を押し上げ、ぼくの顔をまじまじと見返した。

「すごいな、君は……。いくら入院生活が長かったからって、本当にやってのけてしまうんだからな。……本当にすごいやつだよ」

「ぼくは思うんです。母も院長先生も担当の定村先生も、みんな、ぼくが東京で事故にあったことを隠そうとしたんじゃないかと。だから母は、こっちの病院に移ってくるのと同時に、住んでもいなかった博多へ一度住民登録をした。そうすれば、やがてぼくが新しいぼくとして成長した時、昔の住所を知ろうとしても、住民票からは調べられない。だから、小学校や中学校の成績表や学校名が分かるような写真もいっしょに処分した」

　横山さんは何も言わなかった。でも、これだけの材料があれば、誰だってぼくと同じことを考える。

「どうして母や先生たちは、ぼくが東京で事故にあったのを隠そうとしたのか……」

「だめだよ、克己君。悪いように考えちゃいけない」

　横山さんが髪を振り、ぼくのほうに身を乗り出した。

「でも、おかしいじゃないですか。何もなかったなら、母や先生たちが隠す必要はなかったはずで――」

「そうじゃないよ。前にも言ったろ。君はもう昔の相馬克己とは別人なんだ。事故の状況なんか問題じゃない。生まれ変わった新しい君として生きていくためには、昔の相馬克己にしばられていてはいけないんだ。昔の影響を受けない新たな相馬克己として生きていく必要がある。わかるだろ？　君の人格を大切にしたかったんだよ。お母さんや先生たちは、昔の死んでしまった相馬克己と君を完全に独立させようとした。だから、昔のことを君の目に触れないように注意した。何も隠そうとしたわけじゃない」

「横山さんがそう言うのはわかってました。だから、打ち明けても無駄だと言ったんです」

「いいかな、克己君」

「なぐさめや同情だったら、どうかお願いですから、やめてください。横山さんだって、何かあるって思ってるはずです」

「だから、言ってるじゃないか。仮に何があったところで、君には関係ない。君は君だ。昔の君じゃない」

「そうでしょうか」

「そうだよ。君は生まれ変わったんだ」

「でも、ぼくの名前は相馬克己で、歳《とし》は三十一歳です。すでに義務教育を終えていて、だからぼくはもう一度中学校へ入り直して勉強をやり直すことはできません」

「戸籍上はそうかもしれない。けど、君は君だ」

「ごまかしはもうしたくないんです」

　ぼくはいすから立ち上がっていた。

「ぼくだって、何ひとつ覚えていない昔のことに振り回されるのは嫌です。けれど、だめなんですよ。母が隠そうとしたからには、きっとぼくに知らせたくない何かがあったからじゃないか。ぼくが傷つくのを心配したんだ。きっとそうだ。そう思うと、どうしても気になって、気になって……。何度もぼくは昔のぼくじゃない、と自分に言い聞かせてみたんです。でも、だめなんですよ。ぼくは何をしたのか。何があって一度死んでしまうことになったのか。昔は関係ないって自分に何度言ってみても、ごまかしにしか思えなくて……」

もしかすると大きな声になっていたかもしれない。横山さんはあっけにとられたようにぼくを見ていた。もっともっと話したいことがあった。でも、うまく言葉にできなかった。胸の奥のほうで、サビやスス汚れみたいに固まってこびりつくものがあり、ちっとも言葉にならなかった。

「わかったよ。わかったから、座らないか」

横山さんは眼鏡を外して、まぶたの上を二、三度もんだ。シャツでレンズを軽くふくと、眼鏡をかけ直して、ぼくを見上げた。

「座ろうよ。君の気持ちはよくわかった。だから——おれも行くよ」

ぼくは心底から驚いた。聞き間違いかと思った。けれど、横山さんは平然と言葉を続けた。

「八月になれば夏休みがとれる。だからいっしょに東京へ行こう」

「でも……」

「高校時代の友達が、けっこう向こうに行っててね。女房も行きたいって言ってたし、反対はしないと思う。――行こうよ。昔の君に会いに行こうじゃないか」

ぼくは声が出せなかった。何かを言えば、涙が出てしまいそうだった。こんなにもぼくを心配してくれる人がいる。

「あ――でも、まさか病院も夏休みなんてことはないよな。念のため、おれが事前に東京の病院へ連絡をつけて、担当だった先生の住所も聞いておくよ」

「ごめんなさい……」

やっと、それだけ言えた。

「どうして謝るんだよ。家族旅行のついでなんだ。チカだって、きっと喜ぶ」

ごめんなさい。ぼくは心の中で、何度も横山さんに頭を下げた。もしかすると病院以外で初めて友達と言える人ができたのかもしれない。けれど、その人を今、ぼくは裏切ろうとしている。

本当にごめんなさい、横山さん。ぼくは一人で東京へ行きます。

◇

横山さんの申し出が迷惑だったわけではない。涙が出るほどに嬉しかった。誰かいっしょについていってくれる人がいれば、どれほど頼りになるかわからない。

でも、横山さんは東京へ行く前に、病院へ連絡してみると言った。そのことが気がかりだった。ぼくを心配してくれたからだ、と信じている。だから、ぼくを思って、東京の人と何か打ち合わせのようなものをするかもしれない。ぼくが想像したように、何かぼくに隠しておきたいことが本当にあった場合、いっしょになってぼくから見えなくさせるのではないか。心づかいが怖かったのだ。

　ぼくは事実が知りたかった。だから、横山さんには悪いけれど、一人で東京へ行こうと決めた。

◇

　二日後の夜、横山さんが再びぼくの家を訪ねてきた。奥さんも賛成してくれたという。一週間の予定で、早速会社のほうに、いつ休みがもらえるか相談する、と横山さんは言った。ぼくは、よろしくお願いします、と頭を下げた。ごめんなさい、横山さん。今にも横山さんは切符の手配をしそうな勢いだった。このままでは、もっと迷惑をかけてしまう。すぐにでも一人で東京へ行きたかった。けれど、今のぼくには無理だった。お金が少し足りないのだ。

　一人暮らしの最初なので、あらかじめ院長先生が、口座から多めにお金を用意してくれてはいた。けれど、東京はぼくが思っていた以上に遠かった。飛行機でも特急でも、驚くような交通費が必要になる。

　院長先生に言えば、お金は口座から下ろしてもらえる。でも、東京に行きたいから、と正直には打ち明けられない。大金がいると言ったのでは、使い道を必ず聞かれる。都合のいい嘘も、ぼくには思いつけない。次の給料日を待つしかなかった。

お金を切りつめるため、深夜バスを乗りついで東京へ行こうと決めた。給料日の夜に宮崎から大阪まで行き、昼間の時間をどこかでつぶして、次の夜に東京まで行く。時間は少しかかるけれど、飛行機や特急で行くのに比べると、三分の二の料金ですむ。

図書館で時刻表を調べて、深夜バスの予約を入れた。予算が少ないので、ホテルや旅館には泊まれない。時刻表の後ろに出ていた広告で、とても安いカプセルホテルというものを見つけた。名前からすると、カプセルのように狭い部屋があるだけなのだろう。泊まれさえすれば、部屋の大きさなんかどうでもいい。帰りは急ぐ必要もない。宮崎までの乗車券を買って、特急券のいらない電車を乗りつぐという方法もあった。

給料日の前に、ぼくは社長さんに言った。

「退院からそろそろ四ヶ月になるので、色々な検査をしなければならないそうです。申し訳ありませんが、少し早い夏休みを三日ほどください」

そういうことなら何も問題はないよ、しっかりと先生に体を診てもらいなさい、と社長さんは笑顔で言ってくれた。これで、給料日のあとに日曜日と合わせて四日間の休みが取れた。社長さん、嘘をついて、本当にごめんなさい。

八年前のカルテに書かれていた住所と病院名と担当の先生の名前はメモに取ってあった。深夜バスは予約ずみだ。ナップザックに下着と歯ブラシとタオルを入れた。退院してすぐに買っていながら、まだ二十ページしか読んでいない『坊っちゃん』の文庫本も入れた。念のために、昔のぼくや母の写真も入れた。東京の地図も買った。図書館で二ヶ月古い時刻表を借りてある。用意はできた。

お盆休みのシーズンで切符が取れるか不安だったけれど、関連会社の人に助けてもらって、どうにか飛行機の切符が取れそうだ、と横山さんが教えてくれた。時刻表を調べてみると、切符の払い戻しは、三日前までならキャンセル料は取られない。それなら横山さんにお金の迷惑をかけなくてすむ。けれど、気持ちを裏切るのに変わりはない。

前日の夜、ぼくは横山さんにお詫びの手紙を書いた。何て書いたらいいのかわからなかったので、とても短くなった。

――ごめんなさい。一人で行きます。本当にごめんなさい――

布団《ふとん》に入っても、ぜんぜん眠れなかった。もう夏の初めなので、重い布団はかけていない。でも、息苦しくてならなかった。いつまでも寝返りばかりを打っていた。

いつもより一時間も早く布団から起き、食事をして、歯をみがいた。家を出て、戸締まりを何度も確認してから玄関の鍵をかけた。

ちっとも寝ていなかったので心配だったけれど、工場では少しも眠くならなかった。

昼休みに、四度目の給料が出た。銀行への振り込みなので、税金とか組合費とかが引かれた金額の書かれた明細をもらうだけだ。

「はい、ご苦労様、これからも頼みますよ」

社長さんはぼくにそう声をかけてくれた。

「なあ、飲みに行こうぜ」

島崎君がまたぼくを誘ってくれた。ごめんなさい、明日から病院で検査があるんで、早く帰らないといけないんだ。また嘘をついた。ごめんね、島崎君。

夕食だけは島崎君や神田さんたちとつき合った。その前に銀行へ寄って、深夜バスの料金を口座から下ろしておくのは忘れなかった。

「退院したってのに、三日もまた再入院して検査だなんて大変だな」

「差し入れでも持っていってやるよ」

「ごめんなさい。特別病棟なんで、見舞いもできないそうなんですよ」

ぼくはまた嘘をついた。見舞いに来られたら、ぼくの嘘がばれてしまう。こうやって人は嘘をごまかすために、どんどんと次の嘘をついてしまうのだろう。

七時前に、疑うことを知らない気のいい仲間とぼくは別れた。深夜バスは宮崎の駅前から出る。発着場の受付で名前と予約番号を言って料金を払い、切符をもらった。缶ジュースを一本買い、バスに乗った。もう夏休みに入った学生たちなのだろう、若い人の姿が多かった。

ぼくの席は前から五列目の窓際《まどぎわ》だった。隣の男の子は、ヘッドホンの音楽に合わせて盛んに頭を振っていた。明日の朝、七時すぎにバスは大阪へ到着する。

出発を告げるアナウンスが鳴った。運転手が乗りこんできた。ボードを手にした係の人が、乗っている人の数を確認した。席は半分以上がうまっている。

係の人が降りて、ドアが閉まった。そして、バスが動きだし、ぼくは東京へ——八年前のぼくへと向かい——出発した。

◇

金曜日の午前六時二十分に、バスは新宿駅前のターミナルに到着した。広くもないバスの座席で二晩もすごしたせいで、体のあちこちが痛かった。

バスを降りると、ぼくは真っ先に空を見上げた。宮崎と違って東京は空が狭い。ビルと看板ばかりが目に入ってくる。視線を下に向けても、東京は宮崎よりも狭い。朝の七時前だというのに、人と車があふれて、道がとても狭く感じる。

横山さんへのお詫びの手紙は、大阪でポストに入れた。もうぼくが家を出ているのに気づいているだろう。きっと明日には手紙が届く。少なくとも今日一日ぐらいは、東京の病院へ連絡を取られる心配はないだろう。

時刻表にあった新宿駅の案内図を手に、地下へ降りた。早くもラッシュのような人の流れができていた。みんな歩くスピードが速い。つえを使い、案内図を見ながら歩くぼくは、その流れについていけなかった。

肩をぶつけ、背中を押されて、ようやく切符売り場の前にたどり着いた。自動券売機が十メートル以上にわたってずらりと並んでいる。亀戸《かめいど》までの切符を買い、自動改札を抜けた。

総武《そうぶ》線は黄色が目印だった。ホームへの階段を上がると、後ろから人がぶつかってきた。のんびりと一段ずつ、つえを使っているゆとりはなかった。手すりを頼りに体重をあずけて、ぴょんぴょんと跳ねながら階段を上がった。バスを降りてから電車に乗るまで、十五分もかからなかったかもしれない。けれど、一時間以上も歩いたような疲れを感じた。

電車は二十六分で亀戸駅に到着した。

病院の受付はもう開いていそうな時間だった。宮崎海浜病院も、受付だけが先に開く。駅を出た先でハンバーガーショップを見つけた。朝食のセットを注文する。もう何度も見た地図を開き、食事をすませた。八時二十五分になるのを待って、病院へ向かった。

聖和大学病院は蔵前橋《くらまえばし》通りという大きな道路に面していた。辺りを何度も見回したが、周囲の景色に覚えはなかった。向かいには、酒屋と不動産屋のビルがある。八年も前では、道路脇《わき》の景色も変わっているかもしれない。けれど、昔風の石で作られた病院の正面玄関を見ても、懐《なつ》かしい気持ちは少しもわいてこなかった。

ロビーはお年寄りの外来ですでにいっぱいだった。

受付に自動販売機のような機械が二台置かれ、短い列ができていた。東京では、診察の受付も、銀行のキャッシュカードみたいに機械相手に行うものらしい。

大きく深呼吸をひとつしてから、ぼくは機械の横に立っている案内係らしい女性に近づいた。実は八年ほど前にこちらでお世話になった者ですが、その時の担当の先生にお目にかかれないでしょうか、と告げた。

「頭部外科の松本昌文先生という方なのですが」

「ああ、松本先生」

「お時間のあいている時で結構ですから、ぜひご挨拶をしたいと思って来ました。先生とお会いすることはできるで――」

最後まで言い終えないうちに、女性が胸の前で手を広げて言った。

「ごめんなさいね。松本先生は一年前に引退されましてね」

「じゃあ、もうここにはいないんですね……」

電話で尋ねずに来たのを、今さらながら後悔した。まさか病院を辞めていたとは……。

「知り合いのかたの病院で、週に一度診療を受け持っていると聞きましたけれど」

「ご自宅かその病院の住所はわかりますでしょうか」

「ええ、わかるとは思いますが……」

そう言って女性は、あらたまるようにぼくを足元から見上げていった。

ぼくはザックから保険証を取り出した。これしかぼくの身元を示すものを持っていない。

「相馬克己と言います。宮崎から来ました」

保険証を見せたのがよかったのか、宮崎という地名が効き目を見せたのか、女性はちょっと驚いたような顔になると、お待ちくださいと言い残してロビーを離れた。会計の窓口の前へ行き、やがて一枚のメモを手に戻ってきた。

松本先生の自宅の住所と電話番号が書かれていた。ぼくは胸をなで下ろした。東京ではなかったけれど、すぐ隣の千葉県だった。市川市という名前に覚えがある。確か東京にとても近いところだったはずだ。こちらに出てきたのが無駄にならずにすむ。

念のために、ぼくは昔のカルテが保存してあるかどうかを聞いた。八年前のものなら残っているかもしれない。無理を言って、昔の記録を調べてもらった。けれど、ぼくの名前はどこにもなかったという。ぼくは何度も病院の人にお礼を言って、聖和大学病院を出た。

松本先生の自宅は、市川市の南行徳《みなみぎょうとく》三丁目にあった。亀戸の駅前で買った千葉県の地図をながめて住所を探すと、ＪＲで西船橋まで行き、地下鉄へ乗りかえた。東西線は一度も地下へもぐらないまま、南行徳駅へ到着した。

地図を手に、三丁目を探して歩いた。

電話を入れてからのほうがいいか、と少し迷った。迷ったけれど、やめておいた。名前を告げれば、宮崎に連絡されてしまうかもしれない。

コンビニで缶ジュースを買って、一息に飲み干した。東京の陽射しはそれほど強くないのに、空気がじめじめとして、宮崎とはまた違った暑さがあった。

電信柱の表示は、三丁目九番地。もうこのすぐ近くだ。ナップザックを背負い直して歩きだした。三丁目十二番地。十三番地……。

松本昌文という表札を見つけた。塀の向こうに、大きな車が二台並んでいた。屋根が平らになった小さなビルのような四角い三階建ての家だった。

額の汗を手でぬぐい、インターホンのボタンを押した。

しばらく待つと、どなたです、と落ち着いた女性の声が聞こえた。

「突然お邪魔して申し訳ありません。以前、聖和大学病院で松本先生に診ていただいた者です。ぜひ一度お目にかかりたくて、病院のかたからこちらの住所を聞いて来ました」

「あら……どちら様でしょう?」

「相馬克己と言います」

「少しお待ちください」

門の前で待っていた。

しばらく返事がなかった。玄関のドアも開いてくれない。でも、松本先生がいなかったのなら、先にそう断るはずだ。だから、たぶん先生は中にいる。ぼくの名前を覚えていて、驚いているだろうか。気を回しすぎて、宮崎へ問い合わせるようなことはしないでほしい。そう祈りながら、門の前で待っていた。

やがて唐突に、石段の先に見えた玄関ドアが開いた。髪の真っ白な男の人が、眼鏡を手に顔を見せた。初老と言っていい歳なのに、ジーンズにシャツという若々しい格好だった。サンダルをつっかけて出てきた動きや顔の色つやも、宮崎海浜病院の院長先生より若そうに見える。

「本当だ。本当に克己君だ」

松本先生はバタバタとサンダルを鳴らし、駆けてきた。ぼくの顔を覚えてくれているとは思わなかった。先生のことをまったく記憶していない自分が、恥ずかしいような気持ちになる。言葉がすんなりと出てこなかった。

「あ、大変お世話になりました。おかげ様でここまで回復を……」

それしか言えなかった。松本先生は笑顔に変わって、何度も何度もぼくを見てうなずいた。

「よく来てくれたね。何年ぶりかな。いやあ、本当に元気になったんだね、よかったよ、よかった」

「ありがとうございます。まだ少し左の手と足がうまく使えませんが、あとはもう不自由なところはありません」

「いやいや、見違えるほどだよ。さあ、上がって。じっくりと顔を見せてくれないかね」

先生は急いで門を開けると、ぼくの肩や腕をたたくようにして家の中へ案内した。

「――あ、そこ、段になってるから気をつけて」

先生は先に立って廊下を歩いた。ぼくはザックに入れたタオルでつえの先をふいて、玄関を上がった。

大きな窓から木の生い茂った庭の見えるリビングに通された。紅茶の香りに振り返ると、奥さんと思える年配の女性がキッチンの棚から花模様の入ったティーカップを取り出していた。お邪魔しますと頭を下げると、奥さんはにっこりと笑い、どうぞゆっくりしてらしてくださいね、と言ってくれた。

ふかふかのじゅうたんを踏んで、勧められたソファに座った。先生は向かいに腰かけ、にこにことぼくを見た。

「懐かしいなあ。とは言っても、君は残念ながら覚えてないと思うけどね。もう、十年近くになるだろうか」

「事故から八年になります」

「たぶんもう知ってると思うけれど、最初に病院に運ばれてきた時は、それは非常に危険な状態でね。お母さんが泊まりこんで、毎日ベッドの横で君を励ましていた。あの頑張りがなかったら、私らもあきらめていたかもしれない。お母さんはお元気で?」

「昨年の末に亡くなりました」

先生の顔から笑みが消えた。肩が落ち、体までが少し小さくなったように見えた。

「――そう。それは残念なことをした。まだお若かったはずなのに」

「すい臓ガンでした。ぼくの看病にばかり気を取られて、病気に気づくのが遅れてしまったんです」

「強い人だったからね」

松本先生は言って、庭のほうへ視線を移した。

「我慢強い人は、多少の痛みぐらいは何でもないと思って、ついつい無理をしてしまうことが多い。君のお母さんは精神的にとても強い人だったからね。あの人なら、どんな痛みも我慢してしまいそうだ……」

そこで先生は、素早くぼくに視線を戻した。

「だからといって、君のせいだというわけではないよ。人には、その――生き方というものがある。死に方ではなく、間違いなくそれは、ひとつの生き方なんだと思う。痛みをこらえて無理をするなんてのは、一見、体を大切にしない浅はかな考え方のようにも思えてしまいがちだ。でもね、その時の生活がかけがえのないものであればあるほど、人はその時間を大切にしようと思って、無理を重ねてしまう。そういう人たちを、病院で何人も――何十人も見てきたからね。今にして思うんだが、君のお母さんもそういった、ひたむきな生き方をする人だった」

奥さんが紅茶とクッキーを出してくれた。ジャムを入れるとおいしいんだ、と先生は言って、ガラスのつぼに入ったイチゴジャムをスプーンですくい、カップに入れた。ぼくの母も紅茶が好きで、よく飲んでいたのを、一時帰宅した時に何度も見ていた。でも、こういった飲み方があるとは知らなかった。先生に言われて、ぼくもジャムを入れてみた。紅茶のわずかな苦みと、ジャムのほんのりした甘みが口の中で重なり、とても美味しかった。母にもこの紅茶を飲ませてやりたかった。

先生はぼくの様子を見て、また満足そうにうなずいた。

「確か、宮崎のほうだったと記憶しているけど？」

「はい。宮崎から来ました」

「よくここがわかったね。大学病院のほうで聞いたとか……」

さりげなく言ったが、先生の組み合わせた手の指先が、今までになく忙しそうに動いていた。先生は、ぼくがどこまで回復したのかを聞いていない。だから、それとなく確かめようとしているのだろう。ぼくは思いきって言った。

「宮崎海浜病院では、先生の名前も住所も教えてもらえませんでした」

「え？　では、どうやって――？」

先生はちょっと身構えるようになって、乗り出していた体を引いた。

「病院に黙って、自分のカルテを調べました」

先生はぽかんと口を開けた。

「そしたら、本来あるべき場所とは別に、ぼくの昔のカルテが保存されていました」

「克己君、君は――」

「先生の手から離れてしまったので、どこまでぼくの容体をご存じかは知りませんが、ぼくは昔のぼくではなくなりました」

「じゃあ、あのままで……。記憶が戻ったわけでは……」

目をあちこちに動かして、先生はうわごとのように言った。キッチンで洗い物をしていた奥さんも、何事かと心配そうにこちらを見ていた。

「まさか。そんなことが――」

先生はぶつぶつとつぶやき、何度も頭を小さく振った。

「ぼくは昔のぼくを知りません。宮崎海浜病院の院長先生は、生まれ変わったも同じなのだから、昔にしばられていてはいけない、そう言いました。でも院長先生は、ぼくが東京で事故にあったことを教えてくれませんでした。しかも、住民票を見たところ、ぼくたち一家は七年前に福岡から越してきたとあったんですけど、福岡に行ってみたところ、その住所に相馬一家が住んでいたことはありませんでした。院長先生だけでなく、母までぼくの昔を隠そうとしたんです。なぜみんなでぼくの昔をそうやってまで隠そうというのか、気になって仕方ありませんでした。だから、昔のぼくのカルテを探したんです」

松本先生は汗をかいているわけでもないのに、しわだらけの手で顔をぬぐった。急にそわそわとソファから立ち上がって言った。

「すまないが……少し、待っていてくれるかな」

「どこへ行くんですか」

ぼくもつえを手にして、立ち上がった。

先生は一度奥さんのほうを振り返り、つかえつかえの早口で言った。

「いや……書斎へ行って、昔の記録をだな、見てこようかな、と思ってね」

「宮崎に電話をしないでください！」

キッチンからこちらを見ていた奥さんの体がぴくんと跳ねた。それほど大きな声を出したつもりはなかった。

「いや、何も……私は……」

「院長先生に相談すれば、何を言われるか想像はつきます。ぼくは事実が知りたいんです。もうごまかしはやめてください。どうしてみんなで、ぼくの昔を隠そうとするんですか」

松本先生は天井をあおぎ、すぐにじゅうたんへと視線を落とした。奥のキッチンでは、奥さんがダイニングテーブルの前でいすの背をつかみ、不安そうな目を作っていた。

大きく息をつき、先生は顔を上げた。

「君に下手な嘘は通じないようだね。宮崎に電話はしないよ。約束する。でも、書斎に行きたいと思ったのは、本当なんだ。昔の手帳が置いてある。それを見れば、君のことをもっと思い出せると考えたんだ。よかったら、いっしょに書斎まで来ないかな」

「すみません。疑ったりして」

「いいんだよ。その間に電話をしようと思ったのは、君の想像したとおりなんだ」

松本先生は、さあ、と言うように手を差し伸べて、ぼくをうながしながら廊下へ出た。奥さんも心配そうに、後ろからついてくる。

細い廊下を曲がった先に、木目の浮き出たドアがあって、そこが先生の書斎だった。

中に入ると、宮崎海浜病院の院長室と同じような、ちょっとかびっぽい臭いがした。古い本のせいだろう。壁一面が本の背表紙で埋めつくされていた。

先生が、ひじかけいすをぼくのほうに押し出した。

「かけるといい」

礼を言って、遠慮なく座らせてもらった。先生は机の横の戸棚を開けて、ごそごそと中を探った。ノートやファイルが山のように積まれていた。

「八年前と言ったね」

「最初のカルテには、一九八八年三月十六日とありました」

先生は戸棚の中から黒いビニール張りのファイル帳をごっそりと取り出した。一冊を手に取ると、ぱらぱらとめくりながら、デスクの上にお尻《しり》をひょいと乗せた。その動きは、ジーンズにシャツという若い格好に似合って、とても軽やかだった。

「大学病院なんて大きなところで働いていると、数えきれないほど多くの患者さんを見ることになる。なので、スケジュールといっしょに、気になる患者さんについて、メモを取るようにしていてね」

先生はしばらくページをめくり、メモした内容を確かめていた。ぼくは腰を浮かし、反対側からそっとのぞいた。左側が一週間分のスケジュール表になっていて、右側に細かい字でびっしりとメモ書きがあった。

「ぼくのことが書いてあるんですね」

「何度も出てくる。こう言っては何だが、君は非常に希有《けう》な患者さんだったからね」

「けう?」

「滅多にいない、生きる力を素晴らしいほど強く持った患者さんという意味だよ。見るかな」

先生はぼくのほうにファイル帳を差し出した。

虫眼鏡で見たほうがいいような小さな字がびっしりと並んでいた。欄外も書きこみだらけだ。先生の指さす場所に、ぼくの名前があった。三月十六日の右側だった。

相馬克己(22)車事故急　ＩＣＵ左２　危険３　脳ｉｎｊ可能性大　小松川署佐々木氏へＴＥＬ　電信柱へ　フロント大破　ガラス片処置ＯＫ　２３：００チェンジ村本

文字は読めたが、意味がわからなかった。じっと見ていると、先生が教えてくれた。

「メモだから、自分にしかわからない言葉で書いてある。説明すると、君は交通事故を起こし、救急車で病院へ到着と同時にＩＣＵの左から二番目のベッドへ収容された。ＩＣＵというのはわかるね」

ぼくはうなずいた。手術後などの患者が入り、二十四時間態勢で病状の変化を見るための特別室だ。宮崎海浜病院にも手術室に近い場所に作られていた。

「危険３というのは、非常に危険な状態だったことを示している。その次には、もしかすると脳に損傷があるかもしれない、という当初の所見が書いてある。事故の処理は小松川署が担当していて、詳しい様子を聞くために、佐々木さんという人に電話をしたみたいだ。たぶん、スピードの出しすぎで電信柱に衝突したんだろう。それで、車のフロントが大破した。飛び散ったガラス片でどこかを切っていて、その処置は終えたので、OKだ。二十三時チェンジというのは、夜間を受け持つ担当医と引き継ぎを終えたという意味なんだ」

　ぼくはうなずき、思いきって先生に聞いた。

「事故でケガをしたのは、ぼくだけだったのでしょうか」

「この手帳を見た限りでは、君と一緒に運ばれてきた人はいなかったようだね。もちろん、だからといって、ほかにケガ人がなかったとは言えないがね」

　先生は言葉を切り、ぼくの表情を確かめるようにしてから続けた。

「うちのＩＣＵのベッドが一台しかあいてなかったのかもしれない。かすり傷程度のケガだった場合は、どこか別の病院に運ばれただろうし——」

　そこで先生は言いにくそうに一度唇をすぼめた。

「あるいは、手当を期待できない者が出てしまったのかもしれない。もちろん、可能性にすぎないがね」

　ぼくは、ぎゅっと拳《こぶし》を握った。最も恐れていたことだった。ぼくが起こした事故で、もしかすると誰かが死んでしまい——だから母も先生たちも隠そうとして——。

「ずいぶんと心配そうな顔をしているね」

松本先生は音を立てて手帳を閉じた。

「でも、君が恐れているようなことは、まずないと思うんだがね」

「どうしてでしょう？」

ぼくは先生の顔を食い入るほどに見つめた。

「事故を起こして人を傷つけてしまった場合、それなりの罰を受けなければならない。相手のケガがひどければひどいほど、その罪は重くなる。当時の君は、二十二歳だった」

「はい」

「未成年の場合は、多少罪も軽くなる。でも、君の年齢だと該当しない。もし死亡事故を起こしたのであれば、君は交通刑務所に入れられるのが普通だからね」

交通刑務所――。そんなところがあるとは知らなかった。

「君に刑務所の記憶があるかな」

なかった。――いや、なかったと思う。でも……。

「ぼくは意識が戻るまで、かなり時間がかかったと聞いています」

「そうだったね。一年近く植物状態が続いていた。しかし――こう考えたらどうだろうか。意識のない者を刑務所に入れてどうするんだろうか、とね」

「普通は入れないんですか？」

先生は背を伸ばして小さく笑った。

「いいかな。ベッドで寝たきりの君を刑務所に入れたのでは、看護や病状を見るために医師や看護師まで必要になる。もちろん、刑務所にも、かかりつけの医者はいるだろう。でも、絶えず施設の中にいるかどうかは疑問がある。君一人のために、常時人を確保はできないだろうし、血圧計や心電図、時には心肺装置まで必要になるかもしれない。そのうえ、栄養剤を始めとして薬も常備しておく必要がある。そういった手間をかけても、肝心の君には意識がない。罪を反省させることにならず、何のために刑務所へ入れるのか、意味がまったくわからなくなる」

「じゃあ、ぼくは……」

先生は勇気づけるみたいに大きくうなずき返した。

「心配はないよ。まず間違いなく、君の起こした事故で、ひどいケガ人は出ていない」

「スピード違反で事故を起こしたと聞いたんですけど、ぼくにはその罰を受けた記憶もないんです」

先生はちょっと驚いたようにぼくを見つめ、また少し口元をゆるめながら言った。

「いいかな。スピード違反の罰則は、せいぜいが免許停止と罰金だろう。君は今、車の免許証を持っているかな？」

「あ……」

持っていない。あれば、島崎君が言っていたように、何年かごとに書き替えをしなければならないはずなのだ。

「つまり、免許を取り上げられたわけだ。君はたぶん、すでに罰を受けているな」

事故がどう処理されるものか、ぼくは何も知らなかった。でも、ぼくは間違いなく交通刑務所に入っていない。つまり、ぼくの恐れていたような過去はなかった。そういうことなのだろう。まだ実感はなかったけれど。

「カルテを見たと言ったね」

先生の顔から、優しそうな笑顔が消えていた。

「悪いとは思いました。でも、どうしても知りたくて……」

「あとで院長先生たちに謝っておいたほうがいいだろうね」

最初からそのつもりだった。横山さんにも、帰ったら真っ先に頭を下げに行こうと思っている。

「まだ不安なのかな」

先生が眉を寄せてぼくを見た。自分でもわからなかった。先生の話を聞いて、少しは胸をなで下ろした部分もあった。

「一番いいのは、警察へ行って確認することだろうね」

ぼくは先生の持つ手帳を見た。メモには、担当する警察署と係の人の名前があった。その人が今も同じ警察署にいれば——。事故の記録が残っていれば——。

壁の時計を見上げて先生は言った。

「三時すぎになれば、時間ができる。一緒に行けるんだがね」

「ありがとうございます」

　ぼくはいすから立ち上がって頭を下げた。先生はデスクからお尻を下ろし、顔の前で手を振った。

「いいんだよ。よかったらそれまで、ここでゆっくりしていかないか」

「いえ。ぼく一人で大丈夫です」

「しかし――」

「突然お邪魔したうえに、余計な時間を取らせて、すみませんでした。東京の地図なら持ってきてますし、一人でも警察には行けます」

　先生はデスクの手帳のほうに目を移し、何事か考えこむような表情になった。ぼくが目的地へたどり着けるか心配しているのだろう。

「急ぐようだったら、うちのやつに車を運転させてもいいが」

　八年も前のことなので、先生の記憶にもあやふやな点があったのかもしれない。ひどいケガ人は出ていないはずだ、と言っておきながらも、先生はとても不安そうに見えた。もし、自分の記憶違いだったら、と先生は恐れているみたいだった。

「大丈夫です。今までぼくは何度も悪い結果ばかりを想像してました。何があっても受け止める覚悟はして来たつもりなんです」

　気持ちに嘘はなかった。今もそうありたい、と思っている。できるかどうかは、別にして。

先生はあごの下に手をやり、ぼくに目を戻して言った。

「たぶん、向こうの院長先生も言ったんじゃないかと思うけど……。よくも悪くも、君は昔を何も覚えていない。つまり、生まれ変わったも同じなんだ。君は君だよ。それだけは忘れないでほしい」

手帳にあった警察署と係の人の名前を先生はメモに書いてくれた。先に立って書斎を出ながら言った。

「今日はほかに、予定はあるのかな」

「お願いがあります」

先生は廊下の先で足を止めた。振り返った顔のしわが、少しだけ深くなったように見えた。

ぼくは言った。

「宮崎に帰ったら、必ず院長先生に謝ります。ですから、こちらに来たことは――」

「私は君の体を最初に診た医師なんだ。医師には、患者に対しての責任がある。たとえ、何年も前に自分の手から離れた患者だったとしてもね。しかも、君はまだ体に障碍が残っている。病院の許可を得て、こちらに来たわけでもない。患者が無理をしているのを、黙って見すごしていては、医師として失格だろうね」

松本先生の顔は、今までのどの表情よりも厳しかった。ぼくは下を向くしかなかった。反論の言葉はない。

「克己君」

名前を呼ばれて顔を上げた。先生の力強い眼差《まなざ》しが待ち受けていた。

「今日、泊まるところは決めたのかね」

「はい」

「帰りの切符は取ってあるのかな」

「いいえ」

「せっかくの東京だ。見物をしていきたい気持ちがあるなら、別にかまわないと思う。でも、その時には自分から院長先生に電話をしなさい。もし、あちこち見て回るつもりがないなら、明日にでも帰ると約束してくれないか。その場合は、私から院長先生に電話はしない」

「先生……」

松本先生は厳しい表情のままうなずき返した。

「念のためだ。宿泊先を書いていってほしい。君を監視しようというんじゃない。せっかく遠くから来てくれた君に、ぜひとも今晩は食事をごちそうしたい。どうだろうか?」

◇

院長先生も定村先生も、そして足立先生も、ぼくをとても気づかってくれた。世間では、病院に対する悪口を時々聞く。すぐ手術をしたがる、病状の説明が少ない、薬づけにする、担当医が部下を引き連れての回診の時にしか来ない——。その点、ぼくはとても恵まれていた。初めて診てくれた先生とはいえ、ぼくはもう七年も前によそへ移った患者だった。なのに、ここまで心配してくれる。本当にぼくは恵まれている。

　それでも……。この東京で事故にあったことが、胸の奥で引っかかっていた。いい人たちだから、みんなで事故を隠そうとしたのではないか。隠す理由があったのでは——という不安をまだぬぐえずにいたのだ。

　松本先生に引きとめられて、昼食をごちそうになった。奥さん手作りのシューマイとふっくらした卵焼き。どこか母の作ってくれたものに似ていた。

　何度もお礼を言って、先生の家をあとにした。先生も奥さんも、ぼくについてきたそうな顔をしていた。振り返ると、玄関前に立つ二人の姿がいつまでも見えていた。

　八年前にぼくの起こした事故を処理した小松川署は、江戸川区の松島一丁目にあった。南行徳駅の改札で、地下鉄の駅員さんに尋ねると、三つ先の西葛《にしか》西《さい》駅からＪＲの新小岩駅へ向かうバスがあるという。

　警察署へ行くのは初めての経験だった。しかも、自分が起こした事故の話を聞きに行くのだ。工場へ初めて出勤する前とは比べものにならないほどの緊張感に、足がすくみそうになってくる。

　警察署の前には、長い棒を持った男の人が怖い顔で立っていた。人を簡単には近づけさせないぞ、と態度で示すかのように感じられた。まるで市民から警察署を守っているようにも見えてならない。市民を守るのが警察なのに。怖い顔した男の人を玄関に立たせることに、どういう意味があるのか。本当に不思議に思えた。

ぼくは遠回りをして男の人をよけて、玄関を入った。受付のところに優しそうな女性の警察官が座っていた。少しほっとしながら、メモを手に近づいた。

勇気をふるって、交通課の佐々木さんに会いたい、と言った。八年前に起きた事故について聞きたいのです、と。自分が起こしたとは言えなくて、つい知り合いが関係する事故だ、と言い訳をした。

女性の警察官は後ろのデスクにいた年配の男性に近づき、ひそひそと話をしていた。男の人が席を立って、ぼくのほうに歩いてきた。

もう一度、なぜ佐々木さんに会いたいのか、問いただされた。

「実は、その事故を起こした者は、しばらく入院していて、どう事故が処理されたのかを今も知りません。なので、あの時に誰かをケガさせてしまったのではないか、と今も気に病んでいます。できれば、昔のことを知る人に会って話を聞ければ、と思って来ました」

男の人はぼくの目をのぞきこむようにして言った。

「えーと、あなたは?」

「……弟です」

「わかりました。そちらでお待ちください」

どうやら佐々木さんは、まだこの署にいるようだった。男の人は奥のデスクで黒い電話に向かった。

ロビーの長いすに座っていた。しばらくすると、制服に身を包んだ五十歳くらいの丸い顔をした男の人が階段を降りてきた。受付で、奥にいた男の人に声をかけてから、ぼくのほうを振り返った。

ぼくはつえをつかんで立ち上がった。

佐々木さんは、制服を着ていなければ、とても警察官とは見えない穏やかな目をしていた。玄関で長い棒を持って立っていた人とは、まるで違って見えた。けれど、たぶん仕事となれば、同じような目になる時もあるのだろう。

突然の訪問をわびると、佐々木さんは短く刈ったごま塩頭の後ろをなで回して言った。

「いえいえ、いいんですよ。事故の処理は、私たちの務めですから。しかし、八年も前の事故になると、どれだけご期待にそえるものか。何しろ一年に処理する事故は、二百件を軽く超えますから」

「そんなに……」

「ええ。あなたもどうか事故にはお気をつけください」

佐々木さんは笑って言うと、ぼくを廊下の奥に案内した。会計と書かれた看板の先に、間仕切りの低い壁が続き、扉《とびら》があった。中へ入ると、制服や私服の警察官がデスクで書類仕事をしていた。天井から下がったプレートには、「警務」と書かれている。その一角に、ついたてで仕切られた応接スペースがあった。

ぼくは、院長先生から教えてもらった事故の様子を佐々木さんに伝えた。係の人が佐々木さんだったと先生から聞いたことをつけ足した。

佐々木さんはしばらく壁の交通安全ポスターのほうを見てから、あごの先を指先で何度かたたいた。

「なるほどね。ずいぶんと昔ですが、確かにそういう事故があったと思います。事故を起こした本人が長期の入院となり、処理に手間取ったケースじゃなかったかね」

「はい、そうです。その時のことなんですが、ケガ人はほかに――」

「なかったと思いますよ」

あっさりと佐々木さんは言った。

「間違いありませんか」

「なにぶん昔の事故ですからね。よほど大きな事故や、今でも係争中のものならともかく、そういった古い記録は処分してしまいますから、断定はできかねるところがあります。しかし、私の記憶では、確かケガ人はなかったかと。――結局、一年ほどたっても運転者の意識が戻らず、それで免許停止の処分か何かで終わったような覚えがあります」

一気に体が軽くなる気がした。松本先生の言うとおり、ケガ人はなかった。

でも――。ほんの一点、墨を落としたような黒い雲がぼくの胸の中にはまだ浮かんでいた。今のぼくを思いやるためとはいえ、住民票を一度福岡に移動させてまで、ぼくが東京にいた事実を、母はどうして隠そうとしたのだろう。

　佐々木さんは、ちらりとぼくのつえに目をやり、言った。

「お兄さんは、もうお元気に？」

「おかげ様で体のほうはよくなりましたが、まだ記憶のほうが少し……」

「ひどい事故でしたからね。こう言っては何ですが、私は正直なところ、だめだろうと思ってました。長いこと交通事故にかかわっていると、ケガ人の様子を見て、だいたいの見当がつくんです。あの人は、まず無理だろうと一目見て思いました。それが、元気になられるのですからね。最後まで望みを捨てなかった医師や家族のみなさんの力でしょう」

　佐々木さんはテーブルの上で手を組み合わせると、ぼくを見つめて続けた。

「事故に打ち勝った強い人の話をうかがうと、こちらも勇気づけられるような気がします。あなたのお兄さんは、少し気がゆるんだのかスピードを出しすぎていた。だから、事故も身から出たさびだと言えば、それまでなのかもしれません。しかし、多くの人の手を借りて元気になったのだから、もう自分だけの命ではないと思うんですよ。お節介かもわかりませんが、今後は自分の人生を粗末にするような真似《まね》は、もう二度としてはならないと、どうかお兄さんにお伝えください」

　わかりました、必ず伝えます、とぼくは言った。

小松川署を出ると、二時三十分を少しすぎていた。

事故を処理してくれた人の言葉は、ぼくをとても勇気づけてくれた。事故に関して言えば、ぼくが恐れていたようなことはなかった。昔のぼくがケガをさせた人はいない。松本先生の言葉どおり、ぼくは大きな事故を起こし、自分自身のケガによってその分の罰を受けたことになる。そして、昔のぼくはいなくなり、今のぼくも八年という長い時間を病院ですごした。事故を起こした罰として、その長さがふさわしいのかどうか、ぼくにはわからなかった。けれど、心の整理はつけられる。もうすぎた八年は取り戻せないのだから、先々のことを考えるべきだ。そう思えなくもなかった。

警察署の前からバスに乗り、ＪＲの新小岩駅に向かった。七時半に上野のカプセルホテルの前で松本先生と待ち合わせをしていた。まだ時間はあった。ぼくは地図を取り出し、マークをつけてあった足立区のページを開いた。

足立区新中川一丁目。ぼくのカルテに書かれていた昔のぼくの住所だった。保険証にあった住所のはずだから、間違いはない。

秋葉原で山手線に乗りかえて、上野で常磐《じょうばん》線の快速電車を待った。お昼すぎの時間だというのに、駅はどこも宮崎の朝より多くの人がいた。北千住《きたせんじゅ》で各駅停車に乗って、亀有《かめあり》へ到着した時には三時二十五分になっていた。早くしないと時間がなくなる。目指す番地までの道は、もう頭の中に入っている。布団の中でもバスの中でも、何度も何度も見直し、まぶたの裏にその辺りの地図がもうコピーされているようなものだった。

環七《かんなな》通りを北へ進み、新中川の交差点を右折した。小学校を越えてまっすぐ進むと、中川の河川敷にぶつかる。その少し手前に、新中川一丁目はあった。

今日一日歩き回り、夏の暑さも手伝い、もう疲れてもいいころなのに、不思議と足は動いた。交差点を右に曲がってしばらく歩くと、左手に小学校が見えた。もしかすると、昔のぼくはここに通っていたかもしれない。ちょうど授業が終わったらしく、ランドセルを背負った子供たちが門から元気よく飛び出してきた。電気屋、パーマ屋、豆腐屋、自転車屋。ささやかな商店街が途切れると、あとは小さな家がどこまでも続く。角にコンビニがあったけれど、店の造りが新しく見えるので、たぶん八年前にはなかっただろう。

見回しても、目にとまるものは何もなかった。周囲の街並みの色が、宮崎よりも何だか薄く見える。初めて訪れる街は、記憶に焼きつけられていないぶんだけ、見なれた街より少しだけ淡く見える。ぼくにとってこの新中川は、初めて訪れる街のひとつにすぎなかった。残念だけれども。

電信柱の表示を見ると、もう一丁目に入っていた。路地が急に狭くなった。コンクリート塀の向こうに、家並みの壁や窓が続く。草ぼうぼうの空き地には、窓ガラスの割れた車が置きっぱなしにされていた。

一丁目二二の六。二三。そして、二四——。

岩田、という表札が出ていた。

真ん中がすりへった石の段を二段上がると、黒いペンキが分厚くぬられた小さな門になっていた。そのすぐ先に、ニスのはがれた木の扉があり、プロパンガスのボンベの横にビニール傘が立てかけてある。そり返った戸袋。赤い屋根。薄い板のようなかわらが曲がっている。どうひいき目に見ても、十年以上前からここに建っているとしか思えない家だった。

すぐ後ろで自転車のブレーキ音が鳴った。見ると、学生服を着た男の子が目を細めてぼくを見ていた。顔一面にニキビが花盛りだ。

「何なの?」

男の子が自転車を降りながら言った。

チャイムを押す覚悟もできていないうちに、住人から声をかけられるとは思ってもいなかった。中学生相手にどぎまぎして、ぼくは門の前からあとずさりした。

「いや、その……。君は何年前からここに住んでいるのかな」

「何なのヨ、それ?」

「実は、八年前にここに住んでいた者なんです。久しぶりに東京へ来たので、ついこちらに足をのばしまして……」

「へえー」

男の子は高い声で言って、門の向こうに手を入れて扉を開けた。自転車を持ち上げると、軽やかに石段を上がった。

「あの……」

「だから、何ヨ」

「大変申し訳ないけれど、よかったら家の中を見せてもらえないでしょうか」

男の子は首をひねると、自転車を段の途中におき、玄関の扉を開けて、中に叫んだ。

「ねえ。うちを見せてもらえないかって人が来てるんだけど」

「当分引っ越すつもりはないって言いな」

靴のちらかった玄関の奥には、どこかの海岸らしき刺繍《ししゅう》の入った布が下げられ、その向こうから女性の声が聞こえた。

「違うって。どう見ても、不動産屋じゃないって」

何なのよ、もう。ぶつぶつと口の中でぼやきながら、髪をうしろでまとめた太めの女性がタオルで手をふきながら、刺繍の入った布をめくって現れた。

ぼくは石段をひとつ上がって、頭を下げた。

「初めまして。以前、ここに住んでいた者です。八年前、ここに相馬という一家が住んでいなかったでしょうか」

「相馬さん？」

太めのおばさんはタオルを持ったまま、腕を組んだ。まばたきして、ひょいと首をひねった。

「で、あなたは？」

「相馬克己と言います」

「久しぶりに東京へ来たんだって。それで、中を見せてくれないかって」

横から男の子が説明してくれた。

「あたしじゃ、わからないわね」

独り言のようにおばさんは言うと、サンダルをつっかけて玄関から出てきた。ぼくの前でくるりと左を向くと、プロパンガスのボンベのほうへ歩いていった。横歩きにそこをぬけると、コンクリート塀の前で立ち止まった。ぼくのほうを振り返りながら、びっくりするほど大きな声で言った。

「ねえ、坂巻さん、いらっしゃる？」

隣の家とは五十センチほどしか離れていない。それにしても、手っ取り早い連絡方法だ。

驚いて見ていると、隣の家の一番近い窓が開いた。細い木が外から打ちつけてあり、換気扇らしきものも見えた。キッチンの窓だろう。同じ年配の少しほっそりしたおばさんが窓から顔を見せた。

「どうしたのよ、今日は庭からなんて」

「ごめんなさいね。ちょっと聞きたいことがあって」

ぼくは驚いて、二人のおばさんの顔を見比べた。もしかすると、こうやっていつも窓越しに世間話をしているのだろうか。隣にいたはずの男の子は、もう役目は終わったとばかりに、自転車を玄関横の壁に立てかけて、さっさと家の中へ上がっていった。

「うちの前に住んでた人の名前、覚えてるかしらね？」

「山本さんでしょ、それがどうかしたの？」

「八年前だって言うんだけど、うちに住んでたって人が来てるのよね」

「八年前。……じゃあ、相馬さんかしら」

「そうです、相馬です！」

大声で二人に向かって叫んでいた。

「あら、ホントだったんだ」

「どういうことなの」

隣の家の窓の奥で、ほっそりしたおばさんが首を突き出すようにして、ぼくのほうを見た。岩田さんより少し歳が上かもしれない。それとも、ほっそりしている分、しわが目立って見えるのだろうか。頭の上のほうでまとめた髪に、白いものもまざっている。

「あら……」

急に坂巻さんの顔が見えなくなった。と思う間もなく、隣の玄関のドアが開いた。坂巻さんがノブに手をかけたまま立ち止まり、ぼくの顔をジロジロとながめ回した。はっとしたように目を見開いた。

「……克己君？」

「はい。相馬克己です」

「あらあらあら……」

坂巻さんは目と同じように口も大きくすると、あたふたと門を出てきた。ぼくのつえを見るなり、細い眉をはね上げた。

「どうしたの、それ！　事故にあったとか聞いてたけど、そのせいかい？」

「はい」

ぼくは何だか涙が出そうになって、それしか言えなかった。

昔のぼくを知る人がここにいた。間違いなく、ぼくはここに住んで、生活していた。その事実が嬉しくてならなかった。

「驚いたわね。急に越してどこ行ってたの？」

「宮崎です」

「そんな遠くへ」

高い声になって言うと、坂巻さんは玄関先に戻ってきた岩田さんのほうへ顔を向けた。

「ごめんなさいね、一人で興奮して。あんまり懐かしくて。そうなのよ、この子は前にこちらに住んでた相馬さんの一人息子。とんでもない悪ガキだったのに、一人前の大人になっちゃって……」

「悪ガキですか？」

ぼくは驚いて坂巻さんに聞いた。

「いいのよ、気にすることはないって。あんたは少し元気がありすぎただけなんだから。今、何してるの？　お母さん、元気？」

「母は昨年の末に亡くなりました」

「どうして？」

坂巻さんの声が裏返った。

「すい臓ガンです」

「あんた、お母さん孝行したんでしょうね。お父さんが亡くなってから、一人であなたを育てたんだからね。わかってるの？」

「はい」

その答えは、母がぼくを一人で育てたことを知っているか、との問いに答えただけのものだった。最初の問いかけとは関係ない。ぼくはちっとも母親孝行ができなかった。

「懐かしいわね。ちょっとお茶でも飲んでいきなさいよ」

「それより、家を見たいっていうらしいのよね」

岩田さんが腰に手を当て、横から言った。

「あら。そうなの」

「あんまり懐かしいので、つい来てしまいました。昔とは違っているとは思いますが、よかったらぜひ庭や家の中を少し見せていただけませんでしょうか」

「お願い、岩田さん。あたしからもお願いするわ。見せてあげてよ」

坂巻さんの口添えもあって、岩田さんは快くぼくを家の中へ入れてくれた。

間取りは、一階がキッチンとダイニングと和室にお風呂《ふろ》、二階に六畳と四畳半の３ＤＫだった。お風呂は四年前に改装し、ユニットバスになっていた。昔は、天井近くがコンクリートで、その下がタイル貼りの暗くて狭い洗い場だったという。急な階段を上がると、正面と横にふすまが迫る。六畳間はさっきの男の子の部屋だった。古い柱に、身長を測ったあとの傷があった。きしむ窓を開けると、猫の額よりせまそうな庭が見下ろせた。左手に植わったサツキが、昔からあったものだという。毎年鮮やかな赤い花をつけて、今年も綺麗《きれい》な花を咲かせた、と岩田さんは言った。

間取りも柱の傷も庭のサツキも、何もかも覚えていなかった。けれど、昔を思い出せないとは言えずに、ぼくは懐かしそうに目を細めながらじっくりと見ていった。

八年前まで、間違いなくぼくはここに住んでいた。でも、それは昔のぼくのことだった。今のぼくには、何ひとつここに思い出が残されていない。どこを見ても、胸がしめつけられたり、温かい気持ちになることはない。ここはぼくの家ではない。

やはりぼくは、八年前に生まれたもう一人の相馬克己なのだ。この家で生活していた相馬克己は、八年前の事故でこの世を去った。あらためて実感できた。ぼくはぼくであって、昔の相馬克己ではない。思い出は分かち合えない。ここはぼくの住んだ家ではない。ぼくの家は宮崎市の南希望ヶ丘にあるあの家なのだ。

家の中を見せてもらったあとで、坂巻さんのお宅へ呼ばれてコーラとお煎餅《せんべい》をごちそうになった。

「そう。今は印刷所で働いてるの？　でも、相馬さんも水臭いわよね。何も言わずに宮崎なんて遠くへ越していっちゃうんだから。……でも、考えてみたら、そのほうがよかったんだろうね。こっちじゃ物価も高いし、病院のお金だって、それなりにかかるだろうし。相馬さんとしたら、最善の道だったんだろうね。――で、あんた、体のほうはどうなんだい？　そんだけいい体格してるんだから、ケガなんか負かしちゃいなよ。それからさ。早くお嫁さんもらいなさい。でないと、お父さんもお母さんも安心して眠れやしないからね。……だめだめ。うちの息子なんて、もうちっとも顔出さなくって」

　坂巻さんは時々ぼくの肩や腕をたたきながら、はしゃぐように話し続けた。

　五時すぎまで坂巻さんのお宅にお邪魔した。松本先生と約束した七時三十分まではまだ時間があったけれど、ぼくは帰りますと言った。とても疲れていた。坂巻さんは、また東京へ来たら顔を見せなさいよ、と言ってくれた。もう一度、岩田さんの家へ寄って、お礼を言ってから、二人と別れた。

　坂巻さんは、ぼくが角を折れるまで、門の前で見送ってくれた。いつまでも昔のぼくを忘れないでいてほしい、と思いながら坂巻さんに手を振り返した。もう昔を知る人の心の中にしか、あのころの相馬克己という人物はいないのだから。

　亀有駅への道を歩きながら、明日になったら宮崎へ帰ろうと考えていた。ぼくがここに住んでいたのは確かめられた。地元の中学校を訪ねれば、同級生の住所もわかるだろう。その何人かに会えば、昔のぼくをもっと知ることもできる。

　でも、ぼくは昔のぼくではなかった。

　同級生と会ったところで、昔を語り合うことはできない。友達の消息をたずね合えもしない。見ず知らずの人たちも同じなのだ。同級生に会えたとしても、気まずくなるだけのような気がした。

　ぼくにはぼくの友人たちがいた。トモさんや俊紀君や半田さんや、それに院長先生や定村先生、江藤さん。工場に行けば、島崎君に神田さん、社長さんや田端さんもぼくによくしてくれる。それに、お隣の横山さんたちがいる。今のぼくを知る人たちの顔を、早く見たくてたまらなかった。みんなと語り合って、ぼくがぼくであることを実感したかった。ぼくの故郷は、まぎれもなく宮崎なのだ。

　初めて晴れやかな気持ちになっていた。昔のぼくについて、あまりよくはわからなかった。でも、東京へ来て本当によかった。そう心から思えた。

　帰ろう。明日は宮崎へ。そして、みんなと笑い合ったり、励まし合ったり、汗を流したりしよう。そう思った。

　環七通りの上にかかった歩道橋の階段を上りきろうとした時だった。

「克己じゃないか」

　後ろから急に名前を呼ばれた。

「やっぱそうだろ？　な、克己だよな」

声に振り返ると、五、六段下に長い髪を首の後ろでまとめた男の人が、ぼくと同じように半身になってこちらを見ていた。着古したシャツの前を開けて陽に焼けた胸板を見せ、ひざのところが破れたジーンズをはいている。歳はぼくとあまり変わらないように見える。

◇

「おいおい、おいおい……」

彼は首と一緒に体までくねくねと振りながら、階段を一段上がった。急にパチンと顔の前で強く手をたたくと、飛び跳ねるようにして一気に階段を上がってきた。

「やっぱ、そうだよ。間違いねえよ、絶対」

彼はぼくの二段下から、手を当てた腰を揺するようにしながらぼくの顔を見上げた。

昔のぼくを知る人と、こんなところで会えるとは……。でも、ここは昔のぼくが暮らしていた街だった。どこで誰と出くわそうと、不思議ではなかったのだ。心構えがまったくできていなかったぼくは、きょとんとしてその場に立っていた。

彼がひじをつき出し、ぼくの腰の辺りをつついてきた。

「おいおい、おいおい。どうしてたんだよ、今まで。おめえ、どこにしけこんでやがった。白状しろよ、こら」

ニタニタと口元をゆるめて、彼は言った。ニコニコではなかった。片方の口元を意識して持ち上げたような表情が、ぼくにはどこかだらしなく見えた。病院でも工場でも、こんな笑い方をする人はいない。

彼の笑顔は、ぼくの手にしたつえに視線が移ると、強張《こわば》ったものになった。

「――いや、噂には聞いてたけどよ。事故ったってのは本当だったんだ？」

「はい」

答えると、何に驚いたのか、彼は急に不安そうな目になり、階段を一歩後ろに降りた。

「あのさ。――克己だよな？」

「ええ。相馬克己です」

「だよな。どう見たって克己だもんな。何しれっと立ってんだよ、おめえ」

彼は何度もうなずくと、安心したように再び表情をくずして言った。気安く呼びかけられても、ぼくには何を言い返していいのかわからなかった。今のぼくにとっては、初対面の人なのだから。

「え？　まさか、おまえ。……そりゃねえだろ。冷てえやつだな、おい」

辺りを気にしない大きな声と仕草に、階段を通りかかった人が、ぼくたちを少しだけよけて通った。

「おれだよ、おれ。コージ。コーカのネモトコウジ」

コーカの……？　何だろうか、コーカとは。

彼は額に手を当て、天を仰いだ。

「あちゃー。何てこったよ。そんなにおれ、変わったか？　そりゃあのころからすりゃあ、ちっとは髪も伸びたし、歳も食ったさ。けど、一緒に走ったダチを忘れるなんて、そりゃ冷たすぎるぜ、おいおい。——ま、昔からおめえ、ちょっとそういうところあったけどな」

「ごめんなさい。覚えてなくて」

ぼくが言うと、彼はまた驚いたようにぼくを見つめた。ぼくを見ながらも、ぼくの向こうにいる、昔のぼくを見るような目で、じっと。

「——なあ。事故ってのは……まあ、今もつえついてるぐらいだから、結構大きな事故だったんだろうけどさ。まさか、それ以外にも、おまえ——」

彼は言いにくそうに、そこで口を閉じた。あとの言葉をぼくにゆだねた。

ぼくは心してうなずいた。

「ごめんなさい。昔のことをあまり覚えていないんです」

どうしてそんな言い方をしたのか、自分でもよくわからなかった。ぼくは昔のことを何ひとつ覚えていない。けれど、少しは覚えているような言い方をした。不思議だった。

「ゲゲッ！」

奇声を発して、彼は後ろにのけぞるような格好になった。

「もしかして、それ。記憶喪失ってやつかよ」

「――とは、ちょっと違うみたいだけど」

ぼくはいかにも気安そうに言って、ほほをゆるめた。初対面の人も同じだったけれど、今は気安く話したほうがいいように思えた。堅苦しい言い方を続けていれば、彼からもっと物珍しげな目を向けられそうで、不安だった。

「すげーよ、すげー。それって、ドラマチックすぎるじゃないの。じゃあ、何かい？おれのことなんか、ちっとも思い出せないわけ？」

「そうじゃないよ。顔は何となく覚えてるんだ。けど、名前とか、住所とか、そういったのを思い出せなくて――」

「うひゃー。たまげたな、そりゃ。すごいよ、すごすぎるって。――あ」

彼は階段の手すりに寄りかかって身をくねらせたあと、慌てたように口を大きく開けて、動きを止めた。目だけでぼくを見て、それから姿勢を正した。

「わりぃ、わりぃ。面白がってちゃ、そりゃあんまりだよな。けど、なんか、こうさ――話には聞くけど、おれのまわりでそんなやつ、いなかったからさ」

彼はちょっと下を向き、上目づかいになってぼくを見返した。

「そんな目で見るなって。謝ってんだろ。――おまえ、結構厳しいとこ、あったからな。悪い悪い。ちょっと、はしゃぎすぎたよ。でも、わかってくれよな。久しぶりにおまえの顔を見たんだからさ。なんか、こう……懐かしくてな」

懐かしく思って、ついはしゃいでしまう気持ちはわかった。ぼくにだってそういう気分になる時はある。けれど、その気持ちと人の状況を面白がるのとでは、感情の種類が違う。そうきまじめに考えてしまうところが、彼からすれば、「結構厳しいところ」に見えたのかもしれない。いくら生まれ変わったようなものでも、人の底のほうにある性格や気質には、似たところが残るものなんだろうか。

「よお。今、どこにいんだよ」

「宮崎のほうなんだ」

「うひゃあー。そんな遠くに行ってたのか。そりゃ、ちっとも噂を聞かなかったわけだ。で、こっちに帰ってきたのか」

「いや。東京に来たんで、ここが懐かしくなって」

ぼくは階段から、まったく何の感情もわき起こってこない景色を見回しながら言った。彼がぼくの横に並んだ。手すりに体をあずけ、乗り出すようにしてぼくに顔を向けた。

「なあ、いくらか思い出したか？」

ぼくは黙って、駅近くの商店街を見ていた。彼に嘘をつくのは簡単だった。けれど、「思い出したか」と聞いた時の彼の表情や言葉が、これまでになく優しいものに感じられた。だから、ぼくはこれ以上の嘘をついてはいけないような気がした。

「よっしゃ。決めたよ！」

彼は勢いをつけてジャンプするように手すりから体を起こした。

「なあ、時間あるだろ。まさか、おれと会ったたってのに、もう帰ろうってんじゃないよな」

　ぼくは腕時計を見た。松本先生との約束までには、まだ少し時間がある。

「今からさ、カズたちに召集かけるわ。みんな、まだ結構こっちに住んでんだよ。懐かしいバカ顔見りゃあ、昔を思い出すって。なあ、そうしようぜ。久しぶりに召集かけっからさ」

　彼は一人で興奮して体を揺らすと、ジーンズのポケットから携帯電話を取り出した。

「あ、おれ。カズの番号わかる？　そ、カズだよ、カズ。はいはい、例のあのカスのカズさんですよ、そう。――いいじゃん、そんなの。え？　昔のダチにばったりよ。だから番号。うるさいね、おまえも。昔は昔、今は今。みんなまともに働いてんだから。それ以上言うと、いくら温厚なぼくも怒るからね。――あ、カス？　おれだよ、おれ。いいか、驚くなよ。今、克己と一緒なんだ。ホントだって。心外だな。おれが引っかけたことあるかよ。――え？　まあ、それはいいじゃない、昔の話なんだから。でさ。やっぱ、事故の噂って、マジでさ。しかも、昔のこと、あんまり覚えてないんだな、これが。ホントホント。嘘言ってどうすんのよ。だからさ。おまえ、昔の連中に召集かけろ。克己のためなんだよ。――当然だろ。じゃなきゃ、集まってどーすんだよ。バカ。黙ってりゃ、向こうはもう忘れてるって。いいな、頼んだからな」

コウジに連れていかれたのは、環状七号線ぞいの地下にある小さなお店だった。

狭い階段の横に、木目の浮いた看板がかけられ、くねくねした真っ赤な文字で「KONG」と書かれていた。同じような木目調の分厚い扉を開けると、中は穴蔵のように暗かった。壁がゴツゴツした岩のようになっていて、穴蔵というより洞くつに見える。

すでに予約してあったらしく、コウジとぼくは奥のテーブル席に案内された。七、八人は座れそうな丸テーブルがあり、天井からつり下げられた赤や青のスポットライトがななめに交差しながら辺りを照らしていた。

「そんな顔してっところを見ると、ここも覚えがないんだな」

コウジが煙草《たばこ》をくわえながら席に着いた。ぼくは黙って暗い店の中を見回した。

「あのころから奇跡的にまだ営業してるのは、ここくらいのもんなんだよ。ただ……ちょっとここは、わけありでね」

コウジに目を戻すと、彼はやせた肩をすくめてみせた。

「さっき電話したカズが一度大暴れしやがってさ。おれらまでマスターから出入り禁止よ。けど、もうそろそろ時効だろ。克己だって、その現場にいたんだからな。もっとも、おまえは笑って見てただけだったけどね」

「どうして暴れたのかな?」

コウジは煙草に火をつけながら、首をかしげた。

「さて——。ま、どっちにしろ、カスのこった。大した理由じゃなかったでしょ」

コウジは言って、ケラケラと笑った。大した理由もなしに出入り禁止を言い渡されるほどの暴れ方をしたうえ、その友人の行動を当たり前みたいに言うとは、どういうことか。不思議に思ったけれど、ぼくは何も言わず、暗い店内をながめ続けていた。

この洞くつのような店の中で、昔のぼくは何を思い、コウジたちとどんな話をしていたのだろう。見当もつかなかった。

メニューを手に、コウジが煙を盛大に吐き出した。

「どうする。まずはビールにすっか？」

「あ、お酒はちょっと」

「へえ。医者に止められてんだ？」

ぼくはあいまいにうなずき返した。

五分もすると、ナマズみたいな口ひげを生やした、ちょっぴり太めの男性が扉を開けて大またに近づいてきた。たっぷりとしたお腹といい、短めの髪をきれいになでつけたところといい、ぼくやコウジにはない貫禄のようなものがあった。その人が、カズだった。

「うわあ。マジじゃねえか。本当に克己だ。おい、今まで何してやがった」

カズは今にも抱きつきそうな勢いで、ぼくの隣に座った。こちらの肩口にパンチをぶつけるようにして、彼は矢継ぎ早に言葉を続けた。

「何だよ何だよ、ちくしょう。今まで電話一本よこさねえで。克己ったら、昔からそういう冷てえところがあったんだよな、ちくしょう、こいつめ」

「バカ。カス、やめろって。克己はまだ病人みたいなもんなんだから。見ろ。驚いてんじゃねえか」

　コウジがわざとらしく眉をつり上げると、吸い差しの煙草をカズに向かってひょいと放った。火のついたままの煙草を。

　カズが軽く手で払いのけた。大して驚くでもなく、へらへらと笑いながら言い返した。

「しょうがねえだろ、こっちは懐かしくてたまらねえんだから。――なああ、今何してんだよ、克己は」

　たぷたぷした首をねじ向けて、カズが言った。

「印刷工場で働いている」

「宮崎にいるんだって」

「うひゃーぁ。そんな遠くへ行っちまったのかよ。電話ぐらいくれりゃあいいのによぉ」

「向こうでずっと病院に入ってたんだと」

「ずっとって？」

「八年」

　カズはつき飛ばされたみたいに後ろへのけぞり返った。

「どひゃーあ！　そんなひでえ事故だったのかよ」

「な、驚きだろ。しかも、おれらのこと、ほとんど覚えてないんだって」

「これまた、どっひゃーあ！」

今度はカズの隣のいすが、その勢いにひっくり返った。コウジもカズも、いすを直そうとはしなかった。店員が気づいて近寄るまで、いすは倒れたままだった。ぼくたちより十歳も若そうな男の子の店員は、黙っていすを直し、床に落ちてまだくすぶっていた煙草を拾い上げると、ぼくたちを横目でちらりと見てから、カウンターのほうへ帰っていった。

「なあなあ、ホントにおれのこと、覚えてねえのかよ。こいつと違って、おれらは普通科で一緒のクラスだったんだぜ」

「悪かったな、どうせおれは工業科だよ」

なるほど。先ほどの、コーカ、というのは、工業科のことだったらしい。

「なんか克己らしくねえよな、むっすりしてっと」

「バカ。そんな言い方すんな。本人が一番気にしてんに決まってるだろ。だからさ。少しでも役に立とうって、おまえらに召集かけたんじゃねえか。おれらが顔をそろえりゃ、何か思い出すかもしれねえだろ」

「そうだな……。あん時が、おれらの一番輝いてた時代だったからな。あのころを忘れてもらったんじゃ、悲しすぎるやな」

カズとコウジは神妙そうな顔でうなずき合った。

「お、来た来た。キヨシとトンコのご到着だ」

コウジが扉のほうを見て、両手を上げた。

振り返ると、手ぬぐいを肩にかけた作業着姿の男性と、髪の毛を茶色に染めた女性が扉の前に立っていた。作業着がキヨシで、茶色の髪がトンコだろう。

「どこ行ってたんだよ、克己ぃ！」

トンコはぼくを見るなり、隣に座っていたカズをつき飛ばして、ぼくの腕に抱きついた。そのとたんに、化粧と香水の強い匂いが、ぷうんと鼻についた。キヨシがトンコの茶色い髪を無言でつかんで引いた。「やくな、やくな」との声がカズから上がったところをみると、二人は結婚しているみたいだった。

最後に、すり切れた革のジャンパーを着た坊主頭《ぼうずあたま》の男性が、ぼくたちの席に近づいてきた。その人がコウヘイだった。彼はぼくの後ろに立つと、いきなり首に腕を巻きつけてきた。

「このヤロー。今まで、どこにふけてやがった」

手荒すぎる歓迎だというのは、みんなが笑顔をくずそうとしなかったので、何とか見当はつけられた。けれど、ぼくはもう少しで叫び声を上げるところだった。

仲間が増えるたびに、ぼくの消息と入院生活の長さと記憶のことがコウジから語られて、店中にとどろき渡るような驚きの声が上がった。好奇の目がぼくに向けられた。

「へー。克己ったら、印刷工場で働いてるんだ？　何か、らしくないね」

「おめえが二児の母ってほうが驚きだろが」

「何よ。はらませたのは、どこのどいつ？」

「やってろ、いつまでも。ったく、似合いの夫婦だよ、おめえらは」

「それよかさあ。カス、あんたこそ、職決まったの？」

「予想どおりの三日坊主」

「だってよ。いっちょまえにタイムカードなんかありやがんだぜ。しょぼい事務所のくせしやがってさ。たりぃったら、ありゃしねえ」

「いつまでハンパやってんのよ、いい歳して」

「けど、遅刻三回で、一日分の給料さっ引かれんだぜ。詐欺《さぎ》みてえなもんよ。冗談じゃねえって」

「克己んとこは、どうだ？」

「給料引かれるとは聞いたことないけど」

「な。それが良心ある会社よ」

「印刷なんて、金いいのかよ？」

「足がまだ悪いからね」

「だからって、安い金でこき使われてんじゃねえだろな。もしそうだったら、出るとこ出たほうがいいぜ」

「へえ。そういう決まり、あるんだ」

「あるだろ、そりゃ。足のせいで冷たくあしらわれてるとでも訴えりゃ、びびって弾んでくれるんじゃねえのかな、きっと」

「こすっかれえの」

「バカ。それが頭の使いようってもんよ」

　昔のぼくには間違いなく、いっしょに時をともにした仲間がいた。おそらくは、気の合った仲間が。八年前、ぼくはここでこうして、彼らと笑いながら楽しくすごしていたのだろう。そうでなければ、彼らが懐かしそうな顔でぼくを見るわけがなかった。けれど、ぼくには彼らの感じている懐かしさの百分の一も、胸にわき出してはいない。心を揺さぶられるような感情も、まったくない。そのことを残念に思う気持ちまでもがなかった。

　人が楽しそうにしているのを見れば、誰もが仲間に加わりたいと思うだろう。たとえそれほど楽しそうに見えなくても、病院の中から外をながめていると、自分も仲間と会って、一緒にただ街を歩いてみたい、と思えてしまう。

　せっかくの仲間が、ぼくの目の前にはいた。でも、ぼくは一人だけ遠く離れて、彼らを見ているような気がした。

　コウジがキヨシを横目に見ながら、ケラケラと笑っている。トンコが煙草の煙をカズに向かって吐きかける。コウヘイが音を立てて飲み干したグラスを乱暴に置いた。客の入り始めた店の中で、このテーブルがどこよりも騒音をまき散らしていた。周りの客と店員の目が、こちらに向けられていたけれど、誰も気づいていない。なぜなのだろう。

気づいているのに、気づかない振りをしているのか。もしかすると八年前のぼくも、彼らと同じように他人の視線に気づかない——気づこうともしない——若者だったのか。

「カス。ガツガツ飲むなっての。今日は暴れんなよ。克己が腰抜かすとまじいからな」

「案外、こいつが切れて騒動起こしたほうが、昔を思い出したりしてな」

「なあなあ。ホントにホント。覚えてねえのか？」

「顔は覚えているさ」

「それだけ？」

「あと、雰囲気も——」

ぼくにだって、人を思いやる気持ちはあった。少なくとも彼らが、ぼくのためを思い、集まってくれたのは間違いない。

「なあなあ。何か、この酒、薄くねえか」

「やだねえ、労働者は。酒まで味が濃くねえとだめなのかよ」

「けっ。女の上前はねてるような野郎に、言われたかねえな」

「ほざけ。負け犬の遠吠《とおぼ》えが」

ぼくはそっと腕時計を見た。六時二十分になろうとしていた。そろそろここを出ないと、松本先生と約束した時間に間に合わなくなる。

コウヘイがぼくの肩に手をかけてきた。

「なに時間なんか気にしてんだよ。おまえのために集まったんだろが」

「七時半から約束があるんだ」

「ざけんなよ。八年ぶりだぞ、八年ぶり」

「そいつも、こっちに呼びゃあいいだろ」

気を利《き》かせたつもりらしく、コウジが携帯電話を取り出した。松本先生がこんなところに来たら、いったいどう思うだろう。ぼくは少し興味があった。でも、ここへ呼ぶなんて、もちろんできない。

「今日は楽しかったよ」

言って、立ち上がろうとした時だった。

「ねえ、サトコはどうしてんの？」

トンコがトロンとした目で、ぼくのほうにしなだれかかってきた。キヨシが横で大きくうなずいた。

「そうそう。サトコも急に連絡がつかなくなったんだよな」

「だから、克己と二人でどこかへ逃げたんじゃねえかって、な」

カズが意味ありげに笑いながらみんなの顔を見回した。

「二人で――逃げる？」

不思議に思って、ぼくはカズを見つめた。カズは手を上げ、顔の前で大きく振った。

「もち、逃げるってのは、言いようでさ。突然二人していなくなったから、何かまずいことでもあったのかな、なんて、思ったりしてさ」

　ぼくが、そのサトコという女性と二人で逃げた——。

　逃げる、というのが、たとえばの話にしても、二人でどこかへ行ったように思われていた——とは、どういう意味なのだろう。

「え？　何、おまえ。サトコのことまで忘れちゃったわけ？　つらすぎるぜ、そりゃあ」

「バカ、そうゆう言い方すんなって、言ったろ」

　コウジが手を伸ばして、カズの後頭部を平手でたたいた。

　ぼくは昔の仲間たちの顔を見回した。みんながお互いの顔色をうかがうような雰囲気になった。キヨシがひじをつき出し、トンコの腕をつついて言った。

「つらいって、どういうことかな……」

「ほれ、言い出しっぺ。責任とれ」

　そう言われて、仕方なさそうにトンコは手にした煙草を灰皿に押しつけた。茶色い髪を肩先で払い、ちょっと上目づかいになってぼくを見た。

「ほら……昔つき合ってた人、記憶にないかな。目が猫みたいにちょっぴりつり上がっててキラキラして。やたらと元気なのがいたじゃない」

　もちろん、何も覚えていなかった。それでも、ぼくは遠い目を作って壁のほうを向くと、小さく、とても小さく、うなずき返した。

「ああ……あの人かな……」

「つやつやした髪が自慢でさ。誰が勧めたって、絶対に染めたり脱色したりしなかったじゃない。それに、小柄なくせして、結構出てるところは出てたでしょ、サトコは」

「その人と——つき合ってた？」

「克己、ホントにサトコと連絡取り合ってないんだ」

トンコがぽつりと言った。

「絶対に一緒になるんだろなって思ってたのに」

涙目になって、トンコが続けた。みんなが急にしんみりとして、顔を見合わせた。

ぼくにつき合っている人がいた。仲間からは、結婚するものだとまで思われていた。そんな大事な人のことまで、ぼくは悔しいほどに何ひとつ覚えていなかった。

「おれ、噂だけど、聞いたことある」

先ほどから手にしたグラスを黙って見ていたコウヘイが、ぼそりと言った。コウジがいすから腰を浮かせた。

「マジかよ、コウヘイ」

「ほら、うちのクラスにマサエって、ちょっとふけたやつがいたろ。そいつが、どっかの駅でばったり会ったとか言ってたんだ」

「いつ？」

「去年だったかな」

「サトコ、今何してんだって？」

トンコが目尻を小指の先でなぞるようにして髪を振った。コウヘイはじっとグラスに視線を落とし続けている。

「もう八年だもんね」

トンコが言いながら、人差し指にくるくると茶色の髪を巻きつけるような仕草をした。

「そうか。男と一緒だったのか」

「バカ。どうしておまえは、言わなくてもいいことばかり、すぐ言いやがんだよ！」

コウジがまたカズの後頭部を平手でたたいた。

そうか……それも当然だった。

トンコが言うように、もう八年もたっている。トンコだって、昔ながらの仲間のキヨシと結婚して子供がいるのだ。そのサトコという女性だって、同じように結婚していても不思議はない。いや、そのほうが自然なのだ。

ぼくは誰にともなく聞いた。

「サトコの……上の名前は何ていったかな」

「フナヤマよ。船のくせして、海の上じゃなくて山の上にあるなんておかしいよねって、サトコ、自分で言ってたじゃない」

フナヤマサトコ。船山里子？　聡子？　サトコ――。

ぼくは心の中で何度も彼女の名前を呼んでみた。

記憶は何ひとつなかった。でも、なぜか、どこか懐かしい響きのある名前に思えた。

もしかしたら、ぼくがそう思いたかっただけかもしれない。

どんな女性なのだろう。どんな声で、どんな話し方をするのだろうか。彼女もやはり、ここにいる仲間のように、自分たちを見る他人の目に気づかないような女性だったのか。

ぼくはコウヘイに目を移して聞いた。

「そのマサエっていう女の人の連絡先がわかるかな？」

ノート4

六月二十日

二時、いつものマッサージと呼びかけ。変化なし。

六月二十一日

さしたる変化なし。病院への往復の足が重い。

六月二十二日

気分転換のために買い物へ行く。自分のためだというのに、なぜか若者向けの店の前で立ち止まってしまう。克己がお洒落なシャツやジーンズをまた着る時がくるのだろうか。

看護師さんたちのためにシュークリームのお土産。克己には新しいタオルとガーゼ。仕事進まず。主任より呼び出し。涙は見せまい。

六月二十三日

変化なし。自分があきらめてはいけない、とは思っている。

六月二十四日

変化なし。

六月二十五日

今日も変わらず。

六月二十六日

…………

七月十五日

いけない、と思い直す。書くだけはやはり書こう。まだ四ヶ月しか経《た》っていない。

このまま意識が戻らなければ、何年も何十年も今の生活が続く。たった四ヶ月で母親があきらめたのでは、あの子にすまない。ごめんね、克己。母は、強くなります。

七月十六日

午前と首の位置が違っていたとのこと。寝返りか、体位変換の見間違えか。看護師さんの中には、理学療法士の先生とはコミュニケーションをあまり取らない人もいて、判断はできないとのこと。ぬか喜びはしたくない。明日以降に注目。望みを託そう。

やせ衰えた手足をマッサージするのがつらい。克己の体重は今何キロあるのだろう。たった四ヶ月前までは、七十キロ近くあったはずだ。たとえ点滴による栄養補給をしていたにしろ、人がこれほどやせ衰えるとは。

仕事進まず。趣味を見つけろ、との主任の言葉に目の前が暗くなる。子供が入院しているのに、どうして呑気《のんき》に趣味など持てるのだろう。

七月十七日

この日を忘れないようにしよう。七月十七日。この日は、もしかすると、克己の第二の誕生日になるかもしれない。

二時にいつものマッサージを終え、花瓶の水を替えて病室に戻ると、克己の目が開いていた。目を疑うとは、あの時の心境をいうのだろう。呼びかけたが、克己は何も答えなかった。ぼんやりとした目で、天井を見続けていた。

慌《あわ》てて先生と看護師さんを呼ぶ。先生の呼びかけにも反応はなし。四時には、また目をつむってしまった。

でも、間違いなく、いい兆候だと先生も笑顔で言った。自発呼吸が戻ってから、まだ一ヶ月ほどだ。頭部打撲の場合は、半年以上してから、奇跡的に意識が戻ったケースもあるという。奇跡を信じよう。まだ事故から四ヶ月なのだ。回復を信じてあの子につくそう。克己なら、きっと怪我《けが》に打ち勝つ。

帰るまで、克己はもう目を開けなかった。

七月十八日

昨日の出来事が嘘《うそ》だったかのように、克己は目を閉じたままだった。気を落としてはいけない、と院長先生から慰《なぐさ》められる。症例によって、また患者の持つ体力や運によって、劇的によくなったり、多少の揺れ戻しをくり返しながら快方へ向かったりと、いろいろな場合があるのだという。機械のように反応が同じではないからこそ、先生たちが絶えず克己を診《み》てくれている。

マッサージを肩や股《こ》関節《かんせつ》に拡大。三日に一度。二日はこれまでどおり。

気のせいか、今日はいつになく穏やかな表情に見えた。

七月十九日

朝から目を開けていたと佐藤さんが教えてくださる。反応はまだない。気長に様子を見よう、と院長先生。あまりに一喜一憂する私をいさめようとの言葉に聞こえた。たとえ目を開けたとしても、意識が戻る可能性はまだ低いのだろうか。克己の目の焦点がどこにも合っていないのは、素人目《しろうとめ》にもわかる。マッサージによる刺激を受けて、顔の筋肉に何らかの反応が出たのかもしれない、とのこと。とにかく、悪い兆候ではありえなかった。いいぞ、克己。

　点滴を減らし、食事の経口投与を考えてみてくださるという。口から食物をとれるようになれば、植物状態から一歩でも抜け出せるかもしれない可能性が生まれる。

二時十五分には目を閉じていた。眠ったのか、ただの筋肉の反応にすぎないのだろうか。

　帰りがけに呼びかけたが、目を開けてはくれなかった。まだ結果を求めてはいけない。呼びかける行為そのものが、大切。

　克己のために、仕事を変えよう。もっとあの子についていたい。

九月一日

　毛布の中で、克己は肘《ひじ》や手首を折り曲げていることが多い。これは、頭部外傷患者によく見られる、異常屈曲の姿勢だという。脳の一部に損傷、あるいは機能障碍《しょうがい》を起こしている部分があると、外部からの刺激に正常な反応ができず、筋肉の一部が収縮して、こういった姿勢を取るのだという。

　言い換えればこれは、明らかに、克己の脳に何らかの障碍があるとの証拠でもあった。

けれど、手首を曲げて横たわっている克己の姿を見ていると、私には赤ん坊のころの姿が思い出されてしまう。

どんな赤ちゃんも、まるで必死になってそうしているように、指をぎゅっと握りしめ、手首を曲げているではないか。今の克己の格好も、赤ちゃんの姿勢のようにも思える。

幼児期には、脳の機能が万全になっているとはいえないはずだ。だから、異常屈曲と似た姿勢になるのではないか。確かに克己の脳には、機能を停止したままの部分があるのだろう。そのせいで、あの子は横たわったままだし、呼びかけにも反応はしない。しかし、すべてが機能障碍のせいなのか。赤ちゃんと同じような状態に戻ってしまったのではないか。もちろん、赤ちゃんと同じならば、泣き声を上げそうなものだ。しかし、声を出す部位や、感情表現の部位に障碍があったとしたら……。

そう思ってしまったのは、たぶん富田さんから脳障碍についての本を借りたからだろう。脳卒中の患者さんの闘病記がふくまれていた。その患者さんによれば、言語障碍時には、頭の中では言いたい言葉が渦巻いているのに、言葉はもちろん、うめき声すら出せなかった、という件《くだ》りがあった。克己も、それと同じではないか。脳卒中の場合には、内的言語操作能力は残しながらも、発語能力の一部に障碍が残っている場合があるのだという。

克己もそれに近い状態なのでは……。発語だけではない。反応能力についても同じことになっているのでは。だから、外部からの刺激にも、異常屈曲の行動しか見せられないのではないだろうか。

克己は通常の植物状態とは明らかに違う。時折目を開けて、わずかに手足を動かす。あの子は私たちに答えようとしている。その表現能力に何らかの障碍が……。

どうしたらあの子に応《こた》えられるのだろうか。医師でもない私に何ができるか。

毎日、考え続けよう。

図書館でチェックしておいた「頭部外傷シミュレーション報告」「リハビリテーションの実際」「後遺症と闘う」を購入。

九月五日

体性感覚誘発電位の測定。やはり末梢《まつしよう》神経レベルでの活動電位は記録されなかったと言われる。三度目の嚥下《えんげ》テストも反応はなし。これ以上の経鼻栄養はさけ、間欠的チューブ栄養により、さらなる胃の活動をうながすとのこと。これも、表現能力の欠如のためだと信じたい。

関節の可動域は、先生の指導もあって、確実に改善されたとのお墨つきをいただく。

夕方のマッサージ時に、瞳《ひとみ》がわずかに動いたような気がするも、確認はできなかった。

仕事二日目。割り切るのが肝要。

九月十三日

二時すぎ。克己の瞬《まばた》きが何度もくり返された。何かと思って呼びかけたが、反応はなし。ところが、克己のちょうど目の辺りに、花瓶に反射した太陽の光が当たっていた。対光反射はすでに戻っていた。けれど、それは、瞳孔《どうこう》の収縮についてだった。瞬きをくり返すというのは、明らかにその上をいく反応に思えた。いいぞ、克己。反応レベルが間違いなく上がってきている。表現能力が高まってきている。

先生がライトをかざしたが、反応はなし。やはり太陽の光と電池によるペンライトでは、光量が違いすぎるのだろうか。それとも、まぶたを動かす筋肉の異常収縮だったのか？　前者と母は信じる。

十月三日

胃への栄養補給のため、先生がチューブを喉《のど》に入れようとすると、克己が初めて首を背けた。その場にいたみんなの口から一斉に声が上がった。

克己がこれまでとは明らかに違う、痛みに対する反応を示した。あわてて軌道修正して、嚥下テストに移行してみるが、こちらは反応なし。じわじわと、だが着実に、克己は回復している。

仕事についてもう一度考え直す。

十月二十三日

夕方のマッサージの最中だった。

　タオルケットを整え、克己の細い腕を手にした時のことだ。克己の口からうめき声がもれた。ああ、とも、うう、ともつかない、ほんの短いうめきだった。けれども、七ヶ月にわたって、何の声も発しなかった克己の喉から、声にならない声が出たのだ。

　居合わせた看護師さんと手を取り合って大喜びした。克己はもう植物状態ではない。やはり表現能力が失われていたのだ。目を開け、瞬きをくり返し、痛みを嫌い、そして今日、やっと声を発した。自発呼吸を取り戻してからほぼ四ヶ月。これまでの苦労がすべて吹き飛ぶようだった。先生や看護師さん、それに克己を気遣ってくださった病室の方々とご家族一人一人の手を取り、お礼を言って回りたかった。感謝の気持ちを忘れてはいけない。

　克己が声を発した。赤ちゃんのころの克己をつい思い出した。百八十センチ近い身を横たえ、目の焦点も合わず、だらしなく口を開けている克己だけれど、私には0歳児の幼子のように思える。そうなのだ。克己は生まれ変わるのだ。外からの刺激を受けて今、克己の脳は必死になって少しずつ表現能力を学んでいる。

　克己、母が手取り足取り、何でも教えましょう。だから、あなたは安心して、ひとつひとつゆっくりとでもいいから確実に、人の生きるすべを学んでいってほしい。

　克己。私たちはこの息子にあった、本当にいい名前をつけた。

己に克《か》つ。自分に打ち勝つ。事故を起こしてしまったのは不幸な出来事だったけれど、あの子が自ら引き起こしたしくじりだった。それに負けてはいけない。打ち勝ってこそ、克己になる。

　これから、本当の克己の人生が始まるのだ。私にはそう思えてきた。

◇

　退院したら、一度みんなで喫茶店にでも集まろうよ。ぼくらは誰とでもそう言い合っていた。

　第二病棟の患者は長期入院の者が多く、一人が退院できても、次の者がすぐあとに続けるとは限らなかった。早くよくなってくれよな。そう言って見舞いに来てくれる人は多い。リハビリのために通院するたび、病室を訪ねてくれる人もいた。でも、いつしか足は遠のいて、やがてそれぞれの生活に戻っていく。

　退院してすぐ、ぼくは中川さんというぼくの一年前に退院していった人のところへ電話をかけた。ぼくからの電話に、中川さんはとても驚いたようだった。

「そうか。おめでとう。克己君も退院か」

「はい、おかげ様で。中川さんのお体の具合はどうでしょうか」

「うん。まだ天気が悪い時には少し痛んだりするけどね。何とか会社まで一人で通えるようになったよ」

　ぼくらは患者さんの消息を語り合った。ほとんどぼくが一人で病院の様子を話した。

そして中川さんは、ぼくに言った。

「みんな元気で頑張ってるみたいだな。わざわざ電話をくれてありがとう。みんなにもよろしく言ってくれないかな」

ぼくは宮崎駅の近くで見つけたステンドガラスの綺麗《きれい》な喫茶店を思い浮かべた。けれど、のどまで出かかった言葉をのみこんだ。

「今度またみんなと会いたいな」

そう言いながらも中川さんは、ぼくの都合を聞こうとしなかった。ぼくもなぜか、喫茶店で会おうと言えなかった。昔の約束を押しつけるような気がしたからかもしれない。

じゃあまた、とぼくらは同時に言って、受話器を置いた。

人はやがてそれぞれの生活に戻っていく。

◇

第一病棟に山城さんという七十歳になる患者さんが入院してきたことがあった。ひょろりと背が高く、笑うと顔の長さが急に縮まってしまう人で、とても話好きのおじいさんだった。

山城さんは、ぼくらのいる第二病棟にまでよく足を運んできた。看護師さんとも顔なじみで、病室や廊下や中庭で、誰彼かまわず孫の自慢話をしている姿を見かけた。孫は三人。女の子が一人で、男の子が二人。小学一年生になるイズミちゃんは、英語とピアノの塾に通っているため、なかなか見舞いにこられない。二人の男の子はまだ幼稚園にも上がっていない。ちょうど手のかかるころで、もう少しすれば、両親と一緒に来てくれるだろう。息子さんは商社に勤めていて、お嫁さんはとても料理上手な人だという。

ぼくらはすぐ山城さんの家族のことを覚えた。

山城さんは二ヶ月でリウマチの具合がよくなり、退院していった。

その直後に、ぼくらは山城さんが実は身よりのない一人暮らしなのだ、と看護師さんから聞かされた。そして、また何ヶ月もすれば、リウマチの具合が悪くなって、病院に戻ってくるだろう、とも。寂しくなると、必ずリウマチの具合が悪くなるのだ、と。

その言葉どおり、三ヶ月後にまた病院の中庭で孫の自慢話をする山城さんの姿を見た。

それぞれの生活に戻っていけない人も、病院にはいた。

◇

長い長い入院期間に、ぼくを見舞いに来てくれた人は、母だけだった。母から聞いたところによれば、入院当初は足を運んでくれた人もいたらしい。けれども、ぼくにはその時の記憶がない。病院の中にだけしか、ぼくには友達と呼べる人がいなかった。

島崎君はぼくより六つも歳《とし》が下だ。それでも工場ではぼくの先輩になる。やっとおれより下のやつができてうれしいよ。そう言って彼はほっとしたような笑顔を見せた。島崎君は見習いから正社員になって、まだ一年だという。ほかはもう工場に勤めて五年以上のベテランばかりだった。

島崎君は言葉づかいが悪い。態度も決していいとは言えない。休み時間でもないのに、ひょいと姿を消して、工場裏で煙草《たばこ》を吸っていることがある。社長さんは島崎君のことをとても心配していた。

仕事が終わると、ぼくは島崎君と一緒に帰ることが多くなった。ぼくらはゲームセンターへ寄ったり、喫茶店で無駄話をしたり、時には屋台でちょっぴりお酒を飲んだりした。ぼくにも病院の外で友達と言える人ができたのだろうか。そう思ったこともあった。けれど、ぼくは島崎君に病院でのことを話せなかった。彼はぼくに優しくしてくれた。ぼくのまだ不自由な手や足をからかったりすることは一度もなかった。けれど、いつも彼は自分のことしかぼくに話さなかった。

金をためたら車を買おうと思ってんだ。昔はよくここらで暴れたもんだよ。あの時のセンコウがひどくてな……。

何かが違う、とぼくは思った。病院の中庭で孫の話をする山城さんの姿がどこかで彼と重なった。

島崎君はアパートで一人暮らしをしている。昔の仲間とはもう会っていないと言っていたけれど、いつも昔を懐《なつ》かしむようなことばかり口にしていた。ぼくも一人暮らしに変わりはなかった。ただ単に懐かしむ昔がぼくにはないから、そう考えてしまうのだろうか。

　でも、何かが違うと思った。何が違うのかは、よくわからなかった。昔のぼくの友達だったというコウジやカズやキヨシを前にしても、ぼくはどこか何かが違うと感じていた。

◇

　結局、松本先生との待ち合わせには、二十五分も遅れてしまった。マサエという女の人の連絡先は、コウジが同級生の実家に電話をかけて卒業名簿を調べてもらい、すぐにわかった。けれど、みんながぼくをなかなか解放してくれなかったのだ。

「ふざけてんのかよ、てめえは！　おれらがどれだけ心配したと思ってんだ」

　カズはぼくのえり首をつかんで、がなり立てた。その声に一瞬、店中が静まり返った。出入り禁止を言い渡された理由が、ぼくには少しだけわかった気がした。

　すぐに宮崎へ帰るわけじゃないんだ。またみんなの顔を見に来るよ。そう約束して、これから医者に会うんだ、と告げると、みんなはぼくのつえに目をやってから、仕方なさそうにうなずき合った。

　ぼくはコウジが調べてくれた関口政恵の住所と電話番号のメモの裏に、みんなの連絡先を書いてもらい、それからやっと「ＫＯＮＧ」を出たのだった。

　約束したカプセルホテルのロビーで、松本先生は奥さんと一緒にぼくを待っていた。お昼に会った時のラフな恰好と違って、先生は折り目の入ったスーツ姿だった。奥さんもグレーの地味なワンピースを着て、首には金色に輝くネックレスをしていた。先生たちを前にして、ぼくは母と父の姿を思い浮かべた。

　父はぼくが十歳の時に亡《な》くなったという。三人そろって食事をする機会がどれほどぼくたち家族にあっただろう。ぼくは事故を起こし、八年間も入院生活を送り、母はぼくの退院を見届けることもできずに父のあとを追った。そして、ぼくには親子三人の思い出はひとかけらもない。それはそれで、自分の起こした事故のせいなのだから仕方ないのだろう。

　遅刻を詫《わ》びると、先生は笑顔で首を振ってくれた。すぐ真顔になって言った。

「それより、どうだったかね、警察のほうは？」

「事故を処理してくれた佐々木さんに会えました。おかげ様で、ようやく納得できたような気がします」

「気がする……？　確認ができたわけじゃなかったのかな」

　先生はちょっぴり不安そうに目を寄せた。ぼくは慌てて作り笑顔を浮かべた。

「何て言ったらいいのか、よくわからないんですが……一番心配していたようなことは、どうも本当になかったみたいでした。ケガをしたのは、ぼくだけだったと聞きました。でも、その事故で被害にあったのは、ぼく一人ではないんだ、と思えてきたんです。被害というのは、何もケガだけではありませんから」

　そう思えていたのは事実だった。けれど、先生にこれ以上は余計な心配をさせてはいけないという気持ちのほうが強かった。

「そうだね。八年間も君を看病することになったお母さんも、事故処理に当たられた警察の人も、ある意味では事故の被害者だと言えるのかもしれない。誰もがそういう気持ちを持っていれば、少しは無謀な事故も減るはずだね」

「はい」

「よし。今日は君の回復祝いだ。美味《おい》しい夕食をごちそうしようじゃないか」

先生の車に乗って、ぼくらは日本橋まで出た。案内されたのは、小石の敷きつめられた玄関横に、笹《ささ》の植えられた庭を持つ和食レストランだった。もしかすると、これが料亭とかいうお店なのかもしれない。

　小さな器に入れられた料理が次々に出てきた。アボカドのお刺身、白魚の生き造り、カニの甲羅《こうら》に入ったグラタン、あんきものソテー。初めて口にするものばかりだった。先生の披露してくれた病院での笑い話を聞き、ぼくは笑顔を作りながらはしを口に運んだ。味はわからなかった。先生の話もよく耳に入ってこなかった。ぼくは、たったひとつの言葉――というより人の名前を――頭の中でくり返していた。

　船山サトコ、船山サトコ、船山サトコ……。

　どんな人なのだろう。八年前、昔のぼくが想《おも》いを寄せていた女性。そして、彼女もぼくのことを――。

　恋人と言えそうな人が、ぼくにいた。事故のために入院したぼくを、彼女は見舞いに来てくれたのだろうか。母の書き残したノートに、彼女の名前は一度も出てこなかった。先生や看護師さんや病室の人たちのほかに、名前の出てくる人はいない。母はあえて、名前を残しておくのをさけていたのかもしれない。

　八年も入院していれば、見舞いに来てくれる人の数は、だんだんと少なくなる。いつ退院できるか――いつになったら意識を取り戻すか――もわからなかったのだ。ぼくの回復を待てなかったとしても仕方はない。でも、最初はお見舞いに来てくれていたのではないか。

　意識を取り戻したとはいえ、ぼくは昔のぼくではなくなった。彼女のことを、何ひとつ覚えていない、別人の相馬克己になった。そう知らされた時、船山サトコは何を思ったろうか。いくらぼくを看病したところで、ぼくは二度と昔を思い出さない。事故で被害にあったのは、ぼくだけではないし、ぼくを看病しなければならなかった母だけでもない。そうぼくには思えた。

「克己君」

「はい？」

　呼ばれてぼくは、手にした小鉢から目を上げた。先生がゆっくりとはしを置いた。

「あまり生真面目《きまじめ》に考えすぎるのは、よくないと思うんだ」

　少しも話を聞いていなかった。ぼくはわけもわからず、その場は黙って小さくうなずいてみせた。

「お昼にも言ったと思うけど、君の看病だけで、お母さんの人生はつぶれてしまったわけではないはずだ。あの人のことだから、毎日病院に通っていただろうけど、仕事場や自宅の近所では別のお母さんの姿もあったと思う。だから今は、君の不安が消えたことを素直に喜んだらどうだろうか」

先生はぼくの浮かない様子を見て、心配してくれたようだった。ぼくは精一杯の笑みを作った。先生も笑顔に戻って、はしを手にした。

「明日はどうするのかな」

「もう一日、こちらですごそうかと思っています。せっかく来たんですから」

「そう。じゃあ、約束してくれるかな」

何の約束かはすぐにわかった。

「はい。院長先生には必ずぼくから連絡を入れます」

心にもないことをぼくは松本先生に言った。そして、明日になったら、カプセルホテルを早めに引き払おうと考えていた。

◇

翌朝。ぼくは六時になると狭苦しいスペースから出て、カプセルホテルを引き払った。深夜バスを利用する場合、今夜中に東京を発《た》たないと、月曜日の朝までに宮崎へ着くことはできない。そのためには、今日中に船山サトコという女性に会う必要がある。

土曜日なので、休みの会社も多いだろう。関口政恵さんが朝から出かけてしまったら困る。かといって、あんまり早くから見ず知らずの人の家を訪ねるわけにもいかない。

政恵さんの住所は北区浮間《うきま》二丁目だった。ぼくは上野の駅前で簡単な朝食をすませると、京浜東北線で赤羽《あかばね》まで行き、埼京線に乗り換えて浮間舟渡《ふなど》駅で降りた。まだ七時三十分だった。ぎりぎり八時まで我慢した。もし出かけていたら、今日一日が無駄になる。ぼくは駅前の公衆電話から政恵さんの自宅に電話を入れた。

もう出かけてしまったのか。心臓が痛みだした時、ようやく受話器が取り上げられて、眠たそうな女性の声が聞こえた。

「朝早くから申し訳ありません。高校時代、同じ学年にいた二組の相馬克己と言います」

「……相馬、さん？」

頼りない声で政恵さんは答えた。昔のぼくを覚えてくれていなかったのだろう。ぼくはそれほど目立つ生徒ではなかったのかもしれない。

「同じクラスだった柚木《ゆのき》康平から聞いたんですが……」

「——はい」

「一年ほど前に、どこかの駅で船山サトコさんとお会いしたとか」

そこでやっと政恵さんは「ああ……」と大きく息をついた。それから小さな声で、「高校の同級生から」と早口に言うのが聞こえた。早朝からの電話に、家族の人が何事かと耳をすませている様子が見えるようだった。

「相馬さんって、よく康平たちと一緒にいた？」

「ええ、そうです、その相馬克己です」

「驚いた。そっか、あの相馬君か。――サトコのこと？」

彼女の口調が、急に柔らかさを増した。

「その時の様子を詳しく聞かせてもらいたいんですが」

「詳しくって言っても……。赤羽駅でばったり会って。あたしは仕事の途中だったし」

「船山さんは誰かと一緒にいたんですか？」

「旦那《だんな》さんだって。背の高い、わりといい男だったな」

結婚していて当然だとは思っていた。康平の言葉からも予想はしていた。けれど、手にした受話器が急に重たくなったように感じられた。

「旦那さんが、三、四歳くらいの女の子を抱いてて。サトコにそっくりだった」

「どこに住んでいるとかは、聞きませんでしたか？」

「あたし、乗り換えの途中だったし。久しぶり、元気だった、とか言っただけで……。それに、あんまり彼女とは話したこともなかったから。彼女を探してるのなら、同じクラスの子に聞いてみたらどうなのかな」

「それが……誰も知らないらしいんです。同じクラスで彼女と親しかった今井《いまい》塔子《とうこ》も引っ越し先を聞いてないんです」

「そう……」

考えこむように言ってから、政恵さんは声を少し大きくした。

「でも彼女、元気そうにしてたよ。旦那さんもいい人そうに見えたし、子供もかわいい盛りだろうし。幸せなんじゃないかな、きっと」

幸せだから、そっとしてあげたらどうか、そう言われている気がした。

「本当に彼女の連絡先とかは聞いてないんですか」

疑うような聞き方に思われてしまったのだろうか。政恵さんはしばらく黙っていた。

「あ、いえ、あなたが嘘をついているとか思ったわけでは――」

「あのさあ」

政恵さんが言った。ぼくとの間に一本の線を引こうとするような、堅苦しい呼びかけ方に聞こえた。

「誰だって、昔の仲間に会いたくなる時って、あると思うんだ。でも、あえて誰にも連絡先を教えてないなら、それなりの理由が何かあるんじゃないのかな」

「昔の仲間の中に、どうしても会いたくない人がいるからだと?」

「そうとは限らないけど。でも、きっとわけがあるんじゃないかな。あたしはそう思う」

「そっとしてあげたほうがいい、と言うんですね」

その質問に、政恵さんはしばらく考えていた。やがて、吹っ切るように強く言った。

「あなたたちを悪く言うつもりはない。でも、彼女からしたら、思い出したくないこともあるかもしれないじゃない」

「そんなにぼくたちは、彼女に迷惑をかける仲間だったんでしょうか」

「そうは言わないけど。あの時は、たぶん彼女だって楽しくしてたんじゃないかな。でも、自分が若かった時の、思い出したくないことって誰にだってあるでしょ。若さのせいで考え足らずだったり、変な思いこみがあったりして、今思えば恥ずかしいことって、あなたにはない？」

「できるものなら、ぼくはどんな恥ずかしいことでも昔を思い出したいんです」

政恵さんは「どういうこと？」と聞いた。けれど、ぼくは一言、ありがとうございました、と言って受話器を戻した。


浮間舟渡駅のベンチで、ぼくはしばらく座っていた。先ほどの関口政恵さんの言葉が、今も耳の奥のほうに残って離れなかった。彼女は明らかに、ぼくが船山サトコに連絡を取ろうとしているのを快く思っていなかった。

昨夜、ぼくが幸二たちと一緒にいて感じたことを、彼女も高校時代に感じ取っていたのだろう。彼女から見れば、船山サトコがぼくらと一緒にすごしていた日々は、結婚して子供を産み、幸せな家庭を持つサトコにとっては、思い出したくない過去だろうと考えたのだ。だから、船山サトコも同じように思っているに違いない、と。

ぼくは悲しくてならなかった。昔のぼくは、暗い穴蔵のような店で周りの迷惑も考えずに騒いだり、時には大した意味もなく暴れたりする仲間の一人だった。少なくとも、隣のクラスにいた関口政恵の目には、そう見えていた。

どうやって受け止めたらいいのだろうか。一度座った駅のベンチから、なかなか立つことができなかった。電車が何本もぼくの前を通りすぎた。人々が隣のベンチに腰を下ろしては立ち上がり、電車に乗りこみ、どこかへ出かけていった。

テレビのニュースやドラマで、勝手気ままにふるまう若者の姿を目にすることがある。大人たちは決まって、彼らを冷めた目で見る。浅はかさを笑い、あきらめと見下しの意味をこめて。入院生活を送っている時には、気ままな若者たちであろうと、ぼくにはとてもうらやましく見えた。ただ時間を浪費しているようにしか思えない彼らをねたみもした。でも、ぼくもそういった若者の一人だったのだろう。

初めて理解できることがあった。ぼくはスピード違反の免許停止が明けると同時に、また同じ失敗をくり返して、取り返しのつかない事故を起こした。無責任で、でたらめな若者に似合いの行動だった。しかも母は、ぼくの卒業した学校の写真や成績表を残していない。住んだことのない福岡に一度住民票を移して、昔の住所を隠そうとした。昔のぼくの姿を、ぼくに見せまいとするためだったのだ。

学校や住所がわかれば、いやでも友達との連絡がつく。昔のぼくの姿が見えてしまう。関口政恵が感じたように、船山サトコであれば決して思い出したくない仲間でしかなかった自分の姿が――。

幸二たちと会っただけで、まだ実際のぼくがどんな若者だったのかはよくわからない。

決めつけるような考え方をしては、彼らに悪い気もする。確かに幸二たちは、周りの迷惑をあまり気にしない者たちだった。でも、だからといって、世間の爪弾《つまはじ》き者と決まったわけではない。彼らは彼らなりに、ぼくの身を案じてくれた。けれど……いや、だからこそ……関口政恵の言葉が、ぼくの耳について離れなかった。

――今思えば恥ずかしいことって、あなたにはない？

母は、父を亡くしたあと、一人でぼくを育ててくれた。昔のぼくを、母はどう思っていたのか。ぼくが奇跡的に命をとりとめ、一切の記憶をなくしてしまったと知った時、まず何を考えただろうか。たぶん、想像できる。

恥ずかしかった。母に申し訳なく思えた。この気持ちを感じさせたくないと考えたから、母はぼくの過去を隠そうとしたのだ。

謝りたくても、母はもういない。昔の家を訪ねた時、隣の坂巻さんが、親孝行したんでしょうね、と言った理由が初めて心から理解できていた。

――思い出したくないことって誰にだってあるでしょ。

船山サトコもそうなのだろうか、と考えた。だから、親友だったトンコとも連絡を絶ったのではないか。ぼくが彼女を訪ねていったら、どれほどの迷惑になるのだろう？

わからなかった。いくら考えても、結論は出てこない。その先を何より考えたくなかった。彼女を思うのであれば、会いにいかないほうがいいのか。

迷いを払うために、首を振った。一人で悪く考えてばかりいてどうするのだ。何のために東京へ出てきたのか。ぼくは無理して自分に言い聞かせた。

それほどまでに、船山サトコという女性にひと目でもいいから会いたくて、会いたくて、会いたくてならなかったから。

◇

船山サトコの消息を探せるかもしれない方法をひとつだけ見つけた。そのためには、月曜日まで東京にいなければならない。駅のベンチに座って、ぼくは悩みに悩んだ。月曜日の最終便を利用して宮崎まで帰れば、工場をズル休みするのはあと一日ですむ。病院での検査だと偽って、すでにぼくは二日の休みをもらっていた。検査の結果が思わしくないとさらに嘘をつけば、社長さんのことだから、休みをもらえるだろう。幸いにも給料日の直後なので、ぼくの銀行口座にはお金がある。この先の生活を切りつめれば、月曜日までのカプセルホテルと飛行機の代金は何とかなる。

問題があるとすれば、病院や院長先生のほうだった。松本先生が確認の電話を宮崎へ入れてしまえば、ぼくが東京へ来ていることを知られてしまう。病院や工場の人たちに、これ以上の嘘はつきたくない。けれど、嘘をつかないと、ぼくはもう当分、船山サトコに会える機会はない。

ベンチに座って迷い続けた。

でも、結果はもうとっくに心の中で出ていた。どう自分に言い訳しようかと、ぼくは悩んでいたのだ。結論は出ている。あとはどうやって嘘をつくか、具体的な方法を考えないといけない。あとで嘘がばれても、事情を話せば、ぼくを責める人はいないのではないか。事故の直前まで、いずれ結婚するだろうと仲間にも思わせる女性がいたのだ。どうあっても会いたいと、誰でも思う。きっとわかってもらえる。甘えた言い訳を考えながら、ぼくは駅のベンチから立ち上がった。

◇

　時刻表の後ろをめくって、月曜までの宿泊先を決めた。松本先生が知っているので、上野のホテルには戻れない。広告を見比べると、浅草にあるカプセルホテルの値段が一番安い。電話をかけて予約を入れた。念のために詳しい住所を聞いた。それから、ぼくはやましい気持ちを押し隠して、工場の番号を押した。

　受話器を取ったのは、事務の大塚さんだった。ぼくは名乗ると、大塚さんに言葉をはさませる余裕を与えず、早口に言った。

「ごめんなさい。どうも今日中に検査が終わらないようなんです。悪くすると、月曜までずれこんでしまうと先生が言ってます。ですから、もう一日だけ休みをください。そう社長さんに伝えてくれますか。申し訳ありません」

　大塚さんはのんびりとした声で、大変ねえ、と言った。じゃあお願いします、と言葉を返して、ぼくは受話器を置いた。背中がちょっぴり汗ばんでいた。病院を出てから、ぼくはずいぶん嘘がうまくなった。

予定になかった空き時間ができた。自由になるお金はない。埼京線で新宿へ出た。ハンバーガーショップで軽い昼食をとり、駅の近くのデパートをぶらぶらと回った。土曜日だから、どこもあふれるような人だった。暑さも手伝い、街中では息を吸うのさえ苦しく感じた。

早めに浅草のホテルへ行き、近くで見つけたお弁当屋で夕食を買い、狭いカプセルの中で本を読んだ。ページをめくり、文字を追ったけれど、何が書いてあるのかよくわからなかった。〝赤シャツ〟とは何のことだったろうか。

翌日の日曜日は、午前中を近くの浅草寺《せんそうじ》でつぶして、午後は原宿と渋谷を歩いた。噂《うわさ》に聞いた歩行者天国はどこにもなかった。今は取りやめになったらしい。

昨日から、人の流れに乗ってふらふらと歩きながら、ぼくは女性の姿ばかり見ていた。まだ会えずにいる船山サトコを思った。昔のぼくと、こうして渋谷や新宿の街を歩いただろうか。何を語り合い、どこに魅力を感じていたのか。ぼくが訪ねていったら、彼女は迷惑に思うだろうか？　少しは懐かしく感じてくれたらありがたいけど……。いろいろと気になることが多くて、お昼のラーメンがなかなかのどを通らなかった。

月曜日の朝六時に、カプセルホテルを引き払った。財布の中身は、もう二千円ほどに減っていた。銀行が開いたら、お金を下ろしておこう。朝食は、節約のためにパンと牛乳を買ってすませた。それからぼくは、葛飾《かつしか》区役所へ向かった。

　船山サトコの実家が、少なくとも八年前までは葛飾区の東金町《ひがしかなまち》にあった。そうトンコから聞いていた。けれど、一人暮らしを始めたとかで、急にサトコと連絡が取れなくなった。家族も連絡先を知らないという。なので、当時はぼくと二人で仲間から離れて、どこかへ逃げたのだろう、と想像したらしい。ところが、いつのまにか実家も引っ越してしまい、行方がつかめなくなったのだ。

　実家の転居が今から五年以内なら、区役所に書類が残っているはずなのだ。五年間は書類を保管しておくと、ぼくは福岡の博多区役所で聞いていた。五年以内なら、彼女の家族の転居先がわかる。

　結婚したとなれば、家族に連絡をしておくものだろう。子供までいるのだ。サトコと両親の間によほどの事情がない限り、今も住所さえ知らないとは思いにくい。

　博多区役所へ向かう時と同じような、知るのが怖い気持ちがあった。けれど、ずるずると引き延ばすわけにはいかない。今日中に彼女の消息を調べないと、工場や病院の人たちにもっと迷惑をかけてしまう。

　浅草から京成線に乗って、立石《たていし》まで向かった。八時半になると同時に、ぼくは葛飾区役所の玄関をくぐった。住民登録の窓口には、まだ誰も利用者は並んでいない。ぼくは早速、カウンターにいた年配の女性に相談を持ちかけた。

「東京誠敬学園高校の卒業生ですが、実は同窓生の名簿を作ることになりまして、連絡の取れない仲間の消息を探しています。この人の転居先がこちらでわからないでしょうか？」

係の人に言わせると、住民票を見るのは原則として自由なのだという。けれど、昔のものを見るには、念のためになぜ閲覧したいのかの裏づけがほしい、とのことだった。ぼくは「わかりました」と言い、ひとまず窓口を離れた。

ナップザックからメモを取り出して、幸二たちの連絡先を見比べた。最初に康平の自宅に電話を入れた。十回以上呼び出し音が続いても、受話器は取り上げられなかった。

次に幸二のところの番号を押した。

「……はい、もしもし」

電話に出たのは、けだるそうな声の女性だった。結婚したとは聞いていなかったので、姉か妹だろうか。

「相馬と言いますが、幸二君はいますでしょうか」

お待ちくださいの言葉もなく、いきなり幸二が電話口に出た。

「何だよ、おいおい。まだ九時前じゃないか。どうしたんだよ、いったい」

まだ眠そうな声を出しながらも、彼はそれほど迷惑でもなさそうな口調で言った。八年ぶりに会ったばかりだというのに、ぼくを友人と認めてくれていた。

「実は今、葛飾区役所なんだ」

「へー。こっちに越してくるつもりかよ」

「ちょっと調べ物をしてるんだ。悪いけど、高校時代のアルバムにある住所録のコピーを、こっちまでファックスで送ってもらえないかな。ついでに、うちのクラスの集合写真も」

「何でそんなものが葛飾区役所に必要なんだ」

「頼めないかな？」

「おいおい、うちにゃファックスもコピーもないんだぞ」

「東京へ来て初めて知ったんだけど、こっちのコンビニには、コピーやファックスを置いてあるじゃないか」

「ちぇっ。あとで飯でもおごれよな」

幸二は盛大に舌打ちすると、渋々といった口調で引き受けてくれた。ぼくはこちらのファックス番号を聞き、幸二に伝えた。

十五分もすると、住所録と集合写真のコピーが役所のファックスに送られてきた。そこには、ぼくの名前と聡子の住所が書かれていた。

写真には、十二年前のぼくの姿があった。ファックスを通したので、かなり粒子が粗い。誰もが学生服を着て、髪を短くしていた。目鼻立ちははっきりとしないけれど、輪郭が今とほとんど変わっていなかった。長い入院生活のために、体がしぼれて昔の体格に近くなっていたせいもあるのだろう。

ぼくはすぐに船山聡子を探した。けれど、どんな女の子を探していいのかわからなかった。写真の左側のほうにいた女の子の辺りが、特に粒子が粗くなって、顔の見分けがまったくできない。ただ、トンコだけは長い髪と少し太めの体型が今と変わらず、すぐに彼女だとわかった。

今さらながら、幸二たちに聡子の写真を見せてもらえばよかった、とぼくは悔やんだ。どうしてすぐに思いつかなかったのだろう。

でも、おかげで窓口の人を納得させることはできた。閲覧を申しこむ紙に必要なことを書いて、係の人に渡した。

祈りながら、待っていた。どうか、転居が五年以内であってくれますように――。

しばらく待つと、名前を呼ばれた。窓口の人が、一枚の紙を差し出した。

祈りは通じてくれた。船山家は四年五ヶ月前に、東京都葛飾区から千葉県柏市へ転居していた。

ロビーにあった公衆電話でＮＴＴの番号案内にかけて、船山家の電話番号を調べた。テレホンカードを入れ直してから、ぼくは少し考えたあとで受話器を置いた。このまま正直に電話をかけて、家族が聡子の連絡先を教えてくれるものか。

八年前、彼女は家族にもトンコたちにも自分の住所を教えなかった。関口政恵さんが言ったように、思い出したくない理由があったのだろう。八年がすぎて、少しは気持ちも変わったかもしれない。けれど、口止めされていた場合、同窓生の名簿を作ると嘘をついても、家族が素直に教えてくれるかどうかはわからなかった。

うまく聞き出すには、さらに嘘を重ねるしかない。ぼくはどうあっても彼女に会いたくてならなかった。それでも、番号ボタンを押すのには勇気が必要だった。

電話が彼女の家族を呼び出している。月曜日の朝。家族全員が仕事を持っていれば、誰も家にいないことも考えられた。そう心配した時、受話器が取り上げられた。

「船山さんのお宅でしょうか」

「はい、そうですが……」

心臓がズキリとうずいた。声の感じは、年配の女性に思えた。聡子ではない。受話器を握り直して、ぼくはできる限り低い声を作って言った。

「こちらは赤羽警察署、交通課の者ですが」

「はあ……？　警察ですか？」

突然警察から電話が入れば、誰でも驚く。関口政恵さんが彼女と出くわしたという、赤羽駅に近い警察署を選んで告げた。それくらいの悪知恵を働かせることは、ぼくにもできる。

「聡子さんはいらっしゃいますでしょうか」

「いえ……聡子は結婚して家を離れまして」

「連絡先はどちらでしょうか？　いえ、大したことではありません。以前に起きた事故の件で、聡子さんから少しお話を聞かせてもらいたいことがありまして。運転していたかたが植物状態になった事故でして、娘さんからお聞きになったことがあると思うんですが」

自分が起こした事故を匂《にお》わせて言った。彼女から聞いていれば、必ず信じてくれる。

「ええ、はい……」

「あくまで確認のためです。今になって家族がいろいろ問題にしようとしているようで。娘さんに迷惑がかからないためにも、確認しておきたいことができました。私どもの控えには、そちらの住所しかなくて。念のため、娘さんの住所と電話番号を教えていただけると、助かります」

何度も頭の中で作り上げた言葉を精一杯の演技で口にした。胸がちくちく痛んだ。ごめんなさい。ぼくは娘さんにどうしても会いたいのです。

お待ちください、と言って、お母さんらしい女性は電話口から離れた。一分もしないうちに再び受話器が取り上げられて、ぼくは船山聡子の今の住所と電話番号と、そして新しい名前を知らされた。

◇

藤沢聡子——それが彼女の新しい名前だった。

住所は埼玉県浦和市元町三丁目パレス北浦和２０３号室。葛飾区役所を出ると、ぼくは銀行でまたお金を下ろし、本屋で浦和市の地図を買った。一番近い駅は北浦和で、関口政恵さんが出くわしたという赤羽駅から北へ六つ目の駅に当たっていた。

　京成立石の駅前で、公衆電話を見つけた。メモを片手に大きく深呼吸した。工場や病院の人にこれ以上の迷惑をかけないためには、今日中に帰らないといけない。覚悟を決めて受話器を取り上げ、テレホンカードを入れた。

　十桁《けた》の電話番号のひとつひとつが、失った八年をさかのぼる一歩のように思えた。この番号の先が、昔ぼくのつき合っていた女性へとつながっている。

　最後の番号を押した。回線のつながる雑音。そして——。

　呼び出し音が聞こえてきた。一回、二回、三回……。駅前の騒音がどこかへ吸いこまれて消えた。呼び出し音と自分の心臓の音が重なる。

　五回目の呼び出し音が鳴り、受話器が取り上げられた。聞こえてきたのは、少し高めの男性の声だった。

「はい、藤沢です。ただ今留守にしています。信号音のあとにメッセージをお願いします」

いなかった。彼女の声すら聞けなかった。留守番電話に何を言っていいのかわからず、受話器を置いた。

　子供を幼稚園にあずけて、彼女も働いているのだろうか。その場合、実家のお母さんが勤務先の電話番号も教えてくれそうな気がする。買い物にしては時間が早いだろう。子供と散歩に出たのか。幼稚園に送り届けたあとで、近所の人と立ち話をしているのかも……。

　時刻は九時をすぎたばかりだった。ここから北浦和まで、何分かかるだろう。宮崎への最終便は、羽田発午後六時二十五分だった。

一目でいいから、会いたかった。遠くからでも彼女の姿をこの目にしたい。昔のぼくは、どんな女性に想いを寄せていたのだろう。テレホンカードをつかみ取ると、ぼくはつえを強く押して、左足をかばいながら駅へと駆け出した。

◇

北浦和の駅に着いた時は、もう十一時が近かった。駅前でもう一度公衆電話の前に立った。もう彼女は帰っているだろうか。

呼吸を整え、番号を押した。

二度のコールでつながった。けれど、まだ留守番電話のままだった。十一時十一分前。近くへ散歩や買い物へ出ているなら、お昼ごろには戻るかもしれない。

地図をながめた。少しでも時間を大切に使いたい。駅から八百メートルほどのところに彼女の住むマンションはある。

ゆっくりと歩きだした。彼女はこの街で生活している。きっと駅前の商店街で買い物をしているだろう。今この場に彼女がいても、別に不思議はない。三十歳前後のすれ違う女性の誰もが、もしかしたら、と思えてくる。

彼女はぼくを見たら、すぐにぼくとわかるだろうか。葛飾区役所の人も、卒業アルバムにあった十二年前の写真を見て、ぼくだと納得してくれた。彼女であれば、気づいてくれないわけがない。でも、ぼくは違った。彼女を見ても、まったくわからないのだ。昔の記憶が何もないのを、今ほど悔しく、悲しく思ったことはなかった。

道に迷うことなく、パレス北浦和は見つかった。急いで歩いてきたわけでもないのに、背中が汗ばんでいた。

焦《こ》げ茶色のタイルにおおわれた、まだ新しそうに見えるマンションだった。ぼくはおそるおそる正面のガラス扉《とびら》を開けて中へ入ると、左手にずらりと並んだ郵便受けを見ていった。２０３に、藤沢、と名前があった。間違いない。ここだ。

いったんマンションを出て、公衆電話を探した。直接部屋を訪ねる勇気はなかった。もうお昼が近い。散歩や買い物なら、そろそろ帰ってもいいころだ。表通りを二百メートルほど進んだところに、コンビニを見つけた。公衆電話の番号ボタンを何度も押し間違えそうになった。心臓が高鳴り、受話器を持つ指先が震えた。

まだ留守番電話のままだった。

残念なのと同時に、ほっとする気持ちもあった。散歩ではなく、どこかへ出かけたのだろう。まだ時間はある。ぎりぎりまで待ってみよう。ひと目だけでもいい。たとえ話ができなくてもかまわなかった。

あまりに緊張したせいか、のどがからからにかわいていた。お店でウーロン茶の小さなペットボトルを買った。さて、これからどこで時間をつぶそう。陽射《ひざ》しが高くなる中、ぶらぶらと歩いていった。

マンションの裏手に、緑の木々が見えた。公園でもあるみたいだ。持ってきた文庫本も、まだ五十ページと読み進めていない。とりあえずの時間つぶしにはなる。

パレス北浦和の前を通りすぎた。角を折れて細い道を一本入ると、左手に緑の植えこみが見えた。子供たちの歓声が聞こえた。笑い声、泣き声、頭のてっぺんから出すようなはしゃぎ声。近づくと、お母さんらしい女性たちの話し声も聞こえた。

植えこみの緑を通して、ジャングルジムが見えた。あちこちに子供たちが貼《は》りついている。奥にはブランコと滑り台もある。ベンチではお母さんたちがかたまり、身振り大きく笑い合っていた。

ぼくは気づいて、足を止めた。心臓がきりりと身震いするようにしめつけられた。

もし彼女が子供といっしょに、目の前の公園で遊んでいたら……。

足が前に進まなくなった。とても公園まで歩いていけない。引き返そうか。お昼までは、さっきのコンビニで立ち読みでもして時間をつぶせばいい。そうするにはまた、あのマンションの前を……。

あせって考えながらも、植えこみの間から公園の中を見ていた。目が離せなかった。

もしかすると、あの中に……。船山——今は藤沢と名前を変えた——聡子がいるかもしれない。ベンチの前にお母さんたちが集まっている。ぼくと同じくらいか、少し若い人が多いだろうか。もしかすると、あの中に——。

すぐ後ろを誰かが通りすぎた。ぼくは慌てて辺りを見回した。スーパーの買い物袋を下げたおばさんが、ちらちらと振り向き、遠ざかっていく。植えこみの間から公園を見ていたのでは、おかしな男と思われる。ニュースなどで、小さな子供をつけねらう犯罪者がいると聞いた。誤解されたら困る。

つえを握りしめて、歩きだそうとした。その時だった。

十メートルほど先に公園の出入り口が見える。よたよたと三、四歳くらいの女の子が駆け出てきた。手にプラスチックのスコップを握り、肩まで伸ばした髪のてっぺん近くに、赤いアップリケのような髪留めが飾られている。女の子はあやつり人形のような頼りない動きで、ぼくのほうに走ってきた。

「だめよ、メグミ。道路に飛び出しちゃいけないって言ってるでしょ」

お母さんの声が追いかけてくる。

女の子が立ち止まった。くるっと後ろを向いた。その前に、一人のお母さんがプラスチックのバケツを揺らして追いかけてきた。

ぼくは慌てて回れ右をして、反対方向へ歩きだした。ぼさっと立っていたら、また変な目で見られてしまう。ザックを肩にかつぎ直すと、つえを持つ手に力を入れて歩いた。やっぱりコンビニへ行って時間をつぶそう。

「ママ、どうしたのよ」

女の子の甘えるような声が聞こえた。

「ねえ、ママぁ。ママったらあ……」

急にだだっ子みたいに声の調子が変わった。どうしたんだろうか。ぼくは女の子の様子が気になって、ちらりと後ろを振り返った。

子供が足元で呼びかけているのに、お母さんは見向きもせず、ぼんやりと立っていた。その目がどういうことか、ぼくを見ていた。

視線が合った。

その瞬間、お母さんの手が素早く動いて、大きく開きかけた口を押さえるような格好になった。まるで悲鳴を手で抑えるみたいに。じっとぼくのほうに目を向けたまま。ちょっぴりつり上がり気味の、猫みたいな目が急に大きく見開かれた。

ぼくもそこから動けなかった。

◇

輝きを周りに放つ人が時にいる。

仕事がうまくいったり、結果が目に見えてよくなってきたり、幸せに包まれていたりと、人は自分への自信にあふれる時、輝きを放つように見えることがある。病院でも、仕事を覚えた看護師さんや、回復が順調な患者さんが、急にたくましく見えたり、その人がいるだけで周りまで勇気づけられるような気分になることがある。

誰でも人は輝ける可能性があるんだ、と以前トモさんが言っていた。満たされたり、自信を持ったりする以外にも、人には輝ける時がある、とも。

トモさんはとびきりの笑顔を作って、額の横に人差し指を振り上げて言った。

「それが——恋、なんだな」

昔の相馬克己は、どんな恋をしたのだろうか。ぼくは知らない。

ただ——。

過去の記憶を持たないぼくが、彼女の姿を目にした瞬間、どうしてこんな気持ちになったのだろう。さーっと音を立てるみたいにして、彼女とぼくの間の空気が鮮やかに変わった気がした。初めて訪れた街だったから、どこか色あせて見えたアスファルトの道や公園の緑や街並みのながめが、急に輝きだしたように見えたのだ。

何なのだろうか、この気持ちは……。胸の奥のほうで、急に暖かい風が吹き始めたような——。暖かさとは、少し違う。何か柔らかく、肌触りのいいものに包まれた感じに近い。

女の子が手を取って揺するせいで、肩まで伸ばした髪が彼女の襟元《えりもと》をなでていた。トンコが言ったように、つやつやした髪の軟《やわ》らかさが、離れていても手に取るほどに感じられた。鼻の周囲にいくつか小さなそばかすがあった。細い眉《まゆ》の間を狭くして、黒目がちの猫みたいな目を大きく見張り、ぼくを見ていた。信じられないものを前に、息をつめて通りすぎるのを待つみたいにして。たぶんぼくも同じような顔をしていたと思う。

「ねえ、ママ。どうしたのよ」

ぼくはもう理解していた。間違いない、と思った。彼女に一歩近づいた。

「失礼ですが――藤沢聡子さんですね」

黒目がちの目が、何度も何度もまたたいた。女の子が彼女の後ろにさっと回りこんだ。お母さんとよく似た目で、ぼくをじっと見返した。ぼくはまた彼女に一歩近づいた。

「藤沢聡子さんですね」

「どうして……？　嘘でしょ……」

手で押さえた彼女の口から、言葉がもれた。

「突然こんなところまで来て、驚かせてしまい、すみません」

「だって……そんなのって……」

そこに、小さな男の子を抱いたもう一人のお母さんが公園から出てきた。

「あら、どうかしたの、藤沢さん？」

知り合いの声が、彼女を八年前から引き戻したようだった。急にぼくから目を離すと、女の子の手を引いて、お母さん仲間に向かった。

「いえ……何でもないんです。じゃあ、また、明日にでも――」

どこから見ても、何でもないとは思えない慌てぶりで、彼女はそそくさと一礼して、歩きだした。ぼくのほうへ近づいてきたけれど、視線はもとより、顔を向けようともしなかった。

知り合いのお母さんが、不思議そうな目でぼくを見ていた。その目に気づいて、ぼくも彼女を見ないようにした。

ザックを肩から下ろして、地図を出した。何とかごまかそう、と考えながら。こちらを見ていたお母さんに近寄り、ぼくは言った。

「すみません……駅はどっちの方向でしょうか？」

◇

駅のほうへ戻りかけて、ひとまずは表通りに出た。

一人になっても、ぼくはしばらく、ぼんやりしていた。いつまでもこうして、彼女の姿を、顔を、声を思い出していたかった。

この気持ちはいったい何だろうか。体のずっと深いところで、何かがざわざわと揺れて、音を立てているみたいな感じだった。

彼女をひと目見ただけで、どうして心が騒ぐのだろう。ぼくには彼女に関する記憶は一切なかった。だから、懐かしさを感じたのではない。美しい人を前にして、心がひかれたわけでもなさそうだった。黒くつやつやした髪は、思わず触れたくなるように輝いて見えたけれど、三十歳になる年齢がそうさせるのか、それともお化粧をしていなかったからか、おせじにも肌は髪ほどにつやめいてはいなかった。やや丸みをおびた小鼻のまわりには、いくつもの小さなそばかすも見えた。けれど、そばかすのひとつひとつまで、ぼくにはなぜか大切なものに思えた。彼女の顔や姿やその声に、一切の記憶が残っていないというのに。彼女を見ても、懐かしさや愛《いと》しさに似たものを感じたわけでもないのに――。

この気持ちはいったい何だろう。

自分の気持ちに戸惑いながら、表通りのコンビニへ歩いた。もう一度、彼女の自宅に電話を入れた。子供といっしょに帰ったはずなのに、受話器は取り上げられなかった。十二度目で、ようやくコール音が途切れた。声は聞こえてこない。じっと息をつめているような雰囲気があった。ぼくは言った。

「どうか切らないでください。お願いします」

返事はない。でも、電話は切られなかった。

「八年ぶりに都合も聞かずに突然訪ねていくなんて、非常識なのは自分でもわかっています。でも、こちらに――東京のほうにいられる時間があまりありません。何度か電話をしたんですけど、留守のようだったので、迷惑かもしれないと思いながらも、来てしまいました。まさか、あんなところで会えるとは思っていませんでした」

返事はない。電話の向こうで、テレビか何かがついている音が小さく聞こえる。

「お久しぶりです。相馬克己です」

「嘘でしょ。親戚《しんせき》のかたですか」

「いえ、相馬克己です。幸二もトンコたちも、ひと目でぼくだと――」

「……だってあの時、お母さんが」

「お母さんって、母ですか、ぼくの?」

「何が目的なんです。私に何を……」

急に彼女は声を大きくした。

「目的なんて……。ただ、ぼくはあなたに会いたいと思って」

「人をだますようなことは、やめてください」

そこで電話は切られた。

手にした受話器をぼくは見つめた。今のはどういう意味だろう。母がどうしたというのか。なぜ彼女はぼくを親戚の人と聞いたのか?

テレホンカードを入れ直して、もう一度番号ボタンを押した。コール五度目で、相手が出た。けれど、今度は留守番電話になっていた。彼女の夫らしい男性の声を聞かされて、信号音が鳴った。

「……相馬克己です。ぼくはあなたをだまそうとなんて、してません。八年間も連絡できなかったのは、その間ずっと入院していたからです。あなたも先ほど見たように、ぼくはつえを使ってます。事故の後遺症です。ようやく退院ができたので、こちらへ来て、幸二たちと会いました。その時、あなたがぼくと同じように八年前からみんなと連絡を絶っている、と聞きました。何かそれが、ぼくと関係があるのでは、と思えて、迷惑も考えず――」

そこまでしか言えなかった。メッセージを吹きこむのに、時間の制限があったみたいだ。信号音が聞こえて電話が切れた。ぼくはテレホンカードを入れ直して、ボタンを押した。

今度は二度のコールでつながった。もちろん、留守番電話だ。

「相馬です。聞こえてますか？　どうしても、あなたと会って話したいことがあります。突然八年ぶりに現れて、驚かせてしまったのは謝りたいと思います。今日の最終便で宮崎に帰らないといけません。次はいつ、こちらに出てこられるかわかりません。ぼくが信用できないというなら……どなたかとごいっしょでも、えー、別にかまいませんから、どうか時間を作っていただけないで――」

時間内にあれも話したい、これも話したいと思うと、何を言っていいかわからなかった。しどろもどろになったところで、信号音が鳴った。慌ててカードを入れ直した。彼女が電話口に出てくれるまで、何度でもかけ直すつもりだった。

今度はつながらなかった。

十回以上もコール音が続いたのに、留守番電話にもつながらなかった。電話線を、もとから外してしまったのだろうか。

なぜ電話に出てくれない。どうして、ぼくをさけようとするのか。幸二たちと連絡を絶った理由と何か関係があるのかもしれない。

ぼくはその場から動くことができず、後ろに人が並ぶまで、公衆電話の前でぼんやりと立っていた。

◇

いつの間にか、夏の太陽が真上にのぼっていた。

十二時三十五分。ぼくは汗をぬぐって、公衆電話の横を離れた。お店へ入り、菓子パンをふたつ買った。先ほどの公園まで歩いた。お昼時なので、もうお母さんと子供の姿はない。木陰に座ると、ザックからウーロン茶を取り出して、パンをのどに流しこんだ。

このままでは宮崎へ帰れなかった。電話で彼女にも言ったように、ここで帰ってしまえば、次はいつこちらへ来られるかわからない。ひと目でもいい、という初めの目的は果たせたけれど、今度は理解に苦しむ疑問が出てきた。

彼女は留守番電話も切ってしまった。あとはもう直接部屋を訪ねるほかに方法はない。けれど、電話をするよりも彼女を追いつめてしまいそうだった。ドアの前でしつこく呼びかけたりすれば、いやでも隣の人に知られてしまう。彼女に迷惑をかけるわけにはいかない。

何か方法があるだろうか。

ぼくはもう一度コンビニへ足を運び、テレホンカードを買い足した。考え直して、さらにもう一枚買った。東京から宮崎までは、かなりの電話料金になる。

店を出て、公衆電話の前に立った。後ろめたい気持ちを押し隠して、工場の番号を押した。電話に出たのは、やはり事務の大塚さんだった。

相手がぼくだとわかると、大塚さんはせきこむような早口で言った。

「克己君？　ねえ、あなた今どこにいるの？」

とうとう嘘をついて工場を休んだことが、ばれたみたいだ。誰かが病院へ電話をしたのだろう。

ぼくを呼ぶ声が続いている。もう嘘を取りつくろっても、意味はなかった。では、どうしたらいいのだろう。

受話器からの声が変わった。男の人の声——社長さんだった。

「克己君、聞いてるかい？　君が東京へ行きたかった気持ちは私にも理解できる。だからね、今どこにいるのか、それだけでも教えてくれないだろうか」

松本先生が病院に電話したのかもしれない。それとも、手紙を受け取った横山さんが、病院に相談したのだろうか。

「うちのほうなら、心配はいらないよ。ただ、どこでどうしてるのかぐらいは教えてもらえないだろうか。病院の人たちも心配してた。トモさんという人の熱がまた上がったようで、危険な状態になってるらしいんだ。そのことを伝えてくれ、とも言われたよ」

「トモさんがですか……？」

ぼくは受話器を握り直した。

「ああ、そうなんだよ、トモさんがまた少し悪くなったらしい」

「でも、熱が出ることは、前にも何度かあったはずで——」

「詳しいことはわからない。けど、トモさんが、君に会いたがってると聞いた」

　本当だろうか。ぼくは思った。ぼくを宮崎に帰そうとして、病院の人が……、みんなに嘘をついていながら、みんなの嘘を疑っていた。

「嘘じゃない。信じてほしい。みんな心配してる。病院の先生も君の具合をとても気にかけてた」

「ぼくなら大丈夫です」

「お金はまだあるのかな？」

「――はい、何とか」

「いいかい。君はもう退院して、自由の身なんだ。私らに嘘をついて、東京へ行くことなんかないじゃないか。そう言ってくれれば誰も――」

「ごめんなさい。でも、みんなが反対するのはわかってました」

「だからって、たった一人で行くことは――」

　社長さんは、病院がカルテを隠していたことを知らない。事前に告げていれば、おそらくぼくは、藤沢聡子に会えなかった。そう思えてならないのだ。

「ごめんなさい。もうすぐ帰りますから。あと二、三日だけ、ぼくに時間をください」

　社長さんはまだ何かぼくに呼びかけていた。ごめんなさい。そう言い残して、ぼくは固く目を閉じながら受話器を置いた。

◇

「ふーん。何だかよくわからないね」

トンコは待ち合わせた公園に、三歳と五歳くらいの二人の男の子を連れてきた。名前は長男が孝《たかし》、次男が忠《ただし》。平凡な名前すぎるとトンコは反対したけれど、清が絶対にゆずらなかったという。

清によく似た太い眉をキリリと寄せて、兄と弟は力を合わせて砂場に大きな山を作っていた。その真剣な表情がそうさせるのか、ほかの子供たちは彼らに近寄ろうとせず、砂場の隅のほうに固まって、小さな山を作っては壊したりしている。

息子たちを目のはしで見ながら、トンコはもう一度、ふーんとため息をついて言った。

「でもさあ、聡子が元気でやってるってわかっただけ、まだよかったかな。あたし、結構、心配してたんだ」

「どうして？」

トンコは茶色い髪をかき上げて、ぼくのほうに首を振った。

「ほら、あの時は二人していなくなったでしょ。だから心配はしてたけど、たぶん大丈夫じゃないかって思うところはあったんだ。なのに、あんた一人だけ、ひょっこり現れたじゃない。じゃあ、なぜ聡子も突然あたしらから逃げるようにいなくなったんだろって、ちょっと考えててさ。政恵って子が駅で見かけたの、本当だったわけで安心したな」

「一人だと、どうして心配になるのかな?」

不思議に思って、ぼくは聞いた。トンコは少し言いにくそうに、ちょっぴり厚みのある唇《くちびる》をすぼめてみせた。

「だってさ。あの子、結構男から目ぇつけられてたとこ、あったじゃない」

記憶にないので、ぼくは黙って彼女を見ていた。

「そっか。覚えてないんだよね」

彼女は言って、勢いよくベンチから立ち上がった。大きなお尻《しり》を、パンパンと手ではたき、振り返った。

「父親がひでえやつでさ。聡子んち、スナックやってたじゃない。で、無理やり手伝えって言ったらしくて。自分の娘を使って、客を集めようとすんだから、ひどい親だよね」

トンコの話を聞いて、理解できることがいくつもあった。

ぼくと二人でいなくなったのは、彼女をひどい父親から助けるためだ、とトンコたちは思ったのだ。親から逃げた聡子が、住所を教えるはずはなかったし、仲間に連絡を取った場合には、そこから家族に知られてしまうおそれがあった。だからみんなは、ぼくらをそっとしておこうと考えたのだ。

ぼくがかけた嘘の電話で、お母さんが連絡先を教えてくれたのも、娘への引け目のようなものがあって、警察に迷惑をかけることを気にしていたから、とも考えられる。

「克己が守ってやってたんだよ、高校の時からさあ。十七やそこらで店に出てるなんて聞くと、軽い女だって見られたりするじゃない。で、おかしな野郎たちに結構言い寄られたりしてたみたいだったから」

知らなかった。こんな自分がかつて、彼女を守る役目をしていたとは。でも、ぼくは事故を起こして入院した。その後の彼女は、誰を頼りにしたのだろうか。

ぼくという自分を守ってくれる人を失い、彼女は仕方なく一人で家を出たのだろう。けれど、たった一人で何をしていたのか。どうして仲間に知らせなかったのか。仲間から家族に知られてしまうのを、やはり恐れたわけか。

「よくわからないんだけど」

「え、何……？」

砂場の近くまで様子を見にいっていたトンコがぼくを振り返った。

「みんなはどうしてぼくの事故のことを、それほど知らなかったのかな？」

トンコは孝君のお尻をポンとたたくと、ゆっくりぼくのほうに近づいてきた。急に吹っ切るような明るい声を出した。

「お母さん、元気？」

「去年の暮れに死んだんだ」

トンコがぽかんと口を開けた。

「すい臓ガンだった」

「ごめん。――知らなかった」

　トンコは言って、茶色い髪をかき上げるような仕草をした。ぼくは首を振ってから聞いた。

「何か母と関係あるのかな」

　トンコは口元を引きしめると、足元に視線を落とした。それから、思い切ったようにうなずくと、ぼくの隣に再び座り直した。子供みたいに足を交互に振りながら言った。

「亡くなった人のことを悪く言うつもりじゃないけど……。あのころの、あたしたちの正直な感想」

「——うん」

「克己は一人っ子だったでしょ。お父さんも早くに亡くしてたし。それで、克己のお母さん、自分がしっかりしなきゃって意識してたところがあったんだと思う。——けど、あたしたちのこと、嫌ってたな」

　わかるような気がした。母は病院での決まり事を破る人をとても嫌った。ついつい気がゆるんで騒いだり、廊下を走ったり、看護師さんの目を盗んでお酒を飲んだりすることは誰にでもある。でも、母は許そうとしなかった。約束を守れない人に、ぼくが話しかけることさえ嫌った。

「きっと、かわいい息子を悪い仲間に引き入れたおかしな連中だって、あたしたちのこと、思ってたんじゃないかな。今みたいに携帯電話があるわけじゃなかったし、克己に連絡するのって、大変だった。お母さん、取り次いでくれなかったしね」

「ごめん……」

トンコはぼくの腕を、ひじでつついた。

「よしてよ。克己のせいじゃないって。――それに、お母さんの気持ち、今はわからなくもないしさ」

トンコは陽の沈みかけた小さな児童公園を、まぶしそうな目で見回した。オレンジ色に染まり始めた砂場では、兄弟が顔に砂をつけて自分らより背の高い山を作っている。

「子供できると、人って変わるよ。あのぐーたらだった清がさ、まじめに働いて、二人のためにおもちゃなんかこまめに買ってくるようになるんだからさ。子供って、怖いよ。親って、バカだよ」

ぼくは恥ずかしい気持ちになった。三日前、トンコたちと会って、昔のぼくはどうしてこんな人たちの仲間だったのだろう、と思った。確かにトンコたちは、人目を気にせず、はめを外しすぎるところがある。でも、人は見かけだけではわからない。そういう自分だって、病院に長くいたというだけで人から誤解を受けて、ひどく悲しんだりした。ぼくの決めつけは、何も知ろうとしない近所の人たちの視線と同じだった。

「最初に克己が事故ったらしいって聞いてきたのは、確か幸二だったと思うけど。あたしたち、慌ててあなたの家に行ったんだ。そしたら、克己はもういない、って。事故なんて知らない、って。ほら、なぜか聡子もそのころ連絡取れなくなってたでしょ。だから、てっきり二人で家を飛び出したんだろう、って思ったんだ」

そのころぼくは、病院のベッドの上にいた。そして、母は新中川の家を売り払い、ぼくを宮崎へと転院させた。

「いいよ。あたしから、聡子に聞いてみる」

足をぶらぶらさせながら、何でもないことのようにトンコは言った。

「いくら克己が電話したって、出てくれそうにないものね。あたしが話すよ。電話より、直接向こうに行くほうがいいかもね。——よし、決まりだ」

トンコはジャンプするようにベンチから立ち上がった。砂場の孝君が気づき、トンコのほうに駆け寄ってきた。弟がその後ろに続く。もう帰るものと思ったみたいだ。

トンコは息子たちの前でかがむと、砂場を指さして、強い調子で言った。

「だめでしょ。まだ片づけが終わってない」

二人は素直に、ハイ、と返事をすると、砂場のほうに戻っていった。

「ねえ。今日、うちでご飯食べてったら？」

「ごめん。まだ用事があってね。昔お世話になった先生のところへ顔を出すんだ」

「そっか。じゃあ、仕方ないか。でも、本当に今度来てよ。清、喜ぶと思うからさ」

必ず行くよ、と約束した。それから、明日のことを打ち合わせて、ぼくはトンコたちと別れた。孝君と忠君は、おじちゃん、バイバイ、と言って小さな手を振ってくれた。

なぜ食事の誘いを断ったのか、自分でもよくわからなかった。もっと話していたい気持ちはあった。でも、話せば話すほど、ぼくは一人になるような気がした。そもそも、三日前に会ったトンコたちを、ぼくはあまりいい仲間だとは思わなかった。そのくせ、聡子の心を開くには、トンコの協力を得るしかないと考えた。だから、わざわざ彼女の家の近くまで来た。ぼくは自分にだけ都合のいいよう、彼女を利用しようと考えたのだ。そんな者は、友達とは言えない。八年前は仲がよかったからといって、彼女の家に押しかけ、食事はできない。

道の途中で振り返ると、子供たちの手を引きながら歩くトンコの長い影が、ぼくの足元のほうまで伸びていた。

◇

結局、三日続けて浅草のカプセルホテルに泊まった。一泊の値段は安くても、東京へ来てもう四日になる。食事のお金を切りつめたつもりでも、財布の中が頼りなくなっていた。帰りの飛行機代を考えると、もう使えるお金はほとんどなかった。

ホテルを引き払うとコンビニでパンを買った。朝食を軽くすませると、ラッシュアワーの電車に揺られて赤羽まで行き、トンコと待ち合わせた北浦和の駅へ向かった。

時間より十五分も早く着いたが、トンコはもう改札の外で待っていた。ぶかぶかのジーンズにＴシャツという、いつもの格好だ。八年ぶりに昔の仲間と会うからといって、特別な意識はないのだ。今日は実家のお母さんに子供をあずけてきたという。本当にありがとう。

「それよかさあ。克己こそ、仕事のほうはいいの？」

「大丈夫。休みをもらってあるんだ」

「なら、いいけどさ。ちょっと心配だな」

トンコはぼくの嘘を見すかすかのように、意味ありげな目配せをした。たぶん、トンコは気配りのきく、いい奥さんなのだろう、とぼくは思った。

通勤する人たちの流れに逆らって、まだシャッターの降ろされたままの商店街を歩いた。パレス北浦和には八時少し前に着いた。

「まともな亭主だったら、もうそろそろ出かけてる時間だよね」

ぼくもそう思う。それに、子供を連れて公園に出るにはまだ少し早いだろう。もしかすると、ぼくをさけるために昨夜からどこかへ出かけたことも考えられる。けれど、トンコはぼくの不安を打ち消すように首を振った。夫に、昔の男が訪ねてきたと正直に相談はしにくいはずだ。

「どうする。も少し待とうか？」

もし旦那さんがいた場合、たとえトンコからの電話でも、すぐに切られてしまいかねない。昨日の今日で、八年ぶりに昔の仲間から電話が入れば、ぼくがかかわっているのは誰にでも予想はできる。

「仮に切られたとしても、彼女がいるかどうかは確かめられるね」

「よし。思い切ってかけるか。メモ貸して」

一緒についていこうとすると、トンコはぼくに向かって手のひらをつき出した。

「あんたは、ここ。その間に聡子が出かけたりしたら、困るでしょ」

ぼくは公衆電話へ向かうトンコを見送り、マンション前を見渡せる通りの角に立った。

トンコはなかなか戻ってこなかった。聡子がいたのだ。電話にも出てくれた。そうとしか考えられない。２０３号室の窓を見上げても、レースのカーテンの下がった部屋の中は残念ながら見えなかった。

二十分もすぎただろうか。ようやくトンコが戻ってきた。手を腰の後ろで組み、おもちゃの兵隊みたいにカクカクした、ぎこちない歩き方だった。トンコはぼくの前で立ち止まるなり、茶色い髪を振って、ぺこりと頭を下げた。

「ごめん。説得できなかった」

「話も聞いてくれなかったのか」

「そうじゃないんだ。――あたしとは会うって。それだけは了承してくれた。けど……」

ぼくとは会いたくない。そういうことなのだろう。

「ごめん。どうしてもだめだって言うんだよね。彼女、昔から強情なところあったじゃない。とにかくさ。あたしが話してみる。だから、公園で待っててくれないかな。本当にごめん」

トンコのせいではなかった。けれど、彼女は何度もすまなそうに頭を下げた。ぼくはから元気をよそおって、うなずき返した。

「わかった。任せるよ」

「うん。もう一度、ちゃんと話してみるからさ」

トンコは言って笑顔を作ると、ぼくに手を振り、マンションへ歩いていった。扉の前でもう一度ぼくに手を振り、中へと姿を消した。

とぼとぼと公園へ歩いた。時間が早いせいか、まだ誰の姿もない。やがて、ベンチはお母さんたちでいっぱいになる。ぼくは隅のほうに植わった大きな木の根元に腰を下ろした。

ザックの中から文庫本を取り出して、ページをめくった。主人公の先生が、宿直を抜け出したところまで読んでいた。

しばらくすると、子供の手を引いたお母さんたちが集まってきた。視線を感じながら、見せかけに開いた文庫本を読むふりを続けた。文字を目で追いながら、ぼくは船山聡子のことを考えた。彼女の声を、横顔を、後ろ姿を思い出していた。いつまでも彼女を思っていたかった。そうしているだけで、少しも退屈は感じない。自分でも不思議な気持ちだった。

一時間たっても、トンコは戻ってこなかった。二時間がすぎても、ぼくは一人で木の下にいた。八年を埋めようというのだから、話が長くなるのは当然だった。心配はいらない。きっとトンコが説得してくれる。ぼくはただじっと木の下に座っていた。

一度、公園のトイレで用を足した。子供たちのサッカーボールが転がってきたので、蹴《け》って返した。葉っぱで包んだ砂のお団子を持って、お弁当はいかがですか、と二人の女の子が走ってきた。ぼくは小石のお金を払って、そのお弁当を食べるまねをして、ごちそう様と言った。

気がつくと、トンコが三メートルほど離れた植えこみの横に立ち、ぼくを見ていた。時計を見ると、十一時半になろうとしていた。長い話だった。ぼくはつえを手に立ち上がり、ジーンズのお尻の砂を払った。トンコのほうから、ぼくに近づこうとはしなかった。彼女はじっとぼくを見ていた。ぼくは彼女に歩み寄った。

「お腹《なか》すいたね。ご飯食べに行こっか?」

トンコはぼくから目をそらし、明るく言った。それで何となく、ぼくに近づこうとしなかった理由がわかった気がした。

ぼくたちは聡子の住むマンションから離れて、駅のほうへ向かった。

「ねえ、何が食べたい? あたし、ラーメンに目がないんだよね。子供ができる前は、清と二人で、よくあちこち食べ歩いたりしてたんだ」

トンコは駅前に出るまで、食べ歩いたラーメン屋の数を思い出そうとするだけで、聡子の話題にふれようとしなかった。ぼくも聞かなかった。

「ねえ、ここにしよ、ここ」

赤く大きな看板をかかげた中華レストランだった。まだお昼前なので、店には三人のお客さんしかいなかった。トンコは一番奥にある窮屈そうな席を選んだ。彼女はチャーシューメンを、ぼくはタンメンを注文した。

トンコはコップの水を一口飲むと、左手の薬指にはめた指輪に目を落としながら言った。

「聡子、昔とちっとも変わってなかった」

昔を知らないぼくは、何て言い返していいのかわからなかった。

「そりゃあ、もう三十だから、お互いちょっとはふけたけどね。子供産んだってのに、聡子、ウエストのサイズ変わってないんだって。いやんなっちゃうよね、もう。あたしなんかひどいもんよ」

「ぼくとはもう会いたくないって?」

できるだけ静かに、ぼくは聞いた。トンコは自分のウエストに当てかけた手を止め、真顔に戻った。髪を振って、顔を上げた。

「あたし、聞いて、ちょっと驚いたんだ。無理もないって。あたしが聡子だったら、もっと取り乱してたな、きっと。そう思う。だから、聡子を責めたり恨んだりしないでほしいんだ」

友達から、つき合っていた女性の心変わりを知らされる時の気持ちは、たぶんこんな感じなのだろうと思った。もしかするとトンコにも、似た経験があったのかもしれない。

「それから、もうひとつ。お母さんのことを、責めたり恨んだりもしてほしくないんだ」

「母を……?」

「うん。昨日も言ったかもしれないけど、克己のお母さんは、あなたのことを、本当に、本当に大切にしてたと思う。その方向性というか、やり方とかを、批判する人はいるかもしれない。正直言うと、あたしもちょっとどうかな、って思ってしまうところはあった。でも、お母さんの気持ちは疑いようがない。あたしも子供を持って、よくわかるようになった」

「母が、何をしたんだろうか？」

「八年前、急にあなたと連絡が取れなくなって、聡子、すごく不安になったんだって。あなたの実家に何度電話しても、誰も出なかったから。で、思い切って家を訪ねたわけ。そこで初めて、隣の家の人から、あなたの事故のことを聞かされたんだって。もう聡子、真っ青になって、教えてもらった病院へ行ったんだけど、ほら、あたしたち、あなたのお母さんからあんまり好ましく思われてなかったでしょ。だから、会わせてもらえるか、不安はあったみたい。でも、お母さんのほうも放心状態で……。お医者さんに立ち会ってもらって、面会っていうのかな、ガラスの窓をはさんで、ベッドのあなたと会うことは会えたんだって」

　そのころのぼくはICUに入っていた。手術を終えたばかりの患者は、特別な看護ができるよう、集中治療室に入れられる。

「その日は聡子もあなたのお母さんといっしょに、病院の廊下で夜をすごしたんだって。でも、お医者さんから病状を伝えられるのは、いつもお母さんだけで、聡子は個人的に看護師さんから様子を聞くしかなかったみたい。お母さんは、時間がたって少し落ち着いてくると、聡子を……何て言うか、ちょっと煙たく感じるようになったらしくて。聡子も病院に泊まりこんで、お母さんのことを気づかったりしたんだけど、相手にしてもらえなくて。つまりさ、あたしらみたいな仲間がいたから、克己が無謀な運転をする子になって、あげくはこんな事故を起こしてしまった。そう思ってたみたいなのよね」

ぼくの表情を読み取ったらしく、トンコはすぐに小さく首を振った。

「ううん。本心からっていうより、そうやってどこかに理由を見つけたかったんだと思うな。誰かのせいにしなきゃ、子供が事故を起こして危篤《きとく》になったなんて理不尽なことに耐えられなかったんだと思う。お母さんがあたしらのこと、煙たがってたのは事実でしょ。だから、駆けつけてきた聡子に、そのとばっちりが向けられたわけ。でも、仕方ないところはあったと思うんだよね。聡子もそう言ってた。誰だって、一人息子が今にも死にそうだなんてことになったら、取り乱すと思う。あたしだって、どうなるかわからないよね」

チャーシューメンとタンメンが運ばれてきた。お、結構分厚いチャーシューだ。トンコはわざとはしゃぐように言って、割りばしを手にした。一枚上げるよ、こんなに食べられないから。トンコは言って、ぼくのタンメンの上に分厚いチャーシューを乗せてくれた。湯気の向こうでニコリと笑うと、トンコは音を立ててスープをすすった。

「——でね。聡子はまた来るつもりで、一度は家に帰ったんだって。も少し冷静になったら、お母さんの自分に対する気持ちも変わってくるかもしれない。けど、そううまくはいかなくて。あなたの容体はますます悪くなっていくし、お母さんのほうも……」

「彼女にひどいことをしたんだろうか」

　トンコは間を取るようにメンをすすって、スープを飲んだ。ぼくもタンメンにはしをつけた。

「聡子、その辺りのことは、あまり話したがらなかった。言ってたのは、あなたを見るのがつらかったって。いろんな管や機械をつけられて、ずっとベッドの上で横になってるだけのあなたを見てられなかったって。だから、お母さんに冷たくされたことを言い訳にして、病院に行くのが少なくなって……。お医者さんも看護師さんも、容体を聞いても、ほとんど答えてくれなくて。ああ、このまま克己は死ぬんだなって。――でもね、聡子、言うんだよ。そんなふうに思ったのは、克己への気持ちが、自分でも気づかないうちに薄れていた証拠じゃないかって。本当に大切で大切でたまらない人が危篤状態におちいったら、最後まで望みを捨てず、祈って、祈って、祈り続けるのが本当だろうって。あなたのお母さんみたいにね」

「彼女とぼくは、その……うまくいってなかったのかな」

「そうは言ってなかった。たぶん、聡子の責任感が、そう言わせたんじゃないかな」

「責任感？」

　急に堅苦しい言い回しが出て、ぼくは聞き返した。

トンコはラーメンをほおばり、口をもぐもぐいわせながらうなずき返した。

「そう、責任感。結果として、あなたを最後まで愛せなかったも同じこと。聡子だったら、そう考えて自分を責めてもおかしくない。――それにさ、その先の話とも、ちょっと関係してるんだ」

トンコはコップに入った冷たい水を飲み干し、言った。

「一ヶ月ぐらいして、あなたの容体、少し持ち直したんだって?」

「持ち直した、というのかどうかわからないけど、それぐらいの時期に、危篤状態からは脱したみたいなんだ」

「でも、その時点では、植物状態が続くだろうって……」

トンコは言いにくそうに語尾をにごした。

「命を取りとめたこと自体が、奇跡だと思われてたらしい」

「すごいね、克己。そんな事故から回復したんだ。ちっとも知らなかった」

トンコは言って、あらたまるようにぼくの顔をながめ回した。ぼくはタンメンのどんぶりの上に顔を伏せた。病院の人たちから、奇跡の人と呼ばれるのとは、また違った照れくささがあった。なぜなら、トンコたちは、奇跡の人でも何でもない、ごく普通の昔のぼくを知っているのだ。

「ここで、質問。ねえ、克己だったらどうする?」

トンコはどんぶりの上にはしを置いて、姿勢を正した。

「好きな人が、一生意識を取り戻す可能性がなくて、ベッドの上で寝たきりになったら」

「わからないよ」

「どうしてよ？　想像してみて」

ちょっと不服そうにトンコは口をとがらせた。あいまいな言い方をするぼくを、責めるような目をした。同じ質問を、実際に聡子がつきつけられたんだぞ。そう言いたげに見えた。

「わからないよ。——人を好きになったこと、ないからね」

トンコはぽかんと口を開けた。

「昔のこと、何も覚えてないんだ。実を言うと、聡子さんのことだって、名前も顔も——自分につき合ってた人がいたなんてことすら、まったく記憶に残ってなくてね。それに、八年も入院してただろ。ただ、退院したい。ずっとそう考えてた。もちろん、優しくしてくれる看護師さんに、何て言うか、軽いあこがれみたいなものを感じたことはあったよ。けど、ぼくはあまり自由には動けない患者だった。そのうえ、昔の記憶をすべてなくしていたから、恥ずかしいけど今も小学生レベルの知識しかない。実際に今、中学一年の教科書で勉強してるぐらいなんだ。そんな物珍しい患者を、誰が相手にしてくれると思う？　そうひどく考えることはないって、病院の中には言ってくれる人もいたけどね。でも、だめなんだよ。病院では、ぼくは奇跡の人なんて言われてた特別な患者だった。植物状態になったと思われていた者が、急に言葉を話して、歩くことを覚えて、赤ん坊のようにすべてを一からやり直し始めたんだからね。お医者さんは、貴重な症例だって喜んではくれる。もちろん、ぼくを本当に気づかってもくれた。でも、ぼくは特別な患者だった。——どこにでもいる普通の男になるには、病院から早く出るに限る。必死にリハビリしたんだ。人を好きになる余裕はとてもなかった……」

止めようとしても、次から次へと言葉があふれた。言いたくても言えなかったことが、まだまだある気がした。どうして、四日前に会ったばかりのトンコに、こんなことが言えたのだろう。昔のトンコたちの記憶はぼくにない。けれど、これが友人を持つということの意味なのかもしれない、とぼくは思った。

「ごめん」

トンコは途中から、じっとテーブルに視線を落としていた。

「気にしないでくれないかな。誰かに言いたかったんだ。こないだ、みんなと会った時、正直に言えなかったこっちも悪い」

「ううん。言えないよ、誰だって。なのに、勝手にあたしらだけで、もりあがっちゃって。ごめん。何も知らなかった……」

「いいさ。先を続けてくれよ。彼女はそれからどうしたのかな」

「わかった。続ける」

トンコは座り直すようにして姿勢を正すと、顔を上げてぼくを見つめた。

「——聡子はね、克己のこと、忘れようとしたわけ」

植物状態の男に想いを寄せていても、不幸になるだけだった。あのころのぼくは、先生たちも回復の見こみはないと考えていたのだ。

「あたし、聡子を責められないって思った」

「ぼくもそう思うよ」

「たとえばさ。お腹の中に子供がいたんなら、話は別だと思うんだ。たとえ言葉を話せなくたって、起き上がることさえできなくても、子供には父親が必要になる時がやがて来るって思う。その子に声をかけられなくても、彼が生きてるってことだけで、子供を勇気づけてあげることができるからね。でも、聡子の場合は、そうじゃなかった。――そりゃあ、好きならいつまでも男の回復を信じるべきだって言う人はいるかもしれないよ。でも、そんなの綺麗事だよ。あたしだったら、ダメ。回復の見こみもないって医者から言われた人を、ずっと待ち続けるなんて、とてもできない。悲しいけど、あたしは自分の人生のほうが大切。そう考えると思う、必ずね。二十二歳だったんだよ。まだまだ先があるんだから。ベッドの上で動けない人といっしょに、歳を取って老《ふ》けていくなんて、できっこない」

「わかるよ。ぼくもそう思う」

「聡子だって、つらかったんだよ。誰も責めはしないだろうと思ってても、克己を裏切るようなもんだからね。克己を大切に思うなら、どうして回復を祈り続けない。全国のお医者さんを歩き回って、植物状態から脱する方法は本当にないのか、必死に確かめるのが本当じゃないのか。せめて三年ぐらいは——たった一年でもいいから、克己の回復を待つべきじゃないか。そうしなかったのは、気持ちが離れてたからだろう。自分は冷たい人間だ。重傷になった人を捨てて、勝手気ままに生きていきたい、って考える冷酷な女なんだ。そう自分を責めたと思う」

「お客さん。申しわけないけど、もう少し静かな声で……」

店のおばさんが前かがみに近づいてきた。

「あのね、今大事な話をしてるんですよ」

涙まじりの目を向けられて、おばさんがあとずさりした。トンコは、まるで言いがかりをつけられたことを悔しがるかのように、ぐっと唇をかんで涙をこぼした。その涙を見て、またおばさんが驚いて、テーブルから離れていった。いつのまにか、店の中はお客さんでいっぱいになっていた。そのほとんどの目が、大きな声の上がったこちらを見ていた。

「どうしてわからないの……」

またトンコが悔しそうに言った。おばさんに向けられたようにも聞こえたけれど、彼女はぼくに言ったのかもしれない。

「すみませんでした。出ます。いくらですか」

ぼくはザックから財布を取り出して立ち上がった。トンコはまだ涙をこらえたまま、肩を震わせながら座っていた。おばさんがほっとしたように、伝票を差し出した。

ぼくは黙ってトンコの肩をたたいた。彼女は鼻をすすり、よろよろと立ち上がった。店の中にいる人たちの目が、涙をこらえるトンコに集まっていた。

おつりをもらうと、トンコの肩を抱いて店を出た。自動ドアが背中で閉まった。ぼくはできるだけ明るい声で言った。

「まいったな。追い出されちゃったよ。さてと。どこに行こうか?」

トンコは鼻をすすって顔を上げた。涙のあふれた目でぼくを見つめた。急に腕を広げて、ぼくに抱きついてきた。

それから、声を上げて、泣きだした。

◇

トンコはたっぷり五分近くもぼくの胸で泣いていた。商店街を通りかかる人は多かったけれど、ぼくは少しも気にならなかった。人の目よりも、トンコの目から流れてぼくのシャツをぬらす涙のほうがとても大切なものに思えたからだ。

やがてトンコは泣きやむと、ぼくの胸からそっとほほを放した。照れくさそうに、ぼくの前から下がって、うつむきがちに言った。

「ごめん。シャツ、ぬらしちゃった」

「清に話したら、怒られそうだな」

「たぶんね。あれでも結構、あたしにまいってんだ」

「ごちそう様」

ぼくたちは商店街を見回した。お昼時とあって、喫茶店はどこもこんでいそうだった。

「歩こうよ。散歩、散歩」

トンコは手を大きく振りながら、先に立って歩き始めた。陽射しの照りつける道を並んで歩きながら、話をするのも悪くなかった。店の中では湿っぽくなりそうな話題でも、陽に照らされて少しは明るくなってくれるかもしれない。

「どこまで話したっけ?」

「彼女がぼくを忘れようとしたところまで」

「じゃあ、続きね」

トンコの目にもう涙はなかった。少し赤いところがまだ残ってはいたけれど。

「でね。聡子は克己のこと、踏ん切ろうとしたわけ。でも、自分を責める気持ちがあって、ずっとぐらぐら揺れてた。あたしたちに会えば、克己から離れたことを責められるかもしれない。だから、誰にも連絡しなかった……できなかったんだと思う。で、一人で家を出たわけ。あたしらもあたしらで、そのころは、ほら、あなたのお母さんとちょっと気まずくなってたしね。言い訳に聞こえるだろうけど、克己を持て余してたようなところがあったのは事実なんだ。でも、まさか事故を起こしてたなんて知らなかった
……」

「母は、みんなに冷たくしてたんだね」

「だから、克己を思ってのことだってば。娘や息子のことにまったく無頓着《むとんちゃく》だった、あたしらの親のほうが薄情なんだよ」

それまではさばさばした感じに思えたトンコの口調が、急に鋭くなった。

「でも、よほどのことをしない限り、友達が離れたりするかな」

「離れたわけじゃないよ。みんな、克己のことは信じてたと思う。でも、そっとしておこうって雰囲気があったのは事実かな。確かに、お母さんのことで連絡をしなくなるなんて、ちょっと薄情すぎるよね。本当にごめん」

八年も前のことを、今になってトンコは頭を下げた。おそらく、母が彼女たちにとても嫌な思いをさせていたのだろう。母ならば、たとえ周りから白い目を向けられようと、自分の信じた道を進めるはずだった。

「とにかくさ。そんな時、聡子に克己のお母さんから電話が入ったんだって」

「母から……？」

「聡子、克己のお母さんにだけは、連絡先を教えてたらしい。吹っ切ろうとしても、吹っ切れない気持ちがあったんだろうね。そしたら、突然の電話。それも、克己が——死んだって」

ぼくが死んだ——。

そう。確かに昔のぼくは死んだも同じだった。でも——。

「その電話、いつのことだったんだろうか」

「事故から五ヶ月はたってなかったって」

ぼくは母の残したノートを思い出した。ちょうどぼくの容体が悪いなりに安定し、目は開くものの、一切の反応を見せなかった時期に当たる。

「聡子は驚いて、今すぐそっちに行くって言ったんだって。そしたら、もう葬儀は身内だけですませた。でも、あなたにだけは、報告しておいたほうがいい。そう思って電話したって言って。でも、お線香ぐらい上げに行きたいとは思うじゃない。克己の家に慌てて駆けつけたところ、もう引き払ったあとだったのよ」

「ちょうどそのころに、宮崎へ転院したんだと思う」

ノートの記述には、引越や転院の説明はまったくなかった。それどころか、ぼくの過去につながる記述も一切ないのだ。まるで、あとから気をつけて書き直しでもしたように。

もしかすると母は、ぼくが生まれ変わったも同じになったと知った時、あとのことを考えて、ノートをすべて書き直したのかもしれない。住んだこともない福岡の地へ転居届を出しておき、過去をぼくから遠ざけようとした。

踏切を越えて少し歩くと、緑に囲まれた大きな公園があった。木の葉の間から歩道に陽が射し、まだら模様をアスファルトに描いていた。近代美術館、との標識が見えた。ぼくたちは芝生の前に置かれた石のベンチに腰を下ろした。木陰に陽射しがさえぎられて、思ったよりも涼しい。

「意識不明だったあなたの様子を見てたからね。聡子がお母さんの言葉を疑う理由はなかったと思う。彼女、克己が死んだと信じて、ますます自分を責めたんじゃないかな。あたしには何も言わなかったけど。だって、そう考えないと、あなたが死んだと聞かされたのに、あたしらに連絡ひとつしないなんて、おかしいもの。聡子、みんなに言ったら、あたしらがどう思うかって、気にしたんだろうね」

そう思わせた自分たちにも、何か問題があったのでは、と言いたげな声に聞こえた。

「ぼくの母のせいだったわけだね……」

つい本音のグチをこぼしていた。ぼくをトンコたちから遠ざけ、聡子までも……。

「お母さんにしてみれば、精一杯の思いやりだったのかもしれないよ」

「そうかな……」

「そうだよ、絶対。あたしらに冷たい態度を取りながらも、お母さんは聡子が病院に来る姿を見て、思うところがあったんだよ。でなきゃ、わざわざ聡子のとこへ電話する必要なんかないでしょ。宮崎への転院を機に、聡子の感じてた負い目を少しでも軽くしてやろうって考えたんじゃないかな。だって、その時点では、いつまで植物状態が続くのか、医者だってわからなかったんでしょ。そんな息子のために、聡子が自分を責めたりする姿を見れば、誰だって息子のことを忘れてくれていいって言うと思う。でも、ただ忘れろって言ったって、そう簡単に忘れられるものじゃないでしょ。だから、あえて嘘を言った。せめてもの、聡子への心づかいだったのかもしれない」

「ありがとう」

「何言ってんのよ。そうだって。そうに決まってるよ」

トンコはまた自分のことのように言って、ぼくをにらんだ。彼女のほうにも、信じたい気持ちがあるのだろう。ぼくもそう思いたかった。ぼくを暴走行為に走らせたと信じていた仲間たちへ、母が嫌がらせの意味で電話を入れたのでは、あまりにも悲しすぎる。

母がトンコたちを好ましく思っていなかったのは間違いない。けれども、間違いなくぼくが母の期待に応えられる若者ではなかったからだ。そうぼくは思った。

「なあ、トンコ」

「あ、初めて昔みたいにトンコって言ってくれた」

ぼくの質問を予想して、わざとはぐらかすかのように、トンコは明るい口調で言った。

「一人でマンションから出てきたってことは、やっぱり……ぼくとは会えないってことなのかな?」

トンコは笑みを消して、ぼくから目をそらした。

「ねえ。考えてみてよ。死んだと思ってた人が、何の前触れもなく、突然目の前に現れたんだよ。聡子がどれだけ驚いたと思う?」

「でも、事情は君が伝えてくれた」

「いい?　ずっと想いを寄せてた人なんだよ。将来を誓い合ってた人だった。なのに、事故で植物状態になってしまい、彼女は自分の身勝手さから、大切な人を一時は忘れようとした。どれだけ苦しんだと思う？　その苦しみのさなかに、克己が死んでしまった。悲しいけど、もしかすると、ほっとするようなところもあったかもしれない。そう感じてしまう自分自身を、また彼女は責めたと思うんだよね。以来、友達とも連絡を絶って、ずっと自分の心にふたをして、見ないようにしてたと思う。ところが突然、無理やりふたをこじ開けられて、自分の身勝手さを目の前につきつけられたようなものなんだよ」

「ぼくは彼女を責めるつもりはないよ」

「同じなんだって、彼女にとっては」

トンコはぼくを見て、はっきりと口にした。

「聡子、あなたに、ごめんなさいって。すまないって。何て謝っていいかわからないって。……泣くんだよ。でも、会えないって。会ったら、自分がどうなるかわからないって――」

トンコの声も震えていた。茶色い髪を振り、彼女は夏の陽に照らされた枝を見上げた。

「昨日あなたを見た時、聡子、急に時間が引き戻されたみたいに感じたって言ってた。女だとね、二十代から三十代って、結構見た目にも変わったりするじゃない。けど、克己、ちっとも昔と変わってないもの。そりゃあ、多少は老けたかもしれないよ。でも、何て言うのかな、昔のあどけなさがまだ残ってるんだよね。あたしも正直言うと、驚いたんだ。ちっとも変わってないから。もしかすると、長い長い入院生活が、克己にあんまり歳を取らせなかったのかもしれないね」

病院での八年を、ぼくはすべて覚えているわけではなかった。けれど、ぼくにはもっと長い年月のように思えた。病院では、間違いなく外よりゆっくりと時間が流れている。

「でもさ、あたしたちは確実に歳を取ってるんだよね。聡子だって、結婚して、子供がいる。もう絶対に昔には戻れない。そこにさ、突然、昔将来を誓い合った人が、まるで昔そのままの姿で目の前に現れたんだよ。将来を誓いながら、身勝手にも自分が見捨てて、死んだはずの人が、だよ」

想像できなかった。たとえ亡くなった母が今ぼくの前に現れたとしても、懐かしさは感じるが、心苦しさまでは迫ってこない。

「あたしだったら、ダメ。おかしくなっちゃうよ、きっと」

「みんなといっしょでも、だめなんだろうか」

「むごいこと言うようだけどさ、克己、聡子のこと、何も覚えてないんでしょ」

認めるしかなかった。

「記憶喪失とは、違うんだよね」

先生たちからはそう言われていた。

「それならさ。昔より、今だよ。何ひとつ覚えてもいない昔の彼女に会ったところで、懐かしさも感じなければ、胸が苦しくなるような思い出も甦《よみがえ》ってこないわけでしょ。――ごめん。あたし、ひどいことを言ってるな。でもね、それはやっぱ、女にはつらすぎるよ。仮にさ、聡子に会うにしても、もっと時間を置かなきゃ。今は、あなたが生きてたって知っただけで、聡子、ものすごく動揺してる。動転してるよ。彼女をさらに追いつめるようなこと、できないじゃない」

　トンコがぼくの左手を強く握った。

「克己の気持ちは、あたしもわかる。八年も病院で暮らしてた自分に、一度は将来を誓い合った人がいたなんて知れば、誰だって会いたいよね。記憶なんか残ってなくたって――。いいや、残ってないからこそ、どんな人で、その人と何を話し、自分はどういった未来を夢見ていたんだろうって思うよね。でもさ、も少し待とうよ。あたしらがもっともっとおじさんやおばさんになって、何でも笑い飛ばせるような歳になったら、みんなして必ず会おう。まだみんな半人前だよ。自分たちのことで精一杯の半人前。人のことまで思いやる余裕がないと、昔を振り返っても痛みがストレートに伝わるだけじゃないのかな。ね、そうしよ。気持ちはわかるけど、今は聡子をそっとしとこ」

　言おうとする意味はわかった。トンコはぼくの手を握り、強く揺さぶった。

「ねえ、頼むよ。お願いだから、彼女をこれ以上苦しめないようにしようよ」

　今度東京へ来られるのはいつになるだろうか、と考えた。その時に、聡子と会うのはまだ難しいのか。ぼくはいつまで待てばいいんだろう。一人で――。一人きりで――。ぼくには彼女のように守るべき家族はいない。

「ねえ、帰ろ。今日こそ、うちでご飯食べてってよ。そうしよ。よし。決まり！」

　トンコは言って、元気よく立ち上がった。

「お願いがあるんだけど」

声をかけたが、トンコはぼくを見ようとしなかった。木漏れ陽の模様が広がる歩道を見ていた。

「昔の写真あるかな?」

やっとトンコは振り向いてくれた。

「みんなが映ってる写真。トンコも清も幸二もカズもぼくも、それから彼女も——」

「うん。あるよ。みんながそろってる写真、確かうちにあったはずだよ。あたし、みんなとの写真は、一枚だって捨てたりしてないから。あるある。大切に取ってあるよ」

◇

押し入れの奥にしまわれたクッキーの缶の中に、ぼくたちの昔がつまっていた。

缶のふたを開けると、まだわずかに残っていたクッキーの甘い匂《にお》いが鼻の奥をくすぐった。懐かしさとは、もしかするとこんな匂いがするものなのかもしれない。

「うわー。あるある。恥ずかしい写真ばっかし」

トンコから差し出された写真を見るなり、ぼくは目を疑った。なるほど、この写真を見れば、トンコでなくても恥ずかしく感じるだろう。

最初の写真は、どこかの海岸だ。灰色の砂浜に白い車が停められて、ぼくたち六人が思い思いの姿で写っていた。中央が、いまよりずっと茶色い髪をしたトンコ。その隣が、おでこの両端をそり上げた清。カズは坊主頭《ぼうずあたま》で、康平はちりちりのパーマ頭だった。二人とも眉を細く刈りこんでいる。帽子を後ろ前にかぶった幸二だけが、ただ一人まともな格好をしている。聡子が写したものなのか、彼女の姿はない。

その写真には、もちろんぼくもいた。車のボンネットの上であぐらをかいて座り、短い煙草を口の横のほうにくわえ、あごをつき出しぎみにカメラを見ていた。テレビでよく見かける、だらしない若者そのものの姿だった。

「うひゃー。もう恥ずかしいったらありゃしない」

次々とトンコは写真を手渡してくれた。ようやく聡子の顔を見つけた。どこかの喫茶店の中だろう。トンコと抱き合うようにしてカメラを見ていた。昨日、公園の前ですれ違った時より、驚いたことにこの写真のほうが大人びて見えた。やや濃いめのお化粧のせいだろう。大切にしていたという髪だけが、今と変わらず、まっすぐ肩まで伸びていた。

どの写真の聡子も、黒目がちの目でじっとカメラを見ていた。ぼくをふくめてほかのみんなは、ふざけ合ったりしながら、まるで見当違いのほうを見ていたりもする。けれど、聡子だけがどの写真も生真面目に、そうしないと気がすまないみたいに、じっと視線をカメラに向けていた。彼女はその視線を、八年前の自分にも向けたのだろう。昔のぼくを忘れようとした自分を責めるために。

「みんな、バカみたいに呑気な顔してるな」

トンコは忠君をひざの上に乗せ、懐かしそうに写真を見ていった。その横で孝君が缶をひっくり返して、手当たり次第に写真をかき回している。

「なあ。まさかぼくたち、暴走族か何かじゃ……」

ぼくが言うと、トンコはぷっと吹き出した。

「違う違う。そんな度胸はなかったって」

暴走族になるのに、どれだけの度胸が必要なのだろうか。少し疑問に思えた。

「あれでゾクってのは、規律が厳しいからね。あたしらは、ただつるんで走り回ってただけ。かわいいもんよ」

でも、人から見れば、ぼくらも同じように思えただろう。こんな格好をしていたのでは、快く思ってくれる人がいたはずはない。

「これ、もらえるかな」

百枚近くもあった中で、一番化粧気のない聡子の写真を手にして、ぼくはトンコに聞いた。

「好きなだけ持ってってよ。うちには何枚か残ってれば、充分だから」

その言葉に甘えて、もう一枚を選ばせてもらった。二人だけではないけれど、ぼくと聡子が並んで写っている写真だ。どこか海の近くのドライブインの前らしい。彼女はにこやかに笑って、昔のぼくの右腕をつかんでいた。ぼくのほうは、景色でもながめるように、カメラとは見当違いのほうを見ていた。ぼくはその二枚の写真を、時刻表のページにはさんだ。
清は七時前に帰宅した。アパートの玄関を入ってくるなり、彼は二人の子供を抱き上げて、その場でぐるぐると回転した。子供たちがきゃーきゃーと喜びの歓声を上げた。トンコに言わせると、これが毎日の日課なのだそうだ。

現場のほうにトンコが電話したので、清はぼくとかわいい子供たちのために大きなスイカを買ってきた。

こんなことを言うと怒られそうだけれど、トンコの手料理は驚くほど美味しかった。清は二人の子供をひざに乗せて、代わる代わるにご飯を食べさせながら、自分もどんぶりに三杯ものお代わりをした。やだね、肉体労働者は大食いで。自分で言って豪快に笑った。写真で見た八年前の清よりも、ランニングシャツからのぞいた肩も腕も太くたくましくなっていた。それだけの仕事をしているのだ。

清と二人の子供は、同じようにスイカの汁をシャツにだらだらとこぼした。それを見たトンコが、洗濯する身にもなってよ、と文句を言いながらも、どこか嬉《うれ》しそうな顔で三人の世話をやいた。お腹がいっぱいになったせいか、子供たちが急におとなしくなり、清が奥の四畳半に布団《ふとん》をしいた。

「確かにそりゃ、つらいよな」

子供を寝かしつけると、清は残った缶ビールを飲み干して言った。

「聡子。家を出て、何してたんだって？」

「バイトの先輩を頼って、横浜のほうで働いてたって。高校まともに出てなかったからね。お給料は少なかったけど、悔しいから水商売だけは絶対にやらなかったって言ってた。父親のこと、まだ恨んでるみたい。もう二年前に亡くなったそうなんだけど」

「無理ねえよな。克己がいたから、あいつもめげずにいられたようなもんだったしな」

それからしばらくは、トンコと清が昔の笑い話を披露してくれた。気の短いカズのケンカ歴。ほれっぽい康平の失恋話。幸二の手くせの悪さ、などなど……。もちろん、初めて耳にする話ばかりだったけれど、二人の話し方がうまかったのだろう。ぼくもその場にいたような楽しさが感じられた。けれど、楽しそうな二人に合わせて笑っていたところはあった。

二人の笑い話を聞きながらも、ぼくは切り出すころあいを見ていた。ちょっとした疑問をはさむタイミングを——。

冷蔵庫から次の缶ビールを取ってこようと、トンコが腰を上げかけた。清がビールに口をつけた。会話が途切れたのを見て、ぼくは言った。

「なあ、幸二に呼ばれて集まった時——」

「何だよ？」

ほほをお酒の酔いで染めた二人がぼくを見た。

「どうしてすぐ、ぼくに聡子のことを聞かなかったのかな」

トンコと清は不思議そうな表情で、互いの顔を見合わせた。

「二人して急に連絡がつかなくなったんで、いっしょにどこかへ行ったと思ったわけだろ。なのに、どうして聡子のことを、すぐに聞かなかったんだ？」

トンコが座り直して、早口に言った。

「だって、ほら、康平が言ってたじゃない。聡子が男の人といるのを見た子がいたって」

「そうかな。確かあの時、みんな初めてその話を聞いたみたいで、ずいぶんと驚いてたじゃないか」

トンコと清の動きが止まった。目だけが表情をうかがうように素早く動いた。急に清が手振り大きく、言った。

「詳しい話はあの日が初めてだったよ。けど、噂ぐらいは耳にしてたさ、なあ」

そうよ、と相づちを打つトンコにぼくは目を振った。

「だったら、どうしてぼくに聡子のことを聞いたのかな？　噂を耳にしていたんなら、聡子がぼくといっしょになったわけじゃないって、知ってたはずだよね」

「ほら、でもさ、連絡ぐらいは取り合ってるかもしれないだろ。だからぁ、酔ったついでに——つい、ね」

トンコまで身振りが大きくなった。ぼくの視線から逃れるように席を立った。

「ねえ、克己はウーロン茶でいい？」

ぼくはつえを手にすると、テレビの横に置いたザックを引き寄せて立ち上がった。

「どうすんだよ、おい」

清が驚いたように腰を浮かせた。冷蔵庫の前で、トンコがぼくを見ていた。

「幸二やカズに聞いてみるよ。二人が聡子の噂を本当に聞いてたのかどうか」

「そんなの聞いて、どうすんだよ、おまえ」

「噂を聞いてなかったら、なぜすぐに聡子のことをぼくに聞こうとしなかったのか、質問してみる。だって、そうだろ？　二人で逃げたんじゃないかって言っておきながら、どうしてそのことを真っ先に確かめようとしなかったのかな？　まるで最初は聡子の話題をさけてたみたいに思えるだろ？」

トンコは何か言おうと、口をもぐもぐさせた。けれども、言葉は出てこなかった。清も唇をすぼめ、ただぼくを見ていた。

ぼくはトンコに目を戻して、冷静に言った。

「おかしいことばかりじゃないかな」

「どこも、おかしくは――」

「じゃあ、なぜなのかな？　どうしてみんな、すぐに聡子のことを聞かなかったのかな？」

「変な誤解すんなよ。おまえの考えすぎだって。とにかく、まあ、落ち着いて座れや、克己」

清がぼくの手を引き、座らせようとした。その手をぼくは、はねのけた。

「落ち着いてるよ。取り乱してるのは、二人のほうじゃないか」

ぼくは再び台所のトンコを見つめた。

「どうして聡子のことをすぐに聞こうとしなかったんだ？」

「いい加減にしろよな。誤解だって言ってんだろが」

清がぼくの前に立ちはだかった。本気で怒ったような顔をしていた。

「なあ、克己。あせるなよ。おまえはまだケガだって治ってねえんだろ。昔より、今だろが。昔の細けえことなんか、いちいち気にすんなよ」

「わかったよ。幸二やカズに確かめてみる」

ぼくは清の肩を押して、玄関に向かおうとした。少し力を入れて押しすぎたみたいだった。清がよろけて、台所のガラス扉に背中をぶつけた。扉が大きな音を立てて震えた。その音に、トンコまでが身を震わせた。

「冷静になれって。言ってんだろが！」

清が後ろから、ぼくのザックに手をかけた。

「放してくれないか」

「わからず屋だな、おまえも。みんな、おまえを気づかってんじゃねえか。どうしてそれがわからねえんだ」

「よけいな心配はしないでくれよ」

ぼくは清を振り払った。つき飛ばされるような格好になった彼が、背中から倒れた。

この野郎、清が声を上げて体を起こした。やめてよ、二人とも！　トンコが小さく叫んだ。

次の瞬間、子供の泣き声が奥の部屋から聞こえてきた。振り返ると、二人が布団の上でぺたりと並んで座り、おびえたような目を向けていた。

「やめてよ、お願い……」

トンコが言って、奥の部屋へ走った。子供の前に座り、二人を両手で抱きしめた。清がばつの悪そうな顔を作り、ぼくを横目で見た。

「克己。今はこらえろよ。もう昔とは違うんだよ、おれたちは。みんな、それぞれの生活ってもんがあるだろが」

言われなくてもわかっていた。ぼくは昔のぼくではない。もうどうあっても、すぎた日々を取り返すことはできない。わかりきっている。でも――。

ぼくは子供を抱きしめているトンコに向かった。

「頼むよ、トンコ。教えてくれないかな。なぜ聡子のことをすぐ聞こうとしなかったんだ?」

トンコはぼくのほうを見なかった。

「ぼくと聡子の間に何かあったんじゃないのかな?　どうして隠そうとするんだよ」

トンコにしがみついていた孝君が、泣きじゃくりながらトコトコとぼくのほうに歩いてきた。清の足元を片手でさわると、もう一方の手をぼくのほうに振った。小さな拳《こぶし》がひざに当たった。泣き声を大きくしながら、ぼくに拳を振るい続けた。母親をいじめようとする者への、子供ながらの精一杯の抵抗だった。

「おーし、もう大丈夫だって。父ちゃんたち、ちょっと興奮しちまってな。ごめんよ、孝。もう騒いだりしないさ」

清が言って、孝君を抱き上げて、ほおずりをした。孝君はまだぼくのほうをにらんでいた。奥を見ると、忠君までがぼくを怖い目で見ていた。

ぼくはつえに体重を乗せて、靴をはいた。

「おい、克己……」

清がかつぎ上げた孝君を慌てたように床へ置いた。

「ごちそう様。久しぶりに楽しい食事ができたよ、ありがとう」

奥の部屋でトンコが立ち上がった。ぼくは玄関のドアを開けた。背中からトンコの声が追いかけてきた。

「お願いだから、聡子をこれ以上……」

階段を下りるぼくの足音で、それ以上は聞こえなかった。

◇

とても宮崎へは帰れなかった。どう見ても、トンコと清は何かを隠している。ぼくと聡子に関する何かを。そのことが、母やぼくの事故につながっていると考えるのは、少し気の回しすぎだろうか。

深夜が近いというのに、幸二もカズも康平もつかまらなかった。幸二の携帯にも電話したけれど、応答はない。こんな夜に何をしているんだろうか。仕方ないので、またカプセルホテルを探して、そこに泊まった。

東京までのバス代。こちらへ来てからすでに五日。宿泊費と食事代に電車賃。無駄づかいをしているつもりはなくても、お金が底をつきかけていた。母の残してくれた預金があるけれど、院長先生が管理している。先生に頼もうにも、ぼくが東京にずっといたのでは、納得してくれるはずもない。今どこにいるのか。いつ宮崎に帰るつもりか。正直に話したとしても、お金を振りこんでくれるとは思いにくい。何しろ先生は、ぼくが東京で事故にあった事実を隠そうとしていた人なのだから。

朝になって、やっと幸二の携帯電話がつながった。

「冗談じゃねえぞ、こんな朝っぱらから、おい。――で、聡子とは会えたんかよ？」

もごもごと眠そうな声でぼやきながらも、幸二はすぐに聞き返してきた。

「実は、ちょっと相談したいことがあるんだけど」

「金か？」

驚いたことに、幸二はすぐに正解を言い当てた。

「なに黙ってんだよ。こんな朝っぱらから、おれに人生相談しようってバカがいるか？カスはプーだし、清んとこは欠食児童を二人も抱えてるし、康平はまだバンドなんかに手ぇ出してるし、どいつもこいつもぴーぴー言ってらぁ。おまえも工場なんかで働いてて、金はなさそうだし、そのくせまだこっちにいるんだから、だいたい見当はつくってもんさ」

　シャーロック・ホームズ並みの見事な推理だった。話は早い。

「宮崎の口座にお金はあるんだ。向こうへ帰ったら、すぐに返すよ。何とかなるかな？」

「今手元にゃないけど、二、三十万なら何とかなるかな」

　とてもそんなには必要なかった。なるべく早く借りたかったけれど、今日はお昼からやぼ用がある、と幸二は言った。

「夕方には戻っから、さ、こっちで待っててくれや。じゃあな」

　一方的に言って、幸二は電話を切った。たぶん、もう一度寝直すのだろう。夕方というあいまいな言い方だったけれど、一応の約束にはなっていた。

　カズも康平も昨日からどこへ行っているのか、電話は通じなかった。カズはまだ職が決まっていないというから、料金が払えずに電話を停められているのかもしれない。康平はバンド仲間と練習だろうか。

　二人の住所は教えてもらっていた。手始めに、足立区竹《たけ》の塚《つか》にあるカズのアパートへ向かった。線路ぞいに建つ、古びた木造の小さなアパートだった。ちょうど横を電車が通り、アパートの柱がガタガタと揺れた。窓の半分ほどは雨戸が閉まり、住んでいる人のほうが少なそうだ。

　ぼくはつい、母の残してくれた南希望ヶ丘の家を思い出した。ぼくたちはもう三十一歳になろうとしている。社会では、そろそろ一人前と見なされる年代だった。だからといって、カズが幸せでないとは限らない。住まいより自由や気軽さを大事にしたい人もいる。

１０２号室の郵便受けには、チラシが山のようにたまっていた。ドアをノックしたけれど、やはりカズはいなかった。康平に電話しても、まだ部屋に戻っていないようだった。

お昼まで、カズのアパートの近くで時間をつぶした。幸二からお金を借りられたとしても、東京にいつまでいられるだろう。こんなふうに何もしない時間がすぎていくのをもったいなく感じた。聡子は今、何をしているか。気がつくと、ぼくはザックから時刻表を取り出して、トンコからもらった写真をながめてばかりいた。

一時をすぎても二人はアパートに戻らなかった。何をしているんだろうか。彼らを怒る資格は、ぼくにない。けれど、無性に腹立たしく思えてくる。都合のいい時だけ、友人を使おうという自分のほうが身勝手だとわかっていたけれど。

二時まで待って、あきらめた。幸二から聞き出す以外に方法はないみたいだった。

夕方というのが何時をさすのかわからなかった。ぼくは遅い昼食をまたコンビニで買ったパンですませると、五日ぶりに亀有へ向かった。駅から二分ほどの高層マンションの六階に幸二の部屋はあった。廊下の壁は大理石で、見た目にもまだ新しく、かなりの家賃がしそうだ。６１３には、どう見ても根本幸二の名前があった。カズのアパートを見てきたばかりなので、ぼくはかなり驚いた。

まだ早すぎるかと思ったけれど、チャイムを押すと応答があった。

「はい、どなたです?」

聞こえてきたのは、女性の声だった。こないだの電話に出た人だろう。

「ああ……幸二から聞いてます。ちょっとお待ちください」

結婚したとは、清やトンコから聞いていなかった。相変わらず手くせが悪い、と二人が言っていたのを思い出した。

ドアが開いて、やけに目鼻立ちのくっきりした背の高い女性が顔を見せた。部屋でくつろいでいたにしては、少し化粧が濃い。大きなえりのついた黄色のワンピースも、普段着にしては派手すぎた。化粧のせいか、歳は二十三歳にも、三十二歳にも見えた。

「あと二、三十分もすれば、たぶん戻ると思いますからぁ」

少し舌足らずの声で、女性は言った。玄関には、幸二のものらしい革靴と真っ赤なハイヒールが並んでいた。

「どうぞぉ」

ぼくのつえを不思議そうに見ながら、女性は言った。ぼくはつえの先をふいて、玄関に上がった。女性のあとに続いて二メートルほどの短い廊下を進むと、その先が広いリビングだった。十五畳以上はあるかもしれない。落ち着いた茶色のソファが中央にでんと置かれている。その背には、今脱いだばかりのように、男物のシャツとスラックスがかけてあった。テーブルには、雑誌とビールの空き缶がところせましと並んでいた。

「今、お茶でもいれますからねぇ」

見ると、流しにはカップめんの容器が積み重ねてあった。でも、散らかった部屋の様子を見て、初めて安心できた。このマンションを見た時には、どうも幸二の見た目とそぐわない気がしたけれど、この散らかりようを見て、ほっとしたのは事実だった。

女性のいれてくれたお茶は、湯冷ましのようにぬるかった。彼女はぼくに話しかけるでもなく、キッチンテーブルのイスに座り、ポテトチップをかじりながら女性雑誌をながめ始めた。ぼくはソファに座り、窓の外の街並みをながめながら、ぬるいお茶を飲んだ。

「あ、これ、食べますぅ?」

独り言のような言い方で、彼女は言った。

「いえ」

「案外これ、いけるんですよ」

「じゃあ、いただきます」

立ち上がって手を伸ばすと、彼女はポテトチップを四、五枚つかみ、ぼくの手に乗せてくれた。それから再び、雑誌に戻った。見知らぬ人と話すのは、誰でもちょっと気が重い。こうして見当違いのほうを向いて座っていたほうが楽じゃないか。言葉にはしなくても、そう言われている気がした。自分でも不思議なことに、少しも嫌な気分にはならなかった。

四十分ほど待っただろうか。玄関でドアの開く音が聞こえて、幸二がリビングに入ってきた。それまでのどこか眠たそうな姿と打って変わって、女性が素早く立ち上がった。

「悪い悪い。環七がいつもの渋滞でさ」

ドアの横で出迎えようとした女性には目も向けず、幸二はぼくのほうへ歩いてきた。この前とは違って、今日はスーツを着ていた。ネクタイの柄が、女性のワンピースに負けないほど派手だった。

「ちょっと、待っててくれな」

ぼくにそう言い残すと、幸二は女性の腕をつかんで廊下の奥に連れ出した。言い争うような声が聞こえてきた。

「だから、持ってきたわよ。でも、どうすんのか教えてよ」

「ダチが来てんじゃねえか。おれに恥かかす気かよ」

「だって、こないだも三十万――」

壁をたたくような、ドンという物音が聞こえた。

ぼくはつえを手にしてソファから立った。廊下に出ると、ちょうど幸二がこちらを向いたところだった。女性は廊下にぺたりと座りこみ、フローリングの床を見つめていた。

幸二はばつの悪そうな顔を見せると、すぐに向き直って、笑顔に変えた。

「おう。いくら必要なんだっけ」

手にしたお札の束を、ぼくのほうにつき出した。幸二の手にした一万円札は、どれもくしゃくしゃに折れ曲がっていた。ぼくは言った。

「受け取れないよ」

「なぜだよ」

心底から不思議そうに幸二はぼくと手のお金を見比べた。

「そんなお金、受け取れないさ」

「だから、なぜだって言ってんだよ」

ぼくは黙って、急に顔を赤く染めた幸二を見ていた。その理由が彼にわからないとは思えなかった。

「ごめん。無理を言って、すまなかった」

ぼくは頭を下げて、幸二の横を通りぬけようとした。

「待てよ。いいから持ってけって。何だったら、うちに泊まってったって、いいんだからよ」

幸二が言いながら、ぼくの手にお金を握らせようとした。ぼくは幸二に首を振った。

「受け取れないよ」

「どうして、受け取らねえんだ！」

急に幸二が声を大きくした。手にしたお金を、目の前で振り乱した。

「金が必要だって言ったのは、おまえだろが！」

「ごめん」

「くだらねえ遠慮はすんなよ。いいか、おれはこいつと暮らしてんだよ。おれが金に困ってる時には、こいつが助けてくれる。その反対の時は、おれが助ける。そのどこがおかしい？」

「こないだ、みんなで会った時、清が言ってたのをまだ覚えているよ。女の上前はねてるようなやつに言われたくない、って言葉をね」

「おれはおまえのことを思って、金を貸してやろうとしてんじゃねえか」

幸二がぼくに向かって手のお金を投げつけた。ぼくの胸にぶつかって、お札ははらはらと廊下に落ちた。肩を怒らせてぼくを見つめる幸二の後ろで、女性が声を上げて泣きだした。

「うざってえな。こんな時に泣くんじゃねえよ、バカ」

幸二が振り返り、投げつけるように言った。

ぼくはつえを壁に立てかけて、しゃがみこんだ。散らばった一万円札を拾い集めた。やっと幸二が気のすんだように表情をゆるめた。けれども、ぼくはお金を借りるために拾ったわけではなかった。

一枚残らずお札を拾い集めると、ぼくは女性の前に差し出した。

「ありがとう。これは自分のために使ってください」

「ふざけんじゃねえぞ！」

幸二が叫んで、足を振った。ぼくの手にしたお札を蹴り上げた。せっかく拾い集めた一万円札が、再び廊下に散らばった。女性の泣き声が大きくなった。

「変わらねえな、おまえは」

苦々しげに幸二が言った。

「いつだって、おまえはそうだよ。一人だけ、いいカッコしなきゃ気がすまねえのよ。周りの連中なんか、どうだっていい」

「どういう意味かな」

ぼくは壁に手をついて立ち上がった。昔のぼくが、どんなやつだったというのだろうか。

「生憎《あいにく》と、昔のことは何も覚えてないんだ」

「おまえは、いつだって自分が中心にいなきゃ気がすまなかったよ。ゾクに入ったんじゃ、先輩やＯＢがいて、窮屈な思いをするだろ。だから、おれらの仲間に入った。自分がでかい顔をするためにな。最初からおまえは、どこかでおれらを見下してたところがあったよ」

「見下されてると思いながら、どうして仲間のままでいたのかな？　そんなやつといっしょにいても、面白くなかったんじゃないのか」

正直な感想を口にすると、幸二はちょっとひるんだような表情になった。また急に声を大きくした。

「おまえのほうから、すり寄ってきたんじゃねえか。もともとは康平もカズも清もおれが集めたメンバーなんだよ。なのに、どうしておれが、ぬけなきゃならねえ。冗談じゃねえ！」

「なるほどね。最初は幸二がリーダーだったわけだ」

ところが、昔のぼくに取って代わられたのだろう。

予想は当たっていたらしい。幸二の細くそった眉がつり上がった。

「見すかしたようなこと、言うんじゃねえよ。てめえだけ、いつもまっとうそうな面《つら》しやがって。嫌みなほどに、自信たっぷりでやがんだよな、おめえってやつは」

ぼくのためにみんなを呼び寄せてくれたのは幸二だった。昔と変わってしまったぼくをみんなに見せるためだとしたら――。こうしてお金を用立てたのも、ぼくを憐《あわ》れんでのことだとしたら――。

幸二はみにくく顔をゆがめて、言い放った。

「そんなんだから、聡子も愛想をつかしたんだよ！」

「彼女が……」

驚いて聞き返すと、幸二の顔に初めて余裕ある笑みが浮かんだ。

「都合の悪いことは、みんな忘れたか？　いい気なもんだよ。聡子が浮気をしてんじゃねえかって、そりゃあおまえ、ひでえ取り乱しようだったよ」

聡子が浮気を……。それがトンコたちの隠そうとしていたことだったのか？

「よしなさいよ」

泣きはらした顔を上げて、女性が言った。

「いいんだ。先を聞きたいな。続けてくれないか、幸二」

女性が涙まじりの目をまたたかせて、ぼくを見た。

「それで、ぼくはどうした？」

一歩、幸二に近寄った。彼が一歩後退した。

「続けてくれ。ぼくは何をした？」

幸二はようやく気を取り直したようにぼくを見返した。思いきったように口を開いた。

「おまえはな、おれたちを疑ってかかったんだよ。清や康平にまで問いただそうとした。女に裏切られて血迷うなんて、お笑いぐさだよ」

「彼らだったのか？」

「違うに決まってんだろ。それだけおまえが入れあげて、興奮しちまったんだよ。情けねえぜ、たかが女ぐれえのことでよ」

「それでみんなは、あの日、なかなかぼくに聡子のことを聞こうとしなかったのか」

幸二の目が小さく笑ったように見えた。

「そんだけじゃねえよ」

「何かまだあるのか？」

「おまえら二人と連絡取れなくなったからって、どうしておまえらがいっしょに逃げたって思うかよ」

まさか——。

頭を殴られたようなショックを感じた。

「まさか、逃げるようなことをぼくが……」

幸二の口元が、残酷なまでにつり上がった。勝ち誇ったように言った。

「そうだよ。おめえはな、聡子の浮気相手を半殺しの目にあわせたんだよ！」

ノート5

一月十九日

ようやく流動食に慣れてきたように見える。そこで昼食後に、大好きだったリンゴをすりおろして食べさせた。終始ご機嫌。食後の検温が終わってもずっとおとなしくしていた。

ただ、相変わらず寝返りがうまくできないのか、毛布を体の下に巻きこんでしまい、その感触が嫌なようで、幼子のようにすぐむずかる。筋肉が弱っているからなのか、手足を動かす神経や脳の一部分に影響があるのだろうか。こればかりは先生も、今後の推移を見なければ、予測のつけようがないそうだ。

また明日ね。そう言って部屋を出ようとした時の克己の顔が忘れられない。笑い、泣く、不機嫌になる、に続いて、悲しむことまでが間違いなく戻ってきている。表情はまだ乏しいけれど、私にはわかる。克己は感情を取り戻している。

一月二十日

本当に今の克己は、生まれたばかりの子供のようだ。楽しければ笑い、寂しかったりどこかが痛かったりすれば泣く。口のしまりが悪く、よだれかけを必要とするところまで、そっくりだ。もしかしたら克己は本当に子供のような状態に戻ってしまったのでは、とも思えてくる。だとすれば、やがてはいはい歩きができ、一人で立ち上がり、そして言葉を覚えるのではないか。看護師さんたちもそう言ってくれた。

日に日に表情が豊かになる。

午後、三十七度六分。少し風邪気味。やはり、寝返りができず、それが心配。

一月二十一日

熱が続く。久しぶりの点滴。赤ん坊のように暴れてしまうので、今回に限り睡眠薬を使いたいとのお話に、仕方なくうなずき返す。脳の回復状態があるので、本当は使用したくないけれど、肺炎の心配があるのでやむをえない。抵抗力も赤ん坊なみに落ちている。

一月二十二日

風邪、小康状態。五時には六度八分に下がる。夕食より流動食再開。戻してしまったのは、何がいけなかったのか。今後、同じように食事を再開する時には、量を減らし、徐々にならしてみようと相談。

心筋梗塞《しんきんこうそく》の患者さんで、脳に血液が回らなくなり、子供のようになってしまった人を見たことがあると、堀口さんが言っていた。ちょっと見には、克己もその患者さんと同じようなのだが、克己のほうが物に対する反応が鋭いように見えるそうだ。頭部外傷症候群の症例集を読んでみると、その後遺症として、意欲の減退が比較的多く見られるが、少なくとも克己に、それはない。赤ん坊のように、何事に対しても、目に見える反応があり、興味を覚えている。それが希望だ。

二月六日

同室の高鳥さんから、やんわりと苦情。夜中に突然、泣き出したり、無闇《むやみ》やたらと奇声を発したりと、私がいないと騒がしい状態が続いているらしい。私としては、騒がしくできるほどになった回復を喜びたいが、同室の人からすれば、そうはいかない。けれど、やはり克己は私を母として認識している。その証拠だろう、と先生もおっしゃっていた。二十四時間つき添っていたいが、仕事をしなければ克己の治療費を確保できない。

痛しかゆし。

二月七日

赤ん坊のような態度を見せても、克己は立派な大人の体格をしている。ベッドの上での生活でかなり筋肉は落ちていても、看護師さんたちより力はある。そのことが災いしたのだろう。堀口さんも気にはしていない、と言っていたが、赤く腫《は》れた頬を見ると、頭を下げずにはいられなくなる。

克己が回復傾向にあるのは喜ばしい。けれど、克己にこちらの意思は通じない。ベッドを変わるだけで、だだっ子のようになってしまう。なまじ体格がいいだけに、もう看護師さんたちでは克己の体を押さえることは無理に見えた。

院長先生から、病棟を移してはどうか、と相談を受ける。確かに、介護士のかたが近くにいたほうが安全なのかもしれない。けれど、自分の心の中に、そういった人たちと克己は違うのだと思いたい気持ちがある。患者さんを差別する意識の表れなのだろうか。そうではないと思いたいが、言い切れる自信が私にはない。

二月八日

克己一人のために、多くのかたの手を煩《わずら》わせるわけにはいかない。院長先生が、一番手前の部屋を空けてくれるとのことだった。そこまで配慮されては、断るわけにいかなかった。

病棟の雰囲気が、あまりにも違いすぎた。脳性麻痺《まひ》や頭部傷害の患者さんたちも、時に暴れたりするが、彼らは普段おとなしい。邪心のない子供と同じだ。こちらの病棟はあまりにも静けさに満ちている。

介護士さんたちのおかげで、検査も無事に終わる。克己は泣きどおしだったが、よく耐えたと思う。車椅子《いす》だけは楽しいようで、部屋に帰っても、ベッドの上に戻りたがらなかった。ただ寝ているだけなのは、克己も嫌なのだ。

ご褒美《ほうび》に、明日は絵本を買おうと決める。

二月九日

動物数え歌の絵本にはあまり関心を示さなかった。数字やひらがなが多いものを選んだが、まるでこちらの意図を読まれ、はぐらかされてしまったように思える。介護士さんの一人が差し入れてくれたミニカーのほうがお気に入りのようだ。車を見るだけで、こちらは身震いがしてしまうが、男の子はやはりこういったものが好きなのだろう。それに、事故の際の記憶が一切ない、との裏づけのようにも思える。どうだろうか？

昼食後にそれとなく絵本を開くと、ぼんやりと視線だけは向けていた。カセットテープと絵本が一体になった教材のようなものがあったはずだ。探してみよう。

おなかが減ると、催促するように私を見てもごもご口の中で何か言っている。言葉としては聞き取れないが、確かに言葉を話そうとしているとわかる。意思を私たちに伝えようと克己は努力している。いい兆候。院長先生も驚きを隠せないでいる。もっと私たちを驚かせてほしい。頑張れ、克己。

二月十六日

今日の最大の成果は、自分で毛布を引き寄せられるようになったことだ。けれど、まだ力の加減がわからないらしく、毛布があっちへ行ったりこっちへきたりと忙しい。ひとまずはこれで寝返りがうまく行かず、機嫌を損ねることはなくなるだろう。素晴らしい進歩。

克己の回復は著しい。

二月十七日

何と言って、この喜びを表現したらいいだろう。また一日、私たちにとって生涯忘れられない日ができた。本当に克己は素晴らしい子だ。

いつものように九時に顔を出すと、克己はベッドの上で絵本を見ていた。洗濯してきたタオルや下着をロッカーに入れていると、克己が手にしていた絵本を振って、私のほうを見た。盛んに口を動かし、あうあう、といつもの言葉にならない声を発したのだ。

最初は「くま」と聞こえた。「く」と「ま」の間がつまったような、すごく舌足らずの声だった。けれど、確かに聞こえた。これまでにも、何度か単語ではないかと思える声を発したことはあったけれど、これほどはっきりとした言い方ではなかった。だから、私はタオルを投げ出し、克己のそばへ寄った。

絵本の中に、「くま」はいなかった。手にしていたのは、犬のお巡りさんと猫の迷子の絵本だった。クッキーでできたような可愛《かわい》らしい交番の前で、犬のお巡りさんが迷子の猫をパトカーへ乗せようとしているページだった。

克己がまた「くーま」と言った。絵本を持っていないほうの手が、ベッドサイドのテーブルのほうを指さしていた。そこには、水飲みやティッシュの箱とともに、いつだったか介護士さんからもらったミニカーが置いてあった。

「くーま」

その瞬間、私はやっと理解した。「くま」ではない。「くるま」だった。克己は私に、お気に入りのミニカーを取ってくれと言ったのだ。私はすぐにミニカーを取り、克己の手に渡した。克己は笑顔を作り、絵本のページとミニカーを見比べて、「うーうー」と言いながら、目の前で前後にゆすった。

私はナースコールを押して、先生と看護師さんを呼んだ。先生たちの前で、私はミニカーを指さして克己に言った。「車、好きでしょ」克己も言った。「くーま、うーうー。くーま、うーうー」

先生たちの顔ったらなかった。しばらくは、ぽかんと口を開けて克己を見ていた。先生たちも、まさかこんなふうにして克己が言葉を取り戻すとは考えていなかったようだ。

それにしても何という皮肉だろうか。運転中に事故を起こして重傷を負ってしまった克己が、こともあろうに最初に取り戻した言葉が「くるま」だったとは。

取り戻した、というのは正確ではないのかもしれない。まるで、赤ん坊が言葉を覚えるように、克己はたどたどしく「くるま」と言った。あるいは本当に、克己はまっさらの頭に「くるま」という単語を覚えたのかもしれない。だとすれば、次には別の言葉を……。

そして、いつかは私とも会話を交わせるようになるのでは……。

克己は一日中、「くーま、くーま」と言い続けた。言葉を覚えたての子供が、嬉《うれ》しくていつまでもくり返し続けるかのように。

きっと、そうだ。克己は成長している。学習している。あの子は赤ん坊からやり直そうとしている。克己の人生がもう一度始まろうとしているのだ。

◇

言葉を覚え始めたころの記憶は、いくつかおぼろげにあった。

動物や車や電車の絵本を母が次々に買いこんで、ぼくにプレゼントをしてくれた。毎日増え続ける絵本のせいで、ぼくのいる病室は次第に狭くなっていった。母が絵本を入れる棚まで買ってきたからだ。そのうち看護師さんに注意されて、何冊もの絵本が第三病棟へプレゼントされたらしい。いつだったか、そう院長先生が笑いながら話してくれた。

ぼくのお気に入りは、車の絵本だった。消防自動車、ブルドーザー、パトカー、スポーツカー。ぼくは絵本のページに並ぶ車を見て、一から十までの数を覚えた。

そのころ、一枚の写真を母から見せられたのを、ぼくはかすかに覚えている。やせて耳の大きな男の人が笑っている写真だった。なぜ知らない人の写真を見せられるのか、ぼくは意味がわからなかった。母がその写真を見せようとするたび、ぼくは手で払いのけたらしい。床に落ちた写真を、母が大事そうに拾い上げて、もう読まなくなった絵本の間にはさむ姿を、おぼろげながら覚えている。

その写真の人が誰なのかわかったのは、ずっとあとになってからだった。

プールでの直立訓練を始めると同時に、ぼくには新しい先生がもう一人ついた。その先生は、毎日ぼくと向き合い、色々な質問をした。あいうえお、の発音を練習し、数を数え、ノートに丸や四角を書いた。そして、またあの男の人の写真を見せられた。

「これは、誰かな？」

「シャシンのヒト」

「そうじゃなくて、克己君とはどんな関係だったか、思い出してごらん？」

「わかんない」

そう答えると、先生はまた別の絵や写真を見せた。そしてまた、忘れたころにその写真がぼくの前に出されるのだ。

思い出してみようよ、と言われても、ぼくに覚えはなかった。母が時々見せてくる写真の男の人という以外に、頭に浮かんでくるものはない。ぼくは先生に言われたとおり、一生懸命その人を思い出そうとした。けれども、何も浮かばず、気持ちが悪くなり、頭がズキズキと痛んだ。そのころのぼくは、考え事をすると、決まって頭の後ろのほうが棒でたたかれるみたいに痛むのだった。

痛み止めの薬をもらってベッドへ戻ると、ぼくはまたお気に入りの絵本を手にする。あのころはいつも車の図鑑を手にしていた。

ある時、お気に入りの図鑑を開くと、中に一枚の写真がはさまれていた。手に取って表に返すと、どこかの湖の前で、母と幼いころのぼくが笑っている写真だった。そして、母の隣でぼくを抱き上げ、なぜかシャシンのヒトがいっしょになって笑っていた。

その人が、父だった。

◇

毎日ぼくに質問をする先生は、言語と心理療法の先生だった。ずいぶんとあとになって、ぼくはそう知らされた。リハビリテーションには、体を動かすだけではなく、言葉や心の回復を目指すメニューもある。

プールの訓練では関節や筋肉が痛み、病室での質問では頭が痛んだ。なぜ自分だけこんなに苦しい思いをするのだろう。なぜぼくは、母や看護師さんのように一人で歩けないのか。そう考えてしまうと、また頭が痛くなり、気分が悪くなった。いつも優しい母も、訓練になると厳しい顔になった。ぼくは泣いた。訓練室の前で泣いて暴れたことを、つい昨日のように思い出す。

体のほうはいつまでも痛んだけれど、頭痛の回数は次第に少なくなっていった。先生があまり難しい質問をしなくなったからだ。

母ももう写真を見せようとしなかった。やがてぼくは読み書きを覚え、絵本を見るだけではなく、そのページの文字を読めるようになった。お気に入りの本は、車の図鑑から昔話の絵本に変わった。そのころには、自分がケガのために入院中とわかり、家族についても知るようになっていた。いつしか写真の父を見ても、ぼくは頭が痛むことはなくなった。

「ねえ、ぼくのお父さんはどこにいるの？」

「あなたが十歳の時に亡《な》くなったの」

母から聞かされて、ぼくは写真を握りしめて泣いた。その時、ちょっとまた頭が痛んだような気がしたけれど、悲しいほどに父の記憶は何ひとつ思い出されることはなかった。

◇

ズキズキと頭が痛んだ。天井や床が急にぐるぐると回りだした。幸二が叫んだ言葉も、ぐるぐると頭の中で渦を巻いて鳴り響いていた。まるで、昔の頭痛がぶり返したみたいだった。

目の前で幸二が唇《くちびる》のはしをつり上げ、笑っている。ぼくを見て。昔の相馬克己を見下して。八年前までの、克己にしてやられていた思いを取り返そうとして。

相馬克己という人間の姿が、少しずつぼくの前に形を見せてきた気がする。昔のぼくのありのままの姿が。

「本当なのか」

ぼくの声だったみたいだ。自分でも疑ってしまうような、頼りない声になっていた。

「当たりめえだろ。おれが嘘《うそ》ついて、何になる」

「やめなさいよ！」

女の人が顔を振り上げて、幸二に言った。

「うるせえな。黙ってろ、おまえは！」

「コウちゃん、最低だよ、そんなの」

「うっせえ。余計な口出しすんな！」

幸二が床に向かって叫び、右足を一歩後ろに引いた。女の人が壁のほうへ逃げた。ぼくは左手のつえを、ぐいと彼の前につき出した。けれど、少し遅かった。幸二の足が、まともに女性の腰に当たった。鈍い音と悲鳴が聞こえた。女性は廊下に背中から倒れた。ぼくは幸二の足めがけて、素早くつえを振った。右足のひざに命中した。つえはアルミ合金でできている。横から足を払われるような形になり、幸二はバランスを崩して、その場にうずくまった。

「てめえ、この野郎！」

「コウちゃん、やめてよ！」

女性が苦しそうに腰を押さえて、起き上がろうとした。飛びつくようにして幸二の足元に、しがみついた。

「放せ、このバカ！」

幸二が拳《こぶし》を固めて振り上げた。女の人を蹴《け》ったうえに、殴ろうとまでしている。何てやつだ。こんな男が昔の友人だったとは。

体が震えた。頭に血がのぼった。女の人を突き飛ばそうとする幸二に向かって、とっさにつえを押し出した。力をこめて。女性を守るために。

つえの先が、幸二のあごに命中した。鈍い音がして、彼の口からうめきがもれた。振り上げた手が一瞬止まり、そのまま顔を押さえこんだ。

指の間から、すーと真っ赤な血がしたたり、フローリングの床に落ちて点々と散った。起き上がりかけた幸二が、がっくりとひざをついた。

「コウちゃん……」

女の人が呆然《ぼうぜん》と言った。幸二があごを押さえたまま、崩れるように床へ倒れた。

「コウちゃん、大丈夫……」

幸二は何も答えなかった。真っ赤に染まった手を口元に押しつけたまま、廊下を転げ回った。女の人が、きっと目をむいて、ぼくを見た。

「何てことするのよ」

「彼は君に手を上げようとした」

「だからって、そんな棒で殴ることないじゃない！」

泣き声になっていた。彼女は自分の服が血で汚れるのもかまわず、幸二を抱きとめるようにしてひざまずいた。涙声で幸二の名前を呼んだ。ついさっき、自分の手から強引に金を奪った男を、自分を蹴り飛ばした男を、心配している。髪を振り、取り乱しながら。

ぼくは彼女に言った。

「ねえ、悪いことは言わないよ。こんなやつに近づかないほうがいい」

彼女が目をつり上げて、ぼくを振り返った。今までで一番大きな叫び声になっていた。

「あんたに何がわかるのよ！」

「見ればわかるさ。こいつは君のことを、少しも大切に思っちゃいない。お金を手に入れる手段として見てるだけだよ。君は何をして、こいつに金を渡したんだ？」

「そんなこと、どうだっていいじゃない。何かあんたに関係ある？　あたしにはコウちゃんが必要なんだから。それでいいでしょ。出てってよ、もう。こんなのたくさん。ここから出てって！」

彼女を助けようとしたぼくが、どうして非難されるのだろう。少し力が入りすぎて、結果的に幸二をひどく殴ってしまったかもしれない。でも、彼が悪いのだ。女性を蹴り、そのうえに殴ろうとした。ぼくはただ止めようとしただけなのだ。

幸二が苦しそうにうめき、廊下を転がっている。あごからしたたり落ちた血が、ぼくの足元にまで広がっていた。まさか、これほど血が出てしまうとは……。

彼にはまだ確かめたいことがあった。けれど、もうとても答えられそうになかった。答える気もなかっただろう。女性が再びぼくを見上げて言った。

「出てってよ、早く。お願いだから」

投げつけるような言葉を背に浴びながら、ぼくは幸二の部屋を出た。

しばらくマンションの前でうろうろしていた。このままここを離れていいのだろうか。幸二のためには救急車を呼んだほうがいいのかもしれない。彼のケガは心配だったけれど、救急車を呼べば、殴った者が誰かを問いつめられる。たとえぼくが救急車を呼ばなかったにしても、彼や彼女が呼べば、同じになる。

そう考えて、初めて自分のしたことが怖くなった。どういう理由があったにしろ、ぼくが殴ってケガをさせた。その事実はごまかしようがない。しかも、幸二の話では、八年前にぼくは別の人にもケガを負わせているという。

本当だろうか？　幸二の言葉をどれだけ信用できるか。

確かに、トンコや清たちはぼくに何かを隠そうとしていた。けれど、幸二の言葉どおりに、ぼくがその人を「半殺し」の目にしておきながら、ぼくが何の罪にも問われなかったということがあるだろうか。

　普通では、考えられない。幸二が言ったように、もしぼくが逃げたとしても、ぼくは事故を起こして入院していた。大きな事故だったので、当然、警察も知っている。それでもぼくは、警察から何の罪にも問われていない。

たぶん、幸二がぼくを驚かせようと、わざと大げさに言ったのだ。

ぼくはその人に暴力をふるったのかもしれない。けれど、警察ざたになるほどではなかった。ただ八年前の悔しい思いを晴らそうと、幸二が話をふくらませて言ったのだ。

きっと、そうだ。そう考えれば、すべてに説明がつく。そのころのぼくと聡子は、うまくいってなかった。だから、トンコや清も隠そうとした。カズや康平も、すぐにはぼくに聡子のことを聞けなかった。理屈は通る。納得できる。

そう思いたかった。

けれど、できなかった。

ぼくは自分自身に驚いていた。幸二が女性を殴ろうとした時、ぼくはとっさに手を出していた。彼があごから血を流し、苦しがっているのを見ても、ぼくは当然だと考えた。女性を蹴り、殴ろうとした彼が悪い。だから、殴られても当然なのだ、と。たとえ血を流したにしても、仕方がない、と。

　そんなふうに思った自分が、ぼくは自分で信じられずにいた。

◇

カズや康平は、まだ部屋に帰っていなかった。たとえ連絡がついても、職探し中のカズからお金を借りるのは難しい。残るは康平しかいない。

乏しくなってきた財布の中身を考えて、地図を頼りにとぼとぼと北千住の駅のそばまで歩いた。日ノ出町にある康平のアパートはすぐに見つけられた。荒川土手に近い、木造の小さな二階屋だった。階段を上がった201号室のポストに、直接太書きのマジックインキで「柚木」と書かれていた。ドアをノックしてみたけれど、やはり康平は戻っていない。

すっかり陽が落ち、ようやく涼しくなってきた荒川土手で、買っておいたパンとウーロン茶で食事をすませた。一時間おきにアパートを見にいった。八時になっても、九時がすぎても、十二時が近づいていても、康平は部屋に戻らなかった。自分の都合に合わせて、人が動いてくれるわけではない。

そろそろ電車がなくなる時間が近づいていた。カプセルホテルに泊まるつもりなら、もう駅に向かわないとまずい。けれど、ぼくは土手に座って、対岸に見える家々の明かりを見ていた。ぼくにだって帰るべき家はある。工場や病院へ行けば、友人もいた。けれど、ぼくは一人だった。たとえ家に帰っても、ぼくを待ってくれている人はいない。

虫の音が聞こえた。上空を遠く飛行機が飛んでいった。土手の道を誰かが自転車に乗って通りすぎた。話し声と笑い声が遠くなっていく。

十二時をすぎた。ぼくは重い腰を上げて、もう一度康平のアパートへ寄った。帰っていなかった。ぼくも帰るところがなかった。土手を歩いた。河川敷に野球のグラウンドが作られていた。一塁と三塁の近くにコンクリート屋根のダグアウトがあった。ぼくは中のベンチに寝そべると、ひざを抱えて夜をすごした。

◇

朝になっても、康平は帰らなかった。バンド仲間の部屋にでも泊まったのだろうか。カズのところへ電話を入れても、相変わらず受話器は取り上げられない。

ぼくは考えた末に、残っていた口座から、お金をすべて下ろした。母が残してくれた口座には、まだかなりの額がある。宮崎に帰るお金がないと打ち明ければ、院長先生は仕方なくぼくの口座に送金してくれるに違いない。そう勝手に決めこんだ。

さしあたってのお金はできた。けれど、無駄にはできない。このお金がつきた時、ぼくは宮崎へ帰ることになる。今度いつ聡子に会えるかわからなくなる。

行き先は決まっていた。

初めて北浦和へ来た時、聡子は子供を連れて公園にいた。毎日の日課なのかもしれない。そう考えて、ぼくは真っ先に公園へ向かった。彼女の自宅を訪ねる勇気はなかった。

マンションの前をさけて、少し遠回りした。公園前の通りに近づくと、あの時と同じように子供のはしゃぎ声が聞こえてくる。植えこみの間から、公園をのぞいた。子供を見守るお母さんたちの姿が見える。

探すまでのことはなかった。彼女の姿は、すぐぼくの目に飛びこんできた。

砂場の前のベンチだった。淡いオレンジ色のTシャツに下はジーパン。今日は髪を後ろでひとつにたばねていた。彼女は砂場で遊ぶ子供たちのほうを見ながら、隣に座った奥さんと話をしていた。隣の人はこぼれそうなほどの笑顔を見せていた。けれど、彼女は、無理して笑おうとしているような、作りものに思える笑顔だった。

ぼくは公園の入り口までゆっくりと歩いた。今すぐにでも彼女のそばへ駆け寄りたかった。けれど、周りの人が何事かと思う。彼女も驚く。

公園の入り口には、車が入れないようにコンクリートのフラワーボックスが並べられていた。ぼくはそのへりに腰を下ろした。ザックから文庫本を取り出して読む振りをした。彼女を見つめていたい気持ちを抑えて。

ここにいれば、彼女の目に必ずとまる。ぼくがここにいれば、会いたがっているのだと彼女に伝わる。家を訪ねることもできるけれど、こうしてぼくは君からの呼びかけを待っているんだ。必ず気持ちは伝わる。彼女ならきっと、ぼくを冷たくあしらおうとはしない。そう信じながら、じっと文庫本のページに視線を落とした。

どれだけ我慢しただろうか。ぼくは耐えきれずに、そっと顔を上げた。首が疲れたふうを装《よそお》って、それとなく砂場のほうに目を向けた。

彼女はまだベンチにいた。ちらりとこちらに目をやったように見えた。勘違いでも、思いすごしでもない。ぼくは彼女の視線を感じた。ここにいるのがぼくだ、と彼女は知った。隣に座った奥さんと世間話をしながらも、ぼくが気になってならない。そんなふうに見える。

ぼくはフラワーボックスから立ち上がった。マンションのほうへ歩いていった。最初の角を折れたところで立ち止まった。ここで待てば、彼女が来てくれそうな気がして。

小さな駐車場の前に立ち、ぼくは彼女を待った。

人の目があるので、すぐには足を運べないだろう。十五分待った。二十分待った。ぼくは病院で何年もの間、外へ出る日をひたすら待ち続ける暮らしをしてきた。それぐらいの時間なんて、どうということはない。

三十分待った。

四十分は待てなかった。もう来ないのかもしれない。ぼくは再び公園の前まで歩いた。植えこみから中をのぞいた。砂場の前のベンチに、もう彼女の姿はなかった。植えこみに顔を埋めて見回したけれど、どこにも彼女はいない。

マンションへ戻ったのなら、この道を通る。ぼくは彼女の姿を見かけていない。つまり、遠回りをしてぼくをさけ、自宅まで戻ったのだろう。

足が重くなったように感じられた。そうまでして、彼女はぼくをさけている。なぜ？

ぼくが何をしたというのだろう？　やはり幸二の言葉は本当だったのか。

　マンション近くのコンビニへ足を運ぶのは、これで何度目になるか。ぼくは彼女の自宅に電話を入れた。予想どおり留守番電話になっていた。信号音を聞きながら、ぼくは必死に言葉を探した。

「ごめんなさい。相馬です。トンコから話は聞きました。ですけど、ぼくにはまだわからないことがあります。幸二の話では、ぼくはある人を……何かひどくケガさせてしまったようなんですが、本当でしょうか？　そのことであなたに迷惑がかかっていたなら、申し訳なく思います。もし事実なら、今さら遅すぎるかもしれませんけど、その人にもお詫《わ》びを言いたい——言わなければ、と考えています。思い出したくないかもしれませんが、どうかぼくに本当のことを教えてもらえないでしょうか。ぜひ時間をください。五分でもいいんです。——また午後に電話を入れます」

　午後二時に電話を入れたが、やはり留守番電話のままだった。

「相馬です。どうかお願いします。電話で結構ですから、声を聞かせてください。どうしてそんなに冷たくするのですか？　もちろんあなたを責めるつもりはありません。ですけど、ぼくが何をしたというのでしょうか？　ぼくは八年間、病院で治療を受けていました。昔の記憶は一切ありません。ですから、ぼくにあなたへ連絡ができるわけはなかったんです。せめて、どうしてぼくと会いたくないのか、教えてもらえないでしょうか。お願いします。また一時間後に電話をします」

「相馬です。お願いですから電話に出てくれませんでしょうか。マンションから出ていないのはわかっています。あなたの自宅を見張るような真似《まね》をして申し訳なく思っていますが、どうかぼくの気持ちを少しは想像してみてください。五分でいいんです。ぼくとの間に何があったのか、どうか教えてください。ぼくがもし本当にある人をケガさせたのなら、ぼくはどうして警察から何も言われなかったんでしょう？　それとも幸二の話は嘘だったのか。でも、そうなると、なぜあなたがぼくをさけようとするのか？　わからないことだらけなんです。これ以上、何度もこんなふうに電話をして、あなたに迷惑をかけたくありません。どうかお願いします。また一時間後に電話をします」

「相馬です。話をするのも嫌なら、手紙でも結構です。今はもう結婚して、お子さんもいるんですから、昔のわけのわからない男と話したくないという気持ちはわかるつもりです。ですけど、もしぼくが本当にケガさせた人がいるなら、どうか教えてください。あなたがぼくをさける理由も、お願いですから教えてください。本当のことを知っても、あなたを逆恨みに思ったりするつもりはありません。手紙でも結構です。お願いします。また一時間後に電話をします。もし手紙を書いてくださるなら、電話を取ってください。プッシュボタンの信号音か何かでいいから、ぼくに合図をしてください。どうぞ、お願いします」

また一時間がすぎて、ぼくはコンビニへ移動すると、受話器を手にテレホンカードを差しこんだ。もう何度もかけて指先が覚えてしまった番号を押そうとした。そこに突然、思いがけず後ろから手が伸びて、電話機のフックが下げられた。耳に当てた受話器の信号音が消えて、テレホンカードがはき出された。

「やっぱりここにいたんだね」

振り返ると、目の前にトンコが立っていた。眉《まゆ》をちょっぴり寄せ、歯が痛いのを我慢するような顔でぼくを見ていた。それでぼくは、聡子の返事を知った。けれど、ぼくはまた公衆電話に向かって、テレホンカードを入れ直した。こんなふうに人を使って返事をするなんて、少し卑怯《ひきよう》に思えた。ぼくはできる限りの言葉をつくした。彼女の気持ちを理解しようとして。

後ろからトンコがまた手を伸ばし、無言でフックを下げた。ぼくはトンコを見向きもせずにカードを抜き取ると、三たび差し入れ口にあてがった。

「聡子を苦しめないでって言ったじゃない」

ぼくはトンコの腕を払い、ダイヤルボタンに手をかけた。トンコが力任せにぼくを押しやって、フックを下げた。はき出されたカードを素早くつかみ取ると、トンコは公衆電話を守るみたいにして、ぼくの前に立ちはだかった。

「わかってあげてよ。聡子だって、つらいんだから」

ぼくはつえを握り、電話の前を離れた。

「待ってよ、どこ行くつもり」

トンコが後ろからぼくの腕をつかんだ。ぼくは払いのけて、歩きだした。

「待ってよ。聡子のとこ、行こうってわけじゃないでしょうね」

トンコがぼくの前に回りこんできた。ぼくは左に体をかわし、歩き続けた。

「ちょっと待ってよ。聡子から伝言頼まれて来たんだから。聡子は何も克己を無視するつもりで、あたしに電話してきたんじゃないんだからね！」

トンコはぼくの前で、暴走機関車を一人で止めようとするスーパーマンのように手を広げると、茶色い髪を振り乱しながら叫んだ。道行く人が立ち止まってぼくらを見ていた。

トンコは手を広げたまま、泣きそうな顔になった。

「聡子、電話口で泣いてた。あなたにすまないって……。でも、やっぱり自分は会えない。だから、あたしからも謝ってほしいって」

「どうして会えないのかな」

トンコはやっと広げていた手を下ろした。

「わかってよ。聡子、もう子供までいるんだよ。昔別れた男なら、ちょっとつらいけど、久しぶりって昔を懐《なつ》かしがって会えるかもしれない。けど、聡子と克己は違うじゃない。

聡子はあんたのこと、好きだったんだよ。好きなのに、突然死なれて、無理やりあきらめなきゃならなかったんだ。正直言えば、すべて気持ちが吹っ切れてたわけでもなかったんだよ。いつまでも聡子、たぶん克己のこと、引きずってたと思う。あのころのこと、あんまり話そうとしなかったけど、あたしにはわかる。あたしだったら、絶対そうだもの。でもね、聡子は今の旦那《だんな》さんと知り合えたの。ずるずると克己のこと引きずってうつむいてた聡子を、やさしく抱きとめてくれる人と会えたんだよ。だから聡子も、いっしょに歩いていこうって決めたんだ。子供も生まれて、やっと気持ちの整理もついたところだったと思う。そんな時に、死んだと思ってたあんたが現れたんだよ」

「でも、ぼくと彼女はうまくいってなかったんだろ？」

「そんなことない」

「嘘はやめてほしいな。幸二から聞いたよ。聡子の気持ちは離れかけてた。ぼくは取り乱して、聡子の浮気相手を探そうとした。だからみんなも、ぼくと会ってすぐには聡子のことが聞けなかった」

「幸二が何を言ったのか、だいたい想像つく。でも、いい？　完璧《かんぺき》な人間なんていやしないでしょ。誰にだって、自分の気持ちがわからなくなる時ってあるじゃない。聡子も弱気になってたんだよ。昔の克己——今もそうだけど、けっこう正論ばっかり言って、相手を追いつめちゃうとこがあった。そりゃあ理屈どおりにすべて気持ちが説明できればいいよ。でも、人の気持ちって、簡単なものじゃないでしょ。その人が好きなのに、嫌いな素振りを見せたり、謝りたいと思ってるのに、つい意地を張って言い返しちゃったり。あの時は、そりゃあ確かに聡子は迷ってたみたいに見えた。でも、聡子はあとになって、よーくわかったんだって言ってた。あなたが……昔の克己が本当に誰よりも何よりも大事だったって。そのことに気づくのが遅すぎたけどって」

「浮気——なんて言い方は好きじゃないけど——聡子は、その……ぼくじゃない人を、一度は選ぼうとしたわけなんだよね」

「だからそれは、一時的な気の迷いでさ。誰だって、そういう時あるじゃないの」

「違うんだ。彼女を責めるつもりはないよ。ただ、ぼくがその人を——半殺しの目にあわせたと……」

「幸二が言ったんでしょ。そんなの嘘だよ。聡子が言ってた。ケンカになったのは事実だけど、克己はちっとも悪くないって。ただ、その人が少し大げさに——克己をわざと困らせようとして、あることないこと言って警察ざたにしようとしたって。ほら、そういう卑怯なことしかできない男って、いるじゃない」

トンコはつえを持つぼくの手を上からつかんで、強く左右に振った。

「だからさ。これ以上、聡子を苦しめないようにしようよ」

「ぼくだって、苦しいんだ」

トンコは息をのむように口を閉じ、ぼくを見つめた。

「自分でもわからないんだ。なぜこんな気持ちになるのか。昔のぼくの記憶がそうさせているのかもしれない。昔を持たないぼくだから、彼女にすがって懐かしさを取り戻したいのかもしれない。けど、彼女に会いたいんだ。遠くからながめるだけじゃなくて、彼女をそばで見ていたい。声が聞きたい。話をしたい。そういう気持ちを抑えられなくって――。自分でも、自分がよくわからないんだ」

　トンコの目から大粒の涙がこぼれ落ちた。痛いほどにぼくの手を握りしめた。

「つらくても、我慢しようよ、ねえ。だって、聡子はもう子供までいるんだよ。もうどうにもならないじゃない」

「自分でもどうしたらいいか、わからないんだ。でも、このままじゃ帰れないよ。会うだけでいい。八年前に死んだもう一人のぼくが、彼女にひと目会いたがってるのかもしれない」

「だめだよ、会えないんだよ、聡子とは……。会っても、二人とも今よりつらくなるだけじゃない。聡子は、ようやく人並みの幸せを手に入れたところなんだよ」

　すすり上げるようにトンコは言った。ぼくはそっと力をこめて、からみついたツタ草を引きはがすみたいにして、トンコの指を一本ずつぼくの手から離していった。

「今のぼくには、もうどうしようもないんだよ」

　背を向けて歩きだそうとすると、トンコが涙声で呼びかけてきた。

「待ってよ、聡子んちへ行くつもりじゃないでしょうね」

　ぼくは振り返った。

「気持ちが通じるのを待つよ。彼女を追いつめるようなことは決してしない。約束する」

「待つって——どこで待つのよ。そんなに長く、こっちにいても大丈夫なの？　仕事があるんじゃないの？」

「どうにかするさ」

　ぼくはトンコに手を振り、歩き始めた。

◇

　どこへ行くという当てはなかった。

　手持ちのお金は心細い。いつ帰ってくるかわからない康平たちを頼るわけにもいかない。電車賃も節約したい。聡子がぼくに会ってくれるかの保証もない。昨日のように、どこか夜を明かせる場所を探そうと決めた。

　最初に思いついたのは、マンション近くの公園だった。けれど、近所の人たちが子供を遊ばせている。あんなところで寝泊まりしたら、聡子に迷惑がかかる。

　地図を見ながら、辺りを歩いた。八百メートルほど北に、大きな運動公園があった。一角が野球場になっていて、ぶかぶかのユニフォームを着た子供たちが白いボールを追いかけていた。緑の植えこみの奥にあった体育館の前では、笑いながら柔軟体操をするジャージ姿の中学生たちがいた。ジョギングコースを歩くようなスピードで走るおじいさんもいた。

ここなら公衆トイレもあるし、洗濯のできそうな水飲み場もあった。体育館の裏へ回って屋根の下へ入れば、雨にぬれる心配もない。ここに決めた。

陽が落ちるまで、ベンチで文庫本を読んで時間をつぶした。文章を追うより、間にはさんだ写真を見返す時間のほうが長かった。陽が暮れかかっても、運動公園にはまだ多くの人たちがいた。ぼくはザックから食パンとウーロン茶を出して、簡単な夕食をすませた。

八時をすぎても、自転車に乗った若者たちが公園内を走り回っていた。九時になって、ようやく水飲み場の辺りから人影が消えた。ぼくは早速、木の陰で下着を替えた。ついでにタオルで体をふいて、下着と替えのTシャツを洗濯した。明日はこの近くで銭湯を探して、お風呂《ふろ》に入っておこうと考えた。

かたくしぼって水気を取り、洗濯物を抱えて体育館の裏へ移動した。その途中のトイレに近い茂みで、野宿する先輩の姿を見かけた。五十歳ぐらいの男の人だ。大きな木の根元に段ボールで囲いを作り、枝の下にビニールのシートを屋根代わりに張っていた。ごそごそと音を立てながら、男の人は段ボールの住まいの中へ姿を隠した。こんばんは、の声をかけそびれたけれど、これからは挨拶《あいさつ》できる時間がいつでもありそうだった。

体育館の裏に植わる木の枝に洗濯物を干すと、ぼくも先輩を真似て段ボールを探しに歩いた。新聞を布団《ふとん》代わりにしたのでは、インクが肌や服についてしまいそうだ。駅前の商店街まで足をのばして、電気屋の前のゴミ置き場で格好の段ボールを見つけた。こそこそと持ち帰って、体育館裏の軒下にしいた。これで当分は、宿泊費を節約できる。

星を見ながら横になり、段ボールにくるまった。お金も泊まるところもなかったけれど、なぜか寂しくも悲しい気持ちにもならなかった。病院では友達と呼べる人たちが周りにいた。そう広くもない四人部屋の病室に入っていた。けれど、ぼくは時々とてつもなく広い部屋に置かれたベッドの上で、ぽつりと自分一人が寝ているような不安を覚えて夜中に目を覚ますことがあった。

宮崎海浜病院の病室とは比べものにならない広さを持つ運動公園の、明かりも人気《ひとけ》もまったくない体育館の裏でぼくは横になっていた。一人だった。けれども、どこか満ち足りた気分を感じている自分がとても不思議でならなかった。

翌朝は七時に起きた。洗濯物を取りこんでザックにつめると、段ボールを体育館の壁に立てかけてから運動公園を出た。

ぼくはマンション近くの公園で、聡子を待ってみるつもりだった。彼女のほうから、ぼくに声をかけてくれるのを。本を読んでいるだけなら、待ち伏せにはならないだろう。

さすがに八時前では、公園に誰もいない。お母さんたちがいつも集まるベンチからちょっと離れた木の下に、ぼくは腰を下ろした。文庫本を取り出した。少しは読み進めていたけれど、頭にはほとんど入っていない。何ページまで読めるだろうか。

九時をすぎて、お母さんと子供が集まり始めた。ぼくはなるべく顔を上げず、本に目を落とした。あまりきょろきょろしては、お母さんたちが不審に思う。ただでさえ、いい大人が昼間から公園で本を読んでいること自体がおかしく見えるはずなのだ。お母さんたちに気味悪がられたら、この公園にいられなくなる。

見回したい気持ちをおさえて、文庫本を読んだ。十一時になっても、聡子は姿を見せなかった。今日は来ないのだろうか。植えこみの向こうでぼくを見つけてしまい、マンションへ引き返したわけか。

ぼくはいったん腰を上げると、駅の近くで時間をつぶし、午後にも公園へ向かった。前の通りから、それとなく聡子の姿を探した。いなかった。道の先で引き返して、一時間ほどあとにもう一度見たけれど、同じだった。トンコから話を聞いて、公園には姿を見せないつもりだろうか。

再び駅前へ移動した。商店街の途中に、小さな広場があった。赤いレンガでできたフラワーポットのへりにぼくは腰を下ろして、また文庫本を開いた。公園に毎日顔を出す必要はない。でも、買い物には必ず出ないといけないはずだ。ここにいれば、必ずぼくの姿に気づいてくれる。

六時まで待った。彼女らしい人影には気づかなかった。ぼくは腰を上げて、商店街のお店で食パンと野菜ジュースを買うと、運動公園の体育館の裏へ帰った。

◇

翌日も、午前八時からマンション近くの公園で本を開いた。昨日一日で、七十一ページまで進んだ。進むだけは。

停車場で〝坊っちゃん〟がマドンナらしい女の人を見かけたところで、足音に気づいた。顔を上げると、ぼくより少し歳上《としうえ》に見える男の人がゆっくりと近づいてくる。すぐに視線があった。男の人はぼくから目をそらそうとしなかった。眼鏡の奥の目が、しっかりとぼくをとらえていた。ぼくより身長は高いかもしれない。その代わりではないけれど、小枝のように手足や胴が細かった。紺色のズボンをはいた腰が、女性のようにくびれている。短めの髪を真ん中近くから綺麗《きれい》に分けて、シャツの襟首《えりくび》に近いボタンまでをしっかりととめていた。手を腰の後ろに回し、口を真一文字に結び、男の人はぼくに向かってまっすぐ歩いてきた。

この年代の男の人が公園に来るのは初めてだった。そういえば、今日は土曜日だった。仕事が休みの人は多いのだろう。

ぼくは文庫本にしおりをはさむと、つえを手に立ち上がろうとした。男の人が高めの声で話しかけてきた。

「そこで何をしているのかね」

問いつめるような口調だった。ぼくは腰をはたいて、男の人と向かい合った。

「本を読んでいました」

「大の大人が昼間から公園で読書とはいい身分だね」

　質問とは思えないので、ぼくは何も答えなかった。男の人は細い指で、乱れてもいない耳元の髪をなでつけた。

「最近は、ずっとこの公園で本を読んでいるそうじゃないか」

「暇がありますもので」

　男の人は、背後の公園を一度見回すようにしてから言った。

「本を読んでいるのは、形だけだね」

「いえ――」

「嘘はやめてほしいな。君のような大人が、毎日昼間から公園で本を読んでいるなんて、どう考えてもおかしいだろ。仕事はどうしたのかな。誰かをここで待ってるのかね？」

「病気療養中で時間があります。亡くなった母が残してくれたお金があるので、ぜいたくをしなければ、何とか一人でやっていけます」

　嘘ではなかった。多少の省略はしていたが。

　男の人は、いいだろうと言うように大きくうなずき、右の手のひらを地面に向けた。

「毎日ここにいるならわかるだろうけど、ここは小さな子を遊ばせる場所でね。君がいるせいで、母親たちが少し敏感になっている。読書の趣味はいいけど、家でやってもらえないかな。ここは小さな子供たちの集まる公園なんだ」

人にものを頼むような言い方ではなかった。でも、ぼくもなるべくなら面倒を起こしたくはない。

「お母さんたちの心配はわかりますけれど、ぼくは子供たちの迷惑になるようなことは何もしてませんし、これからもするつもりはありません。ですから、どうかご安心ください」

男の人は即座に首を横に振って、抑え気味の口調になった。

「いいかな。君がいること自体が迷惑なんだよ。それがわからないのか？」

わからなかった。けれど、ここで言い返せば、男の人がさらに文句を言うだろう。言葉に迷っていると、男の人はあごの下を指先でそわそわとつまみながら言った。

「だいたい君はどこに住んでるんだ。この辺りでは見かけない顔じゃないか。わざわざ家から離れた場所へ毎日通って読書なんて、聞いたこともない。何か魂胆《こんたん》があって、ここへ来ているんだろ、違うかね？　ここで誰を待ち伏せしているのか知らないが、その人も大いに迷惑をしているはずだ。そのうえ、子供たちも君を薄気味悪がっている。迷惑なんだ。この公園から出ていってもらえないかな。二度とここへ来ないでほしい。わかるだろ、君もいい大人なんだから」

反論の言葉は山ほどあった。けれど、ぼくは何も言い返さずにザックをかついだ。男の人ともめて警察を呼ばれたら、聡子に迷惑がかかる。それだけは、さけたかった。

通りの前で後ろを振り返った。男の人はじっと腕を組んでこちらを見ていた。ぼくが公園を出るまで、その場を動こうとしなかった。

昨日も足を運んだ駅前の広場へ行った。読みかけの文庫本を開く気力もなく、フラワーポットに腰かけて、ぼんやりと商店街の人の流れをながめていた。

土曜日とあって、家族連れが多い。小学校も隔週の土曜休みに当たっているらしく、お父さんやお母さんに手を引かれた子供の姿が目立つ。聡子にも小さな女の子がいた。八年前にあの事故がなければ、もしかするとぼくと二人で子供の手を引き、商店街を歩いていたかもしれない。そう考えるのは、少し勝手すぎる夢だろうか。

自分自身がまだ子供と同じみたいなものだから、ぼくは子供について考えたことがなかった。聡子には女の子がいる。トンコや清には二人の男の子がいた。ぼくらはもう子供がいてもおかしくない歳だった。

子供を持つとは、どういうことなのだろう。自分ではない、自分の分身のような存在を、責任を持って一人前の人間に育てていく。子は親に何を与えていくのか。母はどんな気持ちでぼくを二度も育ててくれたのだろう。

あてもなく、商店街を通りすぎていく人の流れをながめていた。心の片隅で、聡子が通りかかってくれることを、ひたすら祈りながら。

午後になって陽射《ひざ》しが弱まり、空が急に暗くなってきた。雨が降りだしそうな雰囲気だった。折りたたみの傘ならザックの中に入っている。ぼくは体育館の裏へ帰る気も起こらず、ずっとその場に座っていた。道行く人は、誰もぼくを見なかった。街中で座っている人はぼくだけではない。何をしているのかわからなくても、東京では若者も歳を取ったおじさんも、思い思いの姿で街角に腰を下ろしていた。誰も彼らに注目したりはしない。目にも見えていないのだろう。ぼくは透明人間みたいに、ずっとフラワーポットに腰を下ろしていた。

ほほにポツリと雨のしずくを感じた。

そう広くもない商店街の通りを、一台の真っ赤な車が近づいてきた。通りを行き交う人を、まるで押しのけでもするようにクラクションが何度も鳴った。

どういうことなのか、赤い車はぼくの前で停まった。運転席のドアが開いた。中から背の高い男の人が出てきた。ぼくはつえをつかんで、フラワーポットから腰を上げた。

運転席から下りてきたのは、先ほど公園に来たあの男の人だった。

「あんた……まだ、そんなところにいたのか！」

通りかかる人がみんな足を止めて振り返るほどの大きな声だった。ドアを開けたまま、男の人はつかつかとぼくのほうに歩み寄ってきた。

「いいかげんにしたらどうだ。迷惑なのが、わからないのか！」

今にも殴りかかってきそうな口調だった。どうしてこの人が、ぼくにそこまで怒りをぶつけてくるのだろう。ぼくはこの人の忠告を聞き入れて、公園から出ていったのだ。わけがわからなくて、男の人の赤くなった顔をながめた。その肩先に、ちょうど真っ赤な車の窓が見えた。男の人をよけるように、ぼくは左へ一歩動いた。視線が吸い寄せられた。

真っ赤な車の中に、人の姿が見えた。大きな影と小さな影。大人と子供の二人がいた。大きな影のほうは、じっとうつむき、動いていない。まるで顔を隠すかのようだった。雨つぶの落ち始めた窓ガラスの向こうで、肩先まで伸びた髪を後ろでひとまとめにしている。そのシルエットに見覚えが――。

「聡子……」

彼女のシルエットが見えなくなった。男の人が、彼女を隠すようにぼくの前に迫ってきた。

「人の女房に、おまえは何を……」

怒りをかみ砕くように言って、男の人がぼくの胸を押した。ぼくはフラワーポットにかかとをぶつけた。そうだったのか。この男の人が、聡子の――。

「ご迷惑なのはわかってます。けれど、奥さんに会って、ぜひ尋ねたいことがあります」

ぼくは頭を下げながら言った。

「女房は迷惑だと言ってる。人をつけ回すようなことをするな！」

「どうか冷静になってもらえませんか。ぼくはただ昔のことを聞きたいんです。昔ぼくがケガさせてしまった人がいるのかどうか。もしいるなら、その人の名前は何ていうのか……」

「しつこいと警察を呼ぶぞ。あんたが何をしたのか知らないが、うちのやつはもう人を介して答えたと言ってる。しつこくつきまとうとは、嫌がらせとしか思えないだろ」

聡子はこの男の人に、ぼくのことを話していた。夫なのだから、当然だろう。当たり前なのに、ぼくはとてもショックを受けていた。裏切られたように思えた。今朝この人がぼくの前に現れたのは、聡子に頼まれてのことだったのだ。確かにトンコを通じて、ぼくの質問には答えてくれた。けれど、八年ぶりに昔の友人が訪ねてきたというのに、彼女は顔を見せようともしてくれない。そこまで嫌われるようなことが……。

男の人は自分の気持ちを抑えるかのように肩で大きく息をついた。

「いいか。確かにうちのやつは一時期あんたとつき合っていたのかもしれない。けど、今はもう私の家内だ。子供だっている。今になって、なぜこんなふうにつきまとう。私らが何をした？　人の家庭を踏みつけにするようなことはやめてくれ。うちのやつはもうあんたに会いたくないんだよ。うちのやつにとってあんたは、もう八年前に死んだ人間なんだ。わかるだろ？」

大粒の雨がアスファルトを次々とぬらし始めた。雨がぼくと男の人を激しくたたいた。何も言い返せず、ぼくは雨に打たれていた。

クラクションがまた鳴った。真っ赤な車の後ろに、いつの間にか小型トラックが停まっていた。運転席から顔を出し、男の人が何か叫んだ。その声も、突然の激しい雨の音にかき消されて、よく聞こえなかった。

「頼むよ、あんた。私らの前から消えてくれよ」

男の人はそう言い残すと、ぼくに背中を向けた。両手を頭の上にかざしながら走って赤いスポーツタイプの車に戻った。ドアが閉まり、車はゆるゆると雨の商店街を動きだした。

打ちすえるような雨の中を、聡子のシルエットが遠ざかっていく。彼女は振り返らなかった。隣で子供がこちらを向いた。窓ガラスに手をつけ、ぼくのほうを見た。その手が小さく左右に振られた。たいした意味もなく、手を振ったのだろう。けれど、ぼくは小さな彼女にまで嫌われたような気がした。

雨はますます強くなっていった。

◇

八年前に死んだ人間——。

確かに昔のぼくは、もうどこにもいない。藤沢聡子にとって、ぼくはもう死んでいる。今のぼくは、昔の相馬克己と顔形は同じでも、見ず知らずの男の一人にすぎなかった。八年ぶりに昔の仲間が懐かしい顔を見せたのとは違う。やあやあ、久しぶり、などと言って、気軽に手を振るわけにはいかない。トンコを通じて意思を伝えていたのだから、ぼくにしつこくつきまとわれる理由はないと思っても当然だった。

ぼくは聡子たち一家に迷惑を与えるだけの存在でしかない。そう痛いほどに理解できた。けれど、理解できたからといって、すぐに考えをあらためられて、思ったとおりの行動を取れるのなら、悩んだり苦しんだりする人はどれほど少なくなるだろうか。

聡子の知る相馬克己はもういない。彼女と今のぼくは、友人でもない。その事実が悲しくてならなかった。

たぶん友達というのは、今の悩みを打ち明けられる気の合う者を指すだけではない。病院にいる時も、自分たちの体の具合をなげき合ったり励まし合ったりする人たちなら、いくらでもいた。でも、病院を出てしまったあとで、また連絡を取っても会いたくなる人がどれほどいるか。その時々の仲間と、本当の友達は、やはり違う。

昔の自分たちを懐かしく感じ合えてこその、友達に思えた。無邪気だったり、傷つきやすかったり、感情のやり場を探して悩んだりした昔の自分たちの姿を確かめ合えてこそ、今につながる。必要なのは、時間を分かち合えるということなのかもしれない。今だけの人はいない。生まれ落ちたばかりの赤ん坊は、泣くことしかできない。経験を重ねて、人は人になっていく。ぼくには昔がなかった。今しかない、まだ子供のようなものだ。昔をいっしょに懐かしめる友達は一人もいない。

夜になって、ようやく雨は勢いをなくした。しとしとと梅雨《つゆ》時《どき》の雨のように公園の緑を、体育館の壁を、ぼくの足元をぬらし続けた。

ひざを抱えて段ボールにくるまり、いつまでも聡子のことを考えていた。

◇

気がつくと、いつの間にか雨はやみ、朝が来ていた。雨上がりの空気が、昨日より少し濃い気がした。ぬれた公園の緑がまぶしいほどだった。

昨日のお昼で、買い置きの食パンはなくなっていた。そろそろ起きだして、またパンを買いにいかなければ。そう思いながらも、体育館の裏でいつまでも横になっていた。食事をして、そのあとはどうするつもりか？　聡子は昨日、車の中でずっと下を向いていた。一度もぼくを見ようとしなかった。彼女にこれ以上つきまとって、何になる。

体育館は一日中にぎわっていた。ボールの弾む音。運動靴のこすれる、きゅきゅっ、という音。拍手。どよめき。割れるような歓声。何かの大会でも開かれているのかもしれない。ぼくは一人、体育館の裏で段ボールにくるまっていた。

不思議とお腹《なか》はすかなかった。考え続けるだけで精一杯だった。どうやったら聡子に想《おも》いが通じるだろう。ひたすら考え、ずっと祈り続けた。

夜空に星がまたたき始めたのまでは覚えていた。考えるのに疲れて、いつの間にか寝てしまったようだった。

耳元が妙に騒がしく感じて、目を開けた。

「あ、生きてる、生きてる！」

叫ぶような子供の声が間近に聞こえた。はしゃぎ声と、やぶをゆするような音がする。

「ほら、死んでないよ」

「寝てたんだ、こんなとこで」

幼い舌足らずなひそひそ声が聞こえる。

体育館の壁ぎわから寝返りを打った。ツツジの植えこみの間に、ヤシの実のような頭が二つ飛び出していた。まだ三、四歳だろうか。子供が枝の間から顔を出し、競い合うように大きくした目を輝かせて、ぼくを見ていた。

また朝が来ていた。陽射しの落とす木陰の具合からすると、もう昼が近いのかもしれない。起き上がろうと、軒下のコンクリートに手をついた。と同時に、子供たちの歓声が上がった。

「うわあ、動いた動いた！」

昨日一日、何も食べていなかったのがいけなかった。軽いめまいを感じた。頭を持ち上げられなかった。左肩を下にして、再び横になった。

植えこみの間から、一度は引っこんだ頭が、ぽこりぽこりとふたつ出てきた。この運動公園にも、近所のお母さんたちが子供を連れてきているのだろう。

「おじちゃん、大丈夫？」

頭のてっぺんのほうから、女の子の声が聞こえた。起きあがれない大人を見て、幼心に心配してくれたらしい。ぼくは横になったまま、頭を軽く声のほうに向けた。

「ちょっとお腹がすいててね」

「ごはん、食べてないの？」

「考えることが多くて、つい忘れたんだ」

「嘘だよ、お金ないんだよ。ママがテレビ見て、そう言ってたことある。働かないのが、悪いんだって」

　もう一人の男の子の声が、得意そうに言った。

「お金なら、あるさ」

　ぼくは言って、ジーパンのポケットを探り、財布を出した。何もこんな小さな子供相手に、弁解しなくてもよかったのだけれど。

「嘘だよ、お金なんて入ってないんだぜ。だから、こんなとこで寝てるんだ」

　子供にそうまで言われては、ぼくもささやかながら抵抗したくなった。財布を開けて、残り少ない千円札を一枚ぬき出してみせた。

「これで、パンでも買ってきてくれるかな。何だったら、好きなお菓子を買ってもいいよ」

　声のするほうに千円札をつき出して、ひらひらと振りながら言った。

「おじさん、パンは何が好きなの？」

「ママが知らない人の言うこと、聞いちゃいけないって言ってたぞ」

　男の子の声が急に小さくなった。いざとなると、男の子のほうが怖《お》じ気《け》づいてしまうものようだ。

平然と女の子の声が続いた。

「知らない人じゃないもん。パパと話してたもん」

声に驚き、ぼくはその場で頭を上げた。あまりにも急に動こうとしたせいか、めまいを感じた。コンクリートの床に手をつき、何とか体を起こした。

植えこみの中で、子供たちが小さく叫びを上げた。ぼくの急な動きに驚いたのだろう。振り返った時には、二人の姿はもう植えこみの奥に消えていた。

パパと話してた——。

間違いなく女の子はそう言った。ぼくがこちらへ来て、話をした男の人は一人だけしかない。その人は聡子の……。

「ああ、びっくりした」

声とともに、ひょっこりと目の前の葉っぱの間から、女の子の顔がのぞいた。

「シンちゃん、いつも口ばっかりで弱虫なんだよ」

女の子はそう言って、えへへ、と舌を出して笑った。ぼくも笑い返した。

こうして間近で見ると、女の子は聡子にとてもよく似ていた。おでこが少し広く、笑うと左ほほに、指でつついたようなえくぼができるところまでそっくりだった。名前は——確か、メグミちゃん、だったろうか。

「パン、買ってくる?」

ぼくの手にした千円札を見て、彼女は言った。

「メグミ、お買い物、一人でもできるんだ」

どうやら彼女は、買い物を一人でするという冒険をしたくてたまらないように見えた。考えてみればぼくも、一人で歩けるようになったころは、誰彼かまわず用を言いつけてもらって、病院の売店まで買い物へ出かけたものだった。

「じゃあ、頼むよ。おじさんはメロンパンが好きなんだ」

「メグミも大好き！」

「それと、卵の入ったサンドイッチをお願いしていいかな。あと、オレンジジュースを一本。残ったお金で、何でも好きなものを買っていいよ。できるかな？」

ぼくは千円札を差し出した。

メグミちゃんはごそごそと肩をゆすってツツジの葉の間から出てくると、ぼくの手から千円札を受け取った。

「すぐ行ってくる。待っててね！」

トントン、と背伸びするように足踏みしながら言うと、彼女は弾むように駆けだした。

十分たっても、十五分がすぎても、彼女は戻ってこなかった。公園の正門前の通りに出れば、いくつか店が並んでいた。お昼時にはまだ早いように思える。店がこんでいるとは考えにくい。お金を落としてしまったのならまだいいけれど、もし張り切りすぎて道に飛び出して、事故にでもあっていたら大変だった。

めまいはもう感じなかった。お腹がすきすぎて、足元がふらふらした。けれど、ぼくにはもとよりつえがあった。歩けないわけではない。二十分がすぎたのを確認すると、いても立ってもいられず、ザックをかついだ。壁ぞいに体育館の正面へと歩いていった。鉄製のさくをまたいで芝生に入った。正門へ続く遊歩道を歩いた。まだどこにも、彼女の姿は見えない。念のためにと、左右を見回した。

そこでぼくは動けなくなった。

◇

彼女がいた——。

広場へ続く遊歩道で、彼女がこちらを向いて立っていた。メグミちゃんの姿は見えない。ぼくとは十五メートル近くの距離があったろうか。どこかのお店の白いビニール袋を手にさげ、じっとぼくを見ていた。

夏のあふれそうな陽射しが、木立の葉の間からふりそそぎ、彼女の足元を照らしていた。考えてみれば、子供が来ていたのだから、彼女が一緒にいないほうがおかしいのだ。

ぼくは彼女のほうへ向き直り、ゆっくりとつえを押して歩いた。

「しばらくぶりです」

彼女は折り目正しく体の前で手を合わせ、ぼくに向かって腰を折った。体を起こし、うつむきがちのまま小さく言った。

「冷たい態度をとってしまい、本当に申し訳ありませんでした」

ぼくは彼女の三メートルほど前で立ち止まった。もっと近づきたいのに、それ以上なぜか足が進まなかった。

「君が驚くのは無理もないから」

彼女はうつむいたまま、手にしたビニールの袋を上げた。

「これ、買ってきました。メグミがあなたに頼まれたとか」

「誤解しないでほしいんだけど、ぼくは何も君に近づきたくて、あの子に頼み事をしたわけじゃない」

「わかっています。シンちゃんから――うちの子といっしょにいた男の子ですけど――彼からだいたいのことは聞きましたから」

ぼくは覚悟を決めて、ゆっくりと聡子に近づいた。どうにか足が動いた。ようやくつえにつかまって歩けるようになった患者のように、ぎくしゃくとした動きで足を進めた。

彼女はまるで耐えるように、見た目にも体を堅くして、じっとその場に立っていた。

ぼくに近寄られるのが、それほど耐えるようなことなのか。ぼくらの間にはつらい思い出しかなかったみたいに。けれど、今は昔のことを考えないようにした。こうして彼女とやっと会えた。二人きりで話せる時間ができた。その喜びにひたっていたかった。

ぼくは彼女の手からビニールの袋を受け取った。彼女の指先が、ぼくの指に少しだけ触れた。彼女はすぐに手を引いた。自分のその仕草に驚いたような目をして、ぼくを見た。

「ありがとう」

ぼくは袋の中から、イチゴポッキーの箱を取り出した。

「これは、メグミちゃんの分なんだ」

「いえ……」

「彼女に渡してくれないかな。これは、ぼくと彼女の約束なんだ」

再びうつむきかけた顔を聡子は上げた。ポッキーの箱を両手で受け取り、唇を一度嚙《か》んだ。それから言った。

「ごめんなさい。あなたには何とおわびを言っていいかわかりません」

「別にいいさ」

「トンコからもう聞いてると思いますけど、あなたは確かにある人といさかいを起こしました。でも、警察ざたになるようなことではなく、その人も自分の身勝手さを反省して、もうあなたに対して何の感情も持ってないと思います。ですから、どうか安心してください」

「そのことが気になっていたのは確かだけど――」

言いかけたぼくをさえぎるようにして、聡子は足元に目を落としたまま続けて言った。

「あなたには冷たい態度ばかりを取ってしまい、申し訳なく思っています。ですけど、私はもう結婚しています。夫がいて、子供がいます。家族がある身です。だから、あなたに冷たい態度を取っていいわけでは、もちろんありません。でも、夫から見れば、あなたは私が昔つき合っていた人で、こうして会うことも快くは思わないでしょう。あの人が直接口にして、会うな、と言ったわけではありません。でも、妻として、やはりあの人を――いえ、家族を大切にしたいという気持ちが強くあります。一方的な言い方になってしまいますけど、どうかわかってください。お願いします」

とても八年ぶりに会った昔の友人へ話しかける言葉には思えなかった。下を向いたまま、聡子は小さく頭を下げた。

　ぼくの言葉も堅苦しいものになった。

「おかしな意味で言うわけじゃありませんけど、そんなにぼくとのことは……思い出したくない嫌なことばかりだったんでしょうか？」

　彼女はもう一度、頭を下げた。

「ごめんなさい。今となっては、楽しい思い出ばかりだったと言ったら、少し綺麗事がすぎるかもしれません。それなりに、つらかったり悩んだりしたこともありました。けれど、それはお互い様のようなところもあると思います。どちらか一方が悪いなんて、あまりないでしょうし。――でも、すべて私と昔の克己の思い出なんです。あなたが昔のことを思い出せずに、どれほど苦しみ、つらい思いをしたかは想像するしかありません。きっと、すべてを投げ出したくなるようなこともあったと思います。けれど、今こうして、私一人だけが昔を思い返すのは、肩の荷がちょっと重すぎるような気がします」

ごめんなさい、とまた彼女は言った。

「あなたに会おうとしなかったことが、かえってあなたをじらすような結果になってしまい、申し訳なく思っています。やはり直接お会いして、今の気持ちを正直に伝えたほうがいいのではないか。そう思って、娘の代わりに……まいりました」

聡子は他人行儀な言葉づかいを変えようとしなかった。彼女からすれば、ぼくは相馬克己と姿形は同じでも、やはり他人にすぎないのだ。見ず知らずの他人に、昔つき合っていた人との思い出話を語る者はいない。彼女がつき合っていた相馬克己は、八年前に死んだのだ。ぼくは彼女とは縁もゆかりもない他人だった。

「顔を上げてくださいますか」

ぼくも他人行儀に声をかけた。

「ごめんなさい」

彼女は顔を上げてはくれなかった。

「お願いです。もう一度、あなたの顔を見ておきたいんです。おかしなことを言うようですけど、こちらへ来てあなたを見かけてからというもの、どうしてもそばであなたを見ていたい、という気持ちを抑えられなくなってしまいました。失礼なお願いかもしれませんが、もう一度だけ顔を――」

彼女はゆっくりと顔を上げようとした。けれど、錆《さ》びついた遮断機が自分の重みに耐えかねるように、見る間にまたうつむいていった。

「ごめんなさい」

彼女は急に両手で顔をおおった。ごめんなさい、ごめんなさい、ごめんなさい……。彼女は今にも途切れそうな小声で、そうくり返した。肩が激しく上下した。

「お願いです。最後にもう一度だけ」

「これ以上、苦しめないで……」

泣き声になっていた。どうしてこんなところで泣きだすのだろう。遊歩道を歩いていたおじいさんが、足を止めてぼくらを見ていた。

「どうか、お体を大切にしてください」

彼女は叫ぶように言うと、髪を振ってぼくの前から走り去ろうとした。その腕を、ぼくは手を伸ばしてつかんでいた。今ここで別れたら、もう二度と彼女の顔を見られない気がした。

「お願い、放して」

「ひと目だけでいいんです」

「やめてください。私には家族があります。こうしてあなたと話しているだけでも、人からどう見られると思うんですか」

「人なんか、知るものか」

「勝手なこと、言わないで！」

初めて聡子が自分の言葉をぶつけてきた。そうぼくには思えた。

彼女はぼくの手を振り払った。こちらを見向きもせず、そのまま遊歩道を駆けだした。通りかかったおじいさんのとがめるような視線に、ぼくは追いかけようとした足を止めた。代わりに、遠ざかる聡子の背中に言った。

「ぼくはまだ帰らないよ。帰れないよ。君と会いたがっているもう一人のぼくがいるんだ！」

聡子は自分の影を振りきるような必死さで、木々に囲まれた遊歩道を走り抜けていった。

◇

彼女が勇気を出してぼくの前に姿を見せてくれたのはわかっていた。もう一度だけでいいから彼女に会いたい、その願いは一応、果たせていた。でも、まだ宮崎には帰れそうにない。帰りたくない気持ちがぐずぐずと胸の奥に居座っていた。

なぜ、これほどにも彼女に会いたくてならないのだろう。

昔のぼくのせいにしたくない気持ちが強くある。ぼくはぼくで、昔の相馬克己ではない。昔のもう一人の自分にしばられてしまうのでは、何かぼくという人間が弱い心しか持たない男に思えてしまう。

ぼくはぼくだった。事故から生還して、新しく生まれ変わった相馬克己だ。今のぼくというひとつの人格を持つ人間なのだ。昔の相馬克己ではない。ぼくは今のぼくとして、聡子に会いたがっている。会っていたい、という強い感情を持っている。そう信じたかった。

聡子から渡されたパンをかじりながら公園の中を散歩した。陽射しが高くなったせいなのか、午前中より人の姿が少ない。木陰で犬を遊ばせているおばあさんがいた。野球場では、おなかのつき出たおじさんたちが汗まみれでグラウンドを走り回っていた。彫刻の置かれた広場では、お母さんと子供たちが集まっている。けれど、その中に彼女とメグミちゃんの姿はない。

聡子に会いたい――。

この気持ちは、ぼく自身の感情なのか、と考えた。こんな自分にも、かつては恋人と呼べる人がいた。今までは思い描くしかなかった夢のような出来事を、相馬克己は経験していた。昔の自分にぼくは嫉妬《しっと》している。だから、ぼく自身の感情なのだ、と思いたがっているのかもしれない。

自分の胸の中をのぞいても、答えは見つけられなかった。心の中は、すでにひとつの感情で満ちあふれていた。ベンチに座り、空を見上げた。

聡子に会いたい――。

会って、穏やかに話をしたい。泣き顔ではなく、笑い顔を見つめていたい。トンコからもらった写真にあったような明るい笑顔を見ていたい――。

彼女には家族があった。夫がいる。子供がいる。家庭を持つ女性が、ぼくのような男と二人きりで会えるものではないだろう。それくらいは、中学生の教科書を学んでいるぼくにも想像はできた。だから彼女も、ぼくとは会えない、と言ったのだ。

でも――。

逆に考えれば、どういう意味があるのだろうか。

家族がなければ、ぼくとも会える――それに近い感情が彼女にあるようにも思えてくる。

八年前、ぼくらはケンカ別れをしたわけではないという。ぼくが死んだと思い、彼女はぼくをあきらめた。そう言っていた。つまり、今も変わらないぼくへの気持ちが――。だから彼女は、苦しめないで、と言ったのではないか。

自分に都合のいいように、ぼくは考えているのかもしれない。彼女もぼくを忘れられずにいる。その想いに、すがりたがっている。でも、もし彼女が今もぼくへの気持ちを少なからず持っていたとしたら――。

家族さえ――あの男の人さえいなくなれば――。すべてはうまくいくのかもしれない。

意味もなくベンチから立ち上がった。いつのまにか、陽が西の空に沈もうとしていた。

自分は何を考えているのだろう。何も聡子の旦那さんが悪いわけではない。あの人を恨めしく思える理由がどこにあるのか。あの人は一人の男性としてただ聡子と出会い、結婚を決めた。恨むのなら、ぼくが死んだと嘘をついた母を恨むべきなのだろう。もちろん、あのころのぼくは、意識が戻るという保証はなかった。母にしても、若い聡子を思いやっての嘘だったと思う。そうトンコも言っていた。植物状態の息子のためにいつまでも待っていてくれ、とは誰も言えない。聡子も、母の言葉を信じるしかない状況だったのだ。恨める者は、どこにもいない。

自分の勝手な想像どおりに、たとえ彼女の気持ちがぐらついていたにしても、その気持ちの先にいるのは、今のぼくではなかった。八年前に死んだ、もう一人の相馬克己だ。今のぼくへの想いが彼女の胸にあるはずはない。ぼくと昔の相馬克己は別の男なのだから。

誰でもよかった。人を恨むことで、今の宙ぶらりんな気持ちを晴らしたかった。もどかしい思いをぶつけたかった。けれど、恨める者はどこにもいない。

ジュースの空き缶を握りつぶすと、ゴミ箱の中にたたきつけた。

この先どうしたらいいのか、自分で自分がわからなかった。

◇

一人でベンチに座り続けた。

このまましつこく聡子を待ち伏せするのでは、さらに彼女を苦しめてしまう。今宮崎へ帰ったら、もう彼女に会えなくなる怖さもあった。動くに動けず、ぼくはいつまでもどうどうめぐりを続ける頭を抱え、石のベンチに腰を下ろしていた。早く今という時間がすぎてくれればいいのに。そうすれば、何か出口が見つかるかもしれない。

リハビリを始めたころは、毎日が苦痛の連続だった。動かない手や足を恨み、何度涙を流したか。けれど、苦しかった日々も、今となれば、懐かしくも感じられる思い出のひとつになっている。

——あとになってしまえば、みみんな笑い話、だよ。ぼぼぼくらが生きて、いたってこともさ。そそれでも、地球は、ま回りつ続ける——

いつだったか、トモさんが言っていた。ぼくにはまだトモさんのようには思えなかった。でも、早く今という時が、空を流れる雲みたいに通りすぎてくれたらいいのに。

陽が沈むと、ぼくはベンチを離れて、体育館の裏へ戻った。とりあえず、ほかに帰る場所はなかった。メグミちゃんの代わりに聡子が買ってきてくれた残りのパンを食べて横になった。銭湯に行く気力はなくなっていた。

眠れずに、体育館の屋根の先でまたたく星をながめた。

夜に一人で病室の窓から星を見ていたころを思い返した。いつも母は夕方になると帰っていった。なぜぼくだけ帰れないのだろう、と一人で泣いた日もあった。あの時のぼくはもう三十歳に近い年齢だった。いい大人なのに、病室のベッドでめそめそと泣いた。そんな自分を看護師さんは奇妙なやつだと思いもせず、ぼくをなぐさめてくれた。

なぜか急に、白坂晴海さんのことが思い出された。彼女は岡林先生と今も幸せに暮らしているのだろうか。先生と別れた最初の奥さんは、今どうしているのか。先生や白坂さんに何を思うのだろう。

がさごそがさ。

　植えこみの中で、何かこすれ合う物音がした。十時二十一分。子供が遊び半分に茂みの中を通るような時間ではなかった。耳をすますと、パキンと小枝を踏む音が聞こえた。足音だ。酔っぱらった人が迷いこんだにしては、ちょっと静かすぎる。まるで足音を忍ばせているような歩き方だ。

　不思議に思って段ボールの布団をどけて、体を起こした。

　突然、太陽が顔を出したようなまぶしさに襲われた。懐中電灯のライトだと気づくまでに、少し時間が必要だった。

「そこで何をしている」

　ライトの向こうから、男の人の声が聞こえた。手をかざしても、光に邪魔されて、声を出した人の姿は見えない。

「そこで何をしている、と聞いてるんだ」

　別の声がいらだたしげに言った。どうもまぶしすぎると思ったら、ふたつのライトを浴びているみたいだった。

「立ちなさい」

　植えこみが揺れて、ツツジの間から黒い人影が姿を現した。ライトの中に、ぼんやりと人の形が見えてくる。白っぽいシャツの肩口に、ロープのようなものが巻かれていた。腰には革のケースがある――。

警官だった。二人の警察官が体育館を回りこむように茂みをかき分け、近づいてきた。

「ここで何をしている」

進み出てきた警官が、再び言った。

「横になっていました」

「立ちなさい。荷物をあらためさせてもらうよ」

若いほうが警戒するようにそろそろと近寄った。足元へ素早く手を伸ばして、ぼくのザックを引き寄せた。もう一人が後ろから言った。

「あんた、名前は？」

「相馬克己です」

「住所は」

正直に告げた。

「宮崎だと？」

驚きの声が、ほぼ同時に二人の口をついて出た。若い警官がザックから時刻表を取り出して、もう一人を振り返った。

「ここで何をしていた」

「ですから、横になっていました」

「おといまでは、ここから八百メートルほど南の西条公園のほうにいたね」

ライトがさらに迫った。ぼくは壁のほうに後退した。

「どうなんだね、西条公園にいたね」

「公園の名前は知りません。ですけど、パレス北浦和というマンションの裏にある公園に行ったことがあるのは事実です」

「なぜ、毎日毎日、公園にいた？」

「人を——待ってました」

「誰だね」

「昔の知り合いです」

聡子の名前は出せない。とっさにそう思った。出せば、彼女に迷惑がかかる。

「嘘をついてもすぐにわかるぞ。おまえは今日も、子供たちを手なずけようとして金を渡したな。違うか」

驚いていた。すぐには言葉を返せなかった。

「詳しい話は、署のほうで聞かせてもらうぞ、いいな」

若い警官が言って、ぼくのほうに手を伸ばした。

「ぼくが何をしたんでしょうか」

「してからでは、遅いだろうが！」

いきなり手首をつかまれた。ぼくは驚き、その手を振り払った。若い警官が慌《あわ》てたように後ろへ下がった。

「何をする！　抵抗する気か！」

「おとなしくしなさい。公務執行妨害で緊急逮捕になるぞ、それでもいいのか！」

ライトと怒鳴り声が左右から浴びせられた。

近寄ってきた警官は二人だけではなかった。二人が声を上げると同時にツツジの枝が揺れて、中からもう一人の警官が現れた。ぼくはあっけにとられて見ていた。三人はぼくを遠巻きにすると、「抵抗するな」「もう逃げられないぞ」と自分を勇気づけでもするように厳《いか》めしい言葉を口にしながら、じりじりとぼくに近づいた。

「待ってください。何かの誤解です」

警官たちに言った。けれど、彼らは最初から、ぼくの言葉など聞く気はないみたいだった。二人が左右から近づいて、素早くぼくの腕をつかんだ。もがく間もなく、いきなり腕を後ろにねじ向けられた。ぼくは抵抗もできずに両腕を後ろに取られた。

公園の前に、赤いライトを回転させたパトカーが停まっていた。どこから集まってきたのか、道の両側には大勢の見物人がいた。多くの目が集まる中を、ぼくは両腕を後ろに取られたままパトカーの後部座席に押しこめられた。「ちかんでもしやがったんだぜ、きっと」「おかしなやつがいるからな」なじるような声が聞こえた。ひそめた笑い声も上がっていた。

二人の警官は車に乗りこんでも、ぼくの腕を放そうとしなかった。ぼくはうつむき、じっと耐えた。

「見ろよ。いっちょまえに、女といっしょの写真なんか持ってやがる」

助手席に座った年配の警官が、ザックから文庫本を取り出して、写真をはさんでおいたページを開いた。

「さわるな！」

薄汚れた手で聡子に触れられたような気がして、ぼくはシートから腰を浮かした。

「暴れるんじゃない！」

警官が後ろから腕をねじり上げた。ぼくは助手席のシートに顔をぶつけ、すぐに後ろへ引き戻された。

「古そうな写真じゃないか、さぞや大切な人なんだろうな」

「彼女は関係ない」

「関係ないかどうかは、おれたちが調べてやるよ」

サイレンが鳴り、パトカーがゆっくりと動き出した。

◇

警察署へ到着すると、駐車場の横にあった裏口のようなドアから中に入り、地下の小さな部屋へ連れていかれた。テレビのドラマでよく見る取調室なのだろう。そこでまず身体検査をされた。財布と時計を取り上げられて、彼らはしばらくあずからせてもらうと言った。ぼくは部屋の真ん中に置かれた机の前のパイプイスに座らされた。

しばらくすると、私服姿の男性が入ってきた。刑事なのかもしれない。代わりに二人の警官が出ていき、また別の制服が来て、ぼくの周りを囲んだ。それから質問責めが始まった。

名前と住所と生年月日。自宅の電話番号。家族構成。東京に来た目的。いつ来て、どこに泊まり、誰と会ったか。なぜ公園で寝泊まりしていたのか。

家族はいません。ですから、自宅へ電話をしても誰も出ません。父は二十年前に死に、母は昨年の末に亡くなりました。東京へ来たのは、昔お世話になった人に会うためです。そのついでに昔の友人たちと遊び歩いているうちに、お金が少なくなってしまい、仕方なく野宿という方法を選びました。友達からお金を借りようかと考えていたところでした。

「いいか？　あんたのザックの中身は確認ずみだ。手帳にあった住所や電話番号はすべてわかってるんだぞ。嘘をついても、すぐにばれる」

その言葉どおり、すぐに嘘だとわかったみたいだった。まもなく、私服の若い刑事が顔を出して、もう一人の私服と小声で話し合った。途中から、急に刑事たちの顔が変わった。近くで聞き耳を立てていた警官たちも同じだった。その場にいたみんなが、ぼくを見て笑った。見下すような笑みを作ったように、ぼくには見えた。

やがて年配の刑事がぼくに向き直って、口元をゆるめながら言った。

「宮崎海浜病院。おまえが入院してた病院に間違いないな」

「はい」

「そこの先生から、おまえ、逃げてきたそうじゃないか」

「退院をしたんです」

刑事はもっともらしくうなずき返した。

「八年も入院していたんだってな。そんなに長くしゃばと離れてたら、そりゃあ若い子が恋しくなるよな」

何を言っているのか、ぼくは理解できなかった。

「なあ、宮崎と違って、こっちはかわいい子が多いだろ？」

「意味がわかりませんけど――」

「とぼけるなよ。いくつぐらいのが趣味なんだ、おまえは？　今日声をかけた、四、五歳が好きなのか？　それとも写真のような二十歳ぐらいの娘か？」

「写真の人は関係ありません」

「名前は？」

「相馬克己です」

「おまえじゃないよ。この写真のねえちゃんだよ」

粘りつくような言い方で、刑事はぼくの前に顔を近づけた。

「このねえちゃんが忘れられなくて、東京へ来たか？」

「ですから――」

「このねえちゃんが見つからないんで、代わりに小さな女の子に声をかけたんだろ、なあ？」

「話をしたのは事実です」

「そりゃそうだ。見てた人がいるんだからな」

「お腹がすいたので、パンを買ってきてくれないか、と頼んだだけです」

「ほう。そりゃまた、なぜかね。どうして小さな子供に頼む？　おまえ、どこか悪いのかよ？　まあ、つえを持っちゃいるにはいるけど、かなりまともに歩けるじゃないか。買い物に行けなかったはずがないだろ。しかもだよ。おまえの持ってた、つえ。あの先端に、こってりと血がこびりついてたんだとよ。もちろん、猫や犬の血じゃない。人間の血がな」

　つえの先に血が――。

　幸二の血だ。すぐに思い当たった。水曜日だったろうか、彼のマンションで、ぼくは幸二のあごをつえで殴った。あの時、彼の血がついていたとは気づかなかった。

「おまえ、どこかに傷があるか？　ありゃしないだろうが。誰の血だ？　どうしてつえの先に血がついてるんだよ。正直に言っちまえ。すべて白状しちまえよ」

　仕方なかった。ある程度は正直に伝えた。根本幸二という友人といさかいになり、つえで殴ってしまったことを。

「もめた理由は何だ」

「彼が、ある女性を殴ろうとしたので、つい」

「その女性の名前は？」

「知りません」

「知らない？　おまえら、名前も知らない女を奪い合って、殴り合いのケンカになったわけか？」

見下すような目がぼくを見つめた。

「名前を知らなかったのは、ぼくだけです。幸二は知っていたはずです」

弁解のつもりが、さらに彼らの誤解を生んでしまったらしい。警官たちの口元に、うすら笑いが浮かんだ。名前も知らない女性を力ずくで奪おうとした変質者を見る軽蔑《けいべつ》しきった笑いだった。

「そんなにいい女だったか？　友達をぶん殴ってでも奪いたくなるような」

「奪うつもりなんて最初からありません。幸二がその女性に暴力を振るったので、止めようとしたんです」

さも面白い冗談を聞いたように、刑事は笑ってうなずき返した。

「ほかには、誰を襲った？」

「襲ってなんかいません」

「だったら、どうして小さな女の子にまで声をかけた」

刑事が机をたたいて言った。ぼくの言葉など、一パーセントも信じていない。八年間の入院生活が、思いもしない受け取られ方をするとは想像もしていなかった。ぼくは精神科を持つ病院から退院したばかりで、財布にはほとんどお金もなく、公園で寝泊まりしていた薄汚い男だった。どこから見ても、まともな社会人とは思われにくい。

「女の子を体育館の裏に連れこんで、いたずらしようとしたんだろ？　正直に言っちまえよ。八年も病院にいたんだ。どんなやつだって女に飢えるさ。つい出来心で女を襲いたくなったって、仕方ないと言やあ言える。誰だってあんたに同情するさ」

　同情なんてたくさんだった。入院生活をろくに知りもしないこの人たちに、勝手なことを言われたくなかった。

「ぼくは何もしていません」

「だったら、どうして小さな女の子に声をかけた！」

　また同じ質問だった。彼らは同じことを、何度も何度もしつこく聞いた。ぼくの答えに、ほんのわずかな食い違いが出るのを、舌なめずりしながら待っているのだ。

　ぼくは我慢できなくなり、先ほどから気になっていたことを刑事に告げた。

「トイレに行かせてもらえないでしょうか」

「ほう。かわいい女の子を思い出しながら一発ぬくのか？」

「用を足したいんです」

「そうだろうよ」

　立ち上がろうとすると、後ろから肩を押さえつけられた。刑事が立ち上がって、ぼくの横に回りこんできた。

「まあ、待てよ。まだ調べは終わっちゃいない。すべてぶちまけて、すっきりしてからトイレに行ったらどうだい」

「何度も言いましたように、ぼくは何もしていません」

　刑事が首をつき出し、たばこ臭い息を吹きかけてきた。

「我慢するのはあんたの自由だよ。けどな、早く楽になったほうがいいんじゃないかな。言っちまえよ。どうせ幸二とかいう野郎を殴って傷害罪はまぬがれねえんだ。そのうえ、さらにおれらを手こずらせたとなると、裁判官に与える心証だって悪くなるってもんだ。せっかく八年ぶりにしゃばへ戻ってきたってのに、また何年も塀の中で暮らすなんて、たまらんじゃねえか。なあ、打ち明けちまえよ。すべて言って、すっきりしろよ。なあ」

　刑事はねちねちと同じ質問を続け、ぼくも同じ答えを返した。一時間以上も、ぼくを小さな部屋から出そうとしなかった。もう我慢ができずに体が震え始め、それでやっとトイレへ行かせてもらえた。

「何だったら、おれが手伝ってやろうか？　それとも、そっちのほうの趣味はないか？」

トイレを終えると、また狭い部屋に戻って、同じ質問がくり返された。真空パックに入った食事が出され、さらに質問が続けられた。刑事は交代したが、ぼくはずっと一人だった。

　質問責めから解放されたのは、何時ごろだったろうか。

部屋に時計はなかったし、腕時計は奪われていた。ぼくの前に一枚の紙が差し出された。刑事がくどくどと何か説明した。幸二に対する傷害罪で、ぼくを逮捕するということのようだった。ぼくは確かに幸二を殴ったことを認めた。あれが罪になると警察が言うのなら、きっとそうなのだろう。たとえぼくが何を言い返したところで、彼らがまともに聞いてくれるわけがないのはわかっていた。

言われるまま、紙に名前を書いた。右手を取られて、親指を黒いスタンプ台に押しつけられた。名前の下に指紋を押された。それから二人の警官に両腕を取られて、薄暗い地下の廊下を歩かされた。鉄格子《てつごうし》でできたドアをくぐると、通路の先に留置場が並んでいた。新入りのぼくを見ようと、奥の鉄格子の先で黒い影が動いた。ひとつ、ふたつ、みっつ。にいさん、何やったんだ。しゃがれ声が聞こえた。笑い声も続いた。その笑いが、留置場の人から出たのか、警官からかは、わからなかった。一番手前の鉄格子が開けられて、中に押しこまれた。カプセルホテルより少しは広い。じめじめとした蒸し暑い小部屋の中に、薄っぺらなベッドとふたのついたトイレがあった。

毛足の短い毛布を渡され、鉄格子が音を立ててしまった。

この先どうなってしまうのか。不安はあった。けれど、体と心の奥底が疲れ果てていた。もう何も考えたくない。考えられない。ぼくは少し腐ったような臭《にお》いのする毛布を抱いて、堅いベッドに寝転がった。

◇

「大変なことになったね、克己君」

救いの主は、宮崎海浜病院の院長先生だった。

◇

昨日の夜に、警察から院長先生に連絡が入ったという。驚いた先生は、今朝一番の飛行機で羽田空港に到着すると、この警察署へ来てくれたのだった。すでに松本先生とも連絡を取り、詳しい話を聞いていると言った。

ぼくはつえを渡されて、狭苦しい部屋を出た。二階の大部屋の片隅にあったソファへと案内された。ぼくはしばらく、ぼうっと座っていた。ずっとぼくを監視するようにぴったり貼《は》りついていた警察官が、なぜか一人もいなくなった。

先生は少し離れた机のそばで、警察の人と長いこと話をしていた。何人もの警官が訪れては離れていき、その一人一人に先生は汗をふきふき何事かを伝え、時には電話をどこかへかけて、また別の人に話しかけたりしていた。

二時間近くもぼくは一人でソファに座っていた。三時をすぎて、ようやく院長先生が四人の警察の人と戻ってきた。制服の警官が三人で、二人は先生より歳が上に見えた。四人とも、ぼくが初めて見る顔だった。四十年配の警官が、ぼくのザックと腕時計をテーブルに置いた。

「ようやく誤解が解けたよ。先生がすべて事情を説明しておいたからね」

院長先生がネクタイをゆるめながら、ほっとしたような笑みとともに言った。冷房の利《き》いた部屋なのに、先生は顔中に大粒の汗を浮かべていた。

一番歳を取ったように見える制服警官がぼくの前に進み出た。

「先生から話を聞いて、事情は飲みこめました。どうも行き違いがあったようで、ご迷惑をおかけしました。署員に成り代わってお詫びいたします」

四人がそろって、頭を下げた。ぼくはわけがわからず、警官たちを見回した。

「でも……ぼくは幸二を殴って、ケガをさせました」

院長先生が横から言った。

「それはね、克己君。不可抗力というやつだよ。君が言うように、幸二君が女性に暴力を振るおうとした。君はそれを止めようとしたろ。女の人の証言で、ついさっき確認できたんだよ。君は何の罪にも問われることはないんだ」

「こちらでも調べを続けてはおりました。しかし、あなたが罪を一度は認めたものですから、念のために逮捕という形を取らせていただきました。しかし、その後の調べによって、罪には当たらないとの確認ができました」

スーツ姿の人が文書でも読み上げるように言った。

「ほかにもいろいろあると言われて――」

「もういいんだよ。警察はわかってくれた。誤解はすべて晴れたんだ」

目撃者がいた、という件はどうなったのだろう。その疑いが晴れたからには、聡子の名前が知られてしまったわけなのか。

「先生……」

「もう大丈夫なんだよ。ここから自由に出ていってもいいんだ」

四人の警察官はぼくに向かってもう一度頭を下げると、ソファから離れていった。

「克己君、疲れただろ」

院長先生のほうがよほど疲れたような顔をしていた。

「ありがとうございました……。あ、いえ、どうもすみませんでした」

ぼくは黙って東京へ来てしまったことを謝った。先生はいいんだよと言って首を振った。

「君の気持ちは先生だって理解できる」

先生は大きくうなずいたあと、笑みを消してぼくを見つめた。

「でも、君にはつらい結果になってしまったようだね。先生も、まさか八年前の君に、いろいろと事情があるとまでは知らなかった」

「先生。どうしてぼくが東京で事故にあったことを隠していたんですか」

先生はぼくから目をそらさなかった。

「君にはただの言い訳に聞こえてしまうかもしれない。けれど、お母さんから言われてね。君がちょうど言葉を覚え始めた時期だったと思う。このまま君が成長を続ければ、いつか昔の自分について知りたがるだろう。でも、過去を引きずるのは君のためにはならない。そうお母さんが強く主張したんだ。君の友達が君を悪い道に引きずりこんで、事故につながったと考えていたようだった。確かに君が、昔を思い出すのは難しいように思えた。それならいっそ、新たな人生を踏みだしていったほうが君のためになるのではないか。先生たちにもそう思えてきた……」

　そこで先生は小さく頭を下げた。

「君には裏切りにも思えたかもしれない。でもね、お母さんの気持ちは理解してあげてほしい。お母さんは誰よりも君の将来を考えていた。悩んだ末の選択だったんだ」

「お願いがあります」

　ぼくは言った。

「何だろうか」

「その話を藤沢聡子さんに先生からしていただけないでしょうか」

　先生はひざの上で手を組み合わせ、ぼくのほうに身を乗り出した。

「克己君。彼女はもう人の奥さんなんだ」

「彼女はまだぼくを少し誤解しているのかもしれません」

「いいかい、克己君。たとえ誤解が解けたところで、どうなるものでもないんだよ。実はつい先ほど、藤沢さんとも電話で話をしたんだ」

　先ほどかけていた電話の相手は、聡子だった――。

　先生は歯が痛いのを我慢するような顔になって言葉を続けた。

「それでね。藤沢さんにも、君の誤解が晴れたことを告げたわけなんだが……。彼女は電話口で泣いていたよ。君にすまない、と言って。八年前に自分が確かめていれば——死に顔を見たいとさえ思っていれば、こんなことにはならなかった、と。藤沢さんだってつらいんだ。でも、彼女には家庭がある。素晴らしい旦那さんがいて、かわいい子供がいる。どうあってもその人たちが第一なんだ。な、わかるだろ、克己君」

ぼくは警察から戻されたザックに手をかけていた。布に触れた感触から、中に入れた文庫本の位置がわかった。この中に、昔の聡子の写真が入っている。

「帰ろう、克己君。宮崎へ」

院長先生はまた痛みを我慢するみたいな顔で下を向くと、足元の鞄《かばん》から四角い封筒を取り出して、テーブルに乗せた。その表には、航空機の写真が印刷されていた。

「切符を用意してきた。もうこっちにいても、つらくなるだけじゃないか。宮崎へ帰ろう。トモさんだって心配してた。なあ、帰ろう、克己君」

帰りたくなかった。院長先生も、ぼくを無理やり連れて帰る、とは言わなかった。先生はそういう人だ。ぼくが納得してうなずくまで、何度でも言葉をつくして、説得しようとする人なのだ。

「克己君、帰ろう。帰るしかないじゃないか」

院長先生までが泣きだしそうな顔になっていた。

◇

ぼくは院長先生に頼んで、最後に一本だけ電話を入れる時間をもらった。警察署のロビーで、手帳を見ながらダイヤルボタンを押した。トンコは自宅にいてくれた。

「克己、大丈夫なの。あたしのところにも警察の人が来たんだ。もうびっくりしちゃって。聡子に聞いても、何もわからないって言うし。今どこ？　あんた、何したわけ」

まくし立てるような早口でトンコは言った。

「今、警察署なんだ」

「嘘」

「でも、安心してくれないか。誤解だってわかったんで、自由になったところだから」

「自由って。まるで逮捕でもされたみたいじゃない」

トンコは自分のことのように怒って言った。

「何があったのよ。幸二にケガさせたってのは本当なの？」

「幸二、どの程度のケガだったか、わかるかな」

「入院してるのかもしれない。幸二んところへ何度も電話をしたんだけど、ちっとも出ないんだよね。今日の帰りに、うちのやつが幸二の実家まで様子を見に行くって」

「すまないけど、もし幸二に会えたら、ぼくが申し訳ないことをしたって言ってた、と伝えてもらえるかな。しばらく彼と会えそうにないんだ」

「克己……あんた、じゃあ……」

「うん。帰るんだ、宮崎へ。こっちにいても、しょうがないだろ。向こうから院長先生がわざわざ来てくれて、警察に事情を話してくれたんだ。もう帰るしかないだろ」

「いつ帰るのよ！」

トンコはまた急に怒ったような声を出した。

「何時だったかな、今日の最終便で」

「何よ、それ。すぐなの？　ちょっと待ってよ……」

「いろいろとありがとう。清にも迷惑をかけてすまなかったって謝っておいてくれないか」

「待ってよ。今日の最終便で間違いないのね。見送りに行くよ。聡子にも声をかけてみる」

ぼくは心の中でトンコに頭を下げた。ごめんなさい。君にお礼を言いたくて電話をしたわけではないんだ。君ならきっと、ぼくが宮崎へ帰ると知れば、聡子に連絡しようと考えてくれる。最後にもう一度だけ、聡子と会えるかもしれない。そう期待しての電話だった。ぼくは君を、連絡係として利用しようと考えたのです。本当にごめんなさい。

「羽田でいいんでしょ。清と二人で絶対見送りに行く。みんなにも声をかけてみる」

「そうしてもらえると、うれしいよ。本当にありがとう」

そして、ごめんなさい、ともう一度胸の内でつぶやいて受話器を置いた。

宮崎行きの最終便は、午後六時二十五分。あとは聡子の気持ち次第だ。

四時少し前に浦和警察署を出た。院長先生が呼んだタクシーに乗って、羽田空港へ向かった。先生は病院の出来事を、ぼくに面白おかしく聞かせてくれた。半田さんの容体がいいこと、博史君が日に日に力強く歩けるようになっていること、江藤さんにお見合いの話があるらしいこと、みんながぼくを心配していたこと、を——。

ぼくは窓を流れる景色をながめながら、先生の話を聞いた。聞きながらも、聡子が来てくれるか、と考えていた。せめて最後にもう一度だけ。そうひたすら祈りながら。

高速道路が東京のビル街をぬうように伸びている。次にこの景色を見られるのはいつになるか。トンコたちと会えるのは……。笑いながら聡子と会える日が来るだろうか。

五時十分、羽田空港に到着した。わずかに赤く染まり始めた空に、航空機が白い線を描きながら飛び立っていった。

チェックインカウンターのどこを探してみても、聡子の姿は見えなかった。トンコもいない。それはそうだ。電話のあと、すぐ警察を出たぼくらのほうが、どう考えても早くこちらに着く。

空港内のレストランで早めの夕食をとった。

東京へ来たのは久しぶりだよ。院長先生は大学時代の思い出話を聞かせてくれた。昔を懐かしめる人はいい。ぼくは無理して笑顔を作った。先生の話を聞きながら、下のロビーに目をやっていた。トンコや聡子の姿を探した。

出発の時間が近づいた。

東京のおみやげを見たいという理由をつけて、ぼくはぎりぎりまで出発ロビーにいようと思った。先生と二人で、売店をのぞき始めた時だった。背中からトンコの声が聞こえた。

「よかったぁー。間にあった！」

振り返ると、トンコと清が一人ずつ子供を抱きかかえ、エスカレーターの前から駆けてくるところだった。ぼくは手を振り、背伸びをした。目を凝らしても、彼女たちの後ろには誰もいなかった。聡子はいっしょではない……。

「ごめん、遅くなっちゃって。こいつがぐずぐずしてるもんだからさぁ」

「うっせえな。そんな簡単に仕事を抜け出せっかよ」

文句を言い返す清のほうなど見向きもせずに、トンコはずり落ちそうになった忠君をかつぎ直して、きょろきょろと辺りを見回した。

「聡子はまだ来てないんだ？」

「え……？」

あまりにもあっさりとトンコが言ったので、聞き間違いかと思って、ぼくは彼女を見つめ返した。トンコは清と顔を見合わせてから、弾むような声で言った。

「聡子に連絡したら、必ず見送りに行くって言ってたんだ」

わざわざ空港まで聡子が来てくれる。最後にもう一度だけ、彼女に会える。

これでもう充分だ。ぼくは思った。たとえ聡子が昔のような、あの時に近い気持ちを持ってくれていたとしても、家庭を持つ彼女が、どう考えたって男と自由に会えるわけはなかった。八年前にぼくが事故を起こしたからで、ほかの誰のせいでもない。今は宮崎へ帰るしかない、と理解している。その最後に、聡子が見送りに来てくれる。これ以上、何を望めばいいのか。東京へ来たのは正解だった。彼女に会えて本当によかった。そう心から思えた。

「これ、たいしたもんじゃないけどさ」

清が言って、手にさげていた白いビニール袋を差し出した。包装紙に包まれた箱が見えた。

「東京のお菓子。見送りに行くなら、うちの社長が絶対に喜ばれるから持ってけってうるさくてな」

「何だ。それで遅くなったんだ」

納得げにトンコが言い、清の背中をバシッとたたいた。清の仕事場でのつき合い方がわかるようなおみやげだった。ぼくはありがたく受け取った。

「幸二、確かに入院してた。あいつの女と連絡が取れたんだけど、そう大したケガじゃないみたいだから、安心しろや。念のための検査らしい。よくわかんないんだけどさ、その彼女がおまえに伝えてくれって言うんだよ」

幸二の部屋の廊下で、泣き崩れていた女性の背中が思い出された。

「ありがとう。それでも幸二についていきたい、って。――何のことだ？　おまえ、どうして幸二を殴ったりした？」

「ちょっとした行き違いだよ」

「ふーん。ま、いっか。あとで幸二をとっちめてみらあ」

「あんた、ケガ人に手荒な真似しないでよね」

トンコが笑いながら言い、また清の背中をドンとたたいた。

◇

もうすぐ聡子と会える。

トンコが連絡したにせよ、自分の意思でぼくを見送ろうと決めたという。たとえ一瞬でも、最後になるかもしれなくても、ぼくの前であれほどつらそうにしていた彼女が、ぼくを思って来てくれる――。

ぼくらは出発ロビーのベンチに座って、彼女を待った。院長先生もぎりぎりまで待とう、と言った。子供たちがはしゃぎ、ぼくも清もトンコも、しばらく会えなくなるというのに、久方ぶりに会ったばかりの親友みたいに笑い合っていた。二人の思い出話を聞きながら。

六時になっても、聡子は空港に現れなかった。

「どうしたんだろ。モノレールが遅れてるのかな」

「留守電になってるってことは、もう家を出てるはずだよな」

「何してるんだよ、聡子ぉ」

じりじりと体を揺らしてトンコは掲示板の時計を見上げた。院長先生も先ほどから腕時計を気にしていた。

出発案内のアナウンスが流れた。飛行機への搭乗が、あと五分で始まる。

「時間だよ、克己君」

「あと五分あるじゃないですか」

ぼくが言うより早く、トンコが院長先生に言い返した。その剣幕に、先生はちょっとたじろぎ、ばつの悪そうな顔になって腕時計を見た。

「残念だけど、本当にあと五分だよ」

じっと座っていられなかった。ぼくはエスカレーターの前まで歩いた。トンコと清もついて来た。モノレールを利用した場合は、ここを上がってくるはずだった。

「おれ、タクシーのほう、見てくる」

清が言って、走り出した。そのまま自動ドアを抜けて出発ロビーの玄関を出ていった。

「何してんだろ、聡子ったら」

三分もしないうちに、清はロビーに戻ってきた。一人だけで。駆け寄ると、ぼくらの顔を見て、肩を落とした。

時計の針は刻々とすぎていく。エスカレーターは次々と人を乗せてせり上がり、出発玄関の自動ドアが開くとともに荷物を抱えた利用客が走ってくる。聡子は来ない。

「そろそろ時間だよ、克己君」

院長先生が荷物を手に歩み寄った。

「どうして最後の最後にこうなるんだよ、ちくしょう」

清が言って、手のひらで自分のももをたたいた。その仕草に驚き、トンコの足元にまとわりついていた子供たちが、ぽかんとお父さんを見上げた。

「決めたよ。あたし、決めた。こうなったら絶対、聡子を説得して宮崎まで行く」

トンコが高らかに宣言した。

「だってそうじゃない。聡子が悪いんだから。絶対に行くってあたしに言ったんだから。この埋め合わせはしなきゃおかしい。あたしがさせてみせる。だからさ、克己……」

勇ましく言ったトンコが口ごもった。ぼくの手を取り、いつかのように大きく振った。

「約束する。あたしが請け合うからさ……絶対、聡子を宮崎まで連れてく。絶対に、絶対」

「仕方ないな。さあ、行こうか、克己君」

院長先生がぼくの肩に手をかけた。

ぼくはみんなにうなずき返した。先生の手からザックを受け取った。トンコに向かい、優しく言った。

「本当にありがとう。みんなによろしく言っておいてくれるかな」

「約束する。引きずってでも聡子を連れてく」

「さあ、行くよ」

もう一度肩をたたかれ、うながされた。歩きだすしかなかった。トンコと清に手を振った。二人が泣き笑いのような顔で手を振り返した。

とうとう聡子は来なかった。もう彼女に会えない。トンコは約束すると言ったけれど、小さな子供を持つ聡子が、そう簡単に宮崎まで足をのばせるだろうか。手紙ぐらいはもらえるかもしれない。電話をもらえたとしても、彼女と心ゆくまで語り合えるわけではない気がする。ましてや、彼女の手を握ることは、もう二度と——ない。

手荷物検査を受けると、つえを係員に手渡してゲートをくぐった。

「急ごう。ちょっと早く歩けるかな」

院長先生のあとに続いて、足早に搭乗口へ向かった。この二週間で、ぼくは自分でも驚くほど足が動くようになっていた。多少もたつくだろうけれど、走ることもできそうだ。

搭乗口では飛行機への案内がもう始まっていた。ガラス窓の向こうに、暮れ始めた空をバックに待機する飛行機が見える。遠くの空が焼けるような赤い色に染まり、機体がオレンジ色に輝いていた。あの空の下、今も聡子がぼくのもとへ急いでいる。きっとそうだ。時間を気にしながら、今のぼくと同じように気をもみながら、こちらへ向かっている。

「先生……」

「どうした、克己君？」

「だめです。彼女がこっちに向かってるのに、帰れません」

「何を言って――」

「ごめんなさい」

我慢できずに走りだした。そう。ぼくは走れる。彼女と会うためだったら、何でもできる。左足は体を支えるだけに使い、右足とつえで体を前に押しだした。そうさ、走れる。ぼくはもう走れるんだ。奇跡の人と呼ばれたぼくだ。不可能なんか、ありはしない。

「克己君！」

後ろを振り返りはしなかった。ただ前を見つめて、走った。足は痛まなかった。つえを押しやるたび、手首に痛みを感じた。でも、走っていける。ぼくは走れる。聡子もきっと、ぼくのもとへ走っている。

手荷物検査のカウンターが迫った。係員が驚いたようにこちらを見ていた。ぼくは声の限りに言葉を発した。

「忘れ物があるんです。大切なものを忘れました！」

「飛行機の時間は――」

誰かが何か言っていた。ぼくを制止しようと、一人が大きく手を広げた。ぼくは手にしたつえを振りかぶった。悲鳴が上がった。係員が逃げまどう。そのままゲートを通り抜けた。

「克己、おまえ、どうしたんだ」

出発ロビーには、清だけがまだ待っていた。トンコと子供たちはいない。飛行機を見送るために、展望フロアへ行ったのだろうか。清がここにいるということは、聡子はまだ来ていない。彼女はどうして来ないのか。

「あそこだ！　あそこにいるぞ！」

叫ぶような声が聞こえた。振り返ると、紺の制服を着た警備員がどこからともなく集まり始めていた。手荷物検査の係員が、こちらに向かって指をさした。

「克己君！」

ゲートの向こうを院長先生が走ってきた。警備員たちも走りだした。

彼らに捕まったら、ぼくは飛行機に乗せられてしまう。宮崎へ戻されてしまう。聡子とはもう二度と会えない。

そんなのは、ごめんだった。聡子はこちらに向かっている。もうすぐ会えるはずだ。今を逃せば、もうぼくらは互いの顔を見つめ合うことはできない。これが最後の機会だった。

ぼくはつえでフロアを押して走った。清が何か叫んだ。警備員の声にかき消されて聞こえなかった。人をかき分けて、ロビーを駆け抜ける。転ばないように気をつけながら、下りのエスカレーターを下りていく。段差が大きく、左足が痛んだ。でも、立ち止まってはいられない。

清の声が背中で聞こえた。つえが誰かに当たった。ごめんなさい。売店の間の通路へ進む。角を曲がった。ちらりと後ろが見えた。なぜか清が警備員に体当たりをしていた。ぼくがゲートから駆け出てきた理由を、彼はわかってくれた。だから、ぼくに手を貸そうとしている。ありがとう。心の中で叫んだ。清の心まで届くように。

自動ドアを走り抜けた。空港の施設から出た。目の前で到着したばかりのタクシーから客が降りてきた。ぼくはその人を押しのけて、シートに滑りこんだ。

「お客さん、ちょっと待ってよ」

運転手が何か言った。ぼくは財布をつきつけて叫んだ。

「出してください、お願いします！ ぼくは足が悪いんです！」

足がまだ不自由なのを、こんな時の言い訳に使いたくなかった。けれど、ぼくはつえを振りかざして言った。

運転手はひるんだようにつえを見た。口の中で何かをつぶやき、車をスタートさせた。

◇

空港をぐるりと大回りして、京浜急行の羽田駅の近くでタクシーを降りた。

再び空港へ向かうために、モノレールの切符を買った。タクシー代とこの切符で、財布の中にはもう千円札三枚と小銭しか残っていない。

院長先生たちが待っている空港へぼくは向かった。戻らないわけにはいかない。今も聡子は空港へ急いでいる。もう宮崎への飛行機はない。たとえ警備員に捕まっても、聡子と話す時間ぐらいはあるだろう。

それでも、このまま空港内を歩く勇気はなかった。できるものなら、面倒はさけたい。地下のトンネルを抜けてモノレールが空港駅に到着すると、ぼくは恐るおそる車両を出て、まず駅のトイレに入った。個室の隣にあった用具入れの中に、つえを隠した。

大丈夫だ。もうぼくはつえなしでも歩ける。多少のぎごちなさは残るけれど、急がなければ、どうにか歩けそうな気はした。これでぼく特有の目印はなくなった。念のために、洗濯しておいたTシャツをザックから出して着替えた。多少は雰囲気も変わる。

ちくちくと痛む左の足首に力を入れつつ、改札へ歩いた。辺りに警備員の姿は見えない。

改札を抜けて、吹き抜けになった空港ビルの中に出た。出発ロビーは左手の長いエスカレーターを上った先だ。近くにあった旅行用具の売店で、一番安いサングラスを買った。これで財布の中は千円札二枚になった。

売店を出ようとして、ぼくは足を止めた。右手のほうから二人の警備員が歩いてきた。一度ぼくのほうに視線を振った。けれど、モノレールの駅のほうへ通りすぎていった。

顔を動かさずに、サングラスの中だけで目をきょろきょろさせて、ぼくは歩きだした。少し遠回りして、別のエスカレーターから上がった。みんなが待っているところへ出ていったのでは、すぐに見つかってしまう。

腕時計を見ると、時刻は七時十分をすぎていた。ぼくが逃げ出してから、もう一時間近くもすぎていた。いくら遅くなっても、そろそろ到着している時間に思えた。

エスカレーターを上がると、横に並んだ売店へ足を向けた。背中に力を入れて歩きながら、出発ロビーをながめた。最終便を待つ人たちで、ロビーは思ったよりも混んでいた。けれど、それほど見回すまでのことはなかった。

いた——。

ひとつ先のエスカレーターに近いベンチの前だ。トンコと清が背伸びするように、こちらを見ていた。ベンチでは二人の子供が暇そうに座っている。

けれど、いくら周りに目を走らせても、聡子らしき女性の姿は見えなかった。だから二人は、モノレールの駅に続くエスカレーターのほうをながめているのだ。

聡子はまだ到着していない。

売店の陰から、もう一度ロビーを見回した。院長先生らしき姿は見えない。一人で宮崎へ帰るわけがないので、どこかで電話でもしているのかもしれない。

みやげ物を見るように、次から次へと売店を移動した。十分はすぐにすぎた。二十分は長かった。雑誌の立ち読みで、三十分まではつぶせた。

いつのまにかトンコたちの後ろに、院長先生の姿が見えた。先生もあちこち忙《せわ》しなく頭を振っていた。ぼくが戻ってくるのを待っているらしい。胸が痛んだ。ぼくは心の中で謝った。院長先生には迷惑をかけてばかりだ。でも、このまま飛び出していって頭を下げることはできない。まだ聡子が来ていない。

彼女は来ないのではないか。ふと不安が胸にわいた。

宮崎への最終便の時間から、もう一時間半もすぎていた。本当に来るつもりがあるなら、とっくに着いていいはずだった。

彼女に何かあったのか。もしかすると、心にもない嘘をトンコに言ったわけか。

もう二十分待った。

ロビーには清だけが立っていた。トンコたちは子供を連れて、奥に見えるレストランにでも行ったのだろう。最終便も次々と飛び立ったらしく、辺りは急に人の数が少なくなった。

そろそろ二時間になろうとしていた。それでも清は待っている。聡子から空港へ、電話での連絡さえきていないのだ。どう考えてもおかしい。

慌てて売店横にあった公衆電話に向かった。カードを差しこみ、彼女の自宅の番号を押した。二度のコールで留守番電話につながった。彼女はやはり出かけている。それなのに、なぜ空港に来ないのか。

いても立ってもいられなかった。

駅のトイレでつえを取り戻すと、ぼくは再びモノレールに乗った。

地下のトンネルを出ると、暗い窓ガラスにぼくの不安そうな顔が見えた。陽の長い時期とはいえ、もう八時が近くなっていた。色鮮やかな滑走路のライトとビルの照明が、地面の上に置かれた大きな鏡に映った星明かりのように見える。

あまりにも時間がかかりすぎていた。空港へ向かう途中の聡子に何かあったのか。理由がわからず、不安ばかりがふくらんでくる。

浜松町で京浜東北線に乗り換えて、北浦和へ向かった。万が一彼女の身に何かあったとすれば、真っ先に家族のもとへ連絡が入れられる。近所の人にも話がいくかもしれない。

北浦和へは九時十分前に到着した。駅のホームで公衆電話を探した。まだ誰も彼女の自宅に帰っていないだろうか。

意外にも、三度のコールで受話器が取り上げられた。

「もしもし……」

眠たそうな子供の声だった。一人娘のメグミちゃんだ。

「お母さんはいますか？」

「おでかけしてます」

のんびりと彼女は言った。母親に何かあったとは思えない口調だった。いくら幼い子供でも、母親に何かあれば、雰囲気ぐらいは察するだろう。それとも、まだ連絡がきていないのか。そう思っていると、メグミちゃんがたどたどしく言葉を続けた。

「――パパとおでかけ。だから、メグミはおばあちゃんとお留守番」

　電話の向こうで、誰からなの、と聞く女性の声が聞こえた。知らない男の人、メグミちゃんの声に続いて、おばあさんらしい女性が電話口に出た。

「失礼しました。どなた様でしょう」

「聡子さんの高校時代の友人ですが」

「ああ、先ほどのかたのお仲間かしら」

　どうやらトンコや清も連絡していたようだった。

「もう間もなく帰ると思います。先ほど電話がありましたから」

「そうですか」

　何かあったわけではない。では、どうして空港へ来なかったのか。

「戻ったらそちらにお電話するよう、伝えましょうか」

「あ、いえ、ちょっと外にいますので」

「あら、まだ羽田のほうなんですか？」

　おばあさんの声が驚いたように跳ね上がった。

「おかしいわね。先ほどのかたにも申し上げたんですけど、ノリユキからは空港へ行くとは聞いておりませんで。何かの連絡違いじゃないでしょうか」

「聞いていない？」

「ええ。今日は二人で食事に行く、という話でした」

ノート6

三月二十日

今日、私は奇跡をこの身ではっきりと確信した。

もう間違いない。克己は成長している。看護師さんたちもそう信じている。院長先生をはじめ、先生がたはまだ戸惑いを隠せずにいるけれど、今日の克己を見ては、もう過去の症例にとらわれていても意味はない。今日、克己は私を「お母さん」と呼んだのだから。

いつものように克己の洗濯物を整えていると、ベッドの上で身を起こしながら、克己が笑いながら私を呼んだ。決して歯切れのいい言葉ではなかった。舌足らずの幼子がのどをつまらせたような言い方だった。最初の「お」が少し聞こえにくく、私には「んかーさん」と聞こえた。驚いて振り返ると、克己は笑顔でベッドサイドに置いたお気に入りのミニカーを指さして、「くーま」と言った。「お母さん、車」そう催促したのだ。

お母さん。そう克己から再び呼ばれる日が来るとは……。事故直後の暗澹《あんたん》たる毎日が、まるで遠い昔のように思えた。事故からもう丸一年になる。何度でもここに書いておこう。克己は本当に素晴らしい息子だ。

三月二十七日

克己はもう私や看護師さんたちの言葉を理解している。注射や点滴の針を打つ時には、さすがにむずかるような仕草を見せる。が、検査の時に暴れたりすることはもうなくなった。

口の前に手を当て「しー」と言えば、克己はしっかり口を閉じて私を見つめる。シャツを着替えさせる時、「バンザイ」と言えば、動く右手を頭上に差し上げようとする。苦い薬を飲んだあとで「がんばったわね」と言えば、無邪気な笑顔で応《こた》える。「また明日」と手を振れば、寂しそうな顔で手を振り返す。

今日はとうとう院長先生もおっしゃっていた。「私たちはどうやら本当の奇跡を目《ま》の当たりにしているのかもしれない」と。

午後、脳のＭＲＩ検査。

ベッドが空き次第、来週早々にも一般病棟へ戻ることが決まった。「おめでとう、克己」そう言うと、克己も誇らしそうな笑顔を見せた。

三月三十日

病棟を再度移る。顔馴染《なじ》みのご家族から「おめでとう」との言葉をたくさんいただいた。みんな、克己の回復ぶりには目を見張らせていた。まさか、これほどとは思ってもいなかったのだろう。私自身もまだ驚いているのだから、当然だった。

理学療法士の先生の提案で、おもちゃ代わりにセラピーパテを克己に与えた。変形自在のシリコンで、手や指の筋力増強、関節可動域の増大などに効果があるという。グニャグニャとした手触りに、克己は最初、気味悪そうな顔をしていたが、自由に形が変えられるのに興味を示したようで、午後はずっと手にしていた。遊びながらリハビリになれば、まさに一石二鳥の方法だ。

四月一日

今日、克己は初めて「ヤダ」という言葉を口にした。それを聞いた瞬間、私は泣き崩れそうになった。涙があふれてくるのを止められなかった。克己も泣きだしそうな顔をしていた。せめて今夜ぐらいは、克己に一晩中ついていてやりたい、そう思った。こんな意思表示の言葉を口にしたのは初めてだった。

克己は、私が帰り支度を始めようとした瞬間、「ヤダ」と言って私の手をつかんだのだ。まだろくに動かない手を伸ばし、驚くほどに力強く。

あの時の手首の痛さは当分忘れられそうにない。あの痛みは、克己の感じている寂しさであり、心の痛みでもある。

四月二日

「くるま」「お母さん」「ご飯」「テレビ」「ネコ」「注射」いったいどれだけの言葉を克己はこの一ヶ月で覚えただろうか。

以前読んだ本の中に、脳卒中による言語障碍《しょうがい》時の発語能力について書いてあった。それによると、言語障碍を起こした患者さんが、「頭の中では理解しているのに、言葉になって出てきてくれなかった」とあとになって言うことが多いのだという。内的言語操作能力は保持されているにもかかわらず、発語能力が失われていた、ということになるのだそうだ。克己もそれと同じなのだろうか。

どうも私には違うような気がする。克己は真っ白な状態から言葉をひとつひとつ覚えているのではないか。幼子が近親者の言葉をくり返して聞き、ひとつひとつ単語を覚えていくように。私にはそう思えてならない。

最近では、車椅子《いす》への移動に興味を示すようになった。このままでいけば、プールでの直立訓練を始められそうだ、と言われる。まだ左足が動かないけれど、浮力を借りれば何とか立てるかもしれない。今日からマッサージの時間を十五分延長。関節がまだ固く、必死に痛みに耐えている克己の顔がせつない。一度固まってしまった関節を戻すのは、容易ではないのだという。今まで以上の長い目で、じっくりとつき合っていくしかない。

でも克己なら乗り越えられる。きっとできる。

四月三日

ＣＴとＭＲＩの画像を見せていただく。

驚いたことに、克己の脳は、まだすべてが回復したとは言えない状態だった。脳の一部に、かすかな血腫《けっしゅ》と見られる黒い部分がいくつもあった。ＭＲＩの画像からは、脳血流の量や代謝が低下していると推定される部位までが見つかった。その影響で、運動、記憶、言語の障碍が克己に現れているのではないか、とのこと。

にもかかわらず、最近の克己の劇的な回復状態はどういうことなのだろう。

そう聞くと、院長先生も困ったような顔をされた。実は、脳についてはまだまだわからないことばかりなのだという。人間の体に残された最大の謎《なぞ》が脳だ、とまで院長先生はおっしゃっていた。

医学書や研究書を読めば、脳のそれぞれの部位がどんな働きを受け持っているか、が書かれている。でも、実際には、目安にすぎないらしい。言語を司《つかさど》る部分の脳に損傷を持つ患者が、言語障碍を克服した例はいくらでもあるし、また逆に他の部分の損傷でも、言語障碍が出た例は多くある。言語を司る部分に損傷がなくても、声にしたり、または伝達を担《にな》う部分に損傷があれば、表面上は同じような言語障碍となって現れてしまう。各部が互いの役割を分担し、補い合うケースも見られるのだという。

克己の脳の中で、何が起きているのかは、想像するしかない。わかっているのは、今我々は奇跡を目の前にしている、ということだ。院長先生もそう力強く言ってくださった。

現状では、克己が過去の記憶をどれだけ保持しているかの保証はないという。まだ充分な発語能力が戻っていないため、克己は記憶について表現のしようがないのだ。

ただ、克己が真っ先に口にした言葉が「くるま」だったことから、少なくとも事故の際の記憶はないと思われる。先生方の意見に、私も賛成だ。そうでなければ、あんなひどい事故を起こした克己が、あれほど「車」への興味を示すはずはない。克己は、初めて動くものを目にした子供が興味を示すように「車」を気に入った。そう私には思えるのだ。

克己の回復ぶりは、確かに奇跡と言えるのかもしれない。けれど、克己の起こす本当の奇跡はまだこれからなのだ。そう私は考えたい。現状の克己からは、昔の記憶が残っているようには思えない。言語能力がどこまで回復するかもわからない。さらに、知能の問題もある。今は日々成長を続ける子供のように見えるが、途中で停まってしまう可能性もあるだろう。ＣＴやＭＲＩの画像に見える脳の損傷が、どこまで克己に影響を与えているか、現時点では予想しようもないのだという。

でも、私は信じる。克己はきっと、自由に歩き、話し、笑えるようになる。本来の克己の姿に戻れる。手足の機能回復のために、厳しいリハビリが始まっている。そのうえ、記憶や言語のリハビリもしなくてはならない。すべてを投げ出したくなる時がくるかもしれない。克己の苦しむ姿を、これから何度も見なければならないだろう。

そのために強くなろう、と私は決めた。たとえ一時、克己の機嫌を損ねたにしても、あの子なら必ず理解してくれる。動かない関節を動かそうとするのは、痛く、つらいと看護師さんも言っていた。けれど、機能回復の訓練を続けなければ、あの子は歩けなくなってしまう。心を鬼にして、あの子をリハビリに立ち向かわせよう。そう決意を新たにした。

今日からが、克己の第二の人生のスタートなのだ。私の母としての二度目の人生もスタートするのだから。

◇

歩行訓練を始めたものの、ぼくはしばらく一歩も足を前に出すことができなかった。最初はプールの中でつかまり立ちをして、次に平行棒へ移り、どうにか自分の力だけで、十秒ほどの短い時間だったけれど、立つことができるようになった。そこでまたプールへ戻り、歩行訓練のカリキュラムが加わる。プールの中だと、手すりに水の浮力というふたつの助けを借りて、恐るおそる足を前に出すことができた。けれど、プールを出て、平行棒のつかまり立ちになると、足がすくんで三センチも前へ足を送ることができなかった。

歩行訓練が始まって半年後、母はぼくの誕生日のプレゼントに十枚のテレホンカードをくれた。あのころのぼくは、電話という便利な機械の使い方をちょうど覚えたばかりで、用もないのに電話をかけたがって母を困らせていた。

母は言った。

「このカードがあれば、いつでも好きな時にロビーの公衆電話を使って、うちや仕事場にいるお母さんと話せるようになる。でも、あなたが自分の力で歩いて、ロビーの公衆電話までたどり着けないとだめなのよ」

病棟の面会時間は午後八時までと決まっていた。夜に働く仕事を持つ母は、いつも五時前には病室を出てしまう。よほどぼくの体調が悪い時でなければ、母が病室につき添うことは、病棟の決まりでできなかった。

でも、テレホンカードがあれば、電話ができる。朝は母のいる自宅へ、夜は仕事場のほうへ。いつでも聞きたい時に母の声が聞ける。そのためには、ぼくが看護師さんの手をわずらわせずにロビーの電話まで歩けるようになる必要がある。今にして思えば、実に母らしい誕生日のプレゼントだった。

母のねらいどおりに、ぼくは歩行訓練を嫌がらず、怖がらず、懸命に続けた。けれど、そう簡単にテレホンカードが使えるようにはならなかった。

廊下の一角には、車いすの置き場所が作られていた。つき添いの人がいれば、車いすを持ってきてもらい、一人での移動もできた。けれど、早朝や深夜では誰に頼むわけにもいかない。一人でロビーの公衆電話まで行くには、少なくとも病室を出て、車いすの置かれた場所まで歩かなければならなかった。

結局、翌年の誕生日になっても、一年前のプレゼントは手つかずのまま残っていた。その半年後に、ぼくはようやく歩行器の力を借りて、病室を出られるようになった。

ぼくは真っ先にロビーへ向かった。母を驚かせようと、歩行訓練の成果は詳しく教えていなかった。午前の診察を終えると、ぼくは歩行器につかまって病室を出た。母からプレゼントされたテレホンカードを握りしめて。これで、いつでも聞きたい時に母の声が聞ける。

二十分近くもかけてゆっくりと歩き、どうにかロビーにたどり着いた。でも、電話はかけられなかった。自宅の電話番号を書いておいたメモを忘れてきたのだ。

ぼくは慌《あわ》てて病室へ戻り、メモを探した。どこを探しても見つからなかった。母に電話番号を書いてもらったのは記憶にある。どこへ置いたのか、肝心なことが思い出せなかった。もちろん、電話番号は覚えていない。あんなに長い数字を、ぼくはまだ覚えられるような状態ではなかった。

なぜ電話番号が覚えられないのだろう。メモをどこに置いたのかも忘れてしまうのか。どうしてこんなに苦しい思いをして歩く訓練をしないといけないのだ。探しても探してもメモは見つからなかった。ロッカーやテーブルの中身をすべて病室中にぶちまけながら、ぼくは泣いた。なぜぼくは十歳の子供にもできることができないのか。悲しくて泣いたのではなかった。わけがわからず、自分が理解できず、頭の中がぐらぐらと揺れるようになって、そのことが怖くて涙があふれた。どうして自分だけが——答えの出ない状況に耐えられなくて泣いたのだと思う。

あの時のテレホンカードは、いつまでも病室に残っていた。力いっぱい握りしめたため、カードは途中で折れ曲がり、差しこみ口に入らなくなってしまった。

母が亡《な》くなった時、ぼくは母の残したノートを読んだ。そのページの間に、折れ曲がったテレホンカードがはさまれているのを、ぼくは初めて知った。

◇

気がつくと、ぼくの手には折れ曲がったテレホンカードが握られていた。カードの角がちくちくと手の平にぶつかって、ぼくに何かを呼びかけている気がした。

あてもなく、ふらふらと商店街の道を歩いた。握りしめたカードを捨てた。足はまだ動いている。ぼくはどこへ行くつもりなのか。暗い夜空を鳥の影が通りすぎた。きっと、ねぐらに帰るカラスだろう。カラスにだって、帰る場所がある。聡子にも家族の待つ家がある。

二人で食事に行く——。そう聡子の旦那《だんな》さんが言っていたという。どう理解したらいいのだろう。聡子はぼくを見送りに行くと言ったのではなかったのか。あれはトンコの熱意に負けて、心にもない返事を口にしてしまったわけか。それとも、最初から行かないつもりで、嘘《うそ》をついたのか。

当てもなく夜道を歩いた。もう聡子はマンションへ帰ったろうか。あの男といっしょに食事を終えて。もしかすると、おばあさんに詳しく話していなかったせいかもしれない。人を見送るついでに食事をする。その前半を省略して言った、とも考えられる。そう信じたい気持ちがぼくにはあった。

立ち並ぶ屋根の向こうに、聡子の住むマンションが見えてきた。あの２０３号室。二階の左から三番目の部屋だ。レースのカーテン越しに、灯《あか》りが見える。あの部屋で聡子は夫と子供と暮らす。

今はもうあの灯りの中で、家族と笑いながら次の休日の予定について話をしているかもしれない。このまま部屋を訪ねたら、ぼくを見て何を言うだろうか。間に合わなくてごめんなさい。それともただ驚き、立ちつくすだろうか。その姿を見れば、ぼくにもきっと理由がわかる。どうして見送りに来なかったのか。

藤沢家の灯りが近くなった。マンションの正面へ歩きかけて、ぼくは方向を変えた。裏へ回った。そこに駐車場がある。いつだったか商店街で見かけた赤いスポーツタイプの車はどこにもなかった。あの日と同じように、聡子は車で出かけたらしい。あの男と二人で――。

まだ彼女は帰っていない。

ここで待てば、聡子と会える。

ぼくはザックを肩から下ろし、駐車場の隅に座った。積み木のように重なって並ぶどこかの部屋から、テレビのものと思える笑い声が聞こえてきた。クーラーの室外機の音もしている。マンションの大きな壁にさえぎられて、駐車場に風は吹いていない。昼間の熱気がまだあちこちに重く残っている。聡子に会いたい。もう一度だけ、顔をこの目にしたい。そう考えながら、ぼくは座り続けた。

車が一台、駐車場に入ってきた。赤いスポーツタイプの車ではなかった。紺色のワンボックスバンだった。家族そろって食事に出たのか、子供を先頭にして四人が車から降りてきた。駐車場の隅で座るぼくを不思議そうに見つめ、マンションの正面へと歩いていった。あんなふうにして、聡子も家族と食事に出かけ、遊園地へ行き、買い物に出るのだろう。そういう普通の暮らしをここで続けてきたのだ。

また一台の車が駐車場に入ってきた。街灯の明かりを受けて、フロントガラスがキラリと光った。赤いスポーツタイプの車だった。ぼくは素早く立ち上がった。

車がこちらに近づいた。マンションの中庭に近いところで停まった。

助手席のドアが開いた。

ぼくは息をつめ、何かに吸い寄せられるように車へ歩み寄った。

エンジンが止まり、ぼくの足音だけが駐車場に響いた。外へ出た人影が、こちらを向いた。長めの髪が揺れて——動きが止まった。

「嘘……」

街灯や中庭の照明灯から距離があるので、彼女の顔はほとんど陰になって見えなかった。薄闇《うすやみ》の中、目だけがキラキラと輝いていた。

「嘘じゃないよ」

ぼくは言った。ぼくらの距離は三メートルもなかった。けれど、もっと遠いところに彼女は立っているように見えた。

聡子は口元に手を当て、何度も何度も首を横に振った。藪《やぶ》の中を歩き、顔にかかってしまった蜘蛛《くも》の糸をはらおうとするみたいに。

「どうした」

運転席のドアが開いた。あの男の人が車から降り立った。丸い小さな眼鏡が鏡のようにぼくをとらえて小さく光った。

「何だね、君は」

彼からもぼくがよく見えなかったらしい。ぼくはもう少し、彼女たちへ近づいた。

「トンコたちと待ってたんだ」

「ごめんなさい。……道が——混んでしまって」

泣き出しそうな声で、彼女は言った。彼がドアを力任せに閉め、小走りに車を回りこんできた。

「あんた……帰ったんじゃないのか」

「トンコたちは八時すぎまで羽田で待ってたんだ。彼女たちとは会えたのかな？」

「ごめん……ごめんなさい……」

まだ日中の蒸し暑さが残る駐車場で、聡子は震えるように同じ言葉をくり返した。

「謝ることなんかあるか。道が混んでいたんだから仕方ないだろ」

彼が彼女の肩を横からそっと抱いた。

「本当なんだね。家にいたおばあさんは、二人で食事に出かけた、と言ってたけれど」

ぼくは彼女に聞いた。けれど、答えたのは彼のほうだった。

「それが何だって言う。あんたこそ、なぜ宮崎へ帰らなかった」

聡子はうつむき、よろけながら車の窓に寄りかかった。ここからだと、彼女の表情が見えない。ぼくは一歩、足を進めた。

「途中で電話一本入れてくれればよかったのに」

「しつこすぎるぞ、あんた。うちのやつが何をしたって言う」

横から彼が近寄った。ぼくの前に進み出た。

「迷惑しているのがわからないのか。見ろ。怯《おび》えてるじゃないか。あんたとの間に何があったのかは知らないよ。でも、もうすぎたことだろ。昔のことじゃないか。今はそれぞれの生活があるんだ。邪魔をしないでくれ」

「迷惑なのかい？」

ぼくは聞いた。

「そう言ってるじゃないか！」

けれど、ぼくには聡子が小さく首を横に振ったように見えた。肩も小刻みに震えている。泣いているのかもしれない。

「顔を上げてくれないかな」

「いいかげんにしろよ、あんた」

いきなり肩を押された。ぼくはバランスを崩して、隣に停まった車のドアに思いきり腰をぶつけた。ザックが手から放れて、アスファルトの地面に落ちた。

「やめて、お願い！」

聡子が小さく叫んだ。ぼくは窓に手をついて、体を起こした。

「ごめん。騒ぎを起こすつもりはないんだ」

「だったら、ここから出てってくれ。あんたが来てから、うちのやつがどれほど精神的に参ってると思う」

「いいのよ。そんなに言わないで」

聡子が顔を上げた。薄明かりの下、泣きはらした顔が見えた。

「おまえは黙っててくれ。あとはおれに任せればいい」

「そんなにぼくが迷惑なのかい」

「うるさい！　黙れよ、あんた！　あんまりしつこくすると、また警察へ——」

そこで、ぷつりと声が途切れた。聡子が顔を振り上げ、彼を見た。涙を流しながらも、トンコからもらった写真と同じに、相手をじっと見据える眼差《まなざ》しを彼に向けた。ぼくも彼を見つめずにはいられなかった。

　また警察へ――？

　どういう意味だろうか。また、というからには、すでに一度――。

　ぼくは車に手をかけ、一歩、彼に近寄った。

「あんただったのか？」

「何がだよ」

　彼が戸惑ったように身をそらして、ぼくを見返した。

「ありもしないことを警察へ言ったのは、あんただったんだな」

「事実を言ったまでだよ。うちの娘がおかしな男に声をかけられた、ってな」

「ぼくはメグミちゃんに何もしていない」

「当たり前だよ！　女房に続いて娘にまでおかしな真似《まね》をされたら困るだろ。だから、おまえを警察につき出したんだ。当然だろ。何かあってからじゃ遅すぎる」

　彼の後ろで聡子が髪を揺らした。声が震えた。

「何でそんなことを……」

「うるさい！　おまえにおれの気持ちがわかってたまるか。こいつはな、八年前に死んだも同じなんだぞ」

「でも――だからって……。ひどいよ、ノリユキ」

「何がひどい。ひどいのは、こいつだろ」

「罪もない人を警察につき出すのが、ひどくないの？　今日だって、空港に行くと言ったら、自分が送るようなことを言って……ひどすぎるよ」

聡子が一歩、彼の前からあとずさる。彼が手をのばして、逃げようとした聡子の両肩をつかんで揺すぶった。

「目を覚ましてくれよ。頼むよ。死人に同情して、どうするんだ。おまえが感じてるのは、ただの憐《あわ》れみなんだよ。愛情なんかじゃない」

聡子は人形のように揺すられるままだった。その姿を見て、彼の右手が、つかんでいた彼女の肩から離れた。人差し指がぼくを正面からとらえて、止まった。

「こいつはもう死んだやつなんだよ！　今さら死んだやつを見送りに行って何になる。いいかげん、もう目を覚ましてくれ！」

頭の中を熱いものが駆け抜けた。やはりそうだったのだ。この人が……この男が、見送りに行くのを邪魔したのだ。それだけではなかった。ありもしないことを言って、ぼくを警察につき出した。すべては、この男のしたことだった。

「こいつは八年前に死んだんだ！」

ぼくは生きている。八年前に生きていた相馬克己とは、確かに違うところがある。けれど、ぼくはぼくだ。ここにこうして自分の足で立ち、悩み、苦しみ、生きている。

ぼくは後ろから彼の肩に手をかけた。

「彼女から手を離せ」

「うるさい。おれの女房だ。おまえなんかに指図されるいわれはない」

「彼女が嫌がってるじゃないか」

　ぼくの手を払い、彼がこちらを向いた。

「貴様……」

　薄明かりに顔が変わって見えた。いつだったか、こんな顔を宮崎の博物館で見たことがある。木彫りの怖い顔をしたお面だった。あれは女の人の顔だったか、男だったろうか、よく覚えていない。

「……貴様さえ現れなければ――」

　ぼくの胸に手をのばし、彼が言葉を投げつけた。けれど、ぼくの気持ちも同じだった。もしかするとぼくも、彼と似た顔になっていたかもしれない。すべてはこの男のせいなのだ。この男さえいなければ――。そうすれば、聡子も昔のようにぼくのもとへ――。この男さえいなくなれば――。

　男の手が胸にかかった。醜くゆがんだ顔が迫る。

　おまえさえ、いなくなれば――。

◇

「お願い、やめて！　もうやめてよ！」

　突然、聡子の叫び声が聞こえた。なぜか腰の辺りが重かった。

聡子がぼくの腰にしがみついていた。泣きはらした顔を上げ、ぼくに叫んでいる。

「これ以上殴ったら、死んじゃうよ。やめて。もうこんなこと、しないで！」

急に景色の明るいところと暗いところが逆になるみたいになって、聡子以外のものが目に戻ってきた。駐車場の薄明かりの下、足元に誰かが横たわっていた。ぼくの左手が、何か重くて軟《やわ》らかなものをつかんでいる。シャツの襟元《えりもと》だった。その先に、ぐったりとあごの裏を見せた誰かの首がぶら下がっていた。

「やめて、お願いだから。私がみんな悪かった。ごめん、克己。ゆるして、お願い……」

記憶判定テストを受けた時のように、頭がズキズキと痛んだ。なぜか右手にも鈍い痛みがある。そろりと右手を持ち上げた。どういうことか、手の甲が真っ赤に染まっていた。

血だ。右手が血に染まっている。

何だろう、この血は――。

どこかで植木鉢を転がすような音が上がった。振り返ると、マンションの二階のベランダで何かが動いた。右から二番目の部屋のベランダだ。女性らしき影が急に動いて、「ひぃ」とのどをしめられたような声が聞こえた。人影がぎくしゃくと動きながら部屋の中へ消えていった。

全身の力がぬけた。左手にからみついていたシャツがすべり、ゴトリとアスファルトの上に何かが落ちた。視線を落とした。ぼくの足先に、半分真っ赤になった顔がある。

すぐには誰だかわからなかった。これは誰だ。どうしてこんなところで横になっている——。ズキズキと痛む頭が、からからと音を立てて空回りしていた。

「ノリユキ……」

聡子が言って、男の横にかがみこんだ。

「ねえ、ノリユキ。大丈夫？」

泣き声になっていた。男の胸元を聡子は強く揺すぶった。がくがくと、茎の折れたひまわりみたいに、男の頭が左右に振れた。

聡子がはっとしたように胸に顔を近づけた。その瞬間、男の口から声にならないうめきがもれた。聡子が糸の切れた人形みたいに、その場へ座りこんだ。

「だめだよ、克己……こんなこと」

聡子が涙に濡《ぬ》れた顔を上げた。震える唇《くちびる》を噛《か》みしめて、ぼくを見つめた。あふれ出る涙の奥で、ゆらゆらと瞳《ひとみ》が震えていた。

この手についた血が、何よりの証拠だった。ぼくが聡子の夫を殴りつけた。でも、まったく覚えていない。自然と体が動いていた。怒りにかられて、聡子の夫をたたきのめしていた。

——もうこんなことはしないで——

そう聡子は言った。「もう」と確かに。つまり、前にも同じことがあった……？　ぼくが何をしたというのだろう。

◇

ごめんね、克己。――あ、昔のように克己って呼ばせてもらっていいかな？

ありがとう。あなたには冷たくしてばかりだったのに、そう言ってもらえると、少しほっとする。せっかく宮崎から来てくれたのに、あなたと会おうともせず、本当に申し訳なく思っています。ごめんなさい。言い訳にしかならないと思うけど、最初はもうただ驚いて、驚いて――言葉もなかった。

でも、あなたのせいじゃなかった。もとはと言えば、私が悪かった。なのに、自分のことばかり考えて、電話に出ようとしないで、本当にひどいことをしたと思う。克己だってつらいのに――ううん、私よりずっとずっとつらかったと思う。けれど、あなたを思いやる気持ちを持てず、本当にひどいことを私はしたと思ってる。ごめんなさい。

これから話そうとすることは、あなたをもっと苦しめてしまうかもしれません。でもね、克己。あなたに罪はない。悪いのは、私。それだけはわかってほしい。でないと――克己は自分を責めるでしょう。だから、何度でも言っておきます。あなたに罪はありません。どうか気を落ち着けて、聞いてください。

確かにあなたは人から見れば、刑法上の罪になることを八年前にしました。けれど、しつこいようだけど、すべての責任は私にあります。今回のことだって、ノリユキがあなたにひどいことをしたからだし、警察も必ずわかってくれると思う。ちょっと難しい言葉だけど、情状酌量と言って、充分に同情すべき理由がある場合には、罪に問われないことがある。あの人だって、あなたに殴られても仕方ないことをした、という自覚はあったと思う。だから、こんなふうに逃げる必要はなかった。いい？ 最初にそれだけは理解しておいて。

ありがとう。——じゃあ、話を進める。八年前のことを説明しておく。

もう克己も、だいたいの予想はつけてると思うけど、あなたは八年前、ある人を殴り、ケガを負わせました。でも、それは私のせいです。

トンコから聞いたでしょ？ 私が店の手伝いをやらされていたこと。その人、お客さんの一人で、名前は——気になるなら教えておきます。サカイカズアキさんといって、当時は二十八歳だったと思う。職業はデザイナーとか言ってたけど、本当はデザイン事務所に出入りしてた、小さな広告会社の営業の人だった。酔うと、ちょっとだらしなくなるけど、私にはとても優しくしてくれた。

ごめん。何を言っても弁解にしかならないけど、克己という人がいながら、私はその人の優しさにひかれてしまい——。

あの当時——ううん、高校の時からずっと、克己は本当に私のことを想《おも》ってくれていた。充分にわかってた。でも……何て言ったらいいのか、克己はちょっと厳しすぎるところがあった。本当に相手のことを考えていたら、いつも優しくするだけじゃいけない、そう私も頭では理解してたつもりだった。でも、すべてを受け入れて、相手を信頼して、自分も同じように心を配っていくには、自分を強く持ってる人じゃないと難しいと思う。私は弱い人間だから、ついグチをこぼしたり、弱音を吐いたりしたくなる時があって……。克己はいつも、私を叱《しか》りつけた。――ううん、ただの言い訳。どんな理由があったにしても、私は将来を誓い合った克己を裏切ってしまった。ごまかしようのない事実だってわかってる。

けど、さっきも言ったように、その人、デザイナーぶっておきながら、すぐに嘘だってばれて、急に私にも態度を変えて――。要するに、私が馬鹿《ばか》だったわけ。口先だけの甘い言葉に乗せられるような、浅はかな女だったってこと。しかも、相手の嘘に気づいたとたん、慌てて克己にすがろうとした。

ひどいよね。あなたを裏切っておきながら、その人のいいかげんさを知ったからって、今度はあなたに嫌われたくないと思い直して、無理やりその人に……なんて嘘までついた。

だからね、私が悪い。克己は、こんな私をまだ想ってくれて、だから、その人を――。私のためだったんだ。なのに、警察に追われてしまって。……そう、事故を起こしたのは、警察から逃げようとする途中でのことだったんだ。

トンコや清たちが知らなかったのも、無理はなかった。私が隠していたから。恥ずかしくて仲間の誰にも言えなかった。私のために克己が人を殴り、警察から追われて交通事故を起こしたあげく、死んでしまったなんて……。

あなたのお母さんは、私やトンコたちのこと、嫌ってた。だから命を取りとめたのに、私には死んだって告げたんだと思う。気持ちは痛いほどにわかる。私さえいなければ、克己はこんなことにならなかった。お母さんも悪くない。悪いのは私なんです。

今度のことだって、そう。私があなたに会って昔のことを話したくなかったから、いつまでも冷たい態度を取ってしまった。そのうえ、ノリユキまでがひどいことをしたんだから。誰だって、克己の気持ちはわかってくれる。だから……。こうやって警察から逃げるなんてこと、ちっともしなくていいと思う。あなたは少しも悪くない。悪いのは私たちのほうだから。わかるでしょ、克己？　だからもう戻ろうよ。ね、克己。

◇

長い台詞《せりふ》をうまく言い終えた役者さんみたいに、聡子は大きく息をついた。ぼくを見つめて、うながすような視線を作った。

「ありがとう」

ぼくは言葉を探して、言った。古びた鉄パイプから立ち上がった。

「ぼくを思いやってくれる気持ちは、本当に嬉《うれ》しく思う。でも、もう嘘や作り事はやめてくれないか」

「嘘なんか――」

「ぼくはね、こっちへ来て、まず最初に事故のことを調べてみた。ぼくの起こした事故を処理したという警察の人を訪ねたんだ」

　聡子ははっとしたように少し体を引いた。

「その時、警察の人は何も言わなかった。ぼくが警察から逃げる途中で事故を起こしたなんてことは」

「だから、それは警察の人が克己を気づかって……」

「でもね、警察から追われるぐらい誰かを殴ったのに、ぼくは何のとがめも受けていない」

「言ったじゃない。罪になるようなことじゃなかったからだって」

「その人は、ひどいケガを負ったわけじゃなかったんだ？」

「そう。だから警察だって、克己を逮捕できなかった」

　ぼくはうなずき、彼女に近寄った。薄闇の中でキラキラと光る聡子の瞳をじっと見つめた。

「どこにでもあるようなケンカぐらいで、どうして警察がぼくを追いかけたのかな？　どうして事故を起こしてしまうほど、ぼくも警察から逃げたんだろう？」

　聡子があえぐみたいに、開きかけた口を閉じた。待っても答えは返ってこない。

「頼むよ、聡子。もう隠し事はやめてくれ。ぼくはその人を一方的に殴って大ケガをさせたんだよな。だから警察は、ぼくを逮捕しようと追いかけた。だから聡子も、さっきあいつが殴られるところを目の前にして、昔のようになっては大変だと思って、必死に止めようとした。そうなんだろ？」

ぼくが小松川警察署に出かけたのは、松本先生の家を出たあとだった。今思えば先生には、小松川署へ電話を入れる時間が充分にあった。宮崎へ電話をしないでくれ、と頼んだぼくの言葉に、先生はうなずき返してくれた。その約束は確かに守ってくれたのだろう。けれど、小松川署へ電話をしなかったという証拠はなかった。これから相馬克己という青年が、八年前に自分の起こした事故のことを尋ねに行きます。彼は八年間も病院に入院し、昔の事故をひどく気に病んでいます。どうか何もなかったと伝えてやってください。――そういう電話を入れなかったと、どうして言えるだろうか。

「ぼくは警察から追われるような罪を犯した。なのに、どうして何の罪にも問われなかったのか。教えてくれよ、聡子。ぼくは何をした。母や先生たちは何を隠そうとしたのかな？」

聡子は怯えるようにぼくから顔を背けた。肩をつかんで、彼女をこちらに向かせた。

痛い。聡子が小さくうめいた。逃げようとする彼女の背中を倉庫の壁に押しつけた。

「ぼくは何をしたんだろうか？」

やっと震え声が返ってきた。

「克己は生まれ変わったも同じなのよ。今のあなたがしたことじゃない……」

「そうさ、今のぼくとは関係ない。だったら、教えてくれてもいいじゃないか」

聡子のひざが折れて、壁に背をつけたままずるずると沈んでいった。おおいかぶさるように、ぼくは聡子の肩をつかみ続けた。彼女はもう、ぼくから顔を背けなかった。ぼくらは闇の中で見つめ合い、互いの息づかいを聞いていた。

「ごめん、克己……」

「頼む。教えてくれよ」

「言えない。だめだよ、そんなの」

「言えないほどのことなのか」

　聡子は唇を噛み、下を向いた。やがて、大きく息を吸った。急に手をのばして、ぼくの肩に抱きついてきた。

「ごめん、克己……」

　耳元で、ささやくように彼女は言った。

「嘘ばっかり言って……」

　シャツを通して、肩口に聡子の涙を感じた。すすり上げるように彼女は言った。

「……そう。八年前、あなたじゃないもう一人の相馬克己は、サカイカズアキという男の人に暴行を加えて、一生癒《い》えない傷を負わせた。今もその人は、車いすで生活してる。それだけじゃない。相馬克己は仲間たちといっしょに、いくつかの恐喝や窃盗事件にも関係してた。だから、警察に追われてた」

「恐喝……」

「幸二たちとの悪ふざけが、ちょっとエスカレートしてしまっただけ。はめを外してケンカすることぐらい、誰だってあるでしょ。でも、人の財布や持ち物を巻き上げたと思われて、警察から目をつけられたみたいで……」

　浄水施設に囲まれた中庭は暑いほどなのに、なぜか体のあちこちが凍《こご》えたように感じられた。腕や胸や腰までが震えてきた。聡子が抱きとめていなかったら、ぼくは芝生に倒れていたと思う。

「ごめん。私もいっしょに受け止める。そうだよね、あなた一人で背負うことじゃないものね。だから、つらいだろうけど、聞いて。これ以上苦しむ顔は見たくない。冷静に聞いて、いい？　あなたではない、昔の相馬克己がしたことだから」

　うなずくことはできなかった。ぼくは聡子の肩をぎゅっと抱いた。

「あなたではないもう一人の相馬克己は、警察から逃げようとして、事故を起こした。その際に、六十六歳になる男性をはねてしまった」

「まさか……」

「三日後に亡くなった。あなたが入院してた病院で」

　背中を氷のように冷たいものが走り抜けた。今も癒えない傷を一人に負わせて、一人を事故とはいえ、この手で命を奪った——。

「……嘘だろ、そんなの」

　聡子はぼくに抱きついたまま、耳元で首をかすかに振った。ぼくを強く抱きしめ、涙声で言った。

「でも、あなたじゃないもう一人の相馬克己がしてしまったこと」

「どうして何の罪にも――」

「昨日の夜、警察の人がうちに来た。その時、私も疑問に思って聞いた。てっきり私は、あなたが死んだと思ってたから。死んでしまった人に、罪は問えない。サカイさんも、あなたのお母さんから、かなり高額の慰謝料をもらったとか聞いてたし。そのために東京の家を売って、越していかれたんだと思ってた。――でも、あなたは生きてた。別の相馬克己になったも同じだけど、戸籍上は相馬克己という人はあなた一人しかいない」

　聡子は身を引き、ぼくを見つめた。

「あなたが植物状態になってしまったことで、とりあえず逮捕は見送られることになった。記憶が戻ったところで、罪に問えばいいという判断だったらしい。でも、命を取りとめたあなたは、一切の記憶を失っていた。生まれ変わったも同じになってしまった。警察もどう処理していいのか困った、と言ってた。ねえ――」

　聡子は口調を変えて、首をやや傾けながら聞いた。

「措置入院って言葉を知ってる?」

　ぼくは首を横に振った。

「ニュースとかで聞いたことないかな。精神に障碍を持つ人が犯してしまった犯罪は、時としてその人に責任能力がない、と判断される場合があるみたいで……」

　思い出した。いつだったか、精神科の病院へ通っていた男性が、通りがかりの人を包丁で刺した事件が福岡のほうであった。あの時、犯人の責任能力を問えそうにない、といったニュースをテレビで見た記憶がある。

「でも、だからといって、その人に罰が与えられない、というわけでもなくて。罪に問われることはないけれど、犯罪にいたる理由となった病状がよくなるまでは、強制的に施設へ入院させて、もう二度と同じような犯罪を犯さないようになるまで治療を受けることになる。それが、措置入院と呼ばれる方法なんだって」

「じゃあ、ぼくは……」

「前例のないことだけど……措置入院と同じ方法を取ることになった、と警察の人は言ってた。あなたは精神に障碍があったわけではないけど、犯罪を犯した当時の記憶が一切ないし、この先も記憶が戻る可能性はない。そう病院で判断されたから……。病状が――つまり、あなたが普通の社会人として暮らせるようになったと裁判所が判断を下すまでは、強制的な入院処置が取られることになったらしくて……」

目の前によどんでいた雲が、強い風に吹き飛ばされていった。

ぼくには不思議でならなかった。交通事故で重傷を負った患者もベッドから起き上がれるようになると、誰もが退院していく。自宅から通院し、リハビリを受けるのが普通だった。けれど、ぼくだけは、どれだけ願おうとも、なぜか退院許可が下りなかった。先生や看護師さんや母は、ぼくが特別だから、と口をそろえて言った。ぼくが奇跡の人だから。新たな相馬克己として生まれ変わったも同じだから。脳に何らかの障碍が残るといけないから。だから、もう少しがんばって入院生活を続けていこう。そう言われ続けてきた。

　でも、ただの言い逃れにすぎなかった。警察や裁判所から、退院の許可が出なかったのだ。刑務所に入れられる代わりとして、ぼくは八年もの入院生活を送っていた——送らなければならなかった。あの病院での八年は、刑務所に入れられているのと同じことだったのだ。先生や看護師さんは、ぼくを監視する看守の代わりだった——。

　確かに法律では、措置入院という処分の方法が認められているのだろう。特殊なケースとして、ぼくにも適用されることになった。でも、罪を知らずに入院していて、何になるのか。その人を罪に問えず、だからといって、大手を振って自由にさせるわけにもいかない。だから、せめて入院でもさせておくか。周りの人たちの自己満足のような処分に思えた。その人に罪を意識させなくては、何のために自由を奪ったのかわからない。

　聡子はぼくのほほを両手ではさんだ。

「でもね、克己、あなたはあなたよ。昔の相馬克己とあなたは違う」

　本当にそうだろうか？　サカイカズアキという人に決して癒えない傷を負わせ、六十六歳の男性をはね殺した相馬克己は、間違いなく存在していた。その人物は、罪を犯しながらも、刑罰は与えられなかった。代わりに、ぼくが入院していた。ぼくはどこから見ても、相馬克己という男に違いなかった。

「罪を犯した相馬克己は、八年前に事故で死んだ。あなたは八年前に、赤ちゃんみたいな状態からやり直して、今の相馬克己になった。電話で宮崎の院長先生もそう言ってた。あなたはあなた。昔の相馬克己とは違う」

「ぼくはぼくだよ」

ぼくは言った。聡子の目が大きく見開かれた。

「記憶は残ってないけど、ぼくはやっぱり相馬克己なんだ」

「どうして……?」

「ぼくはまた、人を殴った」

聡子の夫を。自分でも知らないうちに。怒りにまかせて。聡子がしがみついて止めなかったら、ぼくはいつまでもあいつを殴り続けていたかもしれない。

「言ったでしょ。あの人も悪かったんだって。警察だってわかってくれる。情状酌量と言って、仕方ない理由がある時は大きな罪になったりしない。警察だって、克己の気持ちはくんでくれる。だから大丈夫、絶対に」

聡子は言って、ぼくの顔をのぞきこむように見つめた。

「帰ろう? だから、いっしょに帰ろうよ。院長先生やトンコだって、心配してる」

「宮崎に帰ったら、もう聡子に会えない」

「そんなことない。会いに行くよ。トンコたちといっしょに、宮崎まで行く」

「あの男とまだいっしょに暮らすつもりなんだ」

聡子はドキリとしたように体を揺らした。

「あいつがどんなひどいことをしたのか知りながら、いっしょに暮らすわけだ」

聡子はぼくの目を見て、ゆっくりと、重いものを飲みこむみたいにうなずいた。

「たぶん、そうなると思う。あなたにひどいことをしたけど……でも、私が選んだ人だし、めぐみの父親でもある人だから」

「ぼくについてきたのは、警察に自首させるためだったんだ」

「そうじゃない。誓って言える。でもね、克己、これだけはわかって。もう昔とは違う。トンコと清に子供が生まれたように、私にもあの人との間に子供がいる。もう昔には戻れない」

「ぼくには誰もいない」

「わかって、お願い……」

聡子はすすり上げながら言い、ぼくのほほに再び手をのばした。闇の中でぼくの顔を確かめるように、そっとあごの先から触れていった。

「もう二度と同じ過《あやま》ちはくり返したくない。だって、そうでしょ。八年前、克己を裏切ってしまい、そのために罪を犯させた。そのうえ、取り返しのつかない事故まで起こさせてしまった。悪いのは私。今またあの人を裏切るようなことをしたら、どうなると思う？　あの人は私のことを想っているから、自分でもひどいことだとわかりながらも、警察にありもしない話をして、あなたを苦しめた。でも、私を失いたくないからで……そう理解しているのに、あの人のことを裏切れない。そんなことをしたら、八年前の克己を今また作ってしまうようなものになる。私にはできない……そんなこと、もう私には……」

聡子はぼくの首にしがみついてきた。ぼくもそっと彼女の背中に腕を回した。聡子は声を上げて、ぼくの肩で泣きだした。

やはりそうだった。聡子はぼくを……八年前のぼくに想いを残してくれていた。心では、ぼくといっしょにいたい、と思っているのだろう。でも、八年という月日の前に、ぼくたちは身動きがとれなくなっている。

聡子の名前を呼んだ。彼女がぼくを見つめた。ぼくは彼女の前に顔を近づけた。

「いけないよ、克己」

彼女は小さく言って、横を向いた。肩に手をかけて、前を向かせた。だめだよ。また彼女がつらそうに横を向いた。ぼくは彼女を抱き寄せた。

「待ってよ、克己。違うよ、そうじゃない」

「何が違う?」

「あの人を裏切れないから……」

「ひどいやつだと知りながら、我慢して暮らすなんて、裏切りと同じじゃないのか」

「あの人を選んだのは、私なんだから」

「まだあんなやつのことを想ってるのか」

彼女がまた何か言い返した。その言葉が耳に届かなかった。彼女は自分で、あいつがひどいことをしたと言った。ぼくに殴られて当然だと。けれど、まだあいつを心配している……。ぼくについてきたのは、やはり警察へ自首させるためで——。ぼくを想っていたのではなく、行く末を案じただけで——。本当は、あいつとの暮らしのほうが——。聡子は親から店に出ることを強《し》いられ、そうしないと一家は暮らしていけなかった。けれど、今ではあんな綺麗《きれい》なマンションで、可愛い一人娘と悠々自適の生活をしている。誰だって手放したくない。八年前に死んだ男に、今の暮らしを邪魔されたくない……。

それでも、ぼくは聡子を恨むことはできない。忘れることもできそうにない。聡子はぼくのものだ。八年前からずっと。今も想いは変わらない。聡子だって、きっと心の底で——。そうだよな、聡子。頼むから、ぼくを今も変わらず想っていると——。ぼくらなら大丈夫だよ。昔と変わらずにやっていける。そうだろ、聡子。なあ、聡子……。

夜を切り裂くような叫びが聞こえた。

誰かに助けを求める絶叫だった。自分の体の下から聞こえていた。気がつくと、聡子が胸の下に横たわっていた。

芝に手をついて、体を起こした。薄明かりの中、横たわる聡子のシルエットが見える。壁際《かべぎわ》に積まれた鉄パイプに顔を押しつけ、彼女は力無く両手を芝の上に投げだしていた。全身が小刻みに震えている。泣いているのだ。

「……こんなの、ないよ」

疲れきったようなかすれ声が、のどからもれた。ブラウスの肩が土に汚れ、ほほにちぎれた芝が降りかかっていた。胸元のボタンがはじけ、白い肌が闇に浮き上がるように見えていた。

聡子の上から飛びのいた。鉄パイプに背をつけ、じっと自分の手を見つめた。震える指のシルエットが見えただけだ。この手でぼくは何をしようとしたのか。記憶になかった。

これで今日、二度目になる。あの男につかみかかった記憶が、ぼくにはなかった。気がついた時には、もうぼくの下であいつはぐったりしていた。そして、今も――。

震えがきた。指先の震えが、全身へ伝わっていった。

これは何だろうか。事故の後遺症か。そうであってほしい、と心から思った。もし違うとすれば、八年前の相馬克己のせいなのかもしれない。生まれ変わったも同じだと言われても、ぼくには間違いなく、警察から追われた相馬克己の血が今も流れている。一人を半殺しの目にあわせて、遊び半分にはめを外して、恐喝や窃盗に手を染めても平然としていた〝人でなし〟としての血が――。

聡子と初めて会った時のことが思い出された。あの時、ぼくは誰から紹介されたわけでもないのに、小さな女の子を追いかけてきた女性が、聡子だとわかった。八年前に死んだ相馬克己の記憶のなごりだったのだろう。幸二を殴りつけても当然だと思い、聡子の夫をいつの間にかたたきのめし、今も聡子を力ずくで自分のものにしようとした。

事故の後遺症ではなかった。

ぼくは誰でもない。相馬克己だ。

記憶をすべて失おうとも、相馬克己であることからは逃れようがない。

闇の中で立ち上がった。聡子の泣き声が低く小さく、今も続いている。

耳を閉ざして、歩きだした。まだ自由の利《き》かない左足を引きずりながら。とても聡子の前にはいられなかった。彼女に顔を合わせる資格はぼくにない。

ぼくは、八年前に死んだと思っていた相馬克己とともに、歩きだした。

◇

あてもなく街のどこかを歩いた。どこにいるのかはわからなかった。周りの景色は少しも目に入ってこない。視界の隅では、今も聡子の泣き顔がぐるぐると回り続けていた。耳にはすすり泣きの声が貼《は》りついて離れなかった。

ぼくは何をしたのだろうか。

わかりきったことだった。八年前、一人の男性を殺した。もう一人に瀕死《ひんし》の重傷を負わせた。仲間たちと遊び半分に、恐喝や窃盗をくり返していた。そして今また、一人の男を殴りつけて警察から逃げ、聡子を力ずくで自分のものにしたがった。

ぼくはぼくではなかったのだ。ぼくは相馬克己だった。八年前に彼は死んだのではない。記憶をなくしただけで、今も彼は生きている。この体で、この顔で、声で、目で。相馬克己は生きている。この体が朽ち果てない限り、彼は生き続ける。もともとこの体は彼のものなのだから。

でも——。

ぼくは誰なんだろう。今この体を借りて、ふらふらと歩き、痛む頭を抱えているのは、誰なのか？

八年前の相馬克己とは言えない。当時のことは何ひとつ覚えていない。この先思い出せる可能性もない。そんな人間が相馬克己であるわけがない。では——。

ぼくはぼくだ。確かにここに、ぼくという存在がいる。ぼくはぼくでしかない。ぼくこそが、八年前に死んでいたのかもしれない。今ここにいるのは、相馬克己の体を借りた、空っぽの人形のような存在にすぎない。ぼくは誰だ。どこにぼくはいるんだろうか。誰かぼくを見つけてほしい。

肩が何かにぶつかった。いつのまにか繁華街にさしかかっていた。電球に飾られた大きな看板が立ち並び、どこからか湿っぽい歌が聞こえてくる。ここはどこだ。ぼくはどこへ行くんだろうか。気をつけろ。誰かの声が耳元で聞こえた。けれど、ぼくの周りには誰もいない。看板の放つまばゆい光しか目には見えない。

光に顔を背けて、歩きだした。頭を振った。遠くで誰かの声がしている。聡子の泣き声だろうか。それとも相馬克己の呼ぶ声か。八年前に死んだ本当のぼくの声だろうか。

何が言いたい。ぼくはぼくだ。ぼくはもう一人の相馬克己だ。ここに間違いなく、ぼくはいる。なぜなら——。

必死になって、理由を探した。ぼくがぼくである、その理由。どこかに必ず、ぼくという人間の裏づけがある。

ふと胸の中にトモさんの顔が浮かんだ。寝たきりの俊紀君の笑顔がなぜか見えた。まだ表情を浮かべることのできないはずの彼の笑顔が、ぼくにははっきり見えた——。

そうだった。ぼくはぼくだ。ぼくであるぼくを知る人たちが、ぼくにはいる。ほら、目の前には、半田さんや江藤さんの顔も見える。横山さんだって隣の家にはいる。あの人たちがいる限り、ぼくはぼくでいられる。

また何かが肩にぶつかった。足を止めて、振り返った。

ぼくは東京へ来てはいけなかった。だから、母も院長先生も昔のことを隠そうとした。見てはいけないものを見ようとしたぼくが悪かったのだ。帰ろう、宮崎へ。ぼくであるぼくを知る人たちのいる場所へ。

そう思いついて、歩きだそうとした時だった。

「何シカトしてんだよ、てめえは」

ヤスリで金属をこするような声が背中からかけられた。

顔をめぐらせると、トモさんたちの顔が見えなくなった。代わりに、見たこともない三人の若い男が立っていた。派手な柄のシャツをだらしなくジーンズの上に出し、スニーカーの踵《かかと》を三人が三人とも踏みつけていた。真ん中の髪の長い若者が、くちゃくちゃとガムを噛みながら、ぼくの前に進み出てきた。

「ふらふら歩きやがって、どこに目ぇつけてんだよ、ええっ？」

三人ともまだ二十歳前に見えた。そろってほほから鼻を赤く染めている。酔っているみたいだった。

「悪かった。急いでるんだ」

ぼくは言って、歩きだした。

「待てよ、てめえ……」

肩をつかまれ、振り向かされた。次の瞬間、何かが顔面に衝突した。バランスを崩して、倒れそうになった。固いものが腰にぶつかり、危うく踏みとどまった。プラスチックでできた飲み屋の看板だった。

顔を上げると、三人の若者が薄っぺらな笑みを浮かべていた。殴られたのだ、と初めてわかった。

「まともに歩けねえやつは、道の端を歩きやがれ」

けたけたと破れた提灯《ちょうちん》のように口を開けて、三人が笑った。赤く染まったほほをゆがませて、あざけりの視線を向けてきた。

体が自然と動いていた。ぼくではない誰かが命令したかのように。

右手を振った。真ん中にいた顔の長い男が、もんどり打ってアスファルトに倒れた。

その姿を見届けると、ぼくは背を向けて歩きだした。

「貴様……」

後ろから声が追いかけてきた。ふいをつかれ、路地に引きずりこまれた。背中を押され、ゴミの入ったポリバケツの列につっこみそうになった。

ようやく振り返った。自分でも驚くほど自然に体が動いた。男たちの動きが、スローモーションのように見えた。その腕をかいくぐり、右の拳《こぶし》をつき出した。体が動くままに任せればいい。簡単だった。ぼくが殴っているのではない。本当の相馬克己がここにいる。八年前、相馬克己は死んだのではなかった。死人も同じ、もう一人の相馬克己——ぼくという誰でもない空っぽの人間が生まれただけなのだ。

動くに任せて拳を振るった。蹴《け》りを続けた。殴っているのはぼくではない。殴られているのがぼくだった。八年間、ずっとぼくの陰に閉じこめられていた相馬克己が、空っぽのぼくをひたすら殴り続けた。蹴り続けた。腕や足を振るうごとに、胸の奥がズキリと痛んだ。あまりの痛さに、声が出そうになった。それでも相馬克己は、ぼくを殴り続けた。これまでの恨みを晴らすかのように。失われた八年を、拳や足で取り戻そうとするみたいに。

「やめてくれよ。死んだらどうすんだよ」

隣でおびえていた男が何か言った。逃げようとしたそいつを捕まえて、後ろから殴りつけた。倒れた男を踏み、顔を蹴った。もう一人の相馬克己が相馬克己を蹴り続けた。

蹴りながら、なぜかぼくは泣いていた。涙がぼろぼろと、まるでぼくに別れを告げるようにこぼれ落ちた。ぼくはいない。いるのは相馬克己だ。相馬克己はぼくではない。

　血にまみれて目鼻の見分けがつかなくなった男の顔を、さらに蹴った。

　男たちはもう捨てられたぼろくずのように動かなかった。その何もない反応に心からの満足を覚え、相馬克己は笑った。こんなやつらは殴られて当然なのだ。空っぽの誰かみたいに。

「このヤロー」

　後ろから叫び声が聞こえた。振り返る間もなく、左の肩口を衝撃が襲った。レンガを砕いたような鈍い音が上がり、背中まで痛みが駆け抜けた。

　最初に殴りつけた男が、はれた目をつり上げ、向かってきた。手に焦《こ》げ茶色の光るものを握っている。ビール瓶だろうか。頭上めがけて振り下ろされた。相馬克己は右手で受けた。

　ぐしゃりとブロック塀の崩れるような音がして、骨の奥にまで痛みが走った。同時に目の前で瓶が砕け散った。痛みにひるんだところを、正面から体当たりされた。ビルの横手の路地に、背中からまともに倒れこんだ。肩が何か固いものに当たった。そのショックで、何かが音を立てて崩れ落ちてきた。ビールケースだった。何本か、中に酒瓶が入っている。底に残ったアルコールが顔にかかった。相馬克己は痛む腕で、ビールケースを払いのけた。男はここから瓶を抜き取ったのかもしれない。

立ち上がった。この程度のふい打ちに、してやられる相馬克己ではない。足元のケースを蹴り飛ばし、迎え撃つ体勢を取った。

目の前に、光が躍《おど》った。とっさによけた。男が放ったライターの火だ。ビルの壁にライターがはねて、次の瞬間、小さな炎が上がった。酒瓶に残ったアルコールに、引火したのか。小さな火の上に、新聞や雑誌のたばが落ちてきた。相馬克己は転がるようにして炎から逃げた。男はシャツにかかった酒を見て、相馬克己を炎で焼こうとしたのだ。素手ではかなわないと見ての、卑怯《ひきょう》な手段だった。

怒りがわいた。全身の血がたぎった。痛む腕をかばい、相馬克己は立ち上がった。男はビルの壁をなめ上がる炎を見て、おののくようにあとずさった。背中の熱気に押されて、相馬克己が突進した。男が言葉にならない悲鳴を上げた。逃げる男の襟首を、相馬克己は後ろからつかんで、力任せに引き戻した。男が足をもつれさせて地面に転がった。その勢いに、相馬克己も肩から転倒した。なぜか左足がうまく動いてくれない。左手首にも、理解できない痛みがある。これは何だ。どうして昔のように体が動かない。相馬克己は自分に毒づき、立ち上がった。目の前で、先に体を起こした男が足を振り、蹴りつけてきた。顔に食らった。背中からゴミの中に倒れた。痛みにのたうち、体を左へ反転させた。その場で苦しんでいては、またも男の攻撃を受ける。歯を食いしばり、転がりながら足をのばした。男のふくらはぎを横から払った。相手は倒れなかったが、一瞬の隙《すき》が生まれた。その間をついて、素早く立ち上がった。もう逃しはしない。男が拳を後ろへ引きしぼった。子供のケンカのように闇雲に振り続ける腕をよけた。足払いをかけた。今度は命中。男が尻《しり》から転倒した。男の口がぱくぱくと金魚のようにあえいだ。何か言っていた。半分つぶれかかった目に、涙が見えた。相馬克己は笑った。ぼくではないもう一人のぼくが、泣いて恐れおののく小羊を前に、勝ち誇るようにほほえんだ。男を電信柱の陰に追いつめ、手首の痛まない右の拳を振り上げた。こんなやつは殴られて当然だ。痛い目にあわなければ、自分が何をしているのか、どれほど価値のない人間なのか、理解できないやつらがいる。おれが教えてやろうじゃないか。おまえらなど、一人では何もできない虫けらのようなものだと。泣きわめく虫けらめがけ、拳を打ち下ろした。もう一人の相馬克己めがけて殴りつけた。力の限り。骨も折れよとばかりに。おれこそが相馬克己だ。本当の相馬克己の力を見せてやる。顔に男の血が降りかかった。右手が鮮血に染まっていた。これでいい。もう一人の相馬克己に生きている資格などない。もとより存在しない人間なのだ。

相馬克己の足元に、三人の相馬克己が血まみれになって倒れていた。本当の相馬克己はやつらを見下ろし、満ち足りた気持ちで、拳についた血を倒れた相馬克己のシャツでぬぐった。

そして、どこへ行くというあてもなく、歩きだした。

◇

心と体を取り戻したはずなのに、なぜなのか相馬克己は自分の行き先がわからなかった。宮崎は帰るべき場所ではない。その地に、本当の相馬克己を知る人は誰一人としていない。けれど、新中川の自宅は人手に渡っていた。聡子はもう別の男と暮らしている。相馬克己の帰るべき場所はどこにもない。財布の中に金もなければ、頭の中にはこれまで生きてきた記憶すらなかった。

おれという人間は何なのだろうか。おれはどこにいる。どこへ行けばいい。頼むから誰か教えてくれ。不思議と涙がこぼれた。おれはこんなに涙もろい人間だったのか。いい大人のくせして、今は子供のように泣きたかった。

夜の街を行く人々が、急に足を止めてどこかを見ていた。おれの歩いてきた方向へ、背のびするように見やっていた。おい、あれを見ろよ。すげえ、煙。火事だな、ありゃあ。立ち止まったサラリーマンの声が聞こえた。誰かが横を走り抜けた。火事だ、火事だ。波が広がるように騒ぎが大きくなった。おれも後ろを振り返った。商店街の奥で、夜空の底にオレンジ色の照り返しが輝いて見えた。ああ、あれが火事の炎なのかもしれない。ぼんやりとそう思った。

炎——。

おれの顔に向かって投げつけられた炎を思い出した。つい先ほど、たたきのめした相馬克己の一人が、ライターの火でおれを焼こうとした。ちょうどあの辺りの路地だったろうか。

人の流れに乗って、ふらふらと歩いた。ガラスの砕け散る音が耳に届いた。ひと足ごとに、夏の蒸し暑さとは違う、熱気を感じた。ちろちろとビルの陰で赤い炎が躍り上がっていた。

消火器だ。消火器を持ってこい！　怒鳴り声が店先のアーケードに響いた。熱風がまともに正面から吹きつけてきた。雑居ビルの壁を、赤い炎が天を目指す竜のようにはい上がっていた。こっちに誰か倒れているぞ！　路地の奥から男が走り出て叫んだ。赤い消火器を持った人が、おれの横を走り抜けていく。

下がれ、危ない。消防はまだかよ。ビルを遠巻きにする人たちが口々に叫びながら、後退した。熱風にあおられて、上の階で窓が割れた。ガラスの雨が商店街の通りにたたきつけてきた。悲鳴と怒鳴り声。子供の泣き声も聞こえる。もう炎はビルの三階まで届いていた。立ち昇る煙が、夜空をさらに暗くしている。

ここは――。

おれはビルの前でうごめく人々を押しのけて、辺りを見回した。けれど、記憶がなかった。おれはどこで相馬克己を殴りつけたのか。こんなような路地のあるビルの裏だった気はする。路地裏から走り出てきた人も、こっちに誰か倒れている、と言っていた。すると、この火事は――。

まさか、あの時の……。

ビルの地下から、女が叫びながら駆けてきた。マイクを握りしめた男もいた。カラオケに熱中するあまり、ようやく気づいて逃げてきたらしい。女が化粧の濃い顔をゆがめて叫んだ。みちるぅーっ！　誰か、みちるを！

炎の巻き起こす熱い風のうなりに、いつのまにか子供の泣き声が聞こえなくなっていた。女がビルの階段に向かって走った。吹き出す煙に押し戻された。後ろから男が抱きとめた。別の女がアスファルトにへたりこんだ。また別の子供の名前を叫んだ。その叫びも、むなしく炎に飲みこまれて消えた。

冗談じゃない。何もあの時のケンカが、この火事の原因と決まったわけではなかった。あの路地の記憶がおれにはない。この火事の現場と比較することは無理だった。おれと関係がある、と決まったわけではない。

でも――たとえ関係があったにせよ、まさかこれほどの火事になるとは……。ライターを持ち出したあの馬鹿が悪いのだ。あいつが素手でかかってくればいいものを。卑怯にもライターを取り出した。酒瓶に残ったアルコールをおれが浴びたと考えたらしく……。

冗談じゃない。こんなことになると思わなかった。おれに落ち度があったわけではない。やつらのせいだ。おれは知らない。相馬克己が心の中で毒づいていた。

――いいや、おまえのせいだ。

気持ちを振りしぼり、ぼくが心の奥から相馬克己に告げた。おまえが馬鹿な連中を相手にしたせいだ。よせばいいのに、気を失った者を殴り続けた。だから、やつらも凶器を手に、向かってきたのだ。

何もあれが原因になったと決まったわけではないだろ。相馬克己が怖《お》じ気《け》づいたような声を上げた。嘘をつくな。自分でも、あれが原因だとわかっているくせに。認めたくないから、悪あがきを言っているんだろ。ぼくは追い打ちをかけるように彼に言った。だったら、どうする。相馬克己が震え声でぼくに答えた。おまえに何ができる。口でなら誰でも好きなことが言える。もうここまで火の手が大きくなっては、手の出しようがない。消火器を持った人も、炎を前に恐れをなして見ているだけだ。何も持っていないおれたちに、何ができる。

　ぼくは人をかき分けると、座りこんだ女性の横に近寄った。おまえ、何をするんだ。相馬克己が信じられないと言いたげに声を発した。ぼくはその声を無視して、起き上がろうともがく女性に手を貸した。体を支えながら、耳元で聞いた。

「子供はどこにいるんですか」

「三階に……。三階の奥に控え室があって――」

　馬鹿なことはやめろ。相馬克己の叫ぶ声が聞こえた。おまえは自分のせいでもない火事の中へ、進んで助けにいくつもりか。そんなのは自殺行為だ。よせ。おれの体を勝手に使うな。ようやく八年ぶりに取り戻した体なんだぞ。

　それなら君はここに残ればいいさ。ぼくは言った。

　ぼくはぼくだ。相馬克己に言った。君とは違う。

立ち上がり、燃え上がるビルをぼくは見つめた。階段の奥にまで、もうオレンジ色の炎が見えている。頼むからやめてくれ。おまえだって怖いくせに。無理をするな。やめろ。相馬克己がまだ何か言っていた。おい、あんた何する気だ。相馬克己ではない誰かの声も聞こえた。子供を助けるためではなかった。自分の起こした意味のないケンカの責任を取ろうというのでもない。

ぼくがぼくであるために――ぼくという人間を取り戻すため――ぼくは燃え上がるビルに向かってゆっくりと歩いていった。

母のエピローグ

たった今、この長い長い日記を読み終えた。新田先生が、わざわざ宮崎にある克己の実家から持ってきてくれた日記だった。ここには八年にわたる克己の成長があますことなくつづられていた。克己がどんな状態から命を取りとめ、意識を回復し、何に悩み、苦しい時をどうやってお母さんと二人で乗り越えてきたか。私には初めて理解できた。

感動がまだ体の奥底を震わせている。何度涙を抑えきれずに泣いただろう。子を持つ一人の親として、この日記を読んで感動を覚えない者はいない。ここには、無《む》垢《く》の母の愛が書かれている。貫かれている。克己のお母さんは、本当に素晴らしい人だ。私はこまで強くなれない。もし恵美が同じような立場になった時のことを思うと、私には何の自信もない。たとえ一時でも、あの人を恨んだ自分が、とても小さく愚かな人間に思えた。私は何も知らなかった。克己のことを何ひとつ知らず、それなのに、わかったようなことを彼に言った。そうやって克己を追いつめたのだ。

克己は何も変わっていなかった。昔と同じ強引さで私の前に現れ、私に愛をぶつけた。あまりにもその姿がまぶしすぎて、私は目をつむってしまった。克己の愛し方は何も変わっていない。

　私には確かに夫がいた。子供がいる。あまり幸せとは言えなかった私が、ようやくつかんだ温かいものを、邪魔されたくない気持ちがあった。けれど、もとより克己のせいではなかった。一番苦しんでいたのは、克己だった。人を思いやる気持ちを私は持てなかった。どれほど克己に謝罪の言葉をくり返しても、許されることではないだろう。そしてまた、同じような結果を私が引き起こしたのだ。克己がこの八年を、どんな思いですごしてきたのかも知らずに……。

　今、克己は私の横で静かに眠っている。そのベッドの横で、この日記を書き始めたところだ。私は決めた。今日からかかさず、この日記を書こう。あの人のあとを私が引き継ごう。克己の毎日を細大漏らさずここに書きとめ、これからの克己の治療に少しでも生かすことにしよう。それが私にできる、克己へのせめてもの罪滅ぼしだった。

　克己がこの病院に運ばれてから、今日でもう四日になる。まだ克己は意識を取り戻していない。脳圧が限界にまで高まり、危険な状態が続いている。

　でも、私にはわかる。克己は絶対に死なない。必ず持ち直し、また元気に笑い、言葉を取り戻し、自分の足で歩けるようになる。絶対だ。担当の椛島《かばしま》先生は、意識を取り戻す可能性は限りなく低いだろう、と言った。検査の結果、克己の脳には、かなり強い挫《ざ》傷《しょう》が見られるのだという。でも、克己は必ず回復する。新田先生も、そう信じたから、私にこの日記を持ってきてくれたのだ。克己がどれほどの危機から生還したのか、どんな奇跡を見せてくれたか、この日記にすべて書かれている。大丈夫だ。克己ならきっと、またこの状況を乗り越えられる。私は克己を信じている。なぜなら克己は、奇跡の人なのだから。だから、燃えさかる炎の中、二人の幼い子供を救い出せたのだろう。

　現場を目撃した消防士が、私たちに教えてくれた。あれは奇跡だった、と。あれほどの炎の中で、子供たちはもちろん、克己もほとんど火傷《やけど》を負っていなかった。常識では考えられない。優秀な消防士でも不可能に思えることを、彼はやってのけた。奇跡を見せてくれた。そう教えてくれた。

　克己は炎の迫る三階の窓から、二人の子供をかかえて飛び降りたという。消防士の人は言っていた。飛び降りるというよりは、子供を抱きかかえた鳥が、まるで大空へ飛び立とうとするように見えた、と。たぶん、そうなのだろう。克己は自分を取り戻すため、狭い窓から飛び出したのだ。私にはわかる。病院を離れ、自分の過去を知るために東京へ来た時と同じように、彼は勇気を奮い、そして飛んだ。二人の子供の命を救った。克己だからこそ、できたのだ。

　救急車に乗せられて、病院に到着した時、克己はもう瞳孔《どうこう》が開いていたという。今も心肺装置がなければ、自分の力で呼吸のできる状態にはないのかもしれない。けれど、克己は必ず命を取りとめる。私は信じている。私が信じなければ、他に誰が克己を信じられるだろう。

　今は呼びかけても答えられずにいるけれど、きっと心の内では私たちの言葉を理解している。やがては間違いなく意識を取り戻す。たとえ八年前と同じように、これまでの記憶をすべて失ったとしても、彼ならまた最初の一歩から、人生を踏みだしていける。

　そして今度は、私が克己の母親になるのだ。母代わりとして、克己の人生を支えてあげよう。八年前、彼を裏切ってしまった、せめてもの償いとして。

　そうではない。罪滅ぼしでは克己に悪い。私は心から克己を愛するのだ。一人の女として。たとえ夫と子供を持つ私でも、母親としてなら、克己を愛せる。全身全霊をそそぎ、彼に心からの愛を与えられる。あのお母さんのように、私のすべての愛を子供に返った克己に捧《ささ》げるのだ。私が言葉を教え、彼の進む先を示し、いっしょに歩き、その姿を見届けよう。

　こうして言葉で書きとめるのは簡単だけれど、きっと苦しく、厳しいことが多いに違いない。則行はもう私をとめられない、と思っているだろう。彼も克己を追いつめてしまった責任を感じてくれている。たとえ彼が許してくれたにしても、彼の家族が納得しないおそれはあった。けれど、この八年、克己がどんなつらい思いを克服してきたかを伝え、説得する以外に方法はない。恵美にも言葉をつくして、大きなお兄さんを受け入れることを納得してもらうつもりだ。身よりのない克己には、彼を支える家族が何より必要なのだ。

　この先たとえどんなつらいことが待っていても、私はもう二度と克己を見捨てたりはしない。彼を裏切ることはもう二度とできない。ここに誓おうと思う。母として、克己を愛そう。そうすれば、八年前愛し合うことに失敗した私たちでも、この先の人生を、心から愛し合って生きていける。

心拍数低下、脳圧限界。樺島先生にこの日記を見せ、あの時と同じ治療を頼んだ。先生はできる限りのことをする、と約束してくれた。

克己。

あなたなら大丈夫よ。母は信じています。八年前に一度乗り越えられたことが、あなたにできないはずがない。母は心から信じています。

病室の外には、トンコや清やカズや康平も駆けつけてくれている。彼らの声が、あなたにも聞こえるでしょ。怪我《けが》に負けてはいけない。あなたなら、必ずこの苦しい時を乗り越えていける。そして、また私を強く抱きしめ、自分の足で立つ時が来る。

きっと、きっと奇跡は再び起こる。私は心からそれを信じる。

なぜなら――

克己は奇跡の人なのだから。

解説

北上次郎

絶品である。

今回二年半ぶりに再読したが、本書は絶品であると改めて確認した。ではこの長編小説のどこが秀逸なのか。実はその理由がいささか説明しにくい。なぜなら、ストーリーの展開そのものがこの小説のミソになっているからだ。その理由を詳細に書いてしまうと、そのままネタばれになりかねない。どうしたらいいのだろう。

本書が刊行されたのは一九九七年の五月だが、その年の暮れに一九九七年度のミステリー・ベスト10を選ぶ際、私はこの長編小説をベスト1に選んでいる。そのベスト1に選んだ理由を書くことで本書の解説に替えたいと思う。

一九九七年度だけの傾向ではなく、この十年、いや八〇年代以降の傾向といっていいが、現代ミステリーの一部が普通小説に接近しているという事情がまずある。あくまでも一部のミステリーとお断りしておかなければならないのは、すべてのミステリーがそうではないからだ。では、その普通小説への接近とは何か。つまり物語の軸を謎《なぞ》解きから人間ドラマにシフトしたということである。謎がないわけではない。その謎解きの過程よりも人間ドラマを描くことを重視するミステリーが増えてきたという話だ。このジャンルで問われるのは、キャラクター造形であり、描写力であり、文章力である。世紀末ミステリーを解く鍵《かぎ》は、その「普通小説への接近」というキーワードであると思う。一部のミステリーが山本周五郎賞や直木賞を席巻《せっけん》しているのも、ミステリーが現代エンターテインメントの主流になったわけではなく（そういう論調があることは承知しているが、けっしてそうではないと思う）、普通小説にかぎりなく接近したからだと私は考えている。

小説の成熟という点で、この傾向を私は基本的に支持する。しかし、そのこととミステリーの問題はまた別で、あまりに普通小説に接近するのなら、もはやミステリーという名称はそぐわなくなっているのではないか、という気もする。そういう「一部のミステリー」に対する新しい名称を考えたほうがいいのではないかと提唱してもう十年近くになるのだが、いくら考えても浮かんでこないのだから、私にはそういうセンスがないのだろう。これは余談だが。

そういう状況を一方に置くと、本書をなぜ一九九七年度の1位に推したのかも理解しやすい。ようするに『奇跡の人』は物語の軸をシフトすることなく、人間ドラマをまるごと謎にしてしまったのである。八〇年代以降の現代ミステリーの（一部のだが）変化を視野に入れ、それをまるごと引き受けて、しかも成功してしまった長編なのである。まったくすごい力技だったと思う。

真保裕一の他の小説と同様に、本書もまたゆっくりと幕を開ける。全貌《ぜんぼう》はなかなか浮かんでこない。冒頭は、癌《がん》手術を目前に控えた母親が息子に語りかける手記だ。それを読んでいる息子は「一度は脳死の判定をされながら、奇跡的に命をとりとめ、のみならず、植物状態はまずさけられないだろうという予測をはね返して、一人で歩けるようになった」克己で、病院中の人から「奇跡の人」と言われていることが、まずさりげなく語られる。その相馬克己が八年も入院していて、もうすぐ三十一歳になるのに昔の記憶を持たないこと、いまは中学一年生の教科書で勉強していること、ようやく退院の許可がおりたこと、母親が死んで天涯孤独の身の上であること、そういったことが徐々に語られていく。

主人公の相馬克己がどうしてそういうことになったのか、その事情も早々と語られる。彼は二十二歳のとき、交通事故を起こして激しく頭部を打ったのである。ここまでは何の謎もない。物語の真の発端は、退院して一人暮らしを始めた相馬克己が、昔の自分がどういう人間であったのか、それを知りたいと思うところから始まる。つまり本書は自分探しの物語である。謎は過去の自分だ。

そう考え始めると幾つか不自然なものがあることに克己は気がつくのである。その自分探しのドラマを作者は巧みに作り上げていくのだが、それらすべてがミソになっているので、それを書いてしまっては読書の醍醐《だいご》味《み》を削《そ》ぐことになる。真保裕一の渾身《こんしん》の力作であることを信じて黙って読まれたい。

ただ一つ言えるのは、キャラクター造形と文章力が伴わないとこのドラマは成立しないということである。次々に現れる思いがけない真相がいかに巧緻《こうち》に作られ、かつ自然に出来ていることか、読みおえてから再読すると驚嘆する。それも母親の造形を始めとして、克己の周囲の患者たちなど、登場人物の個性がいきいきと描かれているからに他ならない。そのためにドラマが自然に、複雑に絡《から》み合っていく。この精密で巧妙な騙《だま》し絵のような物語を作り上げているのは、実にその造形力なのである。

陰惨な殺人事件が起きるわけでもないし、派手な事件は何ひとつない。過去の自分はどういう人間であったのか、語り手の相馬克己がそれを探っていくだけの話である。表面的には地味な話といっていい。ところが、これが息を飲むほどスリリングなのである。読み始めたらやめられないのである。それも、真保裕一の類稀《たぐいまれ》な文章力と描写力と造形力のためで、我々の知らなかった世界がかくて現出するのだ。

ラスト近く、真実を求めてあがく主人公に向かって、もういいじゃないかお前、過去なんて知らないほうがいいんだと声をかけたくなるのもそのためだが、しかし作者の凄《すご》いところはそれも計算ずみのところで、読み終えると作者の術中にはまっていたことに気づいて唖然《あぜん》とする。まったくとんでもない作家がいたものだ。

しかも、人間の意思の力を描くラストの挿話に見られるように、根源的な力強さに満ちているのがいい。ある意味では辛《つら》い話でありながら、爽快感《そうかいかん》が漂っているのはそのためだろう。

真保裕一には『ホワイトアウト』『奪取』などの傑作が多いが、ベスト1は本書であると私は確信している。

（一九九九年十二月、文芸評論家）

後記

《参考文献》

「リハビリテーション・ナーシング・マニュアル」総監修／日野原重明　学習研究社
「頭部外傷症候群」岩倉博光・岩谷力・土肥信之・編　医歯薬出版
「脳と行動のしくみ」八田武志　医歯薬出版
「記憶と脳」Larry R. Squire・著　河内十郎・訳　医学書院
「成人看護学６」浅田妙子・内尾貞子・佐藤和子・杉山ます江・寺尾寿夫・早川勲　医学書院
「リハビリテーション看護」高橋美智・谷岡淳・礒岩寿満子・田村やよひ　医学書院
「脳死」立花隆　中央公論社
「脳死再論」立花隆　中央公論社
「犠牲」柳田邦男　文藝春秋

その他新聞雑誌等の記事を参考にさせていただきました。

お忙しい中、取材のために時間を割き、素人《しろうと》の初歩的な質問にも懇切丁寧に答えてくださった潤和会記念病院の皆様と同リハビリテーションセンター主任吉野喜裕先生、また国立療養所日南病院の皆様に心から感謝いたします。ありがとうございました。

なお本作品はフィクションであり、実在する個人、団体等とは一切関係ありません。また、作中の医学、その他に関する記述で、事実にもとる部分があるとすれば、それはすべて作者の誤解や筆のいたらなさによるものです。

なお、作中で古い住民票の保存期間が五年とありますが、発表当時の法令に基づくものであり、今は百五十年間の保存が定められています。また当時は、住民票の閲覧も今と違って許されていました。

真保裕一

本書は、二〇〇〇年二月、新潮文庫として刊行されました。
巻末解説は、その当時のものを再録しております。

ＤＴＰ制作　エヴリ・シンク

文春文庫

奇《き》跡《せき》の人《ひと》

定価はカバーに表示してあります

2023年 9 月10日　第 1 刷

著　者　真《しん》保《ぽ》裕《ゆう》一《いち》

発行者　大沼貴之
発行所　株式会社 文藝春秋

東京都千代田区紀尾井町 3-23　〒102-8008
TEL 03・3265・1211㈹
文藝春秋ホームページ　http://www.bunshun.co.jp

落丁、乱丁本は、お手数ですが小社製作部宛お送り下さい。送料小社負担でお取替致します。

印刷製本・凸版印刷

Printed in Japan
ISBN978-4-16-792099-9

（　）内は解説者。品切の節はご容赦下さい。

柴田よしき

風のベーコンサンド　高原カフェ日誌《ダイアリー》

東京の出版社をやめ、奈穂が開業したのは高原のカフェ。訪れるのは娘を思う父や農家の嫁に疲れた女性……。心の痛みに効くカフェご飯が奇跡を起こす六つの物語。（野間美由紀）

し-34-19

柴田よしき

草原のコック・オー・ヴァン　高原カフェ日誌《ダイアリー》Ⅱ

奈穂のカフェ「Son de vent《ソン・デュ・ヴァン》」に二度目の四季。元ロックスターが店にあらわれる。ワイン造りを志す彼を奈穂が助けるうちに、噂が立ち始め——シリーズ第二弾。（藤田香織）

し-34-20

大崎　梢・近藤史恵・篠田真由美・柴田よしき・永嶋恵美・新津きよみ・福田和代・松村比呂美・光原百合

アンソロジー　捨てる

連作ではなく単発でしか描けない世界がある——9人の女性作家が持ち味を存分に発揮し、「捨てる」をテーマに競作！　様々な女性たちの想いが交錯する珠玉の短編小説アンソロジー。

し-34-50

大崎　梢・加納朋子・近藤史恵・篠田真由美・柴田よしき・永嶋恵美・新津きよみ・福田和代・松尾由美・松村比呂美・光原百合

アンソロジー　隠す

誰しも、自分だけの隠しごとを心の奥底に秘めているもの——。実力と人気を兼ね備えた11人の女性作家らがSNS上で語り合い「隠す」をテーマに挑んだエンターテインメントの傑作！

し-34-51

真保裕一

こちら横浜市港湾局みなと振興課です

山下公園、氷川丸や象の鼻パーク、コスモワールドの観覧車、外国人居留地——歴史的名所に隠された謎を解き明かせ。港町・横浜ならではの、出会いと別れの物語。（細谷正充）

し-35-9

重松　清

その日のまえに

僕たちは「その日」に向かって生きてきた——。死にゆく妻を静かに見送る父と子らを中心に、それぞれのなかにある生と死、そして日常のなかにある幸せの意味を見つめる連作短篇集。

し-38-7

重松　清

また次の春へ

同じ高校に合格したのに、浜で行方不明になった幼馴染み。彼の部屋を片付けられないお母さん。突然の喪失を前に、迷いながら、泣きながら、一歩を踏みだす、鎮魂と祈りの七篇。

し-38-14

（　）内は解説者　品切の節はご容赦下さい

朱川湊人《みなと》
花まんま
幼い妹が突然誰かの生まれ変わりと言い出す表題作の他、昭和三、四十年代の大阪の下町を舞台に不思議な出来事をノスタルジックな空気感で情感豊かに描いた直木賞受賞作。（重松　清）
し-43-2

朱川湊人
いっぺんさん
一度だけ何でも願いを叶えてくれる神様を探しに行った少年たちのその後の顚末を描いた表題作「いっぺんさん」他、懐かしさと恐怖が融合した小さな奇跡を集めた短篇集。（金原瑞人）
し-43-4

白石一文
どれくらいの愛情
結婚を目前に最愛の女性・晶に裏切られた正平は、苦しみの中、家業に打ち込み成功を収めていた。そんな彼に晶から電話が。再会した男と女。明らかにされる別離の理由。
し-48-1

白石一文
僕のなかの壊れていない部分
東大卒出版社勤務、驚異的な記憶力の「僕」は、どんな女性とも深く繋がろうとしない。その理屈っぽい言動の奥にあるのは絶望か渇望か。切実な言葉が胸を打つロングセラー。（窪　美澄）
し-48-4

島本理生
ファーストラヴ
父親殺害の容疑で逮捕された女子大生・環菜。臨床心理士の由紀が、彼女や、家族など周囲の人々に取材を重ねるうちに明らかになった環菜の過去とは。直木賞受賞作。（朝井リョウ）
し-54-3

雫井脩介
検察側の罪人（上下）
老夫婦刺殺事件の容疑者の中に、時効事件の重要参考人が。今度こそ罪を償わせると執念を燃やすベテラン検事・最上だが、後輩の沖野はその強引な捜査方針に疑問を抱く。（青木千恵）
し-60-1

真藤順丈
黄昏旅団
家族へ酷い仕打ちをする男の心の中を旅することになった青年・グンが見た驚愕の風景。古より存在する〈歩く者〉が真実を顕わにする破壊力抜群の極限ロードノベル！（恒川光太郎）
し-67-1

（　）内は解説者。品切の節はご容赦下さい。

須賀しのぶ

革命前夜

バブル期の日本から東ドイツに音楽留学した眞山。ある日、啓示のようなバッハに出会い、運命が動き出す。革命と音楽の歴史エンターテイメント。第十八回大藪春彦賞受賞作。（朝井リョウ）

す-23-1

鈴木大介

里奈の物語　15歳の枷

伯母の娘や妹弟の世話をしながら北関東の倉庫で育った少女・里奈。伯母の逮捕を機に児童養護施設へ。だが自由を求めて施設を飛び出す。最底辺で逞しく生きる少女を活写する青春小説。

す-26-1

瀬戸内寂聴

源氏物語の女君たち

紫式部がいちばん気合を入れて書いたヒロインはだれ？　物語に登場する魅惑の女君たちを、ストーリーを追いながら徹底解説。寂聴流、世界一わかりやすくて面白い源氏物語の入門書。

せ-1-22

瀬尾まいこ

強運の持ち主

元ＯＬが〝ルイーズ吉田〟という名の占い師に転身！　ショッピングセンターの片隅で、小学生から大人まで、悩める背中をちょっとだけ押してくれる。ほっこり気分になる連作短篇。

せ-8-1

瀬尾まいこ

戸村飯店　青春１００連発

大阪下町の中華料理店で育った兄弟は見た目も違えば性格も全く違う。人生の岐路にたつ二人が東京と大阪で自分を見つめ直す。温かな笑いに満ちた坪田譲治文学賞受賞の傑作青春小説。

せ-8-2

瀬尾まいこ

そして、バトンは渡された

幼少より大人の都合で何度も親が替わり、今は二十歳差の〝父〟と暮らす優子。だが家族皆から愛情を注がれた彼女が伴侶を持つとき——。心温まる本屋大賞受賞作。（上白石萌音）

せ-8-3

瀬川コウ

君と放課後リスタート

君を好きだった気持ちさえなくしてしまったのだろうか？　ある日、クラスメート全員が記憶喪失に!?　全ての人間関係の記憶も失われた状態で生まれた謎を「僕」は解き明かせるか。

せ-13-1

高村　薫
四人組がいた。
山奥の寒村でいつも集まる老人四人組の元には、不思議で怪しい客がやってきては珍騒動を巻き起こす。「日本の田舎」から今を描く、毒舌満載、痛烈なブラックユーモア小説！

た-39-3

高野和明
幽霊人命救助隊
神様から天国行きを条件に、自殺志願者百人の命を救えと命令された男女四人の幽霊たち。地上に戻った彼らが繰り広げる怒濤の救助作戦。タイムリミット迄あと四十九日――。（養老孟司）
た-65-1

高杉　良
世襲人事
大日生命社長の父に乞われ、取締役待遇で転職した広岡巌太郎。世襲人事と批判されるも、新機軸を打ち立てリーダーと認められていくが……。英姿颯爽の快男児を描く。（高成田　享）
た-72-9

高杉　良
不撓不屈
税理士・飯塚毅は、中小企業を支援する「別段賞与」という会計処理が脱税幇助だと激怒した国税当局から、執拗な弾圧を受ける。最強の国家権力に挑んだ男の覚悟の物語。（寺田昭男）
た-72-10

千早　茜
西洋菓子店プティ・フール
下町の西洋菓子店の頑固職人のじいちゃんと、その孫であり弟子であるパティシエールの亜樹と、店の客たちが繰り広げる、甘やかなだけでなくときにほろ苦い人間ドラマ。（平松洋子）
ち-8-2

千早　茜
正しい女たち
偏見や差別、セックス、結婚、プライド、老いなど、口にせずとも誰もが気になる最大の関心事を、正しさをモチーフに鮮やかに描きだす。胸をざわつかせる六つの物語。（桐野夏生）
ち-8-4

知念実希人
レフトハンド・ブラザーフッド（上下）
左腕に亡き兄・海斗の人格が宿った高校生・岳士は殺人事件に巻き込まれ、容疑者として追われるはめに。海斗の助言で、真犯人を見つけるため危険ドラッグの密売組織に潜入するが。

ち-11-1

辻堂ゆめ
お騒がせロボット営業部！
社運をかけ開発された身長80センチの人型ロボット。実用性ゼロのポンコツなのに、次々と事件の犯人にされて…新人女子とイケメンコンビは謎を解けるか!?　新感覚ロボットミステリー。
つ-26-1

天童荒太
ムーンナイト・ダイバー
震災と津波から四年半。深夜に海に潜り被災者の遺留品を回収する男の前に美しい女が現れ、なぜか遺品を探さないでほしいと言う——。現場取材をしたから書けた著者の新たな鎮魂の書。
て-7-5

堂場瞬一
帰還
東日新聞四日市支局長の藤岡裕己が溺死。警察は事故と結論づけたが同期の松浦恭司、高本歩美、本郷太郎の三人は納得がいかず、それぞれの伝手をたどって、事件の真相に迫っていく。
と-24-19

土橋章宏
チャップリン暗殺指令
昭和七年（一九三二年）、青年将校たちが中心となり首相暗殺などクーデターを画策。陸軍士官候補生の新吉は、来日中の喜劇王・チャップリンの殺害を命じられた——。傑作歴史長編。
と-33-1

中島らも
永遠《とわ》も半《なか》ばを過ぎて
ユーレイが小説を書いた？　三流詐欺師が写植技師と組み出版社に持ち込んだ謎の原稿。名作の誕生だ。これが文壇の大事件となって……。輪舞する喜劇。痛快らもワールド！　（山内圭哉）
な-35-1

中島京子
小さいおうち
昭和初期の東京、女中タキは美しい奥様を心から慕う。戦争の影が濃くなる中での家庭の風景や人々の心情。回想録に秘めた思いと意外な結末が胸を衝く、直木賞受賞作。（対談・船曳由美）
な-68-1

中島京子
のろのろ歩け
台北、北京、上海。ふとした縁で航空券を手にし、忘れられぬ旅の光景を心に刻みこまれる三人の女たち。人生のターニングポイントにたつ彼女らをユーモア溢れる筆致で描く。（酒井充子）
な-68-2

（　）内は解説者。品切の節はご容赦下さい。

中島京子
長いお別れ
認知症を患う東昇平。遊園地に迷い込み、入れ歯は次々消える。けれど、難読漢字は忘れない。妻と3人の娘を不測の事態に巻き込みながら、病気は少しずつ進んでいく。（川本三郎）
な-68-3

中山七里
静おばあちゃんにおまかせ
警視庁の新米刑事・葛城は女子大生・円に難事件解決のヒントをもらう。円のブレーンは元裁判官の静おばあちゃん。イッキ読み必至の暮らし系社会派ミステリー。（佳多山大地）
な-71-1

中山七里
テミスの剣《つるぎ》
自分がこの手で逮捕し、のちに死刑判決を受けて自殺した男は無実だった？　渡瀬刑事は若手時代の事件の再捜査を始める。冤罪に切り込む重厚なるドンデン返しミステリ。（谷原章介）
な-71-2

中路啓太
ゴー・ホーム・クイックリー
戦後、ＧＨＱに憲法試案を拒否され英語の草案を押し付けられた日本。内閣法制局の佐藤らは不眠不休で任務に奔走する。日本国憲法成立までを綿密に描く熱き人間ドラマ。（大矢博子）
な-82-1

楡　周平
ぷろぼの
人材開発課長代理　大岡の憂鬱
大手電機メーカーに大リストラの嵐が吹き荒れていた。首切り担当部長の悪辣なやり口を聞いた社会貢献活動の専門家「プロボノ」達は、憤慨して立ち上がる。（村上貴史）
に-14-4

貫井徳郎
新月譚
かつて一世を風靡し、突如、筆を折った女流作家・咲良怜花。彼女に何が起きたのか？　ある男との壮絶な恋愛関係が今語られる。恋愛の陶酔と地獄を描きつくす大作。（内田俊明）
ぬ-1-7

貫井徳郎
神のふたつの貌《かお》
牧師の息子に生まれた少年の無垢な魂は一途に神の存在を求めた。だが、それは恐ろしい悲劇をもたらすことに……。三幕の殺人劇の果てに明かされる驚くべき真相とは？（三浦天紗子）
ぬ-1-9

（　）内は解説者。品切の節はご容赦下さい

額賀 澪
屋上のウインドノーツ
引っ込み思案の志音は、屋上で吹奏楽部の部長・大志と出会い、人と共に演奏する喜びを知る。目指すは「東日本大会」出場！　圧倒的熱さで駆け抜ける物語。松本清張賞受賞作。（オザワ部長）
ぬ-2-1

額賀 澪
さよならクリームソーダ
美大合格を機に上京した友親に、やさしく接する先輩・若菜。しかし、二人はそれぞれに問題を抱えており――。少年から青年に変わっていく、痛くも瑞々しい青春の日々。（川﨑昌平）
ぬ-2-2

乃南アサ
六月の雪
三十二歳独身、声優になる夢に破れ、祖母の生まれ故郷の台湾・台南市を訪ねた未來は、その旅の中で台湾の人々が生きてきた戦中戦後の過酷な時代の傷跡を知る。（川本三郎）
の-7-12

野村美月
三途の川のおらんだ書房
迷える亡者と極楽への本棚
「人生最後にして最上の一冊選びます」。三途の川べりにある書店の店主は、未練を抱える死者たちに優しく寄り添い成仏へと導く本を探すが――。本好きに贈るビブリオ・ファンタジー。
の-23-1

野村美月
三途の川のおらんだ書房
転生する死者とあやかしの恋
三途の川のほとりにある〈おらんだ書房〉に、ある日突然、鬼を左右に従えた怪しい老人が現れた。この老人は一体何者なのか？　「文学少女」シリーズの著者による、最新の書き下ろし。
の-23-2

林 真理子
最終便に間に合えば
新進のフラワーデザイナーとして訪れた旅先で、7年ぶりに再会した昔の男。冷めた大人の孤独と狡猾さがお互いを探り合う会話に満ちた、直木賞受賞作を含むあざやかな傑作短編集。

は-3-38

林 真理子
最高のオバハン
中島ハルコの恋愛相談室
中島ハルコ、52歳。金持ちなのにドケチで口の悪さは天下一品。嫌われても仕方がないほど自分勝手な性格なのに、なぜか悩み事を抱えた人間が寄ってくる。痛快エンタテインメント！
は-3-51

文春文庫　最新刊